J. L. BERG

Keine Nacht mehr ohne dich

J. L.
BERG

Keine Nacht mehr ohne dich

Roman

Ins Deutsche übertragen
von Sonja Häußler

LYX

LYX in der Bastei Lübbe AG
Dieser Titel ist auch als eBook erschienen.

MIX
Papier aus verantwortungsvollen Quellen
FSC www.fsc.org FSC® C083411

Die Originalausgabe erschien 2014
unter dem Titel *Never Been Ready*.

Redaktion: Andrea Kalbe
Umschlaggestaltung: www.buerosued.de
Satz: Greiner & Reichel, Köln
Gesetzt aus der Adobe Caslon
Druck und Verarbeitung: CPI books GmbH, Leck - Germany
Printed in Germany
ISBN 978-3-7363-0107-8

1 3 5 7 6 4 2

Sie finden uns im Internet unter www.lyx-verlag.de
Bitte beachten Sie auch: www.luebbe.de und www.lesejury.de

Für Leslie,

Best Bitch, beste Komplizin … ich mag dich mehr
als flauschige Socken und Justin Timberlake.
Du bist meine Leah im wirklichen Leben,
und ich fahre dich überallhin.
Wir sind dann mal weg!

Anmerkungen der Autorin

Wie alle Bände dieser Reihe kann *Keine Nacht mehr ohne dich* als eigenständiger Roman gelesen werden. Die Handlung dieser Geschichte spielt jedoch drei Monate nach dem letzten Kapitel von *Warte nicht für immer.* Die Geschehnisse, die dort im Epilog geschildert werden, sind noch nicht passiert.

PROLOG

Leah

Am besten erinnere ich mich an das zerspringende Glas. Das Geräusch hallt bis zum heutigen Tag in meinem Kopf nach. Für meine kindlichen Trommelfelle war es ohrenbetäubend, und ich wachte mit einem Schlag auf und hielt mir die Ohren zu, um das gellende Geräusch auszublenden.

Dann kamen die schrillen Stimmen. Hitzige, zornige Worte wurden außerhalb meines rüschenbesetzten rosa Zimmers gebrüllt, das meine Mutter und ich mit Sachen von der Wohlfahrt ausgestattet hatten. An das Brüllen war ich gewöhnt. Meine Eltern lebten, um zu streiten. Einen Großteil meiner frühen Kindheit versteckte ich mich in diesem Zimmer. Ich spielte mit meinen Barbies und träumte von einer normalen Familie. Barbie buk Apfelkuchen und sang Etta James in der Küche, und Ken führte sie zum Tanzen aus. Er erhob nie die Stimme … oder gar seine Hand. Als ich jedoch in jener Nacht aufwachte, fühlte es sich anders an … beängstigender. Selbst im Alter von sieben Jahren wusste ich, dass gleich etwas Heftiges passieren würde und meine Welt nie mehr dieselbe wäre.

Jemand stapfte zornig an meiner Tür vorbei, danach folgten hysterische Schreie und flehende Worte. Jemand eilte durch den Flur, blieb kurz vor meiner Tür stehen, und dann hörte ich, wie die Haustür zugeschlagen wurde. Ich sprang aus dem Bett, streckte den Kopf zur Tür hinaus und blickte zu unserem kleinen Wohnzimmer hin. Es war leer und dunkel. Der Couchtisch aus Glas war zerbrochen, die Scherben waren überall auf dem zotteligen braunen Teppich verstreut. Die dunklen Schatten des Zimmers schienen aus allen Richtungen auf mich zuzukommen. Die Neugierde eines kleinen Kindes überwältigte mich, und ich zwang mich, in das Zimmer hineinzugehen. Niemand war zu sehen, und meine Erkundungstour erwies sich als ergebnislos. Weil ich nicht wusste, was ich sonst tun oder wohin ich sonst gehen sollte, suchte ich mir einen Platz in der Ecke und rollte mich dort zusammen. Dann fing ich an, die glitzernden Glasscherben zu zählen.

»Was zum Teufel hast du hier außerhalb deines Bettes zu suchen?«, fragte mein Vater, als er mich einige Zeit später fand. Mit Zählen war ich inzwischen bei mehreren Hundert angelangt, und meine Füße waren eiskalt, weil das Haus nicht geheizt war. Ich blickte zu dem Mann auf, den ich liebte und zugleich fürchtete. Seine beiden Hände waren mit blutigen Verbänden umwickelt, und seine Kleider waren in Unordnung geraten. Ich erinnere mich daran, dass ich mich fragte, ob er mit diesen Verbänden an den Händen wohl Schwierigkeiten beim Anziehen gehabt hatte und deshalb so komisch aussah. Ich nahm mir vor, daran zu denken, dass ich Daddy am nächsten Tag helfen musste, sein Hemd zuzuknöpfen. Kinder denken so unschuldig.

»Ich konnte nicht schlafen«, erwiderte ich leise. »Wo ist Mami?«

»Sie ist weg. Für immer.«

I

Leah

»Wie fühlst du dich, Kleines?«, fragte ich die werdende Mutter, als ich mit ihrer Akte und einer Tasse zerstoßenen Eises den Kreißsaal betrat.

»Alles okay«, stöhnte sie, bevor sich ihr Gesicht vor Schmerz verzerrte, als eine weitere Wehe ihren zierlichen Körper durchlief.

Natürliche Geburt – das würde ich nie begreifen. Das war so, als würde man zum Zahnarzt gehen und sagen: »Örtliche Betäubung? Nein, danke. Gehen Sie einfach rein und ziehen den Mistkerl raus!« Periduralanästhesie war die richtige Vorgehensweise, sie machte meinen Job so viel einfacher.

Ich war Hebamme und Krankenschwester, und meine derzeitige Mutter in spe hieß Hillary. Mit ihrem Müsliriegel knabbernden Freund Teegan war sie heute Abend mit leichten Wehen hergekommen, nachdem ihre Fruchtblase geplatzt war. Wie alle angehenden Eltern waren sie aufgeregt, nervös und ängstlich. Außerdem wussten sie ganz genau, was sie wollten und was nicht. Sie hatten einen dreiseitigen Geburtsplan dabei. Drei verdammte Seiten, und dann auch noch ohne Zeilenzwischenräume. Hillary hatte sie mir sofort in die Hand gedrückt und mich angewiesen, sie zu lesen und jedes Wort zu befolgen, wobei sie bereits die Fernand-Lamaze-Atemtechnik angewandt hatte.

Das Hippie-Mädel war ganz schön herrisch. Jetzt, fünf Stunden später, war sie auch noch tierisch müde und hatte überhaupt keine Fortschritte gemacht. Sie war bei einer Muttermundweite von sechs Zentimetern steckengeblieben, hatte höllische Schmerzen und war vollkommen unglücklich.

Ich reichte ihr das zerstoßene Eis und fragte: »Kann ich dir etwas bringen?«

Sie schüttelte den Kopf und versuchte, mich höflich anzulächeln, aber ich sah, wie ihr Lächeln stockte. Sie verlor schnell ihre Kraft. Die Strapazen zeichneten harte Linien auf ihre Stirn, Schweiß lief ihr in die Brauen und ihre Augenlider waren vor Erschöpfung schwer.

»Okay, ich komme in ein paar Minuten wieder und sehe nach dir.« Ich lächelte Teegan aufmunternd zu, bevor ich den Raum verließ.

Auf dem Weg durch den Flur ins Schwesternzimmer entdeckte ich eine der anderen diensthabenden Hebammen.

»Hey, Trish. Wie läuft deine Nacht?«

»Hab gerade einen Jungen entbunden. Es war ihr drittes Kind, deshalb hätte sie eigentlich meinen Job gleich mit erledigen können.«

»Ich liebe die Wiederholungstäter. Sie sind so viel unkomplizierter.«

»Ja, aber mit den Neuen macht es auch Spaß. Hey, ich habe gehört, dass du mit Susans Bruder Neil ausgegangen bist. Wie ist es gelaufen?«, fragte sie, während ihre Augen belustigt funkelten.

Neil und ich waren neulich abends zusammen ausgegangen, und leider waren das drei Stunden meines Lebens, die ich nie wieder zurückbekommen würde. Er war Vermögensberater und liebte seinen Job heiß und innig. Er hatte über nichts anderes geredet, sodass ich gegen Ende des Abends – nach wiederholten Versuchen, mich selbst davon abzuhalten, mir die Gabel ins

Auge zu rammen – eine Magenverstimmung vorgetäuscht hatte und geflüchtet war. Es war seit Monaten mein erstes Date gewesen – seit sechs Monaten, um genau zu sein.

»Ja. Warum sagst du das so?«, fragte ich und musterte sie misstrauisch. »Wie viel weißt du?«

»Ich bin überrascht, dass du es überlebt hast. Hat er dich nicht zu Tode gequatscht? Ich hätte von dem endlosen Gequassel, das ich bei unserem Date ertragen musste, fast Ohrenbluten bekommen«, gestand sie.

»Oh mein Gott! Du bist auch mit ihm ausgegangen? Und du hast es nicht für nötig gehalten, mich zu warnen? Verdammt, du hättest mir doch sagen können, dass er eine wandelnde Werbekampagne für Enthaltsamkeit ist«, schalt ich sie, woraufhin sie in Gelächter ausbrach.

Als ein Arzt vorbeikam und uns einen eindeutig kritischen Blick zuwarf, schlug sie sich die Hand vor den Mund, um das Geräusch zu dämpfen. Ich dagegen ignorierte ihn und redete weiter.

»Echt jetzt, Trish! Ich dachte, du wärst meine Freundin!«

»Tut mir leid, Leah. Das bin ich doch. Ich hatte ja keine Ahnung. Erst später, als Susan in der Cafeteria darüber geredet hat, habe ich davon erfahren. Sie war so stolz und dachte, sie hätte endlich ihre neue Schwägerin gefunden. Mann, wird sie enttäuscht sein.«

»Ich habe Neuigkeiten für sie. Diesen Mann wird sie nie und nimmer verheiraten können. Außer, sie findet ein nettes, junges Mädchen, das zufälligerweise stocktaub ist.«

Wir kicherten und quatschten weiter, während ich Krankenblätter durchsah und ein paar Sachen in den Computer eingab. Als Susan mich fragte, ob sie mich mit ihrem attraktiven Bruder verkuppeln könne, hatte ich mich auf diese Gelegenheit gestürzt. Mein Liebesleben war in letzter Zeit ernsthaft auf der

Strecke geblieben, und ich war es leid, auf dem Sofa herumzusitzen und mich zu langweilen. Dafür konnte ich niemandem die Schuld geben außer mir. Na ja, das stimmte nicht ganz. Ich konnte noch einer anderen Person die Schuld für mein absolut mangelndes Interesse am männlichen Geschlecht zuschieben – Declan James.

Declan war der Sandkastenfreund von Logan Matthews, dem Ehemann meiner besten Freundin. Declan und ich hatten uns eines Abends in einer Bar kennengelernt, als Clare und Logan miteinander ausgingen. Declan war ein aufstrebender Hollywoodstar, und nun ja … er war atemberaubend – so heiß, dass er einen jeden anderen Mann der Welt vergessen ließ. Er war groß und kräftig, mit dunklen schokobraunen Haaren und haselnussbraunen Augen, die ein ganz eigenes Leben zu haben schienen, je nachdem, wie seine Laune war. Trotz seiner offensichtlichen Versuche, inkognito zu bleiben, hatte ich ihn in dem Moment erkannt, in dem er diese Bar betreten hatte. Ich hatte trotz der dunklen Sonnenbrille und der tief in die Stirn gezogenen Baseballkappe gewusst, dass er es war.

Diese markante Kieferlinie und den wie aus Stein gemeißelten Körper hätte ich überall erkannt. Ich hatte genügend Stunden im Internet nach ihm recherchiert, und noch mehr Stunden hatte ich im Bett gelegen und mir all die ungezogenen Dinge ausgemalt, die ich mit ihm tun könnte, wenn ich die Gelegenheit dazu bekäme.

Und plötzlich war er da gewesen, hatte von der anderen Seite der Bar zu mir herübergeschaut. Meine feuchten Träume waren wahr geworden. Unsere Blicke waren sich begegnet, und mit einem Mal war ich völlig erhitzt und nervös gewesen. Nervös war eigentlich ein Fremdwort für mich. Bis zu diesem Zeitpunkt hatte ich gar nicht recht gewusst, ob ich die genaue Definition dieses Wortes überhaupt kannte.

Ich war Männern gegenüber immer selbstbewusst gewesen. Es machte Spaß, sie um sich zu haben, aber vor einiger Zeit hatte ich gemerkt, dass sie die Mühe nicht wert waren. Ich hatte viele gute Jahre meines Erwachsenenlebens mit einem Mann verbracht, von dem ich glaubte, dass er *der* Mann wäre. Als es schwierig wurde, machte er sich davon. Ich war es leid, meine Gefühle in den Teil unserer Spezies zu investieren, der diese Gefühle anscheinend nicht erwidern konnte. Männer hielten ihre Versprechen nicht und liebten mich nie so sehr, dass sie bei mir blieben. Deshalb hatte ich ihnen abgeschworen – bis in einer überfüllten Bar mein Blick auf Declan James fiel und ich plötzlich nicht mehr atmen konnte.

Als Logan und Declan an jenem Abend unseren Tisch erreichten, war ich fast schon am Keuchen. Unten herum war ich in höchster Alarmbereitschaft, bereit zum Spielen. Ich musste mir auf die Innenseite der Wangen beißen, um nicht zu winseln. Als wir beide dann allein waren, konnte ich kaum zwei Worte sagen. Nicht weil ich einen Star vor mir hatte. Das Problem war, dass ich so erregt war, dass mein Gehirn nicht mehr funktionierte.

Ich redete mir damals ein, dass er nur ein Mann wie jeder andere sei … ein echt heißer Kerl zum Anbeißen. *Hör auf zu sabbern und sag etwas.*

Aber ich hatte nichts herausgebracht.

Endlich hatte er dann gesprochen, und ich hatte es geschafft, ein paar Worte zu äußern. Was ich gesagt hatte? Keine Ahnung. Vielleicht erzählte ich ihm von Welpen oder plauderte über das Wetter, was weiß denn ich. Es war ein Wunder, dass er danach überhaupt noch etwas mit mir zu tun haben wollte. Aber er wollte. Wir waren zusammen weggegangen und hatten am örtlichen Friedhof angehalten, den ich bei unserem Plausch wohl erwähnt hatte. Er wollte ihn sich ansehen, bevor er die Stadt wieder verließ, weil er vielleicht als Drehort für seinen nächsten Film infrage kam. Es war ein Film über den Amerikanischen Bürgerkrieg, und Richmond, unsere Heimatstadt, war als einer der Drehorte ausgewählt worden.

Ich sah zu, wie er über den Friedhof ging, sich alte Gräber ansah und sich immer wieder bückte, um alles aus unterschiedlichen Winkeln und Perspektiven zu betrachten. Er bewegte und beugte seinen Körper, während er die Positionen wechselte, und ich musste mir auf die Lippen beißen, um nicht zu stöhnen. Ich kannte ihn gerade mal zwei Sekunden, aber ich wusste, dass er auf diesem Friedhof ganz in seinem Element war.

Nach ungefähr fünfzehn Minuten machte er sich auf den Weg zurück zu der Stelle am Eingang, wo ich stehen geblieben war, was mir Gelegenheit gab, ihn von oben bis unten zu mustern. Seine Jeans saß tief auf seinen Hüften, und sein schwarzes T-Shirt betonte die Wölbungen seiner Bauchmuskeln. Sein Blick wanderte jetzt nicht mehr über den Friedhof, sondern war geradewegs auf mich geheftet. Er war der Inbegriff männlicher Vollkommenheit.

»Sieht gut aus«, verkündete er und ließ ein letztes Mal seinen Blick umherschweifen. »Ich lasse die Film-Crew morgen im Laufe des Tages hierherkommen, damit sie ein paar Fotos macht, die wir mit zurück nehmen können. Aber es ist wohl auf jeden Fall ein Ort, an dem wir drehen können.«

»Das ist deine Leidenschaft«, sagte ich leise.

Er schien ein wenig erstaunt angesichts meiner plötzlichen Fähigkeit, einen zusammenhängenden Satz zu bilden, aber er nickte und lächelte.

»Ja. Schauspielern macht Spaß, aber das ist es, was ich wirklich machen möchte. Hinter der Kamera zu stehen und von Anfang bis Ende zu gestalten ist ein herrliches Gefühl.«

Es war der erste aufrichtige Moment gewesen, den wir an

diesem Abend geteilt hatten. Ich war endlich nicht mehr nervös, und er hatte zum ersten Mal keine Paranoia, erkannt zu werden. Er hatte jünger und entspannter ausgesehen. Ich hatte gelächelt und mich ein wenig entspannt. Zwar war ich noch immer verdammt erregt, aber jetzt war ich ruhiger.

Am Ende waren wir in mein Haus in der Stadt zurückgekehrt, wo er mir all die Gründe aufzeigte, weshalb er diesen Bad-Boy-Lady-Killer-Ruf verdient hatte, für den er berüchtigt war. Er hatte mich in dieser einen Nacht für alle anderen Männer ruiniert.

Sechs Monate lang hatte ich Trübsal geblasen und an diese Nacht gedacht, unfähig, mich einem anderen zuzuwenden. Ich hatte mit keinem anderen Mann mehr geschlafen, und jedes Mal, wenn ich meine Schublade voller Sexspielzeuge öffnete, erschien mir der Gedanke, einen Vibrator zu benutzen, alles andere als verlockend in Anbetracht dessen, was ich vermisste. Nur wenn ich an ihn dachte, gelang es mir, etwas von dem aufgestauten Druck abzulassen. Wenn ich mich selbst berührte und mich dabei daran erinnerte, wie seine Hände mich berührten und seine Lippen mich schmeckten, konnte ich wieder Lust empfinden. Sie war niemals so süß, aber näher würde ich nie mehr wieder an ihn herankommen. Er war ein Schauspieler, und ich war nicht bereit, eine Nebenrolle für ihn zu übernehmen. Wir waren von Anfang an zum Scheitern verurteilt gewesen.

Ich seufzte und verabschiedete mich von Trish, bevor ich wieder zurück in den Kreißsaal ging, in dem mein New-Age-Paar auf mich wartete. Vor dem Saal stand Teegan. Er hatte sich vorgebeugt, die Hände auf die Oberschenkel gestützt, den Kopf gesenkt. Er sah elend aus. Ich kannte diesen Anblick nur zu gut. Es war der Anblick eines werdenden Vaters, der gleich die Nerven verlieren würde.

»Hey, Teegan. Wie läuft's?«, fragte ich vorsichtig.

»Es ist … Gott, es ist so verdammt hart. Sie hat solche Schmerzen. Ich weiß nicht, was ich tun soll. Ich kann das nicht. Ich bin noch nicht dazu bereit.« Seine Atmung wurde angestrengt, und sein Kopf sank noch weiter zwischen seine Knie.

»Teegan, sieh mich an.«

Nichts – er rührte sich nicht.

»Teegan, es wird Zeit, dass du deinen Mann stehst, verdammt. Sieh mich an.«

Sein Blick schoss zu mir hoch. Damit hatte ich seine Aufmerksamkeit erregt. Das funktionierte meistens. Ich hatte diese Ansprache schon mehr als einmal gehalten.

»Hillary braucht dich jetzt. Du musst dich zusammenreißen, zurück in diesen Raum gehen und dich um sie kümmern. Sie hat da drin niemanden außer dir und mir. So gerne ich ihr auch helfen will – du bist derjenige, den sie braucht und den sie liebt. Also, wenn es sein muss, nimm dir noch ein wenig Zeit, falls du mal durchatmen musst, aber in ein paar Minuten wirst du zurück in diesen Saal marschieren und der ruhige, unterstützende Mann an ihrer Seite sein. Ich weiß, dass du das kannst. Verstanden?«

Er sah mich an. Ein paar Sekunden lang war er völlig bestürzt, doch dann nickte er, und sein verlorener, leerer Blick wandelte sich. Er wurde entschlossen und zielstrebig. Da wusste ich, dass er wieder dort war, wo er gebraucht wurde.

Wir betraten zusammen den Raum, und er begab sich sofort an Hillarys Seite. Er küsste sie zärtlich auf die Stirn und flüsterte ihr etwas ins Ohr, was sie zum Lächeln brachte.

Es folgten noch ein paar schwere Stunden, doch am Ende kam Baby Kai zur Welt. Nachdem Teegan die Nabelschnur durchtrennt hatte, sah er zu, wie ich seinen neugeborenen Sohn sauber machte; dann legte ich ihm das Baby in die Arme.

Ich liebte diesen Teil meines Jobs. Die Menschen waren in

diesem Moment perfekt. Ein neues Leben war geboren worden, vollkommen frei von Selbstsucht oder Sünde. Es war Menschlichkeit vom Feinsten. Wenn ich sah, wie eine Mutter und ein Vater ihr Kind zum ersten Mal hielten, sah ich so viele Möglichkeiten. Ein unbeschriebenes Blatt, das alles werden und alles sein konnte, und ich liebte es, diejenige zu sein, die ihn oder sie in die Welt geleitet hatte.

»Danke, Leah«, sagte Teegan und warf mir ein wissendes Lächeln zu.

»Keine Ursache, Paps. Du hast es gut gemacht.«

»Hast du Kinder?«, fragte Hillary, während sie liebevoll zusah, wie ihre beiden Männer sich zum ersten Mal begegneten.

Sie lächelte, als Teegan sich vorsichtig hinunterbeugte und sich alle drei als glückliche neue Familie aneinanderschmiegten.

»Nein. Für mich keine Kinder.«

»Na ja, du hast ja noch Zeit. Du wirst eine wunderbare Mutter sein«, sagte Teegan aufmunternd.

Ich lächelte nur. In meinem Leben würde es keine Kinder geben. Kinder verdienten es, in einem liebevollen Zuhause aufzuwachsen, bei Eltern, die sich gegenseitig anbeteten. Ich hatte das nicht. Außerdem war ich in einem Zuhause aufgewachsen, das alles andere als liebevoll gewesen war.

Was wusste ich schon davon, wie man ein Kind ordentlich aufzog?

Die Nachtluft fühlte sich eisig an auf meiner Haut, und ich zog meinen Mantel fester um mich. Die dünne Schwesterntracht, die meine Beine bedeckte, konnte gegen die Windböen, die über den Parkplatz des Krankenhauses wehten, nur wenig ausrichten. Gerade als ich an meinem Auto anlangte, vibrierte meine Handtasche und spielte den *Superman*-Titelsong. Ich war ein Klingelton-Flittchen. Ich hatte wohl mein halbes Gehalt dafür ausgegeben, Klingeltöne im iTunes-Store herunterzuladen.

Für jede Person in meinem Adressbuch hatte ich einen anderen Klingelton. Der Klingelton war handverlesen und auf die entsprechende Person abgestimmt, sodass er zu ihrer Persönlichkeit passte. Dieser spezielle Klingelton, eine mitreißende, melodische Ballade aus dem Originalfilm, war Logan zugeordnet. Er erinnerte mich immer an einen Superhelden, weil er so großzügig und selbstlos war, deshalb hatte ich ihn – zumindest auf meinem Handy – zu einem gemacht.

»Hey, Superman. Was gibt's?«

»Hey, Leah. Bist du noch bei der Arbeit?«

»Na ja, nicht direkt«, sagte ich, während ich anfing, mitten auf dem verlassenen Parkplatz einen Tanz aufzuführen, um zu verhindern, dass mir die Zehen abfielen. »Ich bin gerade auf dem Parkplatz. Warum? Ist alles in Ordnung?«

Plötzlich war ich besorgt. Bei Logan war vor ein paar Monaten das Hodgkin-Lymphom diagnostiziert worden, und auch wenn die Prognose nach mehreren Zyklen Chemotherapie und Bestrahlung gut war, machte ich mir Sorgen.

»Ja, alles in Ordnung. Ich bin auch noch hier auf der Arbeit.«

Logan war Arzt, und wir arbeiteten im selben Krankenhaus. Allerdings arbeitete er in der Notaufnahme, sodass wir uns sehr selten über den Weg liefen.

»Ich wollte dich um einen Gefallen bitten. Hier ist vorhin ein ziemlich schlimmer Autounfall reingekommen. Ein Lastwagenfahrer ist am Steuer eingeschlafen und auf die Gegenspur geraten. Er hat ein Auto geschnitten, das dann frontal gegen einen Baum geprallt ist. Wir haben für die Fahrerin getan, was wir konnten, aber sie hat es nicht geschafft. Dem Lastwagenfahrer geht es natürlich gut.«

»Wofür brauchst du mich, Logan? Du weißt, ich bin nicht auf Traumata spezialisiert, und wie es sich anhört, ist es ohnehin zu spät.«

»Das weiß ich.« Er verstummte und atmete tief aus. »Leah, da ist noch ein Kind.«

Ich spürte, wie auf einen Schlag alle Luft meine Lungen verließ. *Oh Gott, das arme Kind.*

»Wie alt ist es, Logan?«

»Sieben.«

»Bin sofort da.«

Ich ging zurück ins Krankenhaus und machte mich auf den Weg in die Notaufnahme. Zahllose Gedanken schossen mir durch den Kopf, während ich mir überlegte, was ich mit dem Kind, das gerade seine Mutter verloren hatte, machen oder was ich ihm sagen sollte. Ich war im selben Alter gewesen, als ich meine verloren hatte. Auch wenn es zugegebenermaßen nicht dieselbe Situation gewesen war. Die Mutter dieses Kindes hatte nicht beschlossen, es zu verlassen. Aber es war trotzdem ein Verlust. Ich wusste, was das mit einem Kind anrichten konnte. Der Verlust würde an ihm nagen, würde ihm allmählich die kindliche Unschuld rauben, bis nur noch Bitterkeit und Sehnsucht übrig wären. Wenn meine beste Freundin Clare und ihre Familie nicht gewesen wären, wäre ich davon verschlungen worden.

Ich bog um die Ecke und entdeckte Logan, der sich im Schwesternzimmer eine Akte ansah. Er sah müde und erschöpft aus. Wir hatten versucht, ihn zu überreden, sich eine Auszeit zu nehmen, aber er hatte sich geweigert. Er hatte gesagt, dass er seinen verdammten Verstand verlieren würde, wenn er nichts zu tun hätte. Wir hatten ihn dazu bringen können, seine Stunden zu reduzieren und während seiner Behandlung in Teilzeit zu arbeiten, aber in Nächten wie diesen, wenn der Job hart wurde, konnte ich erkennen, wie sehr ihm das zusetzte.

»Hey, wie geht's?«, fragte ich.

Er sah auf, und in dem Moment wusste ich, was es für ihn

bedeutete, einen Patienten zu verlieren. Er war am Boden zerstört.

»Oh Gott, Logan … es tut mir leid«, sagte ich und zog ihn in eine feste Umarmung.

Ich hatte auch schon Patienten verloren. Ich kannte den Schmerz und die Schuldgefühle, wenn man sich vorwarf, dass man mehr hätte tun können. Ich erinnerte mich an die paar, die ich verloren hatte, als wäre es gestern gewesen. Ich erinnerte mich an ihre Namen, an die Eltern, die das verlorene Leben betrauerten.

»Ich weiß auch nicht, weshalb mir das hier so viel mehr zusetzt als sonst. Es ist ja nicht das erste Mal, dass ich jemanden auf dem OP-Tisch verliere.«

»Du bist jetzt Vater, Logan«, sagte ich und löste mich aus unserer Umarmung. »Jede Mutter, die du rettest, ist Clare. Jedes Kind, dem du einen Verband anlegst, ist Maddie. Es ist jetzt schwieriger, dich von deinen Patienten zu distanzieren, weil du so viel mehr empfindest.«

»Da hast du recht. Ich kann gar nicht aufhören, über diesen Jungen nachzudenken. Er ist jetzt elternlos. In der Akte steht nichts von einem Vater, und die Polizei kann keine sonstigen Angehörigen finden. Er hat den Beamten am Unfallort gesagt, dass sie auf dem Weg zu einer engen Freundin der Familie waren, deshalb nehme ich an, dass sie mit ihr Kontakt aufnehmen werden. Der Sozialdienst ist schon unterwegs.«

»Hey, schon gut. Du hast alles getan, was du konntest. Geh nach Hause. Geh zu deiner Frau und deiner Tochter und lass dir von ihnen helfen, darüber hinwegzukommen. Ich hab das hier im Griff und kümmere mich um ihn, bis der Sozialdienst da ist, okay?«

Er nickte und umarmte mich noch einmal.

Wir verabschiedeten uns, und ich machte mich auf den Weg

zu dem Zimmer, in dem sich der Junge aufhielt. Sein Name war Connor. Er hatte bei dem Unfall nur leichte Verletzungen davongetragen, weil er auf dem Rücksitz gesessen hatte.

Kurz bevor ich die Tür aufmachte, hielt ich inne; ein Gefühl der Panik breitete sich in meiner Brust aus.

Was tat ich hier eigentlich?

Vielleicht sollte besser jemand anders da hineingehen – eine Mutter zum Beispiel; jemand, der wüsste, was er sagen oder tun sollte. Ich hatte keine Erfahrung mit Kindern, abgesehen von meinem Patenkind Maddie. Was zum Teufel wusste ich schon davon, wie man ein verzweifeltes Kind tröstete? War das nicht etwas, was ich von meinen eigenen Eltern hätte lernen sollen? Alles, was ich von meiner Mutter und meinem Vater gelernt hatte, war, wie man jemanden im Stich ließ und verletzte.

Ich blickte mich auf dem leeren Flur um und merkte, dass außer mir keiner da war. Ich war allein. Ich musste etwas unternehmen. Ich betrat das Zimmer, und mein Mut sank. Er saß mitten auf dem Bett, hatte die Knie an die Brust gezogen und hielt den Kopf gesenkt. Mit der linken Hand umklammerte er etwas, aber ich konnte nicht erkennen, was das war. Ein Stück Papier oder ein Foto vielleicht? Tränen liefen an seinen Beinen hinunter, und ich hörte, wie er nach Luft schnappte, bevor er ein Schluchzen ausstieß.

Die Tür fiel mit einem leisen Klicken ins Schloss, woraufhin er ruckartig aufblickte und mich ansah. Er hatte haselnussbraune Augen, die aussahen, als hätten sie Farbtupfer. Blau, Grün und Braun waren hier zusammengemischt und ergaben das schönste Augenpaar, das ich je gesehen hatte. Sie waren so einzigartig und doch irgendwie vertraut. Ich verspürte das überwältigende Bedürfnis, ihn in meine Arme zu ziehen und ihm zu sagen, dass alles gut werden würde, auch wenn ich dafür keine Beweise hatte.

»Wer bist du?«, fragte er.

»Ich bin Leah.«

»Bist du hier, um mich wegzubringen?«, fragte er vorsichtig.

»Nein, ich bringe dich nicht weg. Ich bin Krankenschwester.«

»Sie haben mir schon Verbände angelegt.«

»Ich weiß«, sagte ich.

»Warum bist du dann hier?«, fragte er leise. In einem halbherzigen Versuch, die Tatsache zu vertuschen, dass er geweint hatte, wischte er sich rasch die Tränen aus den Augen.

»Ich bin hier, damit du nicht allein bist. Du kannst dich mit mir unterhalten, wenn du willst, oder mich einfach nicht beachten, aber ich bleibe hier bei dir sitzen, bis es Zeit ist zu gehen. Ich glaube nämlich, dass du jetzt eine Freundin brauchst.«

»Du bist aber nicht meine Freundin«, entgegnete er.

»Nein, aber das wäre ich gern.«

2

Declan

Die Flugbegleiterin hatte gerade angekündigt, dass wir uns im Landeanflug auf Richmond befanden. In zwanzig Minuten würde ich zum ersten Mal seit sechs Monaten den Boden von Virginia betreten. Nach monatelangen Verzögerungen waren wir nun endlich bereit, mit den Dreharbeiten zu dem Bürgerkriegsfilm zu beginnen, in dem ich die Hauptrolle spielen sollte und dessen Executive Producer ich war. Wenn ich die Wahl gehabt hätte, hätte ich die Rolle am liebsten an jemand anders abgegeben. Sollte sich doch derjenige mit der dauernden Aufmerksamkeit und dem nicht enden wollenden Klatsch und Tratsch auseinandersetzen. Aber das war eine Klausel, die das Studio in meinen Vertrag eingefügt hatte. Wenn ich meinen Namen im Filmvorspann beim Produzentenstab sehen wollte, musste ich die Hauptrolle übernehmen. Es war zwar überwiegend ein Ehrentitel, aber er würde mich hoffentlich dorthin bringen, wo ich hinwollte.

Die Schauspielerei war noch nie mein Ziel gewesen. Ich war nach Hollywood gekommen, um Regie zu führen, hatte mich aber schwer damit getan, einen Fuß in die Tür zu bekommen. Deshalb hatte ich für eine kleine Rolle vorgesprochen und sie bekommen. Eines führte zum anderen, und ehe ich mich versah, war die Schauspielerei zu einer Vollzeitkarriere geworden.

Als letztes Jahr ein wenig bekannter Film, in dem ich mitgespielt hatte, mit mehreren Oscar-Nominierungen ganz groß herauskam, prangte mein Name auf jedem einzelnen Klatschblatt und jeder Internetseite, die der Menschheit bekannt waren. Ich wurde als der neue aufstrebende Hollywood-Adonis gehandelt.

Und ich verabscheute es abgrundtief.

Ich konnte meine Wohnung wochenlang nicht verlassen, ohne dass irgendein Idiot mit Kamera mir folgte und alles Mögliche wissen wollte – angefangen damit, was ich vom Wetter hielt, bis dahin, wen ich vergangene Nacht gevögelt hatte. Mir wurde jede nur vorstellbare Rolle angeboten. Ich lehnte sie alle ab. Ich wollte nicht der nächste Action-Held oder der neueste Frauenschwarm werden. Ich wollte einfach in Ruhe gelassen werden und mich von der Schauspielerei zurückziehen, um hinter der Kamera stehen zu können.

Als das Drehbuch für diesen Film auf meinem Schreibtisch landete, hatte ich darin eine Chance gewittert. Der Streifen hatte ein kleines Budget und war ein Independentfilm – genau das, was ich brauchte. Ich hatte Kontakt mit dem Regisseur aufgenommen und ihn gefragt, ob ich auch als Regieassistent einsteigen könne. Das war rundheraus abgelehnt worden, was nicht besonders überraschend war, da ich seit dem College nirgendwo mehr Regie geführt hatte. Aber man hatte mir den Titel des Executive Producers angeboten – unter der Voraussetzung, dass ich auch die Hauptrolle übernahm. Das war ein Friedensangebot, und meine Hoffnung war, dass es ein Schritt in die richtige Richtung wäre, wenn mein Name noch für etwas anderes stünde als für meine Verdienste um die Schauspielerei.

Ich hatte das Angebot angenommen, auch wenn ich es hasste, dass damit ein weiterer Auftritt als Schauspieler verbunden war, aber ich war dankbar für die Gelegenheit. Der Regisseur brauchte meinen Namen in der Hauptrolle, um die nötige Aufmerksamkeit zu erlangen. Mit Declan James, der neuen heißen Sahneschnitte Hollywoods, als Hauptdarsteller, hatten sie es geschafft, eine hochkarätige Schauspielerin als Filmpartnerin zu gewinnen. Es war ein Kompromiss, aber wenigstens hatte ich jetzt einen Fuß in der Tür. Ich wünschte nur, es hätte nicht so lange gedauert, bis wir anfingen. Sechs Monate lang in Hollywood herumzusitzen, während alles ausgearbeitet wurde, hätte mich fast umgebracht.

Ich hatte mich wie ein Tier im Käfig gefühlt, das auf seine Befreiung wartet. Mein ganzes Leben lang hatte ich gehen können, wohin ich wollte, und tun und lassen können, was immer mir beliebte. Das hatte ich gefordert und erwartet, und niemand war mir dabei je in die Quere gekommen. Jetzt, wo mein Gesicht überall zu sehen war, hatte ich keinen Moment Privatsphäre, um mein Leben zu retten – jede Sekunde meines Lebens stand ich unter Beobachtung. Wenn ich mich auf der Straße mit einer Frau blicken ließ, war sie automatisch meine Freundin. Wenn wir zweimal gesehen wurden, waren wir eindeutig verlobt. Es war einfach nur albern. Ich hatte es geschafft, so lange unterzutauchen, bis die Aufmerksamkeit, die mein letzter Film erregt hatte, etwas abgeflaut war. Schließlich war es den Paparazzi langweilig geworden und sie hatten aufgehört, mir vor dem Haus aufzulauern, aber noch immer blitzte es hin und wieder, wenn ich zu Starbucks oder in einen Club ging. Wenn mein Nachname Pitt oder Pattison lauten würde, wäre ich wohl nicht so leicht davongekommen. Aber durch diese ganze Erfahrung war ich paranoid und gereizt geworden.

Nach sechs Monaten war ich da nun endlich raus. Bei meiner Rückkehr nach Richmond wusste ich ganz genau, wohin ich zuerst gehen und wen ich zuerst treffen wollte – Leah Morgan.

Die blonde Sexbombe war seit dieser wundervollen Nacht, die wir vor so vielen Monaten zusammen verbracht hatten, zu einer festen Größe in meinen Gedanken geworden. Sie verfolgte mich, erschien mir in meinen Träumen und erfüllte mich mit Sehnsucht. Ich versuchte, sie loszuwerden, indem ich mich in anderen Frauen verlor, aber ganz gleich, wie schön oder sexy sie waren – sie konnten Leah nicht das Wasser reichen. Immer wenn ich einen Orgasmus hatte, stellte ich mir ihr Gesicht vor, spürte jedes Mal ihren Körper, wenn ich eine andere berührte, und hörte das Echo ihres Stöhnens in meinen Ohren.

Sie war wie eine Sucht, die in meinem Körper grassierte, und mir fiel nur eine einzige Methode ein, mich davon zu kurieren.

Der Flugkapitän sagte etwas über die Lautsprecher, wahrscheinlich wies er die Flugbereiterinnen an, sich auf ihre Sitze zu begeben. Das Flugzeug neigte sich, und das Fahrwerk wurde ausgefahren. Ich blickte aus dem Fenster, sah auf die dunkle Stadt hinunter und nahm die Lichter zur Kenntnis, die die Landschaft sprenkelten. Vorfreude überkam mich, als ich auf die Landung wartete. Seit Monaten hatte ich auf diesen Moment gewartet – seit ich mir sicher war, dass Leahs Eroberung meiner Gedankenwelt nicht von allein rückgängig gemacht werden konnte. Es würde drastischer Maßnahmen bedürfen. Ich hatte noch nie zweimal mit derselben Frau geschlafen. Mehrmaliger Verkehr in einer Nacht war okay, sogar erwünscht, aber noch nie war ich zu einer zweiten Runde zurückgekehrt. Sonst glaubten sie noch, ich würde etwas für sie empfinden, doch das tat ich nicht.

Konnte ich nicht. Wollte ich nicht. Nie wieder.

Ich war nicht mehr so veranlagt. Ich wollte kein monogames Verhältnis mit jemandem eingehen. Für manche Menschen war es bestimmt das Richtige. Aber für die Mehrheit? Nein. Das war etwas, was die Leute aus Pflichtgefühl oder Gewissensbissen machten, auch wenn sie eigentlich lieber ihre heiße Sekretärin oder ihren Racquetball-Trainer vögeln würden.

Deshalb gab es bei mir Regeln – nun ja, eigentlich nur eine.

Schlaf nie zweimal mit derselben Frau. Das war eine geniale Sexregel, und sie hatte funktioniert – bis ich Leah getroffen hatte. Ich wusste nicht, woran es lag, dass sie mich so am Wickel hatte. Als ich sie vor all diesen Monaten in dieser Bar kennengelernt hatte, hatte ich sie einfach nur als eine weitere umwerfende Frau betrachtet. Zugegebenermaßen hatte ich noch nie eine andere Frau gesehen, die ihr ähnlich gewesen wäre. Mit ihrem langen, weizenblonden Haar, den bemerkenswerten blauen Augen und Kurven, die einen Mann in die Knie zwangen, bot sie das ganze verdammte Paket. Die Tatsache, dass sie mit Logans Freundin befreundet war, machte alles nur noch einfacher. Sie wäre auf jeden Fall in dieser Nacht mit mir mitgegangen. Als wir uns alle zusammen hingesetzt hatten, fand sie keine Worte, und ich dachte »bingo«, weil ich wusste, dass ich sie hatte. Das einzig Zusammenhängende, was sie an diesem Abend herausbrachte, war die Erwähnung eines Friedhofs, als ich sie nach Richmonds Geschichte fragte.

Auf meinen Instinkt vertrauend, gingen wir zu dem Friedhof, der mehrere hundert Jahre alt war, damit ich ihn für das Kamerateam als mögliche Location unter die Lupe nehmen konnte. Jetzt würde er dank mir tatsächlich als Drehort genutzt werden. Während ich umherging, Grabsteine von Generälen und gefallenen Soldaten sowie die unterschiedlichen Winkel, aus denen gedreht werden konnte, in Augenschein nahm, schaute sie mich an. Nein, mehr als das. Sie *durch*schaute mich. Ich hatte mich noch nie zuvor so entblößt gefühlt. Normalerweise sahen die Frauen in mir, was sie sehen wollten, und ich ließ es zu. So war es einfacher. Wenn sie eine Nacht mit dem Filmstar-Playboy verbrachten, waren ihre Erwartungen nicht so hoch. Wenn ich am nächsten Tag verschwand, hatten sie damit schon gerechnet. Leah? Sie hatte mein wahres Ich gesehen, und das war Furcht einflößend.

Ich hatte noch nie zuvor eine Frau so sehr begehrt wie Leah. Tage, Wochen und inzwischen Monate nach jener Nacht erinnerte ich mich immer noch an alles – ihren Geruch, die Berührung ihrer Haut und die Art und Weise, wie sie gezittert hatte, als sie unter mir gekommen war. Das musste aufhören. So konnte es nicht weitergehen – ich konnte nicht verrückt nach einer Frau sein, mit der ich keine dauerhafte Beziehung wollte. Ich schätzte, nach einer weiteren Nacht mit ihr, vielleicht auch zweien, wäre ich geheilt. Danach würde ich mit meinem Leben fortfahren können – ohne dass mir dieser schöne blonde Geist auf Schritt und Tritt folgte. Das war ein guter, ein verdammt brillanter Plan. Schon bald würde ich wieder mein normales Selbst sein und diese verrückte Sache mit Leah hinter mir lassen.

Ich holte tief Luft, als die Maschine landete und ans Gate rollte. Alle Passagiere verließen in Reih und Glied das Flugzeug, und während ich ins Terminal ging, hätte ich schwören können, Gelächter in meinem Kopf zu hören. Es war, als würde mein Bewusstsein sagen: *Glaubst du wirklich, dass du so leicht davonkommen wirst?*

Ja, Freundchen, das glaube ich.

Ich irrte mich gewaltig.

Leah

Ich blickte in den Badezimmerspiegel und steckte mein blondes Haar zu einem unordentlichen Dutt hoch, bevor ich mein Make-up entfernte. Danach warf ich wieder einen raschen Blick auf mein Spiegelbild und entdeckte das Ebenbild meiner Mutter, das zu mir zurückstarrte. Ich seufzte, dann schaltete ich das Licht aus und ging ins Schlafzimmer. Mein Vater hatte immer gesagt, dass ich ihr später mal ähnlich sehen würde. Damit hatte er wohl recht gehabt, der Mistkerl. Ich hatte das Gefühl, dass mich die paar Fotos, die ich von zu Hause hatte stibitzen können und bei mir aufbewahrte, geradewegs aus meinem eigenen Spiegelbild anstarrten. Es war eine einzige riesige Erinnerung an das, was hinter mir lag.

Nachdem ich in meinen Lieblingsbademantel und meine Plüschpantoffeln geschlüpft war, ging ich schnurstracks in meine moderne kleine Küche, die in meinem Lieblingsfarbton – Blaugrün – gehalten war. Ich öffnete den Gefrierschrank und nahm die Packung Rocky-Road-Eis heraus, die laut nach mir gerufen hatte.

Es war eine lange, emotionale Nacht gewesen. Dabei zuzusehen, wie der Sozialdienst hereingekommen war und Connor schließlich aus dem Krankenhaus geführt hatte, war herzzerreißend gewesen. Sie hatten mir versprochen, gut für ihn zu sorgen, und sie waren auch wirklich freundlich und liebevoll mit ihm umgegangen. Sie wollten weiterhin versuchen, Kontakt mit den Freunden der Familie aufzunehmen, die Connor erwähnt hatte. Er hatte ihnen den Namen gesagt und bestätigt, dass sie die einzigen sonstigen Angehörigen waren, die er hatte. Er war noch nicht einmal von hier, sondern kam aus einem anderen Bundesstaat. Ich konnte mir gar nicht ausmalen, wie groß seine Angst gewesen sein musste.

Letztendlich hatte er sich einverstanden erklärt, mit mir befreundet zu sein. Wir hatten wohl eine halbe Stunde lang schweigend in diesem Untersuchungszimmer gesessen, während er versucht hatte, seine Tränen zu verbergen.

Dann hatte er gefragt: »Hast du eine Mami?«

»Nein«, hatte ich geantwortet.

Ich erzählte ihm, dass ich meine Mami ebenfalls verloren hatte, als ich sieben war. Er fragte, ob sie auch bei einem Autounfall gestorben sei. Ich schüttelte nur den Kopf. Er blickte mit diesen großen, hypnotisierenden Augen, die so voller Schmerz waren, zu mir auf, dann stürzte er in meine Arme. Er weinte und weinte, und ich ließ ihn einfach gewähren, weil ich wusste, dass er das jetzt brauchte. Ich hielt ihn eine Stunde lang fest, während alle Flüssigkeit aus seinem Körper herauszusickern schien. Ich kannte dieses Gefühl. Ich erinnerte mich daran, exakt in diesem Alter genau dasselbe getan zu haben. *Der einzige Unterschied? Kein Mensch war da gewesen, um mich zu halten.* Ich war so froh, dass ich für ihn dieser Mensch sein konnte. Ich hoffte nur, dass jemand anderes dort weitermachen würde, wo ich aufgehört hatte.

Er hatte mir das Bild gezeigt, das er so fest an seinen Körper gepresst hatte. Der Rettungssanitäter hatte es aus dem Wagen gerettet, bevor dieser abgeschleppt worden war. Es war ein Foto von Connor und seiner Mutter, das an der Sonnenblende befestigt gewesen war. Sie stand hinter ihm, offenbar auf einer Art Jahrmarkt. Fahrgeschäfte und Essenstände waren hinter ihnen zu sehen, und Connor hielt eine riesige Zuckerwatte in seinen winzigen Händen. Er war über und über mit blauem Zucker bedeckt, und seine Mom lächelte nur; es schien ihr nichts auszumachen, dass er eine Riesensauerei veranstaltet hatte. Sie war schön und ähnelte ihm sehr, doch sie hatte hellere Haare, und ihre Augen hatten eine andere Farbe. Sie sahen glücklich aus und voller Liebe.

Ich hatte mir die Lippe aufgebissen, um zu verhindern, dass mir Tränen über die Wangen rollten. Er erzählte mir von dem Jahrmarkt und von dem Tag, als seine Mom mit ihm dorthin gegangen war. Er erzählte mir von den lustigen Dingen, die sie dort unternommen hatten, und von der Fahrt nach Virginia, die sie unternehmen wollten, um die Freundin seiner Mutter zu besuchen. Ich wusste nicht viel über Kinder, aber bei ihm zu sein hatte sich richtig angefühlt. Ihm die Gelegenheit zu geben, zu weinen und über seine Mutter zu sprechen, war alles gewesen, was ich ihm in der kurzen Zeit hatte geben können. Ich hoffte nur, dass es geholfen hatte.

Als ich nach meiner Doppelschicht und meiner gefühlsschweren Nacht nach Hause gekommen war, wollte ich nur noch Eis, meinen Schlafanzug und einen rührseligen Liebesfilm. Ich liebte Mädelsfilme. Das war mein schmutziges kleines Geheimnis. Ich schätzte, nicht einmal Clare wusste von diesem Spleen. Ja, ich hatte die Männer aufgegeben … aber in Filmen waren sie perfekt. Am Ende enttäuschten sie nicht, hielten ihre Versprechen und liebten mit jeder Faser ihres Wesens.

Ich liebte diesen Moment, wenn der Mann innehielt, kurz bevor er sich vorbeugte, um die Frau zu küssen, und ertappte mich immer dabei, wie ich »Küsse sie!! Küsse sie!!« schrie.

Und dann tat er es, und es war einfach total ergreifend, herzerwärmend und gut. Ich wusste, dass es eine bezaubernde Filmlüge war, aber das Mädchen tief in meinem Inneren liebte es, so etwas zu sehen, auch wenn es geschwindelt war. Allerdings glaubte ich, dass es ein paar solche Männer schon gab. Logan liebte Clare bis zum Mond und wieder zurück, aber ich glaubte, er gehörte zu einer ganz besonderen Sorte, und ich hatte nicht mehr die Energie, die männliche Spezies nach weiteren solcher Anomalien zu durchkämmen.

Ich ging von der Küche ins Wohnzimmer und kuschelte mich auf mein bequemes braunes Wildledersofa, schnappte mir meine Lieblingsdecke aus flauschigem roten Vlies und seufzte glücklich. *Wer brauchte schon Verabredungen?* Das hier war perfekt – Eis, plüschige Puschen und perfekte Film-Männer, die nichts von einem erwarteten. Perfekt.

Als ich auf dem Blu-ray-Player gerade auf *Play* drückte, um zum vierhundertsten Mal *Dirty Dancing* anzuschauen, klingelte es an der Tür. Ich sah auf die Uhr und war verwirrt. Es war zehn Uhr abends.

Wer klingelte noch zu so später Stunde an meiner Tür? Und seit wann war zehn Uhr abends spät? Verdammt, ich war eine Langweilerin.

Wer zum Teufel konnte das sein? Einen kurzen Augenblick lang hoffte ich, es wäre mein heißer neuer Nachbar, der drei Türen weiter eingezogen war. Vielleicht brauchte er eine Tasse Zucker oder so, aber bei meinem Glück war es wahrscheinlich irgendein rotziger Teenager, der Klingelstreiche machte.

Ich warf meine Decke ab und stürmte mit dem Eis in der Hand zur Tür, ein wenig verärgert, weil dadurch meine Cha-Cha-Cha-Stunde mit Patrick Swayze verzögert wurde.

Ich machte die Tür auf und erstarrte.

Verdammte Scheiße.

Declan James. Auf meiner Schwelle. Sexy wie der Teufel.

Und ich trug … einen Bademantel und Plüschpantoffeln. *Mist!*

Der Blick aus seinen haselnussbraun-grünen Augen glitt über meinen Körper und musterte meinen Aufzug, spähte in den Spalt meines Bademantels und verweilte auf meinen Beinen, bevor er an meinen Händen hängen blieb.

»Isst du Eis immer aus einer Kaffeetasse?« Träge lehnte er sich an meinen Türrahmen.

Er hatte ein großspuriges Lächeln aufgesetzt, das meine Hormone verrücktspielen ließ.

»Was? Ja, durch den Henkel bekommt man keine kalten Hände«, platzte ich heraus.

Oh mein Gott, warum war er hier? In meinem Haus? Und warum roch er verdammt noch mal so gut?

»Was zum Teufel hast du hier zu suchen?«, fragte ich schließlich.

Sein Blick fand meinen, und er grinste. Er amüsierte sich eindeutig. Gott, die sechs Monate hatten ihn nicht weniger sexy gemacht. Sein welliges braunes Haar war zurückgekämmt, wodurch seine durchdringenden haselnussbraunen Augen in seinem markanten Gesicht zur Geltung kamen. Mit seinen Bartstoppeln und der Lederjacke sah er aus wie der typische Bad Boy.

Jeder einzelne Teil von mir wollte sich von ihm flachlegen lassen – noch einmal.

Oh Gott, meine größte Schwäche war zu Besuch gekommen.

»Mein Film hat grünes Licht bekommen, deshalb bin ich für die nächsten drei Monate oder so hier in der Stadt. Dachte, ich schaue mal vorbei und besuche dich«, erwiderte er.

Er ging an mir vorbei in die Wohnung, als hätte ich ihn soeben hereingebeten, was ich nicht getan hatte.

Der lustgeschwängerte Nebel, der mich umgab, lichtete sich ein wenig und wurde von leichter Verärgerung abgelöst.

Was bildete sich dieser Kerl eigentlich ein?

»Du bist also in die Stadt gekommen und hast dir gedacht, du solltest mir einen Besuch abstatten? Warum? Um Hallo zu sagen? Brauchtest du eine freundliche Plauderei, Declan?«, fragte ich eindeutig sauer.

Ich hatte einen sehr emotionalen Tag hinter mir.

Er setzte sich auf mein Sofa, legte die Arme auf die Lehne, als würde ihm die ganze verdammte Wohnung gehören, und grinste mich an. Er war zu groß für diesen Raum. Mein Wohnzimmer wurde von seiner Präsenz buchstäblich verschluckt.

»Nein, ich glaube, du weißt ganz genau, weshalb ich hier bin, Leah«, sagte er, wobei seine Stimme tiefer wurde.

Seine Augen verdunkelten sich, was mir Schauder über den Rücken jagte, die bis in mein Innerstes vordrangen. Jeglicher Hauch von Verspieltheit verschwand. Das ist Declan, rief ich mir ins Gedächtnis – das Raubtier, der große Verführer.

Der Mann, der mich die ganze Nacht lang immer wieder gevögelt hatte, der mich öfter zum Orgasmus gebracht hatte, als ich zählen konnte. Seine Hände hatten jeden Zentimeter meiner Haut berührt. Sein Mund hatte jede intime Stelle meines Körpers geküsst. Kein Mann hatte mich je so vollkommen ausgefüllt und Besitz von mir ergriffen wie er.

Und da war er nun, wie eine Gabe der Götter.

»Nein«, flüsterte ich.

»Nein? Bist du mit jemandem zusammen?«, fragte er. Plötzlich sprang er vom Sofa auf und kam auf mich zugestapft.

»Nein, ich bin mit niemandem zusammen.«

Seine Bewegungen verlangsamten sich, und er entspannte sich sichtlich. Dann kam er weiter auf mich zu, aber aus seinem verärgerten Stapfen war ein lässiges Stolzieren geworden. Ich beobachtete ihn, mir gefielen sein selbstbewusster Gang und die Entschlossenheit in seinem Blick, weil ich wusste, dass sein Augenmerk auf mich gerichtet war.

»Dann sehe ich kein Problem, Leah«, flüsterte er mir ins Ohr, während er seinen Körper fest an meinen presste. »Wir haben gut zusammengepasst. Erinnerst du dich noch?«

Er strich mir die goldenen Strähnen aus dem Nacken und schob langsam den Bademantel von meinen Schultern, wobei er den Träger meines Tanktops gleich mitnahm. Mit der anderen Hand löste er den Gürtel meines Bademantels, den er dann zu Boden gleiten ließ, sodass ich nur noch in Tanktop und engen Pyjamashorts vor ihm stand. Sein Blick wanderte anerkennend über meine nackte Haut, was meine Brustwarzen sofort hart werden ließ. Er lächelte, weil er die Wirkung kannte, die seine Berührung auf mich hatte.

Er beugte sich vor und streifte mit den Lippen meine nackte Schulter, und ich erschauerte unter seiner Berührung.

»Ich kann es dir einmal mehr ins Gedächtnis rufen. Möchtest du das nicht?«

Ich hörte die Worte und versuchte, sie mit der vernebelten Pampe, die mein Gehirn darstellte, zu verarbeiten. *Einmal mehr.* Er war erst angekommen. Er war nicht hier, weil er mich brauchte oder mich so sehr begehrte wie ich ihn. Er wollte nur Gelegenheitssex mit mir, er brauchte jemanden, den man einfach mal so flachlegen konnte, wenn man gerade in die Stadt gekommen war.

Zorn übermannte mich, und ich schob ihn weg. Ich hatte einen langen Tag hinter mir, und das hier war das Tüpfelchen auf dem i. Ein Filmstar, der auf einen schnellen Fick vorbeikam. Perfekt.

»Raus hier.«

Er sah verwirrt aus, aber dann kehrte sein typisches Lächeln wieder zurück. Ich war mir sicher, dass er gleich noch mehr Müll verzapfen würde, auf den ich aber nicht hereinfallen würde.

»Nein, im Ernst jetzt, raus hier. Ich bin keine schnelle Nummer, Declan. Ich werde die Beine nicht breit machen, nur weil du vor meiner Tür stehst. Nur weil du drei Monate in der Stadt bist, heißt das nicht, dass meine Tür plötzlich offen steht. Ich bin nicht eins deiner verdammten Groupies.«

Vorübergehend sprachlos sah er sich im Zimmer um, bis er einen Stift und einen Notizblock auf dem Couchtisch entdeckte. Er ging zu dem kleinen Tisch hinüber, schnappte sich den Stift und kritzelte wütend etwas auf den Block. Dann riss er das Blatt Papier ab und reichte es mir.

»Da wohne ich, solange ich hier bin. Darunter steht der Name, unter dem ich das Zimmer gebucht habe.«

Zurückweisung musste wohl etwas ganz Neues für Declan sein, denn er sah hin- und hergerissen, sauer und verdammt sexy aus. Sein Blick war wild und intensiv, und er holte tief Luft, als er sich mit den Händen durch das widerspenstige Haar fuhr. Plötzlich packte er mich um die Taille und drückte mir einen leidenschaftlichen Kuss auf den Mund. Überraschung, Lust,

Zorn und Verwirrung überwältigten mich, und ich versuchte, ihn an mich zu ziehen und gleichzeitig wegzustoßen. Er schmeckte noch genau wie damals – absolut süchtig machend. Meine Instinkte ließen mich in ihn eintauchen, brauchten ihn wie den nächsten Atemzug, doch meine logische Seite, die zu oft verletzt wurde, verlangte, dass er ging.

Bevor ich eine Entscheidung treffen konnte, ließ er abrupt los und sah mich selbstgefällig an.

»Ruf mich an, wenn du es dir anders überlegst«, sagte er, dann ging er zur Tür und zog sie mit einem sanften Klicken hinter sich zu.

Als ich an der Tür ankam, ließ ich meinen Kopf nach vorne fallen, bis er mit einem dumpfen Geräusch, das meine Stimmung spiegelte, auf das harte Holz traf. »Fuck!«, fluchte ich frustriert.

»Das habe ich gehört!«, schrie Declan auf der anderen Seite der Tür, bevor sein lautes Lachen allmählich verklang.

Mistkerl.

Wenigstens sah er nicht, wie meine Hand zitterte, als ich abschloss. Ich durfte diesen Mann niemals wissen lassen, was für eine Wirkung er auf mich hatte. Das wäre mein Untergang.

»Er stand einfach so vor deiner Tür?«, fragte Clare.

Wir knabberten an Truthahn-Sandwiches aus dem Picknickkorb, den sie mitgebracht hatte. Picknicks im November waren selten, da die Temperaturen in Virginia dann normalerweise nicht viel mehr als zehn Grad erreichten, doch heute war es seltsam warm, und das nutzten wir aus.

»Ja. Sechs Monate nichts, und dann steht er plötzlich da, vor meiner Wohnung, in seiner ganzen sexy Mannespracht.«

»Und er hat einfach erwartet, dass du vor ihm auf die Knie fällst und ihm für die Gelegenheit dankst, ihm zu Diensten zu stehen?«, fragte sie.

»So ungefähr.«

»Was für ein arroganter Mistkerl! Logan, wusstest du, dass Declan wieder in der Stadt ist?«, rief Clare ihrem Mann zu.

Logan schubste gerade ihre fünfjährige Tochter Maddie auf der nahen Schaukel an. »Nein, Schatz«, sagte er. »Ich habe seit Monaten nicht mehr mit ihm gesprochen. Wir verkehren nicht mehr so recht in denselben Kreisen. Als er herausgefunden hat, dass ich verheiratet bin, ist er wohl davon ausgegangen, dass er mich als Kumpel verloren hat, deshalb hat er nicht oft angerufen.«

Clare schnaubte. »Hm, nun ja, anscheinend ist er eine Weile hier. Ich bin mir sicher, er wird irgendwann vorbeischauen. Ich meine, man sollte doch davon ausgehen, dass ein guter Freund sich zumindest mal meldet. Oder, Leah?«

»Mmhm«, antwortete ich. Dieses Gespräch langweilte mich inzwischen zutiefst, weil ich etwas viel Besseres gefunden hatte, worauf ich meine Aufmerksamkeit richten konnte. Ich versuchte ja, eine gute Freundin zu sein, wirklich.

»Leah!«, tadelte Clare. »Könntest du wohl bitte damit aufhören, den Hintern meines Mannes anzustarren?«

»Süße, du kannst mich bitten, worum du willst, aber das ändert nichts an meiner Antwort. Außerdem bekomme ich ja sonst nicht viel zu sehen«, erwiderte ich halbherzig. Ich missachtete die Bitte meiner besten Freundin komplett und gaffte weiter.

Logan grinste und winkte in unsere Richtung, bevor er seine Aufmerksamkeit wieder seinem Job als offizieller Anschubser zuwandte.

Alter Flirtexperte.

Ich versuchte, meinen Blick von Logan, Clares perfekt gebautem Ehemann, loszureißen. Das war schwierig. Selbst nach sechs Monaten Krebstherapie war er noch immer gnadenlos sexy. Groß und schlank, mit der Statur eines Schwimmers. Nachdem er mit der Chemotherapie angefangen hatte, hatte er ein wenig Gewicht verloren, aber er war weiterhin gut aussehend. Er hatte sich den Kopf rasiert, weil er seine Haare alle auf einmal verlieren wollte – und verdammt, der Mann sah umso attraktiver aus.

»Hey, Logan hat mir erzählt, was du neulich nachts für ihn gemacht hast. Mit dem Kind. Danke. Er war ziemlich kaputt, als er nach Hause gekommen ist«, sagte sie leise, während Logan abgelenkt war. Sie sah mich mit einem vielsagenden Lächeln an.

»Gern geschehen, Süße.«

Als ich meine Aufmerksamkeit erfolgreich von Logan abgelenkt hatte, wanderte mein Blick weiter, bis er etwas völlig anderes fand – meine Maddie, mein hübsches Patenkind. Sie war das beste Geschenk, das einem eine Freundin machen konnte. Sie war das Ebenbild Clares und ihres verstorbenen Ehemanns Ethan. Manchmal tat es weh, Maddie anzuschauen und Ethans Augen durchschimmern zu sehen, aber zu wissen, dass er dadurch weiterlebte, gab mir Hoffnung. Sie trug seine Weisheit und seine Liebe in sich, und in ihrer Gegenwart verspürte ich stets den Wunsch, ein besserer Mensch zu sein. Clare war die beste Mutter, die ein Kind nur haben konnte — sie selbst war ebenfalls von wunderbaren Eltern aufgezogen worden –, und das zeigte sich in allem, was Maddie tat. Sie war vollkommen.

Logan lachte, während Maddie begeistert ihre Füße vor und zurück schwang und er sie immer höher schaukelte. Er wurde allmählich wieder gesund. Das konnte ich sehen. Vor zwei Monaten wäre er dazu nicht in der Lage gewesen, aber jetzt ging es wieder – allmählich kam er wieder zu Kräften. Seine Ärzte hatten zwar noch keine richtige Entwarnung gegeben, aber das würde noch kommen. Langsam kehrte er wieder zu uns zurück, und die Prognose war sehr optimistisch.

Zu wissen, dass Clare nicht den Verlust eines weiteren Ehemanns würde verkraften müssen, war eine Erleichterung, die ich nicht in Worte fassen konnte. Ihren ersten Mann, Ethan, zu verlieren, hätte sie fast umgebracht. Das Einzige, was sie noch bei der Stange gehalten hatte, war Maddie gewesen. Der Gedanke daran, dass sie für ein kleines, unschuldiges Mädchen sorgen musste, hatte ihr den Willen verliehen weiterzumachen. Und dann hatte sie Logan kennengelernt. Danach war sie zu neuem Leben erwacht. Diese Ausstrahlung, die ihre Bewegungen, ihre Stimme und ihr Lächeln gehabt hatten, war zurückgekehrt, als Logan in ihr Leben trat.

Und dann kam heraus, dass Logan Krebs hatte. Es war schon paradox, wie grausam das Leben sein konnte. Aber inzwischen waren sechs Monate vergangen, und ich konnte endlich wieder aufatmen. Monatelang hatte ich das Gefühl gehabt, wie auf Eiern zu gehen, weil ich erwartet hatte, dass unsere Welt wieder zusammenbrechen würde. Aber zu sehen, wie Logan mit Maddie im Park spielte, gab mir Hoffnung.

»Also, was hast du vor?«, fragte Clare.

Sie wusste nur zu gut, dass das neulich abends trotz meiner Abweisung nicht das Letzte war, was ich von Declan James zu sehen bekäme. Mein Körper und meine Gedanken würden das nicht zulassen. Es hatte fast meiner ganzen Willenskraft bedurft, um Nein zu ihm zu sagen. Ich fühlte mich zu ihm hingezogen, und es war nur eine Frage der Zeit, bis ich mich in diesem Hotel wiederfände und an seine Tür klopfte.

Ich brauchte Zeit, um einen Plan zu schmieden – oder zumindest, um ihn eine Weile zappeln zu lassen. Ich konnte nicht seine schmutzige Affäre oder sein spätabendlicher Gelegenheitssex sein. Eine Beziehung wollte ich zwar nicht, aber sein Schuhabtreter wollte ich auch nicht sein. Ich hatte das Gefühl, in zwei verschiedene Richtungen gezogen zu werden. Eigentlich wollte ich so schnell wie möglich das Weite suchen, weil ich wusste, dass es mein Ende wäre, wenn er es darauf anlegen würde, aber je mehr ich mir einredete, mich fernhalten zu müssen, desto lieber wollte ich alle Warnungen in den Wind schießen und so schnell wie möglich zu diesem Hotel fahren. Nach Daniel, meiner College-Liebe, die sich keineswegs als solche erwiesen hatte, und nach einer Kindheit voller Misstrauen – dank einem Vater, der das Wort Versager praktisch definiert hatte – konnte ich es mir nicht leisten, einem weiteren Mann zu vertrauen, der mein Vertrauen nicht verdiente.

»Keine Ahnung, aber eins weiß ich. Die verdammten Bedingungen stelle ich.«

3

Declan

»Erledigen Sie es einfach, verdammt noch mal!«, brüllte ich, sodass der persönliche Assistent am anderen Ende der Leitung vor Angst winselte. Er stammelte eine Bestätigung, und ich beendete mit einem frustrierten Seufzer das Gespräch. Ich ging in dem Hotelzimmer auf und ab, das für die nächsten drei Monate mein Zuhause sein würde. Normalerweise war ich ruhig und einigermaßen umgänglich. Bisweilen war ich vielleicht ein wenig heftig, aber ich war nie einer, dessen PA sich in die Hose machte, wenn er nur meine Stimme hörte. Ein zorniger, angepisster Declan war etwas ganz Neues. Die Leute am Set wussten nicht, wie sie darauf reagieren sollten, und ich selbst auch nicht.

Gestern hatte ich es geschafft, bei der Probe meinen gesamten Text zu vermasseln, mit meinem Regisseur zu streiten und sogar den Caterer zu erzürnen, weil nicht genug Kaffee da war. Inzwischen galt ich als die zickige Diva am Set. *Na wunderbar, verdammt.*

Ich konnte mich nicht konzentrieren. Ich war ruhelos, reizbar und verdammt erregt.

Leah hatte Nein gesagt. Sie hatte Nein gesagt, verdammt … und das zu mir. In meinem gesamten Erwachsenenleben war ich noch nie von einer Frau, die ich begehrt hatte, abgewiesen worden. Vielleicht war es anmaßend, aber wenn ich mein Augenmerk auf etwas gerichtet hatte, bekam ich normalerweise immer, was ich wollte. Ich war an jenem Abend aus dem Flugzeug gestiegen, bereit, dafür zu sorgen, dass Leah Morgan künftig der Vergangenheit angehörte. Sie hatte ein schmerzliches Verlangen in mir hervorgerufen, das ich nicht unterdrücken konnte, und ich hatte nichts lieber gewollt, als mich noch einmal zwischen diese seidigen Schenkel sinken zu lassen, um als geheilter Mann hervorzukommen. Doch dann hatte sie in Bademantel und Hausschuhen die Tür geöffnet, die Tasse in der Hand, und war absolut verblüfft gewesen. Das war … nun ja, einfach hinreißend gewesen. *Mist! Ich hasste dieses Wort.*

Sie so durcheinander und aus der Bahn geworfen zu sehen, hatte mir großes Vergnügen bereitet. Es erinnerte mich an die stille Frau, die ich damals in der Bar kennengelernt hatte. Ich hatte gedacht, dass es einfach werden würde, dass ich am nächsten Morgen geheilt sein würde und bereit wäre, neu zu starten und mein altes Leben wieder aufzunehmen – ohne Leah Morgan.

Ich hatte ihren Schock ausgenutzt, ihre Fassungslosigkeit über mein überraschendes Auftauchen. Ich hatte mich an sie herangemacht, sie daran erinnert, wie gut wir in dieser Nacht harmoniert hatten, und ihr Körper war unter meiner Berührung auf der Stelle erblüht. Ich hatte sie in meinen Fängen gehabt. Alles war perfekt gewesen.

Und dann hatte sie Nein gesagt. Ihre Augen hatten vor Zorn geglüht, und sie hatte eine entschlossene Haltung eingenommen, die ihren Worten noch mehr Gewicht verliehen hatte. Die Frau, die ich gerade noch verführt hatte, hatte sich um hundertachtzig Grad gedreht. Ich musste lernen, dass Leah Morgan viele Gesichter hatte.

Noch nie in meinem ganzen Leben war ich so wütend, frustriert und angeturnt gewesen. Was zum Teufel sollte das? Ich konnte nicht weggehen, aber ich konnte auch nicht bleiben. Ich hatte ihr meine Hotelinformationen praktisch aufgedrängt, bevor ich zur Tür hinausgegangen war. Als die Tür mit einem Klicken ins Schloss gefallen war, hatte ich sie frustriert fluchen gehört, und da hatte ich gewusst, dass es noch nicht vorbei war.

Sie spielte mit mir oder schob das Unvermeidliche einfach hinaus, und es war nur eine Frage der Zeit, bis sie an meine Tür klopfen und um mehr betteln würde. Ich brauchte nur abzuwarten. Sie würde zu meinem Hotel gekrochen kommen und mich anflehen, sie flachzulegen – in einem, höchstens zwei Tagen. Als ich an jenem Abend zu meinem Hotel zurückgefahren war, konnte ich mir das fette Grinsen nicht verkneifen, das sich auf meinem Gesicht ausgebreitet hatte.

Aber das war jetzt schon eine Woche her – eine ganze verdammte Woche. Ich machte bei solchen Spielchen nicht mit, und ich war kein geduldiger Mensch. Dieses Katz-und-Maus-Spiel machte mich wuschig, aber ich konnte trotzdem nicht nachgeben. Ganz egal, wie viele Frauen in der Hotellobby an mir vorbeigingen, mich schüchtern anlächelten oder mir zuzwinkerten – ich konnte nicht klein beigeben. Selbst die unverblümte Einladung meiner Filmpartnerin, sie in ihrem Wohnwagen zu besuchen, hatte zu nichts geführt. Ich konnte das nicht. Mich quälte eine unvollendete Angelegenheit, die dringend einen Abschluss erforderte.

Doch jetzt war das schon eine Woche her, und ich fühlte mich wie ein Narr. *Fand sie das etwa lustig? War ich eine verdammte Witzfigur für sie? Hatte ich die Signale falsch gedeutet? Vielleicht käme sie überhaupt nicht.*

Declan James war nicht irgendein Weichei, das auf eine Frau wartete. Die Frauen warteten normalerweise auf mich, und es wurde allmählich Zeit, dass ich zurück ins Spiel kam. Diese Abhängigkeit oder Vernarrtheit, die ich empfand, würde mit der Zeit von selbst vergehen. Zum Teufel damit. Ich hatte die Nase voll vom Warten.

Nachdem ich mir so gut zugeredet hatte, dass ich es selbst kaum glauben konnte, drehte ich noch etwa fünfzig Runden in meinem Zimmer, um mein Gehirn wieder ins Spiel zu bringen. Dann zog ich mir meine Lederjacke über und ging zur Tür, um die Hotelbar anzusteuern. Es war ein edles Hotel, in dem immer irgendwelche Single-Frauen herumlungerten, in der Hoffnung, einen einsamen reichen Mann auf Geschäftsreise abzubekommen. Weit weniger enthusiastisch, als ich eigentlich hätte sein sollen – in Anbetracht der Tatsache, dass ich nach unten ging, um eine aufzugabeln, die leicht zu haben war –, öffnete ich meine Zimmertür und wäre fast mit einer völlig verblüfften Leah zusammengeprallt. Sie hatte die Faust erhoben, als wolle sie gleich anklopfen.

»Heilige Scheiße! Jetzt hättest du mich fast umgebracht!«, schrie sie.

Ich fand am Türrahmen Halt für uns beide. »Was willst du hier?«, fragte ich.

Die Verblüffung in ihrem Gesicht wandelte sich abrupt in Verärgerung, und mir wurde klar, dass meine Frage mehr als nur ein bisschen unhöflich geklungen hatte.

»Tut mir leid. Eigentlich wollte ich nur fragen, wie du es geschafft hast, einfach so hier raufzukommen.« Ich hatte an der Rezeption die Anweisung hinterlassen, mich zuerst anzurufen, bevor sie jemanden zu mir heraufließen. Ich war unter falschem Namen hier abgestiegen. Vielleicht war das ja komplett verrückt, aber das beschissene Leben, das ich inzwischen führte, stellte mich vor alle möglichen neuen Anforderungen.

Leah grinste breit, während wir in mein Zimmer gingen.

»Männer kann ich so ziemlich zu allem überreden«, erwiderte sie. »Und zufälligerweise arbeiten an der Rezeption Männer. Sie waren sehr entgegenkommend, als ich ihnen erzählte, dass ich meinen Freund mit einem spontanen Striptease überraschen will, die Überraschung aber nicht durch einen Anruf verderben möchte.«

»Was für ein Quatsch. So etwas funktioniert doch nicht«, entgegnete ich.

»Oh doch. Ich brauchte nur das Wort *Striptease* zu erwähnen, und sie fraßen mir aus der Hand.«

Ähnlich wie ich es bei ihr zu Hause gemacht hatte, ließ sie sich auf dem Sofa nieder und machte es sich bequem, ohne um Erlaubnis zu bitten. Heute hatte sie wieder ihren üblichen Schwung. Sie trug einen tief ausgeschnittenen schwarzen Pulli, einen kurzen rosafarbenen Rock und Schuhe mit hohen Absätzen und sah leidenschaftlich und sehr verlockend aus. Das verwirrte Mädchen, bei dem ich letzte Woche hereingeplatzt war, war verschwunden, und Leah, der Kracher, den ich vor all diesen Monaten im Bett gehabt hatte, war wieder da. Da ich nun beide Seiten von ihr kannte, konnte ich mich gar nicht entscheiden, welche mir besser gefiel.

»Und wann genau bekomme ich nun meinen Striptease?«, fragte ich.

»Na ja, das kommt auf dich an, Casanova.«

»Casanova?«

»Genau. Überhebliche Art, arrogante Einstellung und verdammt sexy – ein guter Spitzname.«

»Also gut, was sind deine Bedingungen, Leah?«

Ich unterdrückte das Bedürfnis, sie zu berühren. Ich steckte die Hände in die Taschen und ging in dem verzweifelten Versuch, mich davon abzuhalten, einfach auf meine Frage zu pfeifen und sie an die Wand zu drücken, bevor sie irgendwelche Bedingungen oder Anforderungen stellen konnte, im Zimmer auf und ab. Denn was immer sie gleich sagen würde – ich wäre damit einverstanden. Sie wusste es nicht, aber sie hatte meine Eier in ihren perfekten kleinen Händen, und ich war ihr gnadenlos ausgeliefert. Dafür hasste und begehrte ich sie zugleich. Sie gab mir das Gefühl, außer Kontrolle und schwach vor Verlangen zu sein. Ich konnte nicht aufhören, mein Ziel zu verfolgen, und konnte auch nicht einfach weggehen.

»Ich werde nicht als schnelle Nummer herhalten, wann immer du zu faul bist, ein neues Betthäschen für den Abend zu finden. Ich werde dich nicht in mein Bett lassen, wenn ich nicht weiß, wo du gewesen bist und ob ich nicht einfach nur irgendeinen schmuddligen Nachschlag bekomme«, erklärte sie.

Und dann sagte sie das, was ich niemals hatte hören wollen.

»Ich will, dass das zwischen uns ausschließlich ist – und zwar so lange, bis wir uns dagegen entscheiden. Wie wir das bezeichnen, ist mir egal. Ich brauche keine Labels oder Dates, du brauchst mich nicht zum Essen auszuführen, mir Blumen mitzubringen oder Geschenke zu machen. Das Einzige, was ich fordere, ist, dass du ausschließlich mir gehörst, solange wir zusammen sind.«

»Ja«, antwortete ich sofort und überraschte uns damit beide.

»Ja? Das war's schon? Kein Gegenangebot? Kein Ausflippen, kein Tobsuchtsanfall, Declan?«

»Nein, Leah, kein Tobsuchtsanfall. Nur eine Bedingung.«

Ich setzte mich zu ihr aufs Sofa. Mein Schenkel streifte ihren, und ich hörte, wie ihr Atem stockte.

»Und das wäre, Casanova?«

»*Zwei* Bedingungen«, fügte ich hinzu. »Erstens gelten dieselben Regeln auch für dich. Während wir zusammen sind, für wie lange auch immer, gehörst du mir, Leah«, schnurrte ich an ihrem Ohr.

Ihre Augen weiteten sich, und ihr Atem ging plötzlich unregelmäßig, was mich sofort mit einem Gefühl der Zufriedenheit erfüllte, weil ich ihre Gelassenheit und ihre ruhige Fassade durchbrochen hatte.

»Und zweitens?«, fragte sie zaghaft.

»Nenn mich verdammt noch mal nicht Casanova.«

Sie entspannte sich sichtlich und prustete los. Dann sagte sie: »Vergiss es, Casanova.«

Leah

Er stand auf und tigerte im Zimmer herum wie ein Raubtier, das auf seine Beute lauert. Ich war die Gazelle und er der hungrige Löwe. Ich konnte mich noch daran erinnern, wie sich seine Lippen letzte Woche angefühlt hatten, als sie sich warm und weich auf meinen Hals gepresst hatten. Und es war zwar schon sechs Monate her, aber auch von damals hatte sich mir jedes Detail eingeprägt – jede Berührung, jedes Stöhnen, jeder erdbebenartige Moment.

Meine Hände bebten vor Vorfreude, weil ich wusste, dass diese Erinnerungen endlich Realität werden würden. Wenn man wusste, was man vermisste, war die Vorfreude fast noch größer, als wenn man auf etwas gespannt war, was man nie gehabt hatte. Ich war wie eine Drogensüchtige, die vor ihrem Dealer steht, total erpicht auf den nächsten Schuss.

»Ich glaube, mir wurde ein Striptease versprochen«, sagte Declan und brach damit das gewichtige Schweigen, das den Raum erfüllte. Er setzte sich in einen beigefarbenen Plüschsessel und legte die Beine auf den Schreibtisch daneben. Dann verschränkte er die Hände hinter seinem wunderschönen Kopf und lehnte sich zurück, als würde er darauf warten, dass die Show begann.

»Ich kann mich nicht daran erinnern, dir je einen versprochen zu haben«, schoss ich zurück.

Declans Anblick machte mich ein wenig atemlos. Ihn so vor mir ausgebreitet zu sehen, stellte schmutzige Dinge mit meinen

Gedanken an. Am liebsten hätte ich seine Beine vom Schreibtisch geschlagen und mich in seinen Schoß sinken lassen, um all die Fantasien, die ich schon so lange hegte, auszuleben. Aber ich war stur wie ein Maulesel und weigerte mich, so leicht klein beizugeben. Es war ein Spiel, und spielen wollte ich unbedingt mit ihm.

»Mmm … na gut, du hast also den Angestellten an der Rezeption erzählt, du würdest für deinen Freund einen Striptease veranstalten. Wir wollen die armen Jungs doch nicht enttäuschen, oder, Leah?«, fragte er mit einem schiefen Grinsen.

»Du bist nicht mein Freund.«

»Nein, aber du hast dich gerade damit einverstanden erklärt, dass du mir gehörst, oder? Ich glaube, wir fangen mit dem Oberteil an. Weg damit.« Seine Stimme wurde tiefer, dunkler, sinnlicher und höllisch sexy.

Als Reaktion darauf spannten sich meine Muskeln an, und ich wurde rot. Ich hatte das Gefühl, als wäre in meinem Körper ein flammendes Inferno ausgebrochen und würde mich von innen her schmelzen. Ich fügte mich seinem Befehl, erhob mich vom Sofa, zog mir langsam den Pulli über den Kopf und ließ ihn zu Boden fallen. Seine haselnussbraunen Augen verdunkelten sich, wurden grüner, als er mich musterte.

»Jetzt den Rock, Leah«, sagte er, während er die Füße vom Schreibtisch auf den Boden sinken ließ.

Er lehnte sich in seinem Sessel zurück, versuchte, entspannt zu wirken, aber seine bisherige Ruhe war verflogen und wurde durch ein Vibrieren sexueller Energie ersetzt, das seinen Körper durchlief. Er wirkte animalisch, konnte sich kaum beherrschen, und ich genoss es, dass meine Anwesenheit das Tier in ihm weckte.

Qualvoll langsam ließ ich den Rock an meinen langen, sonnengebräunten Beinen nach unten gleiten, bis er mit dem Pulli auf einem Haufen lag. Jetzt stand ich vor Declan, in nichts als schwarzer Spitze und hochhackigen Schuhen. In einem Anflug von Kühnheit griff ich nach dem Verschluss meines BHs.

Declan kam mir zuvor. »Nein, jetzt bin ich dran.«

Das Raubtier hatte sich in Bewegung gesetzt, erhob sich mit einer einzigen fließenden Bewegung aus dem Sessel. Er machte ein paar Schritte auf mich zu, bis sich unsere Körper fast berührten. Ich spürte die Hitze, die sein vollkommener Körper verströmte. Er roch nach Leder, Aftershave und etwas rein Männlichem. Es war göttlich.

Er ließ seinen Blick an meinem Körper hinunterwandern, und dann wieder nach oben, um mir schließlich in die Augen zu schauen. Seine Augen waren lebhaft und glänzten vor Glut. Seine Hand glitt um meinen Körper herum, streifte die empfindsame Haut mit den Fingerspitzen, bis sie den Verschluss meines BHs fand. Mit einer raschen Bewegung aus dem Handgelenk öffnete er ihn, und ich beobachtete, wie das Kleidungsstück zu Boden fiel. Er atmete scharf ein, und ich richtete meine Aufmerksamkeit wieder auf ihn. Sein Blick schweifte hungrig über meine Brüste, während er meine Taille umfasste und mich an seinen harten Körper zog.

»Erinnerst du dich noch an mich, Leah?«, fragte er.

Als könnte ich das je vergessen. Auch wenn ich es die letzten einhundertachtzig Tage versucht hatte.

Ich schauderte, als seine Lippen mein Schlüsselbein fanden und zärtlich küssten.

»Weißt du noch, wie es sich angefühlt hat, als ich ganz tief in dich eingedrungen bin?«

Oh Gott. Unwillkürlich stieß ich ein leises Stöhnen aus, und da spürte ich, wie sich seine Lippen an meiner Schulter zu einem kleinen Lächeln verzogen.

»Denkst du jedes Mal, wenn du kommst, an mich? Rufst du meinen Namen, wenn du deinen Orgasmus hinausschreist?«

Seine Hand bewegte sich über meinen Körper, drückte meine Brust, während er mit dem Daumen über meinen Nippel strich, sodass er sich zu einer harten Spitze aufstellte. Ich spürte, wie mein Höschen bei seiner Berührung auf der Stelle nass wurde. Mein Körper reagierte so heftig auf ihn, dass meine Knie zitterten. Ich hasste es, dass ein Mann mich so empfinden lassen konnte, so hilflos und außer Kontrolle – aber ich konnte nicht genug davon bekommen. Als Declan letzte Woche vor meiner Tür gestanden hatte, hatte ich bereits gewusst, dass es so ausgehen würde. Es war nur eine Frage der Zeit gewesen. Eine Süchtige konnte es nur eine gewisse Zeit aushalten, bevor sie den nächsten Schuss brauchte – vor allem, wenn es sich dabei um ein über einsachtzig großes Alphamännchen handelte.

»Du hast meine Frage nicht beantwortet, Leah«, flüsterte er in mein Ohr.

»Ja. Gott, ja«, stöhnte ich.

Er ließ seine Hand an meinem Körper hinunterwandern, bis er den mit Spitze verbrämten Rand meines Slips erreichte. Als er die Hand dort verweilen ließ, hätte ich vor Frust fast geschrien. Ich brauchte seine Berührung, wie ich die Luft zum Atmen brauchte. Er hatte mich in diesem Moment in der Hand, und das wusste er verdammt noch mal.

Er trat einen Schritt zurück und deutete auf meinen Slip, seine Stimme rau wie Kies: »Schieb ihn an deinen hübschen Beinen hinunter, bitte.«

Froh willigte ich ein – denn das würde mich meinem Ziel, von Declan um den Verstand gevögelt zu werden, gleich sehr viel näher bringen – und machte mich daran, meine Stöckelschuhe auszuziehen.

»Ähm, Leah. Behalte die High Heels an. Nur das Höschen«, befahl er, seine Augen dunkel vor Verlangen.

Ich bedachte ihn mit einem leichten Grinsen, hakte meine

Finger seitlich in meinen Slip und schob ihn ganz langsam an meinen schlanken Beinen hinunter, wobei ich eine ziemliche Show veranstaltete. Ich sah ihm wieder in die Augen und merkte, dass sich seine Hände an seinen Seiten zu Fäusten ballten, während sein Kiefer mahlte. Offenbar war ich nicht die Einzige, die von ihrem Gegenüber extrem beeindruckt war. Er wirkte wie eine Zeitbombe, die jeden Moment losgehen konnte.

»Zurück an die Tür«, befahl er und deutete mit einer Kopfbewegung auf die Eingangstür der Suite.

Er folgte mir, als ich ein paar Schritte rückwärtsging, bis mein Rücken die kühle Holztür berührte. Er kam näher, und ich spürte, wie sich sein voll bekleideter Körper an meinen presste. Mich durchlief ein prickelndes Gefühl, weil ich nackt war und er immer noch komplett angezogen. Dadurch fühlte ich mich lasziv und begehrenswert, und als ich ihm in die Augen sah, wusste ich, dass er genauso empfand.

Seine Hand fand wieder meine Brust, und meine Brustwarze wurde hart unter seiner vertrauten Berührung. Declan küsste mein Schlüsselbein – eine seiner Lieblingsstellen, wie es schien –, dann glitt seine Zunge meinen Hals hinauf, bis seine Zähne zärtlich an meinem Ohr knabberten.

»Ab sofort wirst du nur noch meinen Namen schreien, wenn du kommst, Leah.«

Ich wimmerte. Dieser Mann brachte mich dazu, vor Verlangen zu wimmern, verdammt. Er musste mich berühren – sofort. Wenn wir ohne Nahrung und Wasser auf einer einsamen Insel gestrandet wären und ich die Wahl gehabt hätte zwischen einem Picknickkorb voller Verpflegung und einer Stunde mit Declan James, hätte ich nicht gewusst, wofür ich mich entscheiden sollte. In einem Moment wie diesem hätte ich sicher auf das Essen gepfiffen und den höllisch sexy Schauspieler genommen.

Er ließ seine Hand über meine Brust zu meinem Bauch wandern und tiefer. Stumm flehte ich, bettelte ich und bot ihm meine gesamte Altersvorsorge an, wenn er nur endlich die Folter beendete und mich liebkoste.

»Oh Gott, Declan, bitte«, stöhnte ich.

Träge fuhr er mit den Fingern über die weiche Verbindung zwischen meinen Schenkeln und genoss eindeutig die Wachsbehandlung, der ich mich vor ein paar Tagen unterzogen hatte.

»Bitte was, Leah?«

»Bitte, mach, dass ich komme. Verdammt noch mal, Declan!«

Er gluckste leise, und dann ging dieses große Alphamännchen vor mir auf die Knie, ohne den Blickkontakt zwischen uns zu unterbrechen. Rasch streifte er seine Lederjacke ab, und ich nahm mir einen Moment Zeit, um den neuen Anblick zu bewundern. Darunter trug er ein schlichtes weißes, eng anliegendes T-Shirt, das die harten Linien und Muskeln seines durchtrainierten Körpers betonte.

Lecker.

»Spreiz die Beine«, sagte er rau.

Sobald ich getan hatte, wie mir geheißen, war er auch schon bei mir und vergrub mit einer einzigen raschen Bewegung seinen Kopf zwischen meinen Beinen.

»Oh fuck!«, schrie ich.

Seine Zunge fand meine Klitoris und sandte Wellen der Lust durch meinen Körper. Vor und zurück bewegte sie sich über das winzige Bündel aus Nerven in der Mitte meines Körpers, bis ich das Gefühl hatte, explodieren zu müssen. Gerade als ich glaubte, allein davon zum Höhepunkt zu kommen, tauchte er mit der Zunge in mich hinein, sodass ich vor Ekstase schrie. Er liebkoste mich mit wilder Hingabe mit dem Mund und schien sich vollkommen darin zu verlieren. Mit den Händen drückte er mich an die Tür, dann legte er sich meine Beine über die

Schultern, sodass ich an der Tür hängend auf ihm saß. Dabei bearbeitete er mich weiterhin mit der Zunge, wobei der neue Winkel es ihm gestattete, tiefer in mich einzudringen.

»Gott, ich hatte ganz vergessen, wie süß du schmeckst«, sagte er an meinem Fleisch.

In diesen Minuten glaubte ich, mich in Declans Zunge verliebt zu haben. Sie war ein Kunstwerk und sollte Medaillen oder Pokale bekommen. Wenn es einen Preis für die beweglichste Zunge gäbe, würde Declan ihn mühelos gewinnen.

Ich schlang meine Finger in seine dunklen Locken, während sein Daumen meine Klitoris fand. Die beiden Empfindungen zusammen ließen mich die Beherrschung verlieren und sandten mich im freien Fall in die Glückseligkeit. Mein Körper bebte unter der Wucht meines Orgasmus, und ich dankte insgeheim Declans breiten Schultern, dass sie mich aufrecht hielten. Declan ließ meine Beine wieder zu Boden sinken, dann stand er ganz langsam auf und leckte sich die Lippen mit derselben Zunge, mit der er mich gerade um den Verstand gebracht hatte.

Wortlos legte er selbst einen Striptease hin, indem er sein weißes T-Shirt mit einer eleganten, fließenden Bewegung auszog. Meine Erinnerungen an seinen Körper waren ihm nicht gerecht geworden, zumal er in den paar Filmen, in denen er mitgespielt hatte, sein T-Shirt stets anbehalten hatte. Diese Regisseure waren offenbar totale Volltrottel. Sie könnten tonnenweise Geld machen, wenn sie Declan nur ein paar Minuten oben ohne herumlaufen ließen. Frauen würden sich tagelang anstellen, um diesen Film zu sehen. Seine breiten, gebräunten Schultern gehörten zu einem Körper, der für Streicheln, Liebkosen und Lecken wie gemacht war. Zusammen mit seinem Sixpack bildete sein Unterleib ein perfektes V, das auf alle möglichen schmutzigen Dinge hindeutete – Dinge, die mein Geist und mein Körper gar nicht abwarten konnten, noch einmal zu tun. Als könne er meine ungezogenen Gedanken lesen, grinste Declan, während er nach seiner Gürtelschnalle griff. Meine Libido feuerte ihn dabei an und bettelte darum, dass seine Hände schneller arbeiteten. Er zog ein Kondom aus seiner Gesäßtasche, dann fiel seine verwaschene Jeans zu Boden und er stand in schwarzen Boxershorts vor mir, die nichts mehr der Fantasie überließen. Er war hart, groß und unter dem dünnen Stoff bereit für mich. Als seine Hand zum Bund seiner Boxershorts glitt, stieß ich mich von der Tür ab und hielt ihn auf.

»Nein, lass mich«, sagte ich kühn, da ich das Bedürfnis verspürte, sofort Hand an ihn zu legen.

Er hörte auf, reichte mir das Kondom und gestattete mir, die Führung zu übernehmen. Sobald meine Finger die heiße Haut an seinem Bauch berührten, sog er vor Lust die Luft ein. Seine Augen flackerten in einem intensiven Grün auf, als ich die Hände auf seinen Rücken wandern und in seine Boxershorts gleiten ließ, um seinen festen Hintern zu umfassen. Nachdem ich ihn fest gedrückt hatte, zog ich die Boxershorts an seinen Beinen hinunter, ließ mich zu Boden sinken und lehnte mich auf meine Fußballen zurück. Dann riss ich die Kondompackung mit den Zähnen auf und streifte das Kondom langsam über die gesamte Länge seiner Erektion.

Mich in dieser Position zu sehen, musste bei Declan wohl das Fass zum Überlaufen gebracht haben. Noch bevor ich die Gelegenheit erhalten hatte, seinen Anblick von unten zu bewundern, wurde ich nach oben gerissen, gegen die Tür geknallt und von seinem Mund förmlich verschlungen. Unsere Zungen schlangen sich umeinander, bewegten sich zusammen, und seine Hand ballte sich in meinen Haaren zur Faust, als wolle er mich für etwas Unausgesprochenes bestrafen. Ich empfand dasselbe, denn kein Mann sollte so verzehrend sein oder mir das Gefühl geben, dermaßen die Kontrolle zu verlieren. Männer machten

Spaß, aber zu meinen Bedingungen. Declan vermochte mich von innen nach außen zu kehren, mich total zu verknoten, und wenn ich gerade glaubte, mich wieder erholt zu haben, dann fing er noch mal von vorne an.

Während wir uns fieberhaft küssten, ließ er seine Hand nach unten wandern und schob seinen Finger in mich.

»Gott, du bist so feucht«, sagte er an meinem Mund, »so bereit.«

Er zog den Finger wieder heraus, schob mich an der Tür etwas nach oben und ließ mich dann auf seinen steinharten Schwanz hinuntergleiten. Ich schrie bei diesem unvermittelten Eindringen auf, aber er kannte keine Gnade, zog sich zurück und stieß erneut zu. Die Tür bebte und vibrierte, als er mich vögelte, und ich nahm das alles mit Freuden auf und schrie meine Lust hinaus, ohne mich darum zu kümmern, was die Leute, die vielleicht draußen vorbeigingen, denken mochten.

»Das ist es, Leah. Lass diese Jungs da unten ruhig hören, wie viel Freude es mir bereitet, meine *Freundin* glücklich zu machen. Lass sie wissen, wessen Namen du schreist, wenn du kommst.«

»Oh Gott, ja!«, schrie ich, während er weiterhin zustieß und mich komplett ausfüllte.

»Nein, falscher Name … auch wenn ich so hin und wieder schon genannt wurde. Versuch es noch mal, Leah«, neckte er mich.

Seine Finger fanden meine feuchte Stelle, und er fing an, meine Klitoris zu reiben, während er mich mit seinen mächtigen Stößen gegen die Tür stieß. Ich spürte, wie sich meine Muskeln zusammenzogen und anspannten, und wusste, dass ich kurz davor war, denn in meinem Bauch fing es an zu flattern.

Gerade als ich dachte, ohnmächtig zu werden, schrie ich: »Declan!«

Dann war es um mich geschehen. Ich umfasste seinen Penis

wie einen Schraubstock, was ihn zum Orgasmus brachte und in mein kehliges Stöhnen einstimmen ließ. Außer Atem und vollkommen befriedigt ließ ich mich gegen ihn sinken, während er sich mit der Hand an der Tür abstützte. Ich konnte mich nicht daran erinnern, von Sex jemals so erschöpft gewesen zu sein, und das wollte etwas heißen, denn ich hatte schon Sex mit Declan gehabt.

Während ich an Declans harter Schulter lag, spürte ich, wie er in mir wieder hart wurde. Ich hob den Kopf und sah ihn überrascht an. Sein selbstgefälliges Lächeln sagte alles.

»Was? Dachtest du, wir wären schon fertig? Dummes Mädchen.« Er lachte.

Dieser Mann war wie der Duracell-Hase. Er hielt mich die ganze Nacht auf Trab und hörte nur auf, um das Kondom zu wechseln oder ein Glas Wasser zu holen. Er war eine unaufhaltsame Macht.

Gott segne Declan James.

4

Leah

»Gegen die Tür?«, quietschte Clare, als wir an einem kühlen Dienstagnachmittag auf ihrem Bett saßen und Wäsche zusammenlegten.

Wir hatten uns zum Yoga getroffen, in einem unserer kleinen Lieblingslokale in der Stadt zu Mittag gegessen und verbrachten nun ein paar schöne Stunden mit ihren Socken und ihrer Unterwäsche. Ich war eine tolle beste Freundin.

»Ja, und dann hat er mich noch über dem Schreibtisch und in der Dusche genommen. Himmel, wir haben es sogar auf dem Boden getrieben, weil wir es nicht bis ins Bett geschafft haben.«

»Wow, haben dir deine, ähm ... weiblichen Teile danach nicht wehgetan?«, fragte sie.

Ich brach in Gelächter aus. Ich liebte Clare. Sie und ich waren die perfekte Kombi. Ich sprach aus, was immer mir gerade durch den verdammten Kopf schoss, ohne mich einen Deut um die Konsequenzen zu scheren, während Clare tomatenrot wurde und Dinge wie »weibliche Teile« sagte, weil sie Angst hatte, laut und deutlich »Muschi« zu sagen.

»Natürlich haben sie wehgetan. Jedes Mal, wenn ich am nächsten Tag bei der Arbeit herumgelaufen bin, hat mir alles wehgetan. Aber das hat mich nur an die vorangegangene Nacht erinnert und damit natürlich an Declan – und da wurde ich schon wieder scharf.«

»Du bist verrückt! Ihr beide passt echt himmlisch zueinander! Zwei Nymphomanen. Ich sollte schon mal anfangen, die Heiratsanzeige zu verfassen. Hm … das wäre interessant! Fändest du es geschmacklos, in einer Hochzeitseinladung das Wort ›nymphoman‹ zu verwenden?«

»Nein!«, rief ich ein wenig zu laut. »Keine Hochzeiten, keine Verlobungen, keine Ehen, die im Himmel geschlossen werden, Clare! Wir vögeln. Das ist alles. Es ist nur für ein paar Monate, und dann ist es vorbei. Okay? Betrachte ihn als längerfristigen Sexfreund. Mehr nicht.«

An diese Tatsache war ich heute Morgen erinnert worden, als ich in einem leeren Hotelzimmer aufgewacht war – keine Nachricht, keine Telefonnummer … nichts. Ein fester Freund hätte einen Zettel hinterlassen und erklärt, wohin er gegangen war. Ein Lover hätte wenigstens eine Nummer hinterlassen. Als ich im Hotelzimmer umherging, wurde mir klar, dass Declan und ich weder das eine noch das andere waren. Ich konnte uns nicht einmal als Liebespaar betrachten, weil das einfach zu intim klang. Damit waren Gefühle verbunden, und Gefühle konnte ich nicht riskieren. Ich hatte viel zu viel davon in den letzten Kerl investiert, und der hatte mich einfach sitzenlassen. Ich hatte meine Lektion gelernt.

Daher hatte ich die wenigen Dinge getan, die in diesem Moment möglich gewesen waren. Ich bestellte den teuersten Zimmerservice, den ich kriegen konnte, und sorgte dafür, dass alles auf die Rechnung meines Freundes gesetzt wurde, dann nahm ich das längste und heißeste Schaumbad, das der Menschheit bekannt war. Ich lief in seinem weißen Hotelbademantel herum, genoss meine überteuerte belgische Waffel und Kaffee aus der French Press und redete mir ein, dass dies die bestmögliche Beziehung war, die ich je haben konnte. Ja, ich redete mir sogar ein, dass ich ein verdammtes Genie war.

Ich hatte nicht nur einen der heißesten Kerle des Planeten am Wickel, sondern brauchte mir auch keine Gedanken darüber zu machen, ob beziehungsweise wann er mich verlassen würde. Ich würde nicht auf und ab tigern und mich fragen müssen, ob er hinter meinem Rücken eine andere vögelte oder ob er an unseren Jahrestag denken würde. Ich wusste genau, was er von mir erwartete und wie lange unser Arrangement dauerte.

Das war perfekt, oder?

Genau.

»Bist du dir sicher? Ich meine, willst du nicht lieber etwas von Dauer?«, fragte Clare zögernd.

»Nein!«, fuhr ich sie an. »Ich meine, das passt mir gut. Er ist nicht der Mann fürs Leben, aber warum sollte ich nicht ein wenig Spaß haben?«, sagte ich mit einem aufmunternden Lächeln.

Ich hatte Clare nicht erzählt, dass ich nicht vorhatte, mir einen Mann fürs Leben zu angeln. Wann immer sie dieses Thema anschnitt, reagierte ich ausweichend und behauptete, dass ich ihn einfach noch nicht gefunden hätte. Sie würde es nicht verstehen. Sie hatte ihren gefunden und würde niemals begreifen, wie eine Frau ohne einen so wunderbaren Mann wie Logan an der Seite durchs Leben gehen konnte. Wenn ich so einen Logan hätte, würde ich selbst es auch nicht begreifen. Aber der Laden mit den supertollen Kerlen war momentan ausverkauft, und ich hatte gehört, dass die Warteschlange endlos war.

»Okay … na schön, wenn du dir da sicher bist, dann freue ich mich für dich. Ich meine damit, dass ich glücklich bin, wenn du glücklich bist«, stotterte sie herum. »Du weißt, dass das, was mit Daniel war, nicht immer passieren wird, nicht wahr? Ich meine, es gibt da draußen noch immer vernünftige Männer. Du kannst nicht alle mit ihm vergleichen.«

Daniel war mein Ex – Exfreund, Ex-Lover … Ex-Mann-fürs-Leben. Mit ihm wollte ich eigentlich glücklich bis ans

Ende meiner Tage werden, aber er hatte mich verlassen, als ich beschloss, meiner besten Freundin Leah den Vorrang zu geben, als ihr Mann im Sterben lag. Daniel hatte dies als Konkurrenzsituation aufgefasst und mich – kleiner verwöhnter Junge, der er war – verlassen. Clare hatte sich lange Zeit die Schuld dafür gegeben. Aber sie konnte nichts dafür, dass der Kerl ein Riesenarschloch war.

»Ich weiß, Clare. Aber ich bin zurzeit einfach nicht auf der Suche. Wir haben nur ein bisschen Spaß.«

Sie nickte, aber ich merkte, dass sie nicht so recht überzeugt war. Ich wusste, dass sie mich nicht verurteilte. Sie wollte, dass ich glücklich war, so glücklich wie sie, und dafür mochte ich sie. Aber ich glaubte einfach nicht, dass Liebe für mich vorgesehen war.

»Hey, du brauchst mir nicht immer mit der Wäsche zu helfen, weißt du?«, wechselte sie das Thema und warf mir ein Paar Socken an den Kopf.

»Ähm, doch, muss ich.« Ich lachte und duckte mich, um dem Sockenangriff auszuweichen. »Wenn ich mal verletzt werde, weil ich etwas unglaublich Dummes gemacht habe – und wir alle wissen, dass das früher oder später passieren wird –, erwarte ich, dass du dich bei mir für all diese Gefälligkeiten revanchierst. Du siehst also, dass es sich hierbei nicht um einen selbstlosen Akt handelt. Eigentlich bin ich ein selbstsüchtiges Miststück, das versucht, seinen eigenen Arsch zu retten.«

Sie warf mir einen Blick zu, der »Meinetwegen!« bedeutete, während sie damit fortfuhr, kleine rosa Socken zusammenzufalten und in den Korb zu werfen. Sie wusste, dass ich momentan mit Freuden hundert Ladungen Wäsche mit ihr zusammenlegen würde, wenn sie und Logan es damit leichter hätten. Nach zwei Monaten Chemotherapie und ein paar Bestrahlungssitzungen war ihr Leben gerade hektisch, vollgepackt mit unendlich vielen Arzt- und Behandlungsterminen, die kaum Zeit für Maddie oder den Haushalt übrig ließen. Ich tat mein Bestes, um zu helfen – ich blieb mit Maddie zu Hause, während sie ins Krankenhaus fuhren, oder ich erledigte Dinge für sie, damit sie ein wenig Freizeit zusammen hatten.

Ich erinnerte mich an jede Sekunde, die Clare während Ethans Krankheit gelitten hatte. Dass sie jetzt etwas Ähnliches durchmachen musste, auch wenn die Chancen weit besser standen, war herzzerreißend. Jedes Mal, wenn sie den Behandlungsraum im Krankenhaus betreten hatte, hatte ich gewusst, dass sie Ethan auf einem dieser Stühle sitzen sah und sich daran erinnerte, wie er immer schwächer geworden war, bis seine Ärzte schließlich gesagt hatten, dass nichts mehr zu machen sei. Aber sie war so stark gewesen – so viel stärker, als ich je würde sein können. Stolz hatte sie Logan zu jedem Termin begleitet und damit jeglichen Ängsten und Erinnerungen die Stirn geboten.

Ein Klopfen an der Tür unterbrach das kurze Schweigen, und als ich aufblickte, sah ich, dass Logan im Türrahmen stand und zu uns hereinsah.

»Hallo, die Damen. Was tun wir denn hier oben?«

»Deine Slips zusammenlegen«, erwiderte ich süffisant.

»Hm … nun ja, ich weiß, dass das gelogen ist, weil ich keine Slips trage«, schoss er ebenso süffisant zurück.

»Schön. Das ist ein Bild, das ich gleich mal in meiner geistigen Pornosammlung abspeichere!«

»Leah!«, tadelte Clare.

Logan lachte und trat ein, dann setzte er sich neben seine Braut. Er beugte den Kopf und küsste sie zärtlich, bevor er ihr etwas ins Ohr flüsterte, das sie erröten ließ.

»Und? Was habt ihr beiden Verrückten heute noch vor?«, fragte ich. Allerdings war ich mir gar nicht sicher, ob ich das so genau wissen wollte, nachdem ich diese Röte gesehen hatte, die gerade Clares elfenbeinfarbene Haut überzog.

Mit ihrem roten Haar und der hellen Haut war es nicht leicht für sie, Verlegenheit zu verbergen. Das war etwas, was ich jederzeit liebend gern ausnutzte. Sie war meine beste Freundin. Sie in Verlegenheit zu bringen war mein Job. Offenbar war Logan darin auch ganz überragend.

»Wir müssen leider ins Krankenhaus«, sagte Clare.

»Echt? Ihr habt mich gar nicht gebeten, auf Maddie aufzupassen, oder? Falls ihr mich braucht, kann ich das aber übernehmen.«

»Heute passt Garrett auf Maddie auf«, erwiderte Logan.

»Garrett? Im Ernst?«

Clare grinste nur und nickte.

»Wie zum Teufel hast du ihn dazu überredet? Und bist du dir sicher, dass er dafür schon alt genug ist?«

»Leah! Ich weiß, dass er mein kleiner Bruder ist, aber er ist dreiundzwanzig! Er ist diese Woche zu Hause, im hiesigen Büro, und wollte helfen. Deshalb habe ich ihm gesagt, dass seine Nichte gern mit ihm abhängen würde. Auf diese Chance hat er nur gewartet. Du weißt, wie sehr er sie vergöttert.«

Das wusste ich. Es war wirklich seltsam, Garrett – jenen Jungen, der mich im Alter zwischen vierzehn und achtzehn nicht anblicken konnte, ohne sofort einen Ständer zu bekommen – als Erwachsenen zu sehen. Dadurch fühlte ich mich alt, und ich wollte mich mit achtundzwanzig noch nicht alt fühlen.

»Komm«, sagte Clare und erhob sich vom Bett, »lass uns nach unten gehen. Er kann jeden Augenblick da sein, und ich weiß, dass er sich sehr freuen würde, dich zu sehen.«

Ich hatte Garrett Finnegan seit Ewigkeiten nicht gesehen. Als wir aufwuchsen, war er der Bruder gewesen, den ich nie hatte. Das einzige Kind eines alleinerziehenden Alkoholikers zu sein, hatte bedeutet, dass unser Haus normalerweise nicht von den warmen, flauschigen Gefühlen erfüllt gewesen war, die den meisten anderen Kindern entgegengebracht wurden.

Clares Familie war meine Zuflucht vor der Hölle gewesen, in die ich jeden Abend zurückkehren musste. Wenn ich ihr Haus betrat, fühlte ich mich sicher und geborgen. Dort hatte ich eine Mutter, die mich nicht verlassen hatte, einen Vater, der mich liebte, und einen kleinen Bruder, den ich ärgern konnte. Es war normal und langweilig gewesen – etwas, wonach ich mich so sehr sehnte. Clares Mutter hatte das gewusst und mich so oft wie möglich bei ihnen übernachten lassen. Irgendwann glaubte ich, sie hätte sogar versucht, mich aus meinem fürchterlichen Zuhause herauszuholen, aber die Behörden hätten nicht zugestimmt. *Typisch.*

»Sehr gern. Ich würde Goober auch gern sehen. Das ist ja schon Ewigkeiten her«, sagte ich.

Zu dritt gingen wir nach unten. Maddie schaute *Dora* an und spielte auf dem Sofa im Wohnzimmer mit Legosteinen. Ich lächelte und amüsierte mich innerlich darüber, dass sie sich die Fernsehserie ansah, die Clare so verabscheute. Ich wusste, dass sie das total in den Wahnsinn trieb, aber sie ertrug es, weil es Maddies absolute Lieblingsserie war. Ganz egal, wie viele andere Serien Clare Maddie anbot, sie kehrte immer wieder zu dieser zurück. Clare hatte wohl gehofft, dass sie daraus herauswachsen würde, doch selbst jetzt, wo Maddie seit ein paar Wochen den Kindergarten der Grundschule besuchte, liebte sie diese dumme Serie immer noch.

Ich schlenderte in die umgebaute Küche und nahm eine Flasche Wasser aus dem Kühlschrank. Ich liebte dieses Haus. Es war schwierig gewesen, mit anzusehen, wie Clare aus dem Haus ausgezogen war, in dem sie mit Ethan gelebt hatte, aber ich war froh, dass sie mit Logan einen Neuanfang gewagt hatte. Er hatte bereits hier gewohnt, bevor sie sich kennengelernt hatten, und das Haus war perfekt für sie. Es war alt, aber vollständig renoviert, damit es sich komfortabel darin leben ließ. Es war, als hätte Logan es gekauft und dann nur darauf gewartet, dass Clare und Maddie kämen, um ein Zuhause daraus zu machen.

»Hallo? Ist jemand zu Hause?«, rief eine tiefe Männerstimme, während die Haustür aufgestoßen wurde.

»Onkel Garrett!«, schrie Maddie entzückt und rannte durch den Flur, um Garrett zu begrüßen.

Er versuchte jetzt, eine sehr begeisterte Fünfjährige und eine Schachtel Pizza zu balancieren. Ich ging ihm entgegen und nahm ihm die Pizza aus der Hand, damit er Maddie mit beiden Händen halten konnte.

»Dachte, du könntest ein wenig Hilfe brauchen, Goober«, sagte ich mit einem schiefen Lächeln.

»Gott, im Ernst jetzt, Leah! Immer noch? Ich bin erwachsen. Sind wir über die Goober-Phase nicht hinweg?«

»Äh, nein. Für mich wirst du immer Goober bleiben, Kumpel. Ganz egal, wie alt du bist oder wie heiß du aussiehst – du wirst immer der bekloppte, schlaksige Sechsjährige bleiben, der mir den ganzen Sommer lang hinterhergelaufen ist und mich gefragt hat, ob ich ihn heiraten will.«

Wir gingen in die Küche, und ich stellte den Pizzakarton ab, während er Maddie losließ. Sie verlor das Interesse an unserer Diskussion und rannte zurück ins Wohnzimmer, um ihren *Dora*-Marathon fortzusetzen. Clare und Logan saßen am Küchentisch und zogen sich gegenseitig mit Blicken aus.

»Ich war sechs! Und du musst zugeben, dass das verdammt süß war. Außerdem bin ich längst über meine Schwärmerei für dich hinweg. Moment mal – sagtest du gerade, dass du mich heiß findest?«

Er sah mich amüsiert an, als er meinen Kommentar aufgriff.

Ich mochte Garrett aus vielen Gründen, aber einer der Hauptgründe war, dass er und ich stundenlang auf diese Weise dummschwätzen und uns gegenseitig necken konnten. Er verstand mich und meinen schonungslosen Humor vollkommen.

»Hast du in letzter Zeit mal in den Spiegel geschaut, Goober? Dieses Baby-Face ist in sich zusammengeschmolzen und hat sich in ein heißes, sexy Gesicht verwandelt. Und das ist eine absolut objektive Meinung, denn alles, was darüber hinausginge, würde mich zum Kotzen bringen. Heiß oder nicht heiß, du bist immer noch wie ein Bruder für mich.«

Es stimmte. Zwar war Garrett schon immer begünstigt gewesen, was sein Aussehen betraf, aber mit achtzehn war er so richtig aufgeblüht. Er war kräftiger geworden, sein schlanker Körper fester und markanter. Sein rabenschwarzes Haar und die durchdringenden grünen Augen, die denen seiner Schwester ähnelten, rundeten das Ganze ab.

»So ist es, Leah. Das empfinde ich genauso. Du bist irre heiß, aber ich würde dich in einer Million Jahren nicht flachlegen. Igitt.« Er lachte.

»Sag das deinem Schwanz. Früher musstest du immer mit einem Kissen auf dem Schoß herumsitzen, wenn ich in der Nähe war. Glaub nicht, dass ich das nicht gemerkt hätte.«

»Ich war ein notgeiler Teenager. Was erwartest du? Mir ging schon einer ab, wenn ich eine Tamponwerbung sah«, gestand er.

Clare hielt sich die Ohren zu und stöhnte.

»Igitt. Okay, nachdem wir jetzt mal wieder konstatiert haben, wie verdammt heiß wir alle sind … Wie geht es dir? Läuft der Job gut? Hast du eine Freundin? Bekommst du genügend Proteine?«, fragte ich.

»Oh, versuch erst gar nicht, ihn über sein Liebesleben auszufragen. Das führt zu nichts«, klinkte Clare sich ein.

Garrett verdrehte die Augen. »Das liegt daran, dass ich keins habe. Ich habe keine Zeit. Wenn ich nicht gerade auf Geschäftsreise bin, arbeite ich achtzig Stunden pro Woche. Wenn ich mal freihabe, arbeite ich nebenher als Babysitter«, sagte er grinsend. »Eine sehr lukrative Karriere.«

»Okay, Goober, aber arbeite nicht zu viel. Du weißt, dass es neben dem Monatsgehalt auch noch ein Leben gibt. Versuch, das Geld für etwas auszugeben, was dir Spaß macht.«

Er nickte und lächelte, doch sein Lächeln erreichte nicht seine Augen, daher wusste ich, dass er sich das nicht zu Herzen nehmen würde. Er arbeitete sich zu Tode, und ich fragte mich, warum. Es gab viele Gründe, weshalb sich Menschen unter Arbeit vergruben. Was war sein Grund? Was versuchte er, mit dreiundzwanzig zu vergessen?

Declan

»Cut!«, bellte der Regisseur von seiner Position hinter dem Kameramann. »Was zum Teufel war das denn, Declan? Du hast deine Regieanweisungen absolut nicht auf der Reihe und siehst aus, als wolltest du einen verdammten Tetrapack Milch holen gehen! Aber du sollst hier Frau und Kinder zurücklassen, verflucht noch mal. Ich will Gefühle sehen!«, blaffte er.

Verdammt noch mal. Ich musste meinen Verstand einschalten. Das Problem war: Ich war mir ziemlich sicher, dass ich unter anderem meinen Verstand in diesem Hotelzimmer bei Leah vergessen hatte.

Ich konnte nicht glauben, dass wir zusammen geschlafen hatten. Ich wusste, dass wir *miteinander* geschlafen hatten. Dieser Teil des Abends spulte sich wie eine kaputte Schallplatte immer wieder in meinem verdammten Kopf ab. Genau wie nach der ersten Nacht erinnerte ich mich an jede einzelne Sekunde. Was mir nicht in den Kopf wollte, war, dass wir, als wir erschöpft waren, ineinander verschlungen auf dem breiten Doppelbett eingeschlafen waren. Als ich heute Morgen aufgewacht war, war mir als Erstes ihr blumiger Vanilleduft in die Nase gestiegen. Ich hatte die Augen aufgeschlagen und sie nackt in meinen Armen gefunden, ihr weiches honigfarbenes Haar wie ein Fächer auf meiner Brust ausgebreitet. Ihr Atem war langsam und gleichmäßig gegangen, sie war noch im Tiefschlaf gewesen und ganz weit weg. Ich hatte nicht gewusst, was ich tun sollte. Ich hatte noch nie die ganze Nacht mit jemandem verbracht, mit dem ich gevögelt hatte … seit Heather. Entweder hatte ich mir hinterher Ausreden einfallen lassen, um von dort wegzukommen, oder ich hatte die Frau in die Wüste geschickt. Im selben Bett zu schlafen war intim, und ich hatte ganz vergessen, wie sehr, bis ich Leahs warmen, nackten Körper an meinem gespürt hatte.

Sanft hatte ich meinen Körper von ihrem gelöst und war unter die Dusche gegangen, weil ich gewusst hatte, dass meine morgendliche Probe bald begann. Ich hatte mir eingeredet, nett zu sein, weil ich ihr gestattete, auszuschlafen, und sie nicht durch meinen Arbeitsplan störte, aber das war eine Lüge gewesen. Ich war davongelaufen. Aufzuwachen und ihren verlockenden Körper dicht an meinem zu spüren, hatte etwas in mir ausgelöst – dasselbe Gefühl, das mich am Abend zuvor ergriffen hatte, als sie mich darum bat, allein ihr zu gehören. Es war dieses intuitive Gefühl des Verlangens. Ich hatte mich an den Strohhalm geklammert, dass ich über sie hinwegkommen würde, sobald wir wieder zusammenkämen – so war das ursprünglich geplant gewesen –, aber durch eine grausame Wendung des Schicksals begehrte ich sie nur noch mehr. Anscheinend wurde mein Verlangen jedes Mal, wenn ich sie mir nahm, nur noch größer.

Ich nahm wieder meine Position für die Eröffnung der Szene ein, die ich gerade vermasselt hatte, während ich meine Gedanken unterdrückte und versuchte, mich zu konzentrieren. Es funktionierte nicht. Leahs sich windender Körper an dieser Tür, als ich sie leckte, erfüllte meine Gedanken, und als ich die Augen aufschlug, sah ich, dass meine Filmpartnerin Natasha vor mir stand und darauf wartete, dass ich meinen Text sprach.

Verdammt, Declan, jetzt konzentrier dich mal.

Natashas falsche Tränen liefen ihr über die Wange, während sie die gebrochene Frau mimte, die Lebewohl zu ihrem Mann sagte, der in den Krieg zog. Es sollte eigentlich eine herzzerreißende Szene werden, eine, die die Frauen im Kino zum Weinen bringen würde.

»Tut mir leid, Leute, lasst mir einen Moment Zeit«, sagte ich.

Die Belegschaft des Sets stöhnte. Alle sahen mich an, als wollten sie mich dazu auffordern, mich verdammt noch mal zusammenzureißen, dann schlurften sie davon, um Kaffee zu holen.

Ich ging kurz auf und ab und versuchte, mich auf die Szene und meine bevorstehende Aufgabe zu konzentrieren. Als ich aufblickte, sah ich Natasha in ihrem Kleid aus dem achtzehnten Jahrhundert hüftschwingend auf mich zukommen.

Sie sah mich mitfühlend an und legte ihre Hand auf meine. »Alles okay, Dec?«

Ich hasste es, wenn man mich Dec nannte. Ich hasste es auch, wenn scheinheilige Menschen so taten, als würden sie sich Sorgen um mich machen. Erst vor zwei Tagen war Natasha – oder Tasha Sinclair, wie sie sich meistens nannte – in meinen Wohnwagen gestürzt und hatte mir angeboten, mir einen zu blasen, weil sie sich gelangweilt hatte. Sie war die Tochter eines Filmproduzenten und so verwöhnt, wie man es sich kaum vorstellen konnte. Nachdem sie ein paar Jahre lang mit dem Geld ihres Vaters herumgespielt hatte, hatte sie beschlossen, ins Familiengeschäft einzusteigen und zu schauspielern. Als Daddy sie nicht in einer weiblichen Hauptrolle unterbringen konnte, ging ihr auf, dass sie daran arbeiten musste, genau wie wir übrigen Tagelöhner. Seitdem hatte sie sich nach oben gearbeitet. Das Lustige war, dass sie tatsächlich verdammt gut war. Ihr Leben lang mit all diesen Promis herumzuhängen, hatte sie offenbar das eine oder andere gelehrt.

Ich wünschte, es hätte ihr mehr Persönlichkeit verliehen. Ich hätte schwören können, dass Helium aus ihren verdammten Ohren kam.

»Alles in Ordnung, Tasha«, sagte ich abweisend.

»Ich könnte dafür sorgen, dass es dir besser geht, weißt du? Bald ist Mittagspause. Dann komme ich in deinen Wohnwagen«, sagte sie und strich mir mit den Fingern über die Brust.

Ich blickte auf und sah ihre perfekt geschwungenen Lippen und ihre tiefbraunen Augen, die die karamellfarbenen Strähnchen in ihrem Haar zum Schimmern brachten. Ihr Körper war nach jahrelangem Training und wahrscheinlich zahlreichen Operationen vollkommen. Sie war in jeder Hinsicht makellos, und ich hatte einfach kein Interesse.

»Mir geht es gut, danke.«

Ich gab ihr nicht die Möglichkeit zu antworten, sondern löste einfach ihre knochigen Finger von mir und ging weg. Sonst hatte ich nichts gegen einen Quickie in der Pause, aber Tasha wollte mehr als nur ein bisschen Spaß. Sie wollte den Status, mit mir zusammen zu sein. Sie wollte mich in ihre Fänge locken und dann ihre Vampirzähne in mich schlagen, in der Hoffnung, dass wir das nächste Promi-Paar werden würden. Ich kannte solche Frauen. In Hollywood war ich vor Hunderten von ihnen auf der Flucht. Sie scherten sich einen Dreck um mich. Sie scherten sich nur um meinen Namen und darum, auf wie viele Titelblätter ich sie bringen konnte.

Und dann war da noch Leah. Sie war der andere Grund, weshalb ich mich von Natasha fernhielt. Es war Jahre her, dass ich einer Frau mein Wort gegeben hatte, und ich hatte vor, es zu halten. Ich versprach Frauen nie Dinge, die ich nicht halten konnte. Deshalb achtete ich so darauf, wie ich sie behandelte. Als ich gestern Abend Leahs Bedingungen akzeptiert hatte, hatte ich das nicht leichtfertig getan, auch wenn die Worte so rasch aus meinem Mund gekommen waren. Wie verrückt und verkorkst unser Vorwand für diese Beziehung auch sein mochte, ich würde mein Versprechen halten, bis sich unsere Wege wieder trennten.

Ich hoffte nur, dass sie sich auch daran halten würde, denn als sie in meinen Armen immer wieder kam und dabei meinen Namen hinausschrie, hatte ich eines ganz genau gewusst.

Ich würde jeden Mann umbringen, der sie anrührte.

5

Leah

»Oh fuck … ich werde … oh Gott!«, schrie ich, kurz bevor der Orgasmus durch meinen Körper raste und Wonne in jedes Nervenende sandte, das ich besaß.

Declan schwebte über mir im Bett, sein Blick lodernd und intensiv. Sein Mund senkte sich auf meinen zu einem glühenden Kuss, der nachahmte, was der Rest seines Körpers tat, während er immer wieder in meine pulsierende Mitte stieß. Seine Bewegungen wurden drängend, und er beschleunigte das Tempo, als sein Körper dem Höhepunkt entgegensteuerte.

Meine Finger krallten sich in seinen Rücken, und er fluchte vor sich hin, während er meine Beine nach vorne schob, um noch tiefer in mich eindringen zu können. Ich spürte den Anflug eines zweiten Orgasmus und wusste, dass Declan seinen hinauszögerte. Er wartete wie ein selbstgefälliger Mistkerl, bis ich erneut kam. Das machte er immer – er hielt sich zurück, damit ich ein zweites Mal kam, als wäre er ein Sexgott, der mit einem Fingerschnippen einen Orgasmus heraufbeschwören konnte.

Nicht, dass ich mich darüber beschwert hätte.

Nein, kein bisschen.

Aber der Mann konnte ruhig ein wenig mehr Bescheidenheit an den Tag legen. Er bearbeitete meinen Körper, als würde er ihm gehören, brachte ihn nach Belieben dazu, sich zu bewegen und zu explodieren. Und verdammt, das tat er vielleicht auch … aber er könnte darüber ein bisschen weniger lächeln.

Ein zweiter Orgasmus durchzuckte meinen Körper, und ich

krümmte mich unter ihm, schrie seinen Namen, während auch er sich mit einem männlichen Schrei endlich gehen ließ und zusammen mit mir kam. Er ließ sich aufs Bett fallen, wobei er sich kurz vergewisserte, dass er nicht auf mir landete, doch er zog mich immer noch an sich, die Arme fest um mich geschlungen. Unser angestrengtes Atmen erfüllte mein kleines Schlafzimmer.

Ich drehte mich zur Seite und beobachtete, wie er seine Hand unter den Kopf legte und an den Deckenventilator starrte, der träge Kreise über uns zog. Declan war so gut aussehend, ein perfektes Beispiel für männliche Schönheit. Er wirkte schlicht und doch wild. Er war nicht wie einer dieser hübschen Kerle, die überall auf den Teenager-Zeitschriften prangten, sondern die exakte Personifizierung eines Bad Boy – solche, von denen sich Töchter nach Meinung ihrer Eltern tunlichst fernhalten sollten. Und ich hatte gerade jeden einzelnen Zentimeter von ihm genossen – und zwar zweimal.

Als mein Blick über seinen Körper schweifte, blieb er an der Tätowierung über seinem Herzen hängen. Ich strich mit den Fingern darüber, woraufhin Declan wieder seine Aufmerksamkeit auf mich richtete.

»Was bedeutet das?«, fragte ich, während ich über das keltische Knotenmuster strich.

Es war ein kreisrundes Zeichen aus miteinander verflochtenen Bändern, die sich auf seiner Brust direkt über seinem Herzen wanden. Die Mitte des Tattoos war leer, als würde sie auf etwas warten.

Er warf mir einen Blick zu, der Verwirrung und auch ein wenig Belustigung verriet. Seit dem Beginn unseres Arrangements waren bereits ein paar Wochen vergangen, und das war wohl die erste persönliche Frage, die ich ihm stellte. Aber egal. Ich war neugierig.

»Nun ja, du weißt, was das ist, oder?«

»Ja, es ist ein keltisches Knotenmuster. Aber ich dachte immer, so etwas stünde traditionell für Liebe. Hast du es dir für jemanden tätowieren lassen?«, fragte ich, wobei ich inständig hoffte, dass er mir jetzt keine Geschichte von einer längst verflossenen Liebe erzählen würde. Ich wusste, dass das hier keine Beziehung war, aber ich war nicht erpicht darauf, nackt im Bett zu liegen, während der Typ, mit dem ich gerade gevögelt hatte, mir sein Innerstes ausschüttete und von seinem gebrochenen Herzen erzählte.

Mist, warum hatte ich überhaupt gefragt?

»Ja. Für mich.«

»Was?«, fragte ich, vollkommen verblüfft, und schlug ihm auf die Brust. »Du laberst doch Mist!«

»Nein.« Er lachte. »Ganz im Ernst. Ich habe es mir tätowieren lassen, um mich daran zu erinnern, dass wir uns von allen Menschen dieser Welt letztendlich immer für uns selbst entscheiden.«

»Das stimmt nicht«, flüsterte ich.

»Nicht?«, fragte er. »Wir sind eine sehr selbstsüchtige Spezies. Vielleicht sagen wir, dass wir etwas aus diesem oder jenem Grund tun, aber wenn es hart auf hart kommt, dann tun wir es aus einem ganz bestimmten Grund – um uns selbst an die Spitze zu stellen. Wenn eine Beziehung zerbricht und der eine behauptet, dass es wohl so am besten sei, dann hat er dabei eigentlich nur im Blick, was für ihn selbst am besten ist.«

Ich wollte etwas dagegen einwenden, aber er fuhr einfach fort.

»Wenn du an der Kaffeetheke jemandem deinen Platz in der Schlange anbietest, dann liegt das nicht daran, dass du so ein gutes Herz hast. Sondern daran, dass du hoffst, dass diese Person dich wahrnimmt. Oder dass du der Person, die hinter der anderen steht, näherkommst. Nichts, was wir tun, ist je selbstlos. Wir selbst stehen immer an erster Stelle.«

»Du klingst, als würdest du aus Erfahrung sprechen«, sagte ich leise.

»Tun wir das nicht alle? Ich komme aus einer sehr selbstsüchtigen Familie. Mein Dad hat meine Mutter hintergangen und ihr nichts hinterlassen, als er starb. Als ich dort endlich wegkam, überzeugte ich mich selbst davon, dass ich niemals denselben Fehler machen und mich verlieben würde, aber das tat ich. Wir alle verlieben uns. Ich lernte Heather in der ersten Woche meines ersten Semesters kennen und war Feuer und Flamme. Ich dachte, wir würden den Rest unseres Lebens gemeinsam verbringen, doch als ich meinen Traum verwirklichen und nach Hollywood ziehen wollte, sagte sie mir, dass sie nicht bereit dazu sei. Sie wollte nicht mit mir kommen, und sie wollte auch nicht warten. Sieben gemeinsame Jahre waren einfach so dahin … weil sie das nicht riskieren wollte. Stattdessen hat sie sich für sich selbst entschieden«, sagte er, während er sich auf den Deckenventilator konzentrierte, der seine Endlosschleife fortsetzte.

»Hast du seitdem mit ihr gesprochen?«, fragte ich, während ich weiterhin über seine Haut strich, unter der die Tinte verlief.

»Kein einziges Wort«, antwortete er mit einem Hauch von Endgültigkeit.

Da wusste ich, dass das Gespräch zu Ende war. Ich blickte zum Fenster hinüber und sah, dass die Sonne untergegangen war, während wir unter den Laken zugange gewesen waren.

Gut, dass ich heute nicht arbeiten musste. Wir hatten den ganzen Tag vertrödelt.

Mist! Ich musste aber babysitten. Hektisch fuhr ich herum und blickte mich suchend nach dem Wecker auf meinem Nachttisch um. Ich wusste nicht, weshalb es so lange dauerte, bis ich ihn fand. Es war ja nicht so, dass die Uhr einen vierstündigen Spaziergang gemacht hatte, während ich damit beschäftigt gewesen war, mich um den Verstand vögeln zu lassen. Als ich sie endlich erblickt hatte, seufzte ich, weil ich noch eine Stunde Zeit hatte, bis ich bei Clare und Logan sein musste.

»Alles in Ordnung?«, fragte Declan und stützte sich auf die Ellbogen. Er amüsierte sich sichtlich über meine zwanzig Sekunden lange Panikattacke.

»Ja, ich habe einfach nur die Zeit vergessen, und eben ist mir eingefallen, dass ich heute Abend noch wohin muss.«

»Oh.«

»Ich, äh … muss für Clare und Logan babysitten. Logan hatte in letzter Zeit so viele Arzttermine. Sie hatten außerhalb des Krankenhauses praktisch keine Zeit für sich allein, deshalb habe ich angeboten, auf Maddie aufzupassen, während sie ein paar Stunden ausgehen. Du weißt schon, dass Logan Krebs hat, oder?«, fragte ich.

Er zog die Augenbrauen zusammen und nickte stumm.

Declan und Logan waren schon seit ihrer Kindheit befreundet, fast so lange, wie Clare und ich uns schon kannten. Ich wusste, dass ihre Beziehung nicht immer gut gewesen war, aber ich hätte angenommen, dass es Declan in den Sinn käme, Logan anzurufen oder bei ihm vorbeizuschauen, während er in der Stadt war. Doch laut Clare hatten die Freunde seit Monaten nicht miteinander gesprochen. Logan hatte ihn zwar angerufen, um ihm die Nachricht von seiner Krankheit zu überbringen, aber das war auch das letzte Mal gewesen, dass Declan mit ihm gesprochen hatte. Ich wusste, dass Logan versuchte, das Ganze wegzustecken wie ein Mann, aber nachdem er schon von seinem Vater abgelehnt wurde, brauchte er nicht auch noch einen beschissenen Freund.

»Willst du mitkommen?«, fragte ich.

Überrascht hob er den Kopf. Himmel, ich war selbst ein wenig überrascht. Er sah so traurig aus, wie er dalag und Gedanken wälzte.

»Zum Babysitten? Ich? Wohl kaum«, erwiderte er kühl.

»Was ist? Hast du Angst vor einem kleinen Mädchen, Declan?«

»Nein, verdammt. Ich habe keine … na ja, doch … vielleicht ein bisschen.«

Ich konnte nicht anders und kicherte, was ihn zum Grinsen brachte. Verdammt, er war sexy. Er stützte sich immer noch auf die Ellbogen und war vollkommen nackt, was ihm nicht im Mindesten peinlich war. Er versteckte keinen Quadratzentimeter von sich.

»Komm schon, das wird dir guttun. Lebe ein wenig«, neckte ich ihn.

»Lebe ein wenig? Wie um alles in der Welt soll das Hinterherjagen hinter einer Sechsjährigen mir dabei helfen, ein wenig zu leben? Im Übrigen bin ich sehr bewandert darin, mein Leben in vollen Zügen zu genießen – vielen Dank auch.«

Ah ja, das hatte ich ganz vergessen. Logan hatte mir viele Geschichten über den großen Declan James erzählt, der als angehimmeltes Partytier und zertifizierter Schürzenjäger weltweit auf den Putz haute. Ich war mir ziemlich sicher, dass er davon überzeugt war, dass es genau darum im Leben ging. Deshalb hatte er wahrscheinlich auch diese alberne Tätowierung auf dem Körper. Wenn der Mann einfach mal über den Tellerrand schauen würde, würde er herausfinden, dass das Partyleben keinerlei kosmische Zwecke erfüllte.

»Das war's. Du kommst mit. Und keine Widerrede mehr. Steh auf und zieh dich an. Wir gehen.«

Er starrte mich eindringlich an, dann rollte er seinen langen Körper übertrieben aus dem Bett, als würde es ihm Schmerzen bereiten. Ich verdrehte die Augen.

»Na schön, aber ich gehe zuerst duschen. Ich benutze dein Zeug, deshalb darfst du nicht lachen, wenn ich herauskomme und wie ein Mädchen rieche.«

Ich unterdrückte ein Lachen und betrachtete seine gebräunte Hinterseite, als er sich auf den Weg zum angrenzenden Badezimmer machte. Er machte sich nicht die Mühe, die Tür zuzumachen. Ich hörte, wie der Wasserhahn aufgedreht wurde, und einen Moment später ging die Dusche an. Dann war zu hören, wie Wasser auf seinen Körper spritzte, und plötzlich war ich sehr eifersüchtig auf das Wasser. Das war eine totale Veränderung in den paar Wochen, die ich gern als die Declan-Tage bezeichnete.

Nach unserer ersten gemeinsamen Nacht – nachdem wir im Hotelzimmer eingeschlafen waren und ich allein dort erwacht war – war er nicht mit zu mir nach Hause gekommen, und ich hatte ihn nie gefragt, ob ich in seinem Hotel wohnen dürfe. Normalerweise trafen wir uns, trieben es miteinander, unterhielten uns vielleicht ein wenig, alberten ein bisschen herum und gingen dann wieder. So war es zumindest zwei Wochen lang gegangen. Es war genau so gewesen, wie ich mir eine Affäre mit Declan James vorgestellt hatte. Wir hielten weder Händchen, noch telefonierten wir spätabends miteinander oder saßen herum und fragten uns, was der andere wohl dachte oder gerade tat, wenn wir nicht zusammen waren. Wir schickten uns per SMS unsere Arbeitspläne und suchten nach Terminen, an denen wir uns treffen konnten. Es war nicht so, dass wir uns nicht unterhielten. Das taten wir. Wir verweilten hinterher einfach nicht noch Stunden. Wir hatten beide ein Leben und einen Job, der uns forderte, und ich hatte eine Familie. Wir machten das Beste aus unserer gemeinsamen Zeit, und danach trennten sich unsere Wege.

Er hatte mich nie gefragt, ob er hier duschen dürfe. Er war

immer weggegangen und hatte gesagt, er müsse noch wohin oder früh am Set sein. Doch in den letzten paar Tagen hatten sich die Dinge allmählich verändert. Wir verbrachten mehr Zeit miteinander. Er blieb länger, und wir plauderten sogar am Telefon. Etwas zwischen uns änderte sich gerade, als würden wir einen neuen Grad an Behaglichkeit erreichen, und ich versuchte verzweifelt, das nicht so genau zu analysieren.

Die Dusche ging aus, und ich beobachtete von meinem Platz auf dem Bett aus, wie er aus der Kabine trat. Wassertropfen rannen über seine nackte Haut, und ich verspürte plötzlich das Bedürfnis, jeden einzelnen von ihnen von seinem steinharten Körper zu lecken. Wir waren gerade stundenlang übereinander hergefallen, und schon war ich wieder ganz erpicht darauf, ihn zu berühren. Nie zuvor hatte ich diese Art von verzweifelter, roher Leidenschaft für einen Mann empfunden. Nicht einmal, als ich mit Daniel zusammen gewesen war – jenem Mann, von dem ich gedacht hatte, dass ich ihn heiraten würde –, hatte ich dieses nicht enden wollende, verzehrende Bedürfnis verspürt, ihn anzufassen, seinen Duft einzuatmen und ihn tief in mir zu spüren.

In diesem Moment ertappte mich Declan dabei, wie ich ihn ansah, woraufhin sich ein träges Grinsen auf seinem Gesicht ausbreitete. »Willst du mich den ganzen Tag anstarren? Oder gehen wir jetzt babysitten?«

So verdammt anmaßend.

Ich warf ihm ein nicht weniger selbstgefälliges Grinsen zu und kroch aus dem Bett, wobei ich eine kleine Show veranstaltete. Seine direkte Aufmerksamkeit erregte ich, indem ich mich bückte, um Kleider aufzuheben, und dafür sorgte, dass mein Hintern dabei voll zur Geltung kam.

Dann drehte ich mich um und zwinkerte ihm zu. »Halte dich in zwanzig Minuten bereit, Casanova.«

Wir fuhren vor Logans und Clares Haus aus dem neunzehnten Jahrhundert vor, das in einer idyllischen Nachbarschaft in einem kleinen Vorort von Richmond lag. Die Bäume waren so alt wie die Häuser, und das gesamte Viertel hatte dieses Postkarten-Aussehen, das sich jeder wünschte. Kinder rannten auf den Straßen herum – einige hatten Fahrräder oder Rollschuhe –, und Jogger winkten uns zu, als wir aus meinem Mietwagen stiegen.

Es war Übelkeit erregend. Ich kam mir vor wie in einer spätabendlichen Wiederholung auf Nickelodeon. Ich konnte kaum fassen, dass das jetzt Logans Leben war. Jenes Mannes, der noch vor einem Jahr Champagner aus dem Bauchnabel eines Bikinimodels geschlürft hatte und dann nicht nur das Model, sondern auch dessen zwei beste Freundinnen zu einem Abend voller Ausschweifungen in unser Hotel mitgebracht hatte. Er war mein Vermächtnis. Ich hatte aus dem stillen, geläuterten reichen Jungen einen Abklatsch meiner selbst gemacht.

Na ja, bis er seine erste Frau kennengelernt hatte. Da war er eine Zeit lang zahmer geworden, und wir hatten uns auseinander gelebt. Doch als seine Scheidung durch gewesen war, wen hatte er da als Erstes kontaktiert? Seinen alten Kumpel Declan. Ich hatte ihm ins Gedächtnis gerufen, wie schön es war, Single zu sein, und dachte, er wäre geheilt. Bis ich vor ein paar Monaten diese Bar betrat und einer gewissen Blondine begegnete. Diese gewisse Blondine kannte meinen Kumpel Logan … denn sie war die beste Freundin seiner Freundin.

Freundin … und jetzt Ehefrau … mit Kind.

Ein Kind, das ich jetzt offenbar babysitten sollte.

Babysitten. Warum zum Teufel hatte ich mich darauf bloß eingelassen?

Ich ging mit Leah über einen schmalen Gartenweg, der zur

Haustür führte. Dabei fiel mir auf, dass ihr Hintern für die Jeans, die sie trug, wie gemacht war. Es war, als sei sie in dieses Kleidungsstück hineingegossen worden. Es schmiegte sich perfekt um ihre Kurven. Ihre Hüften wiegten sich beim Gehen, was dazu führte, dass sich mein Schwanz regte. Ihr weizenblondes Haar war locker geflochten und elegant zur Seite gelegt. Ich hatte die Vision, den seidigen Zopf um mein Handgelenk zu schlingen und sie von hinten zu nehmen. Allein der Gedanke brachte mich in Schwierigkeiten. In Gedanken versunken merkte ich kaum, wie die Tür aufging und ein Kind auf uns zugerast kam.

»Leah!«

»Hey, Kleines!«, sagte Leah zu dem kleinen Mädchen, das sie jetzt in den Armen hielt. »Weiß Mami, dass du hier draußen bist?«

»Ähm …«, erwiderte das Mädchen.

»Komm, lass uns hineingehen, bevor wir angemeckert werden!«, sagte Leah.

Leah verlagerte das Kind in ihren Armen und brüllte zu Clare hinauf, dass sie angekommen sei, während wir alle ins Haus gingen. Das Mädchen hing über Leahs Schulter und sah mich neugierig an, während wir an Familienfotos vorbeigingen und an Bildern von Logans und Clares Hochzeit, an der ich nicht teilgenommen hatte.

Miesester Freund der Welt.

Wir gingen ins Wohnzimmer, und Leah setzte ihre kostbare Last ab.

Sofort drehte sich das Mädchen zu mir um, als ich mich mit Leah auf das Sofa setzte. »Ich heiße Maddie, und wer bist du?«

Sie lächelte, und unwillkürlich erwiderte ich diese Geste. Sie war echt süß – für ein Kind. Mit ihren rötlich-blonden Locken und den dunkelbraunen Augen wirkte sie wie ein kleiner Engel – mal abgesehen von dem Gerede.

»Ich heiße Declan.«

»Bist du der Freund meiner Tante?«

Wow, das Kind war ganz schön direkt. Waren alle Kinder so?

»Äh … na ja …« stotterte ich.

»Er ist ein Freund von mir, Maddie. Hast du in der Schule nicht auch Jungs als Freunde?«

Maddie dachte einen Augenblick darüber nach. »Oh ja! Ich habe einen Freund, der Tommy heißt. Er baut gern Sandburgen mit mir, und man kann gut mit ihm auf dem Klettergerüst spielen!«

»Genau so ein Freund ist Declan auch!«, sagte Leah und warf mir dabei ein schiefes Lächeln zu.

Mmhm, ich hätte jeden Tag mit Leah eine Runde auf dem Klettergerüst gedreht.

»Oh! Okay! Hey, Declan, willst du *Dora* mit mir anschauen?«

Und ab da waren wir gute Kumpels.

Sie nahm mich mit in den Fernsehbereich, wo alle Filme aufbewahrt wurden, und wir fingen an, sie durchzuschauen, wobei sie mir ihre Lieblingsfilme zeigte. Es war eine ganz ansehnliche Sammlung. Es gab auch eine große Auswahl an Filmen für Erwachsene, die ich mir später unbedingt noch genauer ansehen musste.

»Hey, Leah!«, hörte ich jemanden von oben rufen. »Wenn du diesen nichtsnutzigen Freund meines Mannes das nächste Mal siehst, dann frag ihn, ob er vergessen hat, wie man ein Telefon benutzt!«

Ich sah Leah an, als sie mich abrupt anblickte. Ihre Hand flog zu ihrem Mund, um das Lachen zu unterdrücken, mit dem sie herauszuplatzen drohte.

»Oh mein Gott, das wird ihr so peinlich sein, wenn sie herunterkommt«, flüsterte sie.

Über diesen Aspekt des Abends hatte ich gar nicht nachgedacht – darüber, dass ich meinen Freund seit Monaten nicht gesprochen oder gesehen hatte. Bei ihm war Krebs diagnostiziert worden, er hatte geheiratet und war Stiefvater geworden, und ich hatte nicht angerufen, um mich nach ihm zu erkundigen. Er lebte jetzt in einer anderen Welt, und ich wusste nicht, wie ich daran anknüpfen sollte.

Die Sache mit dem Krebs … ehrlich gesagt hatte ich einfach nur höllischen Schiss. Es war eine miese Nummer von mir gewesen, aber ich hatte einfach nicht gewusst, was ich sagen sollte. Menschen in meinem Alter bekamen keinen Krebs. Darüber mussten wir uns Gedanken machen, wenn wir älter wurden, oder? Offenbar nicht. Das war ein Augenöffner gewesen, auf den ich nicht vorbereitet gewesen war, deshalb hatte ich ihn im Stich gelassen, und jetzt musste ich die richtigen Worte finden, um zu sagen, dass es mir leidtat. Und ich musste sie schnell finden, denn er kam gerade nach unten.

»Hast du gehört, was ich gesagt habe, Leah?«, fragte Clare, als sie den Raum betrat.

Sie schien mich nicht da sitzen zu sehen, Logan aber schon. Er sah mich überrascht an, und dann brach sich ein Hauch von Belustigung Bahn, weil er merkte, dass sich seine Frau gerade ihr eigenes Grab schaufelte.

»Ich habe die Nase echt voll von Leuten, die ihn behandeln wie … oh scheiße!«, sagte sie, weil sie meine Anwesenheit endlich bemerkt hatte.

Logan prustete, und Leah bog sich vor Lachen, während Clare allmählich dunkelrot wurde.

»Mami hat ein schlimmes Wort gesagt!«, tadelte Maddie, woraufhin Leah noch mehr lachen musste.

»Hey, Mann«, begrüßte mich Logan, »lange nicht gesehen.«

Ich erhob mich von der Couch, und wir umarmten uns mit

einem männlichen raschen Schulterklopfen, bevor wir uns eilig wieder voneinander lösten. Ich stand nervös da und wusste nicht, was ich zu meinem kranken Freund sagen sollte. Ich konnte den Unterschied erkennen. Der Verlust der Haare war offensichtlich, aber er hatte auch etwas Gewicht verloren und sah einfach müde aus. Aber er war immer noch Logan, wurde mir klar, deshalb hielt ich mich an das, was ich am besten konnte.

»Soso, Krebs? Was für ein Scheiß.«

Ein riesiges Grinsen machte sich – zusammen mit ein wenig Erleichterung – auf seinem Gesicht breit.

»Du bist ja nur neidisch, weil ich trotzdem immer noch heißer bin als du«, scherzte er.

Und sofort fühlten wir uns wieder wohl miteinander. Die ganze Sache war Schnee von gestern. Männer brauchten für solche Dinge keine langwierigen Gespräche. Ein paar unangemessene Witze und ordentliches Gelächter, und alles war wieder im grünen Bereich. Ganz simpel. »Laut dem *People*-Magazin aber nicht. Top 100, Baby«, entgegnete ich.

Im Hintergrund fing Leah an, würgende Geräusche von sich zu geben, und Clare begann zu lachen.

Logan grinste. »Mit ihr wirst du alle Hände voll zu tun haben.«

»Das habe ich schon gemerkt.«

Nach gefühlten Stunden voller Anweisungen, Vorschriften und Lektionen wurde uns schließlich die Verantwortung übertragen, das Kind den Abend über zu betreuen. Ich fand es urkomisch, dass Leah ein halbes Dutzend Mal daran erinnert wurde, unbedingt dafür zu sorgen, dass sich Maddie die Zähne putzte, Abendbrot aß und tatsächlich noch vor Mitternacht ins Bett kam. Leah verdrehte die Augen und nickte, während sie erklärte, dass sie das Ganze doch schon eine Million Mal gemacht habe und dafür sorgen würde, dass Maddie gefüttert und getränkt würde.

Sobald sie zur Tür hinaus waren, zog Leah Maddie in ihre Arme. »Gott sei Dank! Ich dachte schon, sie würden nie weggehen! Bist du bereit für ein wenig Spaß?«

Maddie nickte aufgeregt, und wir begannen den Abend mit Versteckenspielen. Maddie war an der Reihe mit Zählen, und Leah und ich mussten uns verstecken. Für einen Erwachsenen war dieses Spiel viel schwieriger zu spielen als für ein Kind. Wir waren zu groß, um in irgendein cooles Versteck wie zum Beispiel den Wäschekorb oder irgendwelche Schränke zu passen.

Während von unten Maddies Stimme zu mir heraufdrang, die von eins bis sechzig zählte, bewegte ich mich auf der Suche nach einem Versteck rasch durchs Haus. Leah war nirgends zu sehen, also hatte sie offenbar ein Plätzchen gefunden. Als ich hörte, dass Maddie bei fünfundfünfzig anlangte, stürzte ich in den nächstbesten Wandschrank und schloss die Tür.

»Autsch!«

»Leah?«

»Wer sollte es denn sonst sein, Casanova?«, flüsterte sie verärgert. »Du bist in meinem Versteck!«

»Nun, dann ist es jetzt wohl unser Versteck«, erwiderte ich grinsend, und weil ich wusste, dass sie aufgrund des begrenzten Raumes nicht viel dagegen unternehmen konnte, schob ich langsam meine Hand unter ihr Oberteil und genoss das Gefühl ihrer nackten Haut an meiner.

»Was soll das? Maddie ist direkt hier vor der Tür!«

»Ist sie das? Ich kann sie nicht hören«, flüsterte ich ihr ins Ohr, kurz bevor ich meine Lippen auf ihre presste.

Sie stöhnte, als ich meine Zunge in ihren Mund gleiten ließ und jeden köstlichen Zentimeter liebkoste. Ich ließ meine Hände in die Taschen ihrer Jeans gleiten und zog sie hart an meinen Körper, sodass sie nach Luft schnappte.

Gott, sie war so verdammt sexy.

Sie schlang mir das Bein um die Hüfte und rieb sich an meiner steinharten Erektion. Gerade als meine Hand zum Knopf ihrer Jeans wanderte, mit der Absicht, ihr die Hose vom Leib zu reißen und sie um den Verstand zu vögeln, hörten wir Maddie im Flur kichern.

»Wo seid ihr? Ich werde euch gleich finden!« Sie lachte.

Noch immer atemlos und ineinander verschlungen, als würde unser Leben davon abhängen, brachen wir in Gelächter aus, wodurch wir unser Versteck sofort preisgaben. Wir schafften es gerade noch, salonfähig auszusehen, bevor Maddie die Tür aufriss und sich zur Gewinnerin erklärte.

»Dich kann man auch nirgendwohin mitnehmen, Casanova«, sagte Leah kopfschüttelnd.

Ich zwinkerte ihr zu. »Irgendwie mag ich Babysitten.«

Zwei Stunden, mehrere Pizzen und eine Wohnzimmer-Festung später hatten wir unseren Schützling erfolgreich ins Bett gebracht. Nun ja, Leah hatte das vollbracht. Meine Aufgabe hatte überwiegend darin bestanden, herumzustehen und Aufsicht zu führen, da ich keine Ahnung hatte, worin die abendlichen Rituale eines kleinen Mädchens bestanden. Himmel, ich wusste ja nicht einmal, was eine erwachsene Frau vor dem Schlafengehen machte. Heather und ich hatten nie zusammengelebt, und es hatte mich wohl nicht genug interessiert, um darauf zu achten, wenn wir die Nacht gemeinsam verbracht hatten.

Plötzlich fragte ich mich, wie es wäre, Leah dabei zuzusehen, wie sie sich bettfertig machte. Wahrscheinlich würde sie diesen Bademantel tragen, in dem ich sie an diesem ersten Abend, als ich nach Richmond kam, gesehen hatte. Und sie würde vor dem

Spiegel stehen und sich liebevoll die goldenen Locken kämmen. Ich würde hinter sie treten, ihr die Arme um die Taille schlingen und beobachten, wie ihr meine Berührung ein lustvolles Seufzen entlockte.

»Hey, bist du noch da?«, fragte Leah und riss mich damit aus meinen verrückten Fantasien.

Ich wurde in die Gegenwart zurückversetzt, in der wir es uns auf Clares und Logans Sofa bequem gemacht hatten. Leah hatte einen Film herausgezogen und wollte gerade auf *Play* drücken.

»Ja, ich bin ganz da.« Ich warf ihr mein preisgekröntes Lächeln zu, in der Hoffnung, dass ihr mein Abdriften aus der Realität entgangen war.

Wo zum Teufel kam das her? Vielleicht ließ ich diese Sexfreundschaft ein wenig zu weit gehen. Ich verbrachte gern Zeit mit Leah und betrachtete sie inzwischen tatsächlich als gute Freundin. Das Bild, das ich gerade heraufbeschworen hatte, ging jedoch weit über Freundschaft hinaus, und das war nicht okay. Ich musste einen Gang zurückschalten – keine Abenteuer mehr wie das heute Abend. Solche Dinge erzeugten Gefühle, und das konnte keiner von uns riskieren. *Nein, zurück zu gutem, sauberem Sex.* Darin war ich gut. Genau genommen war ich darin großartig. In allen anderen Dingen, die zu einer Beziehung gehörten, war ich schlecht.

Wir hatten uns für den Film *Die Braut des Prinzen* entschieden. Leah hatte ihn ausgesucht, nachdem sie gehört hatte, dass ich ihn nie gesehen hatte.

»Wie kommt es, dass du diesen Film nicht kennst, Declan? Du bist ein selbst ernannter Filmexperte! Das ist ungefähr der beste Film, der je gedreht wurde!«, hatte sie erklärt.

»Der beste? Echt jetzt? Was ist daran so toll?«

»Er enthält alles – Liebe, Humor, Spannung, Ehre, Verrat

und einen heißen Kerl mit Maske! Was sollte einem daran nicht gefallen?«

»Na schön, na schön, dann leg den verdammten Film ein, Frau!«

Sie hatte gelacht, und wir hatten es uns gemütlich gemacht, um den Film anzuschauen. Als der kleine Junge aus *Wunderbare Jahre* auftauchte, war ich vollends verwirrt.

»Moment mal, ist das ein Kinderfilm? Kommt da überhaupt Sex vor?«

Sie schlug mir auf den Arm, damit ich schwieg, dann sagte sie, dass ich den Film ruinierte. Ich gluckste und ertappte mich dabei, wie ich sie an mich zog. Wir lagen zusammen auf der Couch und schauten uns den verrücktesten Film an, den ich je gesehen hatte. Aber sie hatte recht. Er war gut … auf eine seltsame Achtzigerjahre-Art.

Als der Film zu Ende war, sah sie mich an und fragte: »Und? Wie fandest du ihn, Casanova?«

»Gar nicht so übel. Ich schaue mir gern ältere Filme an, selbst wenn sie aus den Achtzigern sind und darin Ratten von ungewöhnlicher Größe und schreckliche Akzente vorkommen. Ältere Filme sind so anders als die Filme, die wir heute drehen.«

»Wie kommt das?«, fragte sie ehrlich interessiert.

»Na ja, schon das Filmen an sich funktioniert anders. Heute werden so viele Filme mit Digitalkameras gedreht. Dadurch sehen sie auf dem Bildschirm anders aus. Das Bild ist klarer … lebhafter, aber ich finde, die ursprüngliche Qualität, die nur Filme hervorbringen können, geht verloren. Es ist wie immer, wenn wir einen großen Schritt vorwärtsmachen – wir verlieren dabei immer etwas Vergangenes.«

»Weißt du, ich habe dich über die Schauspielerei noch nie so sprechen gehört wie über das Drehen eines Films. Warum machst du es dann überhaupt? Schauspielern, meine ich?«, fragte sie.

Ich stieß die Luft aus und spielte mit einer ihrer Haarsträhnen. »Ich hasse die Schauspielerei. Ehrlich. Wenn ich schauspielern könnte ohne den ganzen dazugehörigen Mist, könnte es mir vielleicht gefallen. Aber in Hollywood kann man das eine nicht ohne das andere haben, und so bin ich einfach nicht veranlagt. Am Anfang, als ich entdeckt wurde, war das ja noch ganz nett. Frauen beachteten mich, und ich kam ohne Probleme in eine Bar, aber später tauchten dann jedes Mal Kameras auf, wenn ich einen Club oder ein Restaurant verlassen wollte. Hier draußen, weg von allem, kann ich mich fast wieder normal fühlen. Aber in L.A. sind die Paparazzi gnadenlos. Manche Leute können mit dieser ständigen Aufmerksamkeit umgehen, aber ich nicht. Ich kann mein Leben nicht in einem verdammten Goldfischglas führen.«

»Was ist dein Fluchtplan?«

»Dieser Film. Sie haben sich damit einverstanden erklärt, dass ich Executive Producer bin, vorausgesetzt ich übernehme die Hauptrolle. Ich dachte, wenn ich als Produzent erwähnt würde, könnte ich Glaubwürdigkeit erlangen und würde am Ende vielleicht eine Rolle zugeteilt bekommen, für die ich nicht vor der Kamera stehen müsste.«

»Na, dann hoffe ich mal, dass das klappt, Casanova. Jeder verdient es, glücklich zu sein, vor allem wenn das bedeutet, dass du das machst, was du für deine Bestimmung auf Erden hältst.«

Ich lächelte und war ihr insgeheim dankbar, dann sagte ich: »Und was ist mit dir? Was ist deine Bestimmung auf Erden?«

»Das weiß ich noch nicht. Das muss ich noch herausfinden.«

6

Leah

Das getrocknete Laub, das sich am Straßenrand häufte, knirschte unter meinen Reifen, als ich von der Straße abbog. Ich blickte auf den ungepflegten Garten. Überall lagen Eicheln und Zweige herum und erinnerten daran, dass der Winter vor der Tür stand. Das Gras stand kilometerhoch, und ich wusste, dass mein Vater seit meinem letzten Besuch wahrscheinlich keinen Fuß vor die Tür gesetzt hatte. Und wenn doch, dann war er bestimmt so betrunken gewesen, dass er gar nicht gemerkt hatte, dass sein Vorgarten aussah wie eine Szene aus *The Addams Family*.

Ich hasste es, meinen Vater zu besuchen. Es war einfach nur eine riesengroße Erinnerung an meine Kindheit und daran, wie mies sie gewesen war. Ich wurde andauernd mit einer Frau verglichen, die er mit jeder Faser seines Seins gehasst und gleichzeitig geliebt hatte. Ich rief ihm ständig die Frau ins Gedächtnis, die ihn verlassen hatte, und die Mutter, die mich nicht gewollt hatte. Aber es war Thanksgiving, und so sehr ich den Mann auch hasste, er war mein einziger Angehöriger. Jemand sollte nach ihm schauen, und unglücklicherweise war dieser Jemand ich. Das war jener Teil meines Lebens, über den ich mit den meisten Leuten nicht redete. Nicht einmal Clare wusste alles, was in diesem Haus vor sich ging, und ich hatte beschlossen, dass das auch so bleiben sollte.

Eingemummelt in einen langen Wollpullover, der mich gegen

die kühleren Temperaturen schützte, ging ich über die Einfahrt und betrat ohne anzuklopfen das Haus. Er würde mich ohnehin nicht hören. Wahrscheinlich lag er vom Abend vorher noch im Koma. Der vertraute schale Geruch von Alkohol stieg mir in die Nase, und ich unterdrückte ein Würgen. *Gott, wie ich diesen Geruch hasste.*

Die meisten Leute verbanden mit Gerüchen bestimmte Kindheitserinnerungen – der berauschende Duft von Mutters hausgemachten Keksen, wie das Haus roch, wenn der frisch geschlagene Weihnachtsbaum hereingebracht worden war. Für mich fasste der stechende Geruch von Alkohol meine gesamte Jugend zu einer einzigen schmerzlichen Aussage zusammen. Der Alkohol diente meinem Vater als bester Freund, Geliebte und Seelenverwandter. Seitdem meine Mutter weggegangen war, gab es in seinem Leben für nichts anderes mehr Platz. Er bekämpfte damit die Leere, die Reue und die Wut, die ihn verzehrte.

Ich war nur das Nebenprodukt des Ganzen, und im Alter von sieben Jahren hatte man mich mir selbst überlassen. Ich wusste nicht, wie ich überlebt hätte, wenn Clare und ihre Familie nicht gewesen wären. Sie hatten mir gezeigt, was Liebe war, und ich hatte immer, wenn ich konnte, Trost in ihren Armen gesucht.

»Dad?«, rief ich in die Stille.

Keine Antwort.

Nachdem ich meine Einkäufe in der Küche abgestellt hatte, ging ich durch das schäbige Haus und las hier und da Müll auf, den ich im überquellenden Mülleimer entsorgte. Dabei erstellte ich im Geiste eine Liste der Dinge, die es für mich zu tun gab, bevor ich wieder ging. Den Mülleimer zu leeren stand ganz oben auf dieser Liste. Schließlich fand ich den Helden von einem Vater mit dem Gesicht nach unten auf dem zwanzig Jahre alten, ausgeblichenen orangefarbenen Sofa. Seine Kleider sahen aus, als hätte er sie seit zwei Tagen nicht mehr gewechselt, und dem Geruch nach hatte er wohl mindestens vier Tage lang nicht geduscht.

»Dad, wach auf«, sagte ich ein wenig lauter und streckte die Hand aus, um ihn zu rütteln.

Als er sich endlich rührte, sah er mich aus blutunterlaufenen Augen verwirrt an. Er neigte den Kopf zu mir und brauchte ein paar Augenblicke, um das, was er sah, mit seinem Gehirn abzugleichen, bevor er dahinterkam, dass ich es war.

»Was zum Teufel willst du hier?«

»Ich freue mich auch, dich zu sehen, Dad.«

»Bist du gekommen, um mir weiter das Leben schwer zu machen, Mädchen? Das ist doch alles, was du tust, wenn du herkommst«, murrte er.

»Ich habe dir etwas zu essen mitgebracht. Heute ist Thanksgiving. Wusstest du das nicht?«

»Was schert mich das, verdammt? Sehe ich aus, als hätte ich irgendetwas, wofür ich dankbar sein sollte?«

Ich ignorierte die Frage. Stattdessen beschloss ich, erst mal die Einkäufe auszupacken. Zuerst ging ich den Kühlschrankinhalt durch und nahm alles, was abgelaufen war, heraus – was so gut wie alles war. Dann verstaute ich darin den Aufschnitt, den Käse und die Milch, die ich gekauft hatte; danach legte ich das Brot oben auf den Kühlschrank. Als Nächstes brachte ich den Müll hinaus und ersetzte die Mülltüten durch neue, weil ich wusste, dass sie voller Flaschen und leerer Fast-Food-Behälter wären, wenn ich das nächste Mal wiederkäme. Zweifellos investierte er seine Sozialhilfe weise.

Als ich ein Schlurfen hörte, drehte ich mich um und sah, wie mein Dad die Küche betrat. Er setzte sich auf einen der alten Barhocker aus Holz, die an der Theke standen.

»Hast du was zu trinken mitgebracht, Mädchen?«

»Nein, Dad. Du weißt doch, dass ich keinen Alkohol kaufe.«

»Hast du dann Geld für mich?«

»Ich gebe dir kein Geld, Dad. Das weißt du doch«, sagte ich ruhig, während ich mich bemühte, nicht mit den Händen zu zittern.

»Wozu zum Teufel taugst du denn dann überhaupt?«, brüllte er.

Ich zuckte zusammen und wusste, dass es an der Zeit war, wieder zu gehen. Aus diesem Streit hatte sich noch nie etwas Gutes entwickelt, und ich hatte meine Lektion bereits gelernt. Ich faltete die Einkaufstüten zusammen und ging zur Tür. Als ich den Türknauf drehte, warf ich einen letzten Blick auf meinen Vater, der über die Theke gebeugt dasaß. Er hatte das Gesicht in den Händen verborgen und sah etwa zwanzig Jahre älter aus, als er tatsächlich war. Ich hatte mich immer gefragt, wie es gewesen wäre, wenn er sie einfach hätte gehen lassen. Wenn er in der Lage gewesen wäre, sich zusammenzureißen und der Vater zu sein, den ich so dringend gebraucht hatte … aber der war er nicht gewesen. Und so waren wir beide nun geendet.

»Schönes Thanksgiving-Fest, Dad«, flüsterte ich, dann ging ich rasch zur Tür hinaus und tat nach Minuten den ersten vollen Atemzug.

Auf der ganzen Fahrt nach Hause weinte ich.

Die Hände in klebrigen Teig und Mehl gehüllt, stöhnte ich auf, als die Melodie von Justin Timberlakes »SexyBack« meine kleine Küche erfüllte. Das war Declans Klingelton.

»Toll«, murmelte ich, während ich auf meine teigbedeckten Hände hinuntersah. Ich versuchte, wenigstens eine Hand sauber zu bekommen, um ans Telefon zu gehen, ohne dass für immer Teig in den Ritzen kleben bliebe.

»Hallo?«

»Was machst du gerade?«, fragte Declan mit seiner sexy Stimme.

»Einen Apfelkuchen.«

»Mmm … machst du's selbst? Das ist ja abartig.«

Ich lachte, weil ich die Anspielung auf *American Pie* liebte. »Du und deine männlichen Teile haltet euch gefälligst von meinem Kuchen fern, Casanova!«

Er gluckste, und wir plauderten länger als notwendig darüber, dass der Originalfilm am besten war und keiner der anderen an ihn heranreichte. Wir waren eindeutig Kinder unserer Generation, wenn wir uns zehn Minuten lang über *American Pie* unterhalten konnten.

Nachdem wir mit unserer Filmdiskussion fertig waren, schwiegen wir, und plötzlich fragte ich mich, weshalb er anrief. Nach unserem Abend als Babysitter waren wir wieder zu unserem üblichen Arrangement zurückgekehrt. Wir hatten nicht gemeinsam abgehangen und auch keine längeren Gespräche geführt. Ich hatte das als Hinweis verstanden, dass Declan nach letzter Woche versuchte, Abstand zwischen uns zu bringen, und sosehr das auch irgendwie geschmerzt hatte, hatte ich es verstanden. Er war jemand, der für mich rasch mehr werden konnte als nur ein Sexfreund, und das würde alles eindeutig verkomplizieren. Er war ein angenehmer Gesprächspartner, und es machte Spaß, ihn um sich zu haben. Ich fühlte mich wohl in seiner Nähe, und ihm ging es wohl genauso.

»Und was machst du so?«

»Nichts. Mir ist langweilig«, antwortete er einfach.

»Hast du keine Pläne für heute?« *Hatte an Thanksgiving nicht jeder etwas vor?*

»Nee.«

»Fährst du nicht nach Hause?« Ehrlich gesagt wusste ich nicht einmal genug über seine Eltern, um zu wissen, ob es ein

Zuhause gab, in das er zurückkehren konnte, aber ich nahm an, dass er Familie hatte. Die meisten Menschen stammten nicht aus einem solchen Trümmerhaufen von Zuhause wie ich.

»Nein, meine Mom ist oben in New York. Sie ist zu ihrer Schwester gefahren.«

»Willst du mit mir zu Clares Eltern kommen?«, fragte ich. Meine eigenen Worte trafen mich wie aus heiterem Himmel. Hatte ich nicht soeben daran gedacht, dass ein wenig Abstand ganz gut für uns wäre? Mein Kopf und mein Mund sollten sich wirklich mal auf etwas einigen. Die Abkopplung des einen vom anderen brachte mich in letzter Zeit immer mehr in Schwierigkeiten. Aber er hatte einfach so traurig geklungen.

»Bist du sicher, dass das okay wäre?«, fragte er.

Er wollte tatsächlich mitkommen? Das war echt ein Schocker. Da gab es jetzt wohl kein Zurück mehr.

»Clares Familie nimmt alle Streuner auf, sogar Hollywoodstars. Hol mich in einer halben Stunde ab.«

»Okay.«

»Ach, und, Casanova?«

»Ja«, knurrte er, als er den Spitznamen hörte, den ich unablässig für ihn benutzte.

Ich lachte ein wenig. Er hasste diesen Namen, deshalb benutzte ich ihn so oft.

»Zieh was Hübsches an.«

Declan

Zum hundertsten Mal rückte ich die Krawatte an meinem Hals zurecht, als wir zum Haus von Clares Eltern hinaufgingen, dann drückte ich auf die Klingel. Leah wartete nicht ab, sondern öffnete die Tür und führte mich hinein. Die Krawatte fühlte sich an wie eine Schlinge, die mich würgte und mir bei jedem Atemzug ein wenig mehr die Sauerstoffzufuhr abstellte. Ich hasste Krawatten. Sie erinnerten mich an meinen Vater, und das war eine Richtung, in die ich gar nicht denken wollte. Er hatte an jedem einzelnen Tag seiner vergeudeten Existenz eine Krawatte getragen, die Fassade gewahrt und eine Affäre nach der anderen gehabt. Und wozu das alles? Damit er uns am Ende noch übers Ohr hauen konnte.

Verbittert? Ich? Niemals.

Aber hier stand ich nun und trug eine verdammte Krawatte – und das auch noch an einem Feiertag. *Warum? Keine Ahnung.* Aber eigentlich stimmte das nicht. Ich hatte sehr wohl eine Ahnung, und die war groß und blond und trug ein Kleid, das in mir den Wunsch weckte, sie über die Schulter zu werfen und mit ihr durchzubrennen.

Ich hatte sie mir angesehen, als wir auf das Haus zugegangen waren. *Besaß sie eigentlich irgendetwas, in dem ihr Hintern nicht aussah, als würde er gerade auf einem verdammten Silbertablett serviert?*

Als ich heute Morgen aufgewacht war, wollte ich den Tag eigentlich allein mit einer Flasche Jack Daniels und ein paar Kleinigkeiten vom Zimmerservice verbringen. Stattdessen hatte ich den ganzen Morgen an Leah gedacht – hatte mich gefragt, was sie gerade machte und mit wem sie den Tag verbrachte. Dabei hatte ich mir eigentlich geschworen, genau das niemals zu tun. Wider besseres Wissen hatte ich sie angerufen. Ich hatte einfach ihre Stimme hören müssen.

Ich hatte im Laufe der letzten Woche versucht, Abstand von ihr zu gewinnen. Nach unserem Einsatz als Babysitter hatte ich gewusst, dass sich zwischen uns etwas verändert hatte. Grenzen verschwammen, und ich hatte das Gefühl, dass sie mir ans Herz wuchs. Auch wenn ich noch immer jedes bisschen glühende

Leidenschaft für sie empfand, spürte ich, dass tief in meinem Inneren etwas brodelte. Ich war auf die Bremse getreten und zu unseren üblichen Stelldicheins übergegangen, wobei ich nie allzu lange geblieben war, auch wenn mir mein Bauchgefühl zum Bleiben geraten hatte.

Diese Gefühle waren nicht neu. Ich hatte sie schon vor langer Zeit einmal empfunden – auch wenn sie jetzt intensiver waren. Der Gedanke, wieder so zu empfinden, jagte mir höllische Angst ein, deshalb hatte ich Leah von mir weggeschoben. Doch so, wie ich sie von mir weggeschoben hatte, hatte ich sie auch wieder an mich gezogen – hatte sie angerufen, als ich sie eigentlich nicht hätte anrufen sollen ... hatte sie zu lange gehalten, obwohl ich gewusst hatte, dass ich sie loslassen sollte. Das alles führte eines Tages noch zu meinem Untergang, und doch war ich nicht in der Lage, es aufzuhalten.

Da waren wir also nun, zusammen an Thanksgiving, verbrachten den Feiertag gemeinsam – wie ein verdammtes Ehepaar. Wir hatten es noch nicht mal ganz ins Haus geschafft und wurden schon von ungefähr fünfzig Leuten begrüßt. Zumindest fühlte es sich so an. Das Haus war überfüllt wie eine Sardinendose. Gelächter und glückliche Stimmen lagen in der Luft, als wir uns einen Weg durch das Haus bahnten. Leah sagte zu einigen Hallo, andere umarmte sie, wobei sie mich jedes Mal vorstellte. In der Küche fanden wir schließlich Logan und Clare, die einem älteren Paar – vermutlich Clares Eltern – bei den Essensvorbereitungen halfen. Eigentlich half nur Clare. Logan saß auf einem Hocker an der Theke und plauderte mit drei anderen Männern.

»Hey, Declan. Schön, dass es geklappt hat«, begrüßte mich Logan, wobei er mit keinem Wort erwähnte, dass ich eigentlich gar nicht eingeladen war.

Ich nahm an, Leah hatte recht mit dieser Politik der offenen

Tür. Keiner schien an dem dahergelaufenen Neuling Anstoß zu nehmen, und keiner sah sich ein zweites Mal nach mir um und fragte sich, wo er mich schon mal gesehen hatte. Es war himmlisch.

»Schön, dich zu sehen, Glatzkopf. Was trinkst du da?«, fragte ich und deutete auf sein Glas.

»Ich trinke alkoholfreies Bier. Das echte Zeug stellt verrückte Sachen mit meinen Medikamenten an, und mir wird kotzübel, aber ich tue gern so als ob. Das gute Zeug ist im Kühlschrank.«

»Verdammt. Kein Bier? Bitte, sag mir, dass du wenigstens Sex haben kannst«, scherzte ich.

»Keine Sorge, Mann. Sie müssten mich schon an ein verdammtes Krankenhausbett ketten, wenn sie mich von Clare abhalten wollten. Aber selbst dann würde mir vielleicht etwas einfallen«, erwiderte er selbstgefällig.

Ich lachte, holte mir ein Bier und kehrte dann wieder zu Logan zurück.

Er stellte mich den anderen Typen in der Runde vor. »Das ist mein Schwager Garrett.«

Ich schüttelte der jüngeren Version des Mannes, der in der Küche stand und kochte, die Hand. Garrett war ein paar Jahre jünger als ich, aber er sah älter aus, als er mit Anfang zwanzig aussehen sollte. Sein Lächeln erreichte nicht ganz seine Augen, und er wirkte müde. Aber er schien ein cooler Typ zu sein. Er hatte Leah nicht angeblickt, als sie hereingekommen war, deshalb setzte ich ihn auf meine Okay-Liste.

Ich sagte »Hey« zu Colin.

Er war Logans bester Freund, und ich kannte ihn schon lange. Wir schüttelten uns kurz die Hand, und er informierte mich über seine neue Rolle als Vater. Er zeigte quer durch den Raum auf seine Frau Ella, die ihren neugeborenen Sohn Marshall in den Armen hielt.

Den anderen Typen kannte ich nicht. Er hieß Ian, war Arzt und arbeitete im selben Krankenhaus wie Logan. Nachdem ich Ian vorgestellt worden war, bemerkte ich, dass seine Blicke Leah folgten, die in der Küche umherging und Schüsseln und Platten für Clares Mom einsammelte. Ich mochte ihn auf Anhieb nicht besonders.

»Oh, hey, Ian! Ich wusste gar nicht, dass du auch hier sein würdest!«, sagte Leah, als sie den Wichser dabei erwischte, wie er sie beobachtete. Offenbar kannten sie einander.

»Ja, Logan hatte Mitleid mit dem frisch Geschiedenen und hat mich eingeladen. Mein erstes Jahr als Single«, sagte er und hielt seinen nackten Ringfinger als Beweis hoch.

Na, war das nicht supertoll?

Insgeheim machte ich mir eine geistige Notiz, Logan dafür, dass er den frischgebackenen Single-Arzt zu der Party eingeladen hatte, später in den Hintern zu treten. Aber ich würde warten, bis er wieder gesund war. Einen kranken Typen in den Hintern zu treten war einfach falsch.

»Stimmt ja. Das tut mir leid. Ich habe das von dir und Karen gehört. Wie geht es dir?«, fragte Leah freundlich.

Er beugte sich vor – *der Loser* – und sagte: »Nun, es geht mir jetzt verdammt viel besser.«

Leah lachte kurz auf und gab ihm einen Klaps auf den Arm, dann ging sie weg, um wieder etwas in der Küche zu erledigen. Ich musste mich zurückhalten, um dem Mann nicht die Faust ins Gesicht zu rammen. Nie gekannte Besitzgier überkam mich, und ich musste wegschauen, weil ich Angst hatte, dass mein tödlicher Blick dem Typen tatsächlich Schaden zufügen würde.

Nach einer Weile war das Abendessen fertig, und wir versammelten uns alle um die verschiedenen Tische, die im Haus gedeckt waren. Es waren so viele Leute da, dass in mehreren Zimmern Kartentische aufgestellt worden waren, damit alle

Platz fanden. Wie der Zufall es wollte, endeten Leah und ich an einem Tisch mit unserem guten Freund Dr. Ian. Es stellte sich heraus, dass Ian Frauenarzt und Geburtshelfer war und mit Leah zusammenarbeitete, daher kannten sie sich auch. Zu wissen, dass er Leah von ihrer beruflichen Seite erlebte, ein Teil von ihr, den ich noch nicht kannte, machte mich wütend. Ich wusste nicht, warum. Eifersucht war etwas ganz Neues für mich.

»Leah, ich habe gehört, dass du jetzt auch ehrenamtlich in einem Pflegeheim hilfst? Gibt es auch etwas, was du nicht tust?«, fragte Ian.

Er sah mich an, als versuche er einzuschätzen, wie ich auf diese neue Information reagierte. *Wusste ich, dass Leah das tat? Nein. Überraschte es mich? Nein.* In der kurzen Zeit, die ich Leah kannte, hatte ich rasch herausgefunden, dass sie einer der selbstlosesten Menschen war, die ich kannte. Sie würde von jetzt auf gleich zu ihrer besten Freundin hinübereilen, um ihr zu helfen, oder tagsüber nach ihrer alten Nachbarin sehen. Sie tat das nicht, um Aufmerksamkeit oder Lob zu ernten. Sie war einfach so.

»Und was machst du so, Declan?«, fragte Dr. Ian, als wir uns über das Essen hermachten, das sich auf dem Tisch türmte. Clare und Logan halfen ihrer Tochter, den Truthahn zu zerschneiden, während Körbe mit Brot und Platten mit Beilagen herumgereicht wurden. Es gab genug Essen für eine ganze Armee.

Leah reichte mir einen Korb mit Brötchen, während ich Ian eindringlich ansah.

»Ich bin Schauspieler und Produzent«, antwortete ich.

»Hier in der Gegend?«, fragte er ein wenig amüsiert.

Er checkte mich ab, weil er gesehen hatte, dass Leah und ich zusammen hergekommen waren. Er hatte das Wort Schauspieler gehört und dachte nun, ich wäre nur ein zweitklassiger Loser, der um seine Existenz rang. Ich lächelte ihn an, während ich gemächlich mein Brötchen mit Butter bestrich, bevor ich antwortete.

Jetzt halt dich mal fest, Dr. Pussy. Gleich kommt's.

»Oh nein, Hollywood. Ich bin zu Dreharbeiten hier. Ich spiele die Hauptrolle in einem Film, der hier gedreht wird. Bestimmt hast du davon gehört?«, fragte ich beiläufig, während ich nach der Schüssel mit dem Kartoffelpüree griff.

Er glotzte mich an und zählte eins und eins zusammen.

Genau so ist es, Arschloch.

»Du bist Declan James!«, verkündete er. »Ich habe dich in *Invisible* gesehen. Das war brillant.«

»Danke«, sagte ich aufrichtig. Es war immer schön, ein Kompliment zu bekommen, auch wenn es von einem Wichser kam, der sich an mein Date heranmachte.

»Du datest also Filmstars, Leah, soso? Das ist … toll!«, sagte er ein wenig neidisch. »Bestimmt bist du dann dauernd am Set. Hast du schon Tasha Sinclair kennengelernt?«, fragte er.

Ich sah Leah an, die den Mund aufklappte und dann wieder schloss, weil sie nicht wusste, was sie sagen sollte.

»Wir sind nicht … ich meine, ich habe nicht …«, stotterte sie.

»Ich nehme sie morgen mit. Sie war noch nicht dort, weil es bis morgen ein geschlossenes Set ist. Ich kann es kaum erwarten, sie allen vorzustellen.« Ich lächelte sie aufrichtig an und legte meine Hand auf ihre.

Der Blick, den sie mir zuwarf, war unbezahlbar, und ich glaubte zu hören, wie sich Clare an ihrem Wasser verschluckte.

Dann nahm ich Leah wohl morgen mit ans Set.

Das sollte interessant werden.

7

Leah

Es war früh – so früh, dass es sich eigentlich gar nicht gelohnt hatte, schlafen zu gehen. Als an diesem Morgen der Wecker geklingelt hatte, hatte ich ernsthaft an meinem gesunden Menschenverstand gezweifelt.

Warum ging ich um vier Uhr morgens an ein Filmset? Richtig – weil Declan mich dazu eingeladen hatte.

Am Tag nach Thanksgiving stand ich also in der eiskalten Morgendämmerung und nippte an meinem Kaffee, während mich einige Crew-Mitglieder neugierig anstarrten, als stamme ich von einem anderen Planeten. Declan war gegangen, um sich Frisur und Make-up machen zu lassen, deshalb war ich erst mal allein.

Sie wollten eine Nachtszene drehen. Als ich gefragt hatte, weshalb sie nicht einfach abends drehten, hatte Declan erklärt, dass die Meteorologen für den Morgen Nebel vorhergesagt hätten und der Regisseur daraufhin den Ablaufplan geändert habe, um die natürliche Schönheit auszunutzen, anstatt sie hinterher künstlich hinzuzufügen. Das hatte logisch geklungen, aber mein schläfriges Gehirn hielt im Moment nicht viel von Logik. Ich war Krankenschwester, deshalb war ich an seltsame Arbeitszeiten gewöhnt, aber ich war mir ziemlich sicher, dass mein Körper – der pfiffige Mistkerl – wusste, dass es hier nicht um Arbeit ging und dass das deshalb nicht zählte. Daher war ich hundemüde.

Der Wettermann hatte zur Abwechslung einmal recht gehabt. Der Nebel hing schwer in der Luft und schuf eine unheilvolle Atmosphäre, als wir um die historischen Grabsteine herum standen. Mit diesem Film waren Declan und ich zum Ausgangspunkt zurückgekehrt, weil wir nun auf dem Friedhof standen, über den wir vor so vielen Monaten gegangen waren. Dies war der Ort, an dem ich Declan in seinem Element gesehen und gemerkt hatte, dass er mehr war als nur irgendein Hollywood-Poser.

Ich zog meine dicke rote Cabanjacke fester um mich, um nicht zu zittern. Heute Morgen war es zum Zähneklappern kalt.

Der Winter bekam allmählich Oberhand über den Herbst, und ich hatte das Gefühl, dass die goldenen Oktobertage gezählt waren. Bald würde es schneien, und die Bäume würden kahl werden. Das machte mich ein wenig traurig. Ich liebte den Herbst im Süden. Er war atemberaubend. Beinahe über Nacht eroberte orangefarbenes, rotes und braunes Laub die Landschaft, und die Luft wurde nach Monaten drückender Hitze endlich kühl und frisch.

Während ich mich in meinen Schal und meine Jacke schmiegte, spürte ich plötzlich, wie sich warme Hände um meine Taille legten.

»Ist dir kalt?«, flüsterte Declan mir ins Ohr.

Das fühlte sich so intim an, dass ich einen Moment lang ganz durcheinander war und gar nicht wusste, woher diese plötzliche Veränderung gekommen war. Ich konnte nur noch nicken, als er mich an sich zog. Als ich mich umsah, merkte ich, dass ein paar seiner Schauspielerkollegen uns beobachteten. Er musste es auch gemerkt haben, aber er zog sich nicht zurück, sondern hielt mich weiterhin in seinen Armen, als würde er vor dem Rest der Crew demonstrativ seine Ansprüche auf mich anmelden.

Ich drehte mich ein wenig in seinen Armen, weil ich sein Gesicht sehen musste, in der Hoffnung zu begreifen, was sich in seinem Kopf abspielte. Als ich ihm in die Augen sah, entdeckte ich Hitze und Verlangen, aber auch etwas Tiefgründigeres. Zuneigung? Besitzgier? Ich war mir nicht sicher, aber es ließ mich frösteln. Es schuf Möglichkeiten in meinem Kopf, über die ich gar nicht nachdenken wollte. Ich durfte mir nicht gestatten, in Bezug auf Declan zu hoffen. Hoffnung führte zu Schmerz, und eines wusste ich: Ich sehnte mich mehr nach Declan als nach meinem nächsten Atemzug. Hoffnung wäre mein endgültiger Untergang. Ich glaubte nicht, dass ich Declan so wie Daniel überleben würde.

»Sie warten auf mich«, sagte er.

Zum ersten Mal fielen mir sein Make-up und sein Kostüm auf. Er sah … gut aus. Durch die Südstaatenuniform wirkte er majestätisch und markant, und das Make-up, das sie aufgetragen hatten, verlieh ihm einen gealterten, erschöpften Ausdruck, der zu dieser geschichtlichen Epoche passte.

»Du kannst dich da drüben hinsetzen. Jemand aus der Crew wird dir Kopfhörer geben, damit du zuhören kannst, okay?«

Ich nickte, doch bevor ich irgendetwas sagen konnte, senkte er seine Lippen auf meine und gab mir einen langsamen, langen Kuss, der ausdrückte, dass er es ganz und gar nicht eilig hatte. Ich fühlte mich wie gebrandmarkt. Als er wegging, wanderte meine Hand zu meinem Mund, als wolle ich mich vergewissern, dass ich noch real war. Declan James hatte mich schon unzählige Male geküsst. Er schien eine Schwäche für meinen Mund zu haben – und für andere Dinge. *Aber dieser Kuss?* Dieser Kuss ließ mich vor Ehrfurcht erschauern. Er war erschütternd schlicht gewesen, betörend intim und von absolut ursprünglicher emotionaler Tiefe.

Hatte ich etwas verpasst? Was hatte sich geändert? Bevor ich mir die Zeit nehmen konnte, um über Declans 180-Grad-Wendung nachzudenken, führte mich jemand zu ein paar Stühlen und reichte mir einen riesigen Kopfhörer.

Die Lichter gingen aus, und jemand rief »Ruhe am Set!« und »Action!«.

Heiliger Bimbam, ich war an einem Filmset!

Die Wirklichkeit dieses Ortes holte mich ein, als ich Declan in seiner Bürgerkriegsuniform zwischen den Gräbern herumlaufen sah. Unsere Blicke trafen sich kurz, dann ging er weiter über den nebligen Friedhof. Declan hatte mir erzählt, dass sie gerade drehten, wie sein Filmcharakter nach Ende des Krieges zurückkehrte und entdeckte, dass seine Frau und sein Kind gestorben waren. In der Szene, die sie gerade filmten, besuchte William, in dessen Rolle Declan geschlüpft war, ihre Gräber, nachdem er die schrecklichen Neuigkeiten erfahren hatte.

Er stolperte und sah verstört und derangiert aus. Er leuchtete mit einer kleinen Kerzenlampe von Grabstein zu Grabstein, auf der Suche nach ihren Gräbern. Dann fand er, wonach er gesucht hatte, und hielt inne. Er fiel vor den Gräbern auf die Knie und legte eine Hand auf den Granitstein, während ein zorniger Schrei seinen Körper erbeben ließ. Dann begann er zu schluchzen.

Ich konnte nicht anders. Auch wenn ich wusste, dass es nur gespielt war, spürte ich, wie mir als Reaktion auf die Gefühle, die er ausdrückte, Tränen über die Wangen liefen. Er hatte noch keine einzige Zeile gesprochen, und doch war ich schon völlig fasziniert von ihm, gebannt von seiner Darbietung.

»Es tut mir so leid, Anne. Es tut mir so leid, dass ich nicht da gewesen bin«, sagte er. Er weinte weiter und sprach flüsternd mit seiner Ehefrau, bis eine Frau auf den Plan trat. Ihr richtiger Name war Sidney Monroe, und sie war eine wunderbare Schauspielerin. Sie war ungefähr in meinem Alter, hatte schokoladenbraune Haut und einen kurvenreichen Körper, für den die meisten Frauen töten würden. Sie spielte das Chefdienstmädchen des reichen Grundbesitzers, der von Declan verkörpert wurde. Und nach dem Tod seiner Frau würde sie auch seine Angebetete werden. Das machte den Film so interessant – ein reicher Mann zu Zeiten des Amerikanischen Bürgerkriegs, der sich im Süden in eine befreite Sklavin verliebte. Das war schön, und ich hoffte inständig, dass Declan die Anerkennung bekam, die er verdiente.

»Mr Hamilton, Sir …«, sagte Sidney. »Mr Hamilton«, sagte sie ein wenig lauter.

Declan blickte auf, seine Augen waren total rot und blutunterlaufen, weil er so viele Tränen vergossen hatte.

»Es tut mir so leid. Ich habe mich bemüht, Sir. Ich habe alles versucht, was in meiner Macht stand, aber die Krankheit kam so schnell …« Sie verstummte.

»Geh. Bitte. Lass mich einfach in Ruhe«, sagte er schroff.

Die Frau nickte und floh.

Der Regisseur brüllte: »Cut!«

Und ich wurde aus meiner Declan-bedingten Trance gerissen. Als ich aufblickte, sah ich, dass Declan auf den Regisseur zurannte, der in eine Diskussion mit dem Kameramann verstrickt war. Declan warf einen Blick in meine Richtung, der besagte, dass er so schnell wie möglich zu mir käme. Ich lächelte nur und nickte ein wenig, als er zu der kleinen Gruppe trat. Ich beobachtete, wie sie das Filmmaterial durchsahen, verschiedene Aspekte herausgriffen und den Film immer wieder anhielten, um zu diskutieren. Sowohl der Regisseur als auch der leitende Kameramann hörten Declan zu, als er seine Meinung und seine Vorschläge für die Szene vortrug, an der sie gerade arbeiteten. Er war so leidenschaftlich, wenn er sprach, und absolut in seinem Element, als er seine Vision darlegte.

»Gut gemacht, Declan. Wirklich, das war super. Woran immer du bei dieser Szene gedacht und worauf du den Fokus gelegt hast – schöpfe es voll aus. Das war die beste Arbeit, die ich bisher von dir gesehen habe«, sagte der Regisseur.

Die Männer beendeten ihr spontanes Meeting, und Declan begab sich langsam zu mir herüber, wodurch ich Zeit hatte, ihn von oben bis unten zu mustern. Selbst in einer Uniform aus Zeiten des Bürgerkriegs sah er höllisch sexy aus. Genau genommen dachte ich sogar daran, dass wir dieses Kostüm mit zu mir nach Hause nehmen müssten, um ein paar Rollenspiele zu machen. Ich könnte Scarlett O'Hara sein, und er könnte mir den Boden unter den zierlichen Füßen meiner Südstaatenschönheit wegreißen.

Ja, das könnte funktionieren.

Declans Lippen verzogen sich zu einem durchtriebenen Lächeln, als er sich näherte. Offenbar war er sich bewusst, welche Wirkung er auf mich hatte.

Er presste sich an mich und legte seinen Mund an mein Ohr. »Sie haben uns aufgrund meiner fabelhaften Schauspielkünste eine kleine Pause gegeben. Und das Einzige, woran ich denken kann, ist, dich sofort in meinen Wohnwagen zu zerren, aus diesen Klamotten zu schälen und mich ganz tief in dich zu vergraben.«

Nun ja, ähm … ja. Ich war mir ziemlich sicher, dass ich darauf total stehen würde.

Ich warf ihm ein verschmitztes Lächeln zu. »Dann mal los.«

Declan

Am liebsten hätte ich jedem einzelnen Mann am Set die Kehle aufgerissen. Nein, zuerst würde ich etwas mit ihren Augen machen und mich dann auf die Kehlen stürzen. Dann könnten sie Leah wenigstens nicht mehr anstarren, während ich sie umbrachte.

Wichser.

Sobald sie das Set betreten hatte, hatten die anderen sie von oben bis unten gemustert und wie Geier umkreist. Sie schien es nicht bemerkt zu haben, aber ich schon. Ungezügelte Lust hatte in den Augen der anderen geflackert, ihre Blicke waren über Leahs Hintern gewandert und hatten bei ihren Brüsten verweilt – all die Dinge, die mir gehörten, und nicht ihnen.

Nach dem Arzt gestern und meiner übertriebenen Reaktion auf ihn war ich ins Hotel zurückgekehrt und mächtig mit mir ins Gericht gegangen. *Was zum Teufel machte ich da eigentlich?* Ich hatte am Esstisch praktisch Anspruch auf sie erhoben, und hinterher, als ich eigentlich Reue oder Panik hätte empfinden sollen, hatte ich mich … gut gefühlt. So leid mir der Arzt mit seiner schmutzigen Scheidung auch getan hatte – ich hatte nicht gewollt, dass er Leah überhaupt ansah oder sich gar mit ihr unterhielt. Sie war mein, und an diesem Abend hatte ich alles darangesetzt, um dies absolut klarzustellen. Das waren die Gedanken und Handlungen eines Mannes gewesen, der mehr wollte.

Dies zu erkennen hatte die Dinge ein wenig klarer für mich gemacht. Nachdem ich heute ans Set gekommen war und gesehen hatte, wie die Geier über ihr kreisten, war die Sache dann glasklar gewesen. Dass ich Leah gegenüber plötzlich so besitzergreifend war, bedeutete, dass es jetzt mehr für mich war als nur eine flüchtige Affäre. Ich begehrte sie, mit allem, was dazugehörte. Ich wusste nicht, wie lange das anhalten oder wie es enden würde, aber ich steckte ganz tief drin und hoffte inständig, dass es ihr genauso ging.

Ich hatte gehört, wie eines der Crew-Mitglieder gesagt hatte: »Mann, was für ein heißer Arsch. Wie macht Declan das nur immer?«

Da hatte ich rotgesehen. Ich wollte nicht, dass man Leah für irgendeine Schnalle hielt, die ich in einer Bar oder einem Club aufgelesen hatte, deshalb hatte ich das Einzige getan, was mir eingefallen war. Ich war zu ihr gegangen und hatte ihr gegenüber meine Ansprüche geltend gemacht – nicht mit einem schmuddeligen Bar-Kuss, nein. Ich hatte ihr die Art von Kuss gegeben, die ein Mann der Frau gab, die er halten wollte. Und das wollte ich. Seitdem sah sie absolut überwältigt und verblüfft aus. Das gefiel mir irgendwie. Das war irgendwie witzig.

Wir gingen zu meinem Wohnwagen, den ich am Set hatte, und kamen an ein paar Männern vorbei, die den Großteil des Morgens damit verbracht hatten, Leah auf den Hintern zu starren. Ich legte ihr den Arm um die Taille und ließ meine Hand nach unten gleiten, um ihren knackigen Hintern zu umfassen. Das war meine Art, gleichzeitig »Verpisst euch« und »Alles meins« zu sagen. Die Männer schienen den Hinweis zu verstehen und zerstreuten sich, während wir unseren Weg fortsetzten.

Ich schloss die Tür auf und ließ Leah vorausgehen. Dann schloss ich die Tür hinter uns ab. Langsam ging sie ein paar Schritte in den kleinen Raum hinein. Es gab nicht viel Platz. Der Wohnwagen enthielt einen kleinen Tisch, eine Mikrowelle, einen Kühlschrank, ein schmales Bett und eine Nasszelle, die sich im hinteren Bereich befand. Er war nicht zum Wohnen gedacht, aber er stellte tagsüber einen kleinen Zufluchtsort dar, wenn ich ein wenig Privatsphäre brauchte.

»Was machen wir jetzt, Declan?«, fragte sie.

»Ich glaube, das weißt du, Leah.«

Ich wusste, dass sie das im übertragenen Sinne meinte, aber ich wollte das Thema noch nicht anschneiden. Ich war noch nicht bereit, über ein »Wir« zu diskutieren. Bisher hatte ich noch nie ein »Wir« gewollt.

Was, wenn sie nicht genauso empfand?

Ich stakste auf sie zu, legte ihr die Hand in den Nacken, zog sie an mich und presste meine Lippen auf ihre.

»Du schmeckst so verdammt gut. Nach Pfirsichen und Sahne – süß und cremig, und das macht absolut süchtig«, sagte ich an ihren inzwischen geschwollenen Lippen.

»Nimm mich, Declan. Jetzt sofort«, stöhnte sie, und fast hätte ich mich auf der Stelle gehen lassen.

Gott, ihre Stimme. Sie war eine perfekte Mischung aus sexy Pornostar und dem netten Mädchen von nebenan.

Ich schloss die verbliebene Lücke zwischen uns, indem ich ihr meine Arme um die Taille legte, und hob sie hoch, wobei ich sie eng an mich drückte. Sie schlang mir die Beine um den Leib, und ich stöhnte, als sie sich an meinen Schwanz presste. Ich küsste sie hart und ging ohne Zeit zu verlieren mit ihr zum Bett, das sich an der Rückseite des Wohnwagens befand. Auch wenn unsere Bewegungen und Küsse fieberhaft waren, legte ich sie sanft auf die Pritsche, wobei ich ihren Kopf wie einen unbezahlbaren Schatz hielt.

Ich richtete mich auf, ließ die Hände unter ihren Pullover gleiten und zog ihn ihr über den Kopf, wodurch ein roter Satin-BH zum Vorschein kam.

»Hübsch. Ist das schon ein verfrühtes Weihnachtsgeschenk für mich?«, fragte ich grinsend.

»Ich weiß nicht. Bist du denn brav gewesen?«

»Nein, ich war sehr, sehr ungezogen. Ich zeig dir das mal.«

Ich ließ meine Hände an ihrer Taille entlangwandern, knöpfte ihre Jeans auf und zog sie an ihren langen Beinen hinunter. Mein Blick schweifte nach oben, und ich entdeckte passende Satin-Panties, die mein Grinsen noch breiter werden ließen.

»Ich glaube, ich habe noch nie etwas Schöneres gesehen als dich, wenn du auf einem Bett ausgebreitet daliegst, bereit und begierig auf mich.« Ich legte meine ramponierte Uniformjacke ab und zog mir das Hemd über den Kopf.

»Weißt du, ich hatte schon geglaubt, die Regisseure seien verrückt, weil sie dir nie eine Oben-ohne-Szene geben. Aber jetzt bin ich darüber irgendwie erleichtert.«

»Ach ja?«, fragte ich und war plötzlich verwirrt.

»Ich will dich nicht mit allen Frauen dieser Welt teilen«, flüsterte sie.

Bei ihrem bloßen Anblick war ich bereits so hart geworden, dass ich nicht gedacht hätte, dass da noch mehr ging. Aber als ich diese besitzergreifenden Worte hörte, wurde ich erregter als ein brünstiger Teenager und stürzte mich auf sie. Während unsere Lippen miteinander verschmolzen, schlang ich meinen Arm unter ihr hindurch und zog sie nach oben, sodass sie rittlings auf mir saß. Ich liebte diese Stellung mit ihr. Es fühlte sich an, als wären meine Hände überall zugleich. Ich strich ihr über den Rücken nach unten und umfasste ihre Pobacken, während sie sich an mir rieb. Als ich merkte, dass ich ihr wehtat, weil ich die Hälfte meiner Klamotten noch anhatte, hob ich sie hoch, sodass sie über mir kniete, hoch genug, damit ich meine Schuhe und meine Hose abstreifen konnte, ohne unseren Kuss zu unterbrechen. Vollkommen nackt legte ich mich mit ihr zurück aufs Bett. Ich zog Leah BH und Panties aus, sodass sie ebenfalls nackt war, wie eine Gabe der Götter. Ich war jetzt so hart, dass es fast wehtat, und wollte nur noch in ihre weiche Hitze eintauchen und nie wieder von dort zurückkehren. Aber zuerst musste ich sie schmecken.

»Spreiz deine schönen Beine für mich, Baby«, befahl ich.

Ein durchtriebenes Lächeln breitete sich auf ihrem Gesicht aus, während sie sich auf die Ellbogen stützte und gemächlich die Beine spreizte, als würde sie einen Vorhang beiseiteziehen. *Und siehe da, was für ein Anblick!*

»Verdammt, immer wenn ich denke, du könntest nicht noch schöner werden, passiert genau das.«

Ich ließ meine Handfläche an ihrem Bein hinauf zur Innenseite ihrer bebenden Schenkel gleiten, dann spreizte ich ihre Schamlippen und rieb sanft ihre Klitoris, was ihrer Kehle ein leises, tiefes Stöhnen entlockte. Ich wollte mehr hören, deshalb schob ich zwei Finger in ihre feuchte Enge und freute mich darüber, wie nass sie für mich geworden war. Sie schob ihre Hüften nach vorne und meine Finger tiefer und härter in sie hinein.

»Ich kann nicht mehr warten. Ich muss dich schmecken.« Ich zog meine tropfnassen Finger heraus, steckte sie in den Mund und leckte jedes bisschen von ihr ab.

Fasziniert sah sie mir dabei zu, während ihre blauen Augen vor Hitze loderten. »Schmeckt es?«, fragte sie mit tiefer, heiserer Stimme, die absolut sexy war.

»Das Beste, was ich je geschmeckt habe, verdammt. Ich glaube, ich gehe dann mal zum Hauptgang über«, antwortete ich grinsend.

Ich senkte meinen Kopf zwischen ihre Schenkel und drang mit der Zunge in sie ein. Sie schrie auf, als ich sie mit meinem Mund reizte und neckte, und fast wäre sie gekommen, aber da zog ich mich wieder zurück. Beim dritten Mal keuchte sie und wand sich vor Verlangen.

»Declan, ich brauche …«

»Sag es mir, Leah. Was brauchst du?«

»Nimm mich. Oh Gott … lass mich kommen«, stöhnte sie verzweifelt.

»Bettle darum. Sag mir, wie sehr du mich brauchst.«

»Declan, bitte. Ich brauche dich, bitte.«

Ihr seidiger, begieriger Tonfall hatte einen heiseren Nachhall und hätte mich fast zum Höhepunkt gebracht. Mein Mund, der noch immer feucht von ihr war, glitt an ihrem Körper hinauf, fand ihren Mund und presste sich auf ihn, wobei ich sie den Geschmack ihrer eigenen Lust von meinen Lippen lecken ließ.

»Ich liebe es, wenn du bettelst«, sagte ich an ihren Lippen.

Meine steinharte Erektion fand ihren Gegenpart, und mit einer einzigen harten Bewegung stieß ich zu. Leahs Fingernägel gruben sich in meinen Rücken, und sie schnappte nach Luft.

»Noch einmal. Nicht aufhören«, flehte sie.

Ich ließ mich gehen und stieß zügellos in sie hinein, als müsste ich für immer einen Abdruck in ihrem Körper hinterlassen. Stoß um Stoß nahm sie ihn in sich auf, ihre Hände umfassten meinen Hintern, während ich immer wieder wie wild in sie eindrang. Als ich spürte, wie sie enger wurde, wusste ich, dass sie gleich kommen würde. Sie schloss sich wie ein Schraubstock um mich, was sich anfühlte, als würde ich gleich sterben. Ich kannte den Moment, in dem sie kurz vor dem Orgasmus war. Ihr Körper begann zu beben, als sie schlagartig enger wurde, und sie fing an, meinen Namen hinauszuschreien. Rasch beugte ich mich vor, um ihre Schreie mit dem Mund aufzufangen und sie durch den Orgasmus hindurch zu küssen. Sie wand sich und stöhnte an meinem Mund, während ich wieder aufs Tempo drückte, um meine eigene Erlösung zu finden.

Als ich meinen Mund von ihrem löste, grinste Leah, schob die Hand zwischen unsere vereinigten Körper und packte mich, während ich sie vögelte.

»Oh Mist«, stöhnte ich.

Ihre liebkosende Hand war genug – ich kam mit voller Wucht und verlor mich in Leahs schönem Körper.

Und da ging mir auf, dass wir gar kein Kondom benutzt hatten.

Leah

Ich keuchte immer noch wegen dem, was wohl der beste Sex meines ganzen Lebens gewesen war, als ich Declan fluchen hörte.

»Verdammt!«

In meinem Kopf schrillte die Alarmglocke, und die unsichere Leah – die, die viele Leute nicht kannten – kam zum Vorschein und brachte eine Million Gründe für diesen Fluch hervor. Wie fast immer in meinem Leben versuchte ich, sie zurückzudrängen und rational zu sein. Meistens gewann ich, aber hin und wieder ging die Unsicherheit als Siegerin hervor.

»Was ist?«, fragte ich und blickte zu ihm auf.

Wir waren immer noch miteinander verbunden, er hatte den Kopf an meine Schulter gelegt. Dann stützte er sich auf seine Ellbogen und stemmte sich hoch, sodass er über mir war.

»Wir haben kein Kondom benutzt, Leah. Es tut mir so leid … ich habe nicht nachgedacht. Ich war gedankenlos, sorglos. Ich habe einfach nicht daran gedacht.«

Er blickte auf mich herunter und sah so bestürzt aus. Er war nicht wütend, sondern am Boden zerstört, als hätte er mich enttäuscht.

»Hey, schon gut, Declan. Ich nehme die Pille. Schon seit ich sechzehn geworden bin. Ich nehme sie gewissenhaft und mache alle sechs Monate einen Test. Mein letzter Test war im Oktober. Und deiner?«, fragte ich nervös.

»November – kurz bevor ich hergekommen bin. Ich war die letzten Monate mit niemandem zusammen und habe seitdem nur mit dir geschlafen«, antwortete er.

In meinem Bauch flatterten Schmetterlinge auf. Es war mir gar nicht bewusst gewesen, dass ich dort welche hatte oder dass sie so etwas tun konnten. Declan hatte mir Schmetterlinge beschert. Lustig.

»Warum lächelst du?«, fragte er.

»Sind dir in L. A. die Frauen ausgegangen, Casanova?«, witzelte ich.

»Nein, ich war es nur leid zu versuchen, dich zu ersetzen.«

Oh. Ich hätte ja nun wirklich nicht gedacht, dass das aus seinem Mund kommen würde.

»Wer zum Teufel bist du?«, flüsterte ich, während ich mit den Fingern über sein unrasiertes Gesicht strich.

»Ich bin der, der ich immer war, Leah. Ich habe zurzeit nur vor, ein bisschen ehrlicher zu mir selbst zu sein. Das solltest du auch mal versuchen«, sagte er mit einem großspurigen Grinsen.

Nach ein paar Minuten verdutzter Stille meinerseits, beschloss ich, das Thema zu wechseln.

»Jedenfalls … sind wir beide gesund und ich nehme die Pille. Deshalb ist alles gut. Nichts, worüber man sich Sorgen machen müsste«, sagte ich und warf ihm ein Kissen an den Kopf, um das Lachen zu ersticken, das seinen Körper schüttelte. Er wusste, dass ich das Thema absichtlich gewechselt hatte, und liebte es, mich aus dem Konzept zu bringen.

»Dann hätten wir es also die ganze Zeit ohne Kondom treiben können?«, fragte er grinsend.

»Äh, ich glaube schon.«

»Ach Mist, Leah! Wenn wir das nur gewusst hätten. Ich hasse Kondome.«

Ich kicherte, und er machte einen Satz und kitzelte mich, sodass ich noch mehr lachen musste.

»Tut mir leid, aber dieses Gespräch ist für mich vielleicht weniger alltäglich als für dich, Casanova!«, scherzte ich.

»Oh, das ist eindeutig kein alltägliches Gespräch für mich. Ich sacke ihn wirklich immer ein.«

»Erstens ist das vulgär. Zweitens hast du etwa nie …«, setzte ich mit großen Augen zu meiner Frage an. Ich fragte mich gerade, ob das Declans erstes Mal ohne Kondom gewesen war.

»Nein, ich meine ... als ich mit Heather zusammen war, meiner College-Freundin, habe ich ... ähm, keins benutzt. Aber seitdem jedes einzelne Mal.«

»Und was ist bei mir anders?« Sofort, nachdem die Worte aus meinem Mund gekommen waren, hasste ich mich dafür. Ich musste wirklich daran arbeiten, zuerst nachzudenken und dann zu fragen. Das würde mir so viel Ärger ersparen.

Er beugte sich vor, schmiegte sich an meine Seite und legte mir den Arm über den Bauch, wobei er mit den Fingerspitzen Muster auf meine Haut zeichnete.

»Muss ich das wirklich beantworten?«, fragte er.

Bevor ich ihn darum bitten konnte, ausführlicher zu werden, klopfte es laut an die Tür des Wohnwagens.

»Ja?«, rief Declan.

Draußen rief jemand: »Declan, du wirst am Set gebraucht! Fünf Minuten.«

»Verdammt«, sagte er leise, dann rief er: »Alles klar!«

Grinsend sah er mich an, seine Augen leuchteten hellgrün, und blaue und braune Punkte tanzten darin. Er sah jung und unbeschwert aus, und insgeheim hoffte ich, dass das direkt auf mich zurückzuführen war.

In diesem Moment wusste ich, dass ich tiefer drinsteckte, als ich gedacht hätte. Sexfreunde wollten sich nicht gegenseitig glücklich machen oder der Grund sein, weshalb der andere morgens aufstand. Ich hatte das Gefühl, mit Declan an einem Scheideweg zu stehen. Unsere Beziehung veränderte sich gerade. Ich konnte links abbiegen, unseren Sexfreunde-Status beibehalten und versuchen, ihn auf Distanz zu halten, bis er nach L.A. zurückkehrte, oder ich konnte rechts abbiegen und meinem Herzen folgen, auch wenn es mir am Ende gebrochen würde.

»Alles okay?«, fragte er, als er meinen geistesabwesenden Blick bemerkte.

»Ja«, sagte ich fröhlich. »Du ziehst dich jetzt besser an, Soldat. Ich glaube, sie werden demnächst hier reinkommen, wenn du nicht bald da rausgehst.«

»Schon gut, schon gut. Wahrscheinlich muss ich noch in der Maske vorbeigehen, um Haar und Make-up in Ordnung bringen zu lassen. Ich bin mir ziemlich sicher, dass es nach alldem hier ein wenig Auffrischung braucht«, sagte er zwinkernd.

Ich sah ihn von oben bis unten an, und er sprang aus dem Bett. Er war so verdammt schön. Er sah aus wie eine Skulptur, jeder einzelne Bogen, jede Kurve schien von Meisterhand gemeißelt zu sein. Sein Haar war völlig zerzaust, was vermutlich meine Schuld war. *Ja, das musste unbedingt in Ordnung gebracht werden.* Das Make-up sah dagegen nur halb so schlimm aus. Es sollte ihn derb und schmutzig aussehen lassen, und so sah er auch aus, aber ich war keine Expertin.

Rasch zog er sich wieder an, dann beugte er sich über das Bett und drückte mir einen flüchtigen Kuss auf die Lippen.

»Ruh dich aus, wenn du willst. Wir sollten in zwanzig Minuten wieder mit den Dreharbeiten anfangen, falls du zusehen willst. Wir drehen aber auf dem offenen Feld rechts vom Friedhof weiter. Der Schluss der Schlachtszene wird aufgenommen, deshalb werden ein paar Komparsen mit am Set sein.«

Ich nickte, und er küsste mich noch einmal, bevor er hinausging.

Was zum Teufel passierte da gerade? Vor nicht einmal zwei Wochen war alles zwischen uns einfach und leicht gewesen. Wir waren zusammengekommen, dann zusammen gekommen und danach wieder auseinandergegangen. *Hatten wir das nicht beide so gewollt?* Doch dann hatte sich alles verändert, und ich wusste nicht mehr, was ich tun sollte. Wie sich herausgestellt hatte, war an diesem Mann – diesem arroganten, anmaßenden Kerl, den ich Casanova nannte – mehr dran, und ich wusste nicht, ob mein Herz das verkraften würde.

Nach einer Weile erhob ich mich von unserem kleinen Liebesnest im Wohnwagen. Ich schlüpfte in meine Kleider und kehrte ins Land der Lebenden zurück. Ich öffnete die Tür des Wohnwagens und wurde von der Sonne begrüßt. Während wir miteinander geschlafen hatten, war die Sonne erwacht und zeigte sich nun. Es war immer noch kalt und die Luft war frisch, aber der Boden war mit goldenen Blättern bedeckt. Die Bäume, die rasch kahl wurden, sahen schön aus, sie hoben sich silbrig und statuenartig gegen die Landschaft ab.

Ich machte mich auf den Weg zu dem offenen Gelände, auf dem laut Declan jetzt gedreht werden sollte, wobei ich an dem Friedhof vorbeikam, auf dem wir zuvor gewesen waren. Ein altes Grab stach mir ins Auge, und auf einmal war ich fasziniert von der ganzen Geschichte, die mich umgab. Der Friedhof wurde zwar noch benutzt, aber das hier war das ursprüngliche Gelände. Die Grabsteine stammten aus dem Amerikanischen Bürgerkrieg, manche sogar aus früherer Zeit. Ohne nachzudenken wandte ich mich nach rechts und schlängelte mich zwischen den alten Steinen hindurch, während ich die Namen längst vergessener Menschen las – von Müttern, Vätern, Brüdern, Schwestern und Kindern … so vielen verlorenen Kindern. Es war eine andere Zeit gewesen, in der die Lebenserwartung so niedrig war und Kinder ganz anders wertgeschätzt wurden. Mütter waren dankbar gewesen, wenn ihre Kinder das Erwachsenenalter erreichten. Heute betrachteten wir das als selbstverständlich.

Wenn ich täglich dabei half, Babys zu entbinden, hatten die Mütter, denen ich beistand, zwar immer Angst, aber selten fürchteten sie sich davor, dass ihre Kinder nicht überleben würden. Stattdessen machten sie sich immer Sorgen darum, ob sie schon bereit wären oder ob sie eine gute Mutter sein würden. Wenn ich der Mutter dann das Kind in den Arm drückte und sie es zum ersten Mal sah, waren all diese Ängste wie weggeblasen.

Ein Teil von mir hoffte, dass es bei mir genauso wäre, wenn es je dazu käme, aber mein Leben war anders. Ich hatte mich selbst erzogen. Mein Vater war von Anfang an kein richtiger Vater gewesen, doch nachdem meine Mutter uns verlassen hatte, hatte er sich in sich selbst zurückgezogen, und von diesem Moment an war ich mir selbst überlassen gewesen. *Fehlte mir deswegen nicht etwas?* Ich hatte immer befürchtet, dass mein Baby, sofern ich je Mutter werden würde, in dem Moment, in dem ich es zum ersten Mal in den Arm nähme, schon wüsste, dass ich eine Hochstaplerin war. Das winzige Bündel würde zu mir aufschauen und wissen, dass ich nicht in der Lage wäre, auf so etwas Kostbares aufzupassen.

Ich wusste nicht, wie lange ich über diesen Friedhof spazierte. Irgendwann landete ich in der neueren Abteilung und war plötzlich von neuen anstatt von alten Daten umgeben. Als ich gerade umkehren wollte, sah ich ein vertrautes Gesicht auf mich zukommen.

»Hey, ich habe dich schon gesucht«, sagte Declan, der von Kopf bis Fuß im Bürgerkriegsornat steckte.

Als er mich in eine Umarmung zog, roch ich Rauch und Erde, als hätte er an einem Lagerfeuer gesessen. Der Geruch musste wohl ein Überbleibsel der Szene sein, die sie gerade gedreht hatten.

»Tut mir leid, ich war schon unterwegs zu euch. Aber dann bin ich vom Weg abgekommen und habe die Zeit vergessen«, sagte ich ein wenig verlegen.

»Macht nichts. Wir haben jetzt Mittagspause. Ich wollte nur sehen, ob du was essen willst«, sagte er, wobei ein selbstzufriedenes Lächeln seine Lippen umspielte. »Richtiges Essen, das verspreche ich. Ich muss dich doch füttern«, scherzte er.

»Ich könnte auf jeden Fall etwas zu essen vertragen, Casanova.«

Ich gab ihm einen Klaps auf den Hintern, woraufhin er gluckste. Dann legte er mir den Arm um die Schultern, und wir machten uns auf den Weg zurück zum Set, doch dann blieb ich abrupt stehen, weil ich zu meiner Rechten einen Grabstein entdeckt hatte. Alle Luft wich aus meinen Lungen, und meine Knie wurden weich.

»Leah? Himmel noch mal … ist alles in Ordnung?«, fragte Declan, als er spürte, wie meine Knie nachgaben. Rasch stützte er mich.

Ich konnte in diesem Moment nicht sprechen, sondern zeigte nur mit dem Finger auf das Grab. Sein Blick folgte meiner ausgestreckten Hand, bis er den Namen fand, der mich so sprachlos gemacht hatte, dass ich mich nicht mehr bewegen konnte.

»Lilith Jean Morgan«, las er laut vor, während er versuchte zu verstehen. »Leah, ist das deine Mutter?«

»Das war sie. Sie wurde Lily genannt«, sagte ich leise.

»Tut mir leid, Schatz«, sagte er und zog mich in eine feste Umarmung. »Ich wusste gar nicht, dass sie gestorben ist.«

Ich starrte auf den Grabstein und konnte meinen Blick nicht mehr davon losreißen. »Ich auch nicht.«

8

Declan

»Ich hätte bei ihr bleiben sollen«, murmelte ich in mein Bier, weil ich dachte, dass mich niemand hören würde bei dem lauten Stimmengewirr in der Sportbar, die wir uns für unseren Männerabend ausgesucht hatten.

Die Bar war voller Männer, die den Blick auf die Fernsehbildschirme gerichtet hatten, auf denen mehrere unterschiedliche College-Spiele übertragen wurden. Die Typen neben uns waren ein wenig jünger als wir und benahmen sich laut und nervig; schon in dem Moment, in dem sie sich hingesetzt hatten, hätte ich ihnen am liebsten in den Hintern getreten.

»Was hast du gesagt?«, fragte Logan zwischen zwei Schlucken O'Doul's.

Ich hatte keine Ahnung, wie er diese Plörre hinunterbekam.

»Nichts … ich habe nichts gesagt. Ach verdammt, ich weiß auch nicht. Leah, oh Mann … sie ist heute auf dem Friedhof total komisch geworden. Sie hat das Grab ihrer Mutter gefunden und daraufhin den ganzen Tag kaum etwas gesagt.«

Seine Augen weiteten sich, und er schwieg einen Moment, während er über den Tisch hinweg Garrett ansah, der es zur Abwechslung tatsächlich einmal geschafft hatte, sich von seinem Schreibtisch loszueisen. Die Männer führten eine Art stummes Gespräch miteinander, dann wandten sie sich wieder mir zu. Colin hatte offenbar auch keine Ahnung, worum es in diesem stummen Gespräch gegangen war, denn er sah ungefähr so verwirrt aus wie ich, während er sich weiterhin an seiner Whiskey Cola zu schaffen machte.

»Was genau läuft da zwischen dir und Leah, Declan?«, fragte Garrett und sah mich scharf an.

Ich wäre aufgesprungen und hätte ihm den Hintern versohlt, wenn sein Blick nicht dem eines großen Bruders geglichen hätte, der seine Schwester verteidigte. Ich wusste zu schätzen, dass der Mann versuchte, sie zu beschützen.

»Das weiß ich nicht, verdammt. Eigentlich hätte es gar nicht so innig werden sollen. Aber jetzt – jetzt kann ich keinen Rückzieher machen. Sie war heute am Boden zerstört und sagte, sie hätte gar nicht gewusst, dass ihre Mutter gestorben ist. Wie kann das sein?«, fragte ich.

»Ihre Mutter hat sie und ihren Vater verlassen, als Leah sieben war«, sagte Logan und nahm einen großen Schluck aus seinem Glas. »Seitdem hat sie nichts mehr von ihrer Mutter gesehen oder gehört.«

»Verdammt, ich wusste, dass ich nicht hätte weggehen sollen. Sie hat behauptet, es gehe ihr gut, und mich praktisch zur Tür hinausgeschoben. Sie hat gelächelt und gesagt, dass sie Clare anrufen würde, um einen Filmabend mit ihr zu veranstalten.«

Ich sah, wie Logan zusammenzuckte, und mir wurde klar, dass es keinen Filmabend gab. Ich war darauf hereingefallen.

Der Geräuschpegel der Gruppe neben uns schwoll zu einem ohrenbetäubenden Getöse an, was mich verärgert mit den Zähnen knirschen ließ. Garrett drehte sich um, wahrscheinlich um den Idioten zu sagen, dass sie verdammt noch mal die Fresse halten sollten. Irgendwie mochte ich den Jungen.

Sobald er sich umgedreht hatte, brüllte einer der Typen: »Garrett Finnegan! Wie geht's dir, Mann?«

Na großartig, sie waren befreundet. Ich zog mir die Kappe tiefer ins Gesicht und duckte mich dabei ein wenig. Bisher war es keine große Sache gewesen, in Richmond zu sein. Die Leute hier rechneten nicht damit, in einer Sportbar auf Promis zu treffen. Deshalb hielten sie auch nicht nach Promis Ausschau. In Hollywood hätte es passieren können, dass ich binnen zwei Sekunden erkannt wurde. Hier dauerte es normalerweise eine Weile, und wenn ich den Kopf gesenkt hielt und keine Aufmerksamkeit erregte, kam ich meistens davon, ohne dass mich jemand erkannte. Zwar wussten alle, dass hier gerade ein Film gedreht wurde, aber sie gingen davon aus, dass wir in schicken Restaurants und versnobten Clubs herumhingen und nicht in drittklassigen Sportbars.

»Hey, Matt. Wie geht's? Lange nicht gesehen«, erwiderte Garrett, der von ihrer Begegnung deutlich weniger begeistert war als sein Freund.

»Da hast du verdammt recht, Mann. Ich habe dich das letzte Mal auf unserer Highschool-Abschlussfeier gesehen. Du und Mia habt für Fotos gelächelt und wart bereit, aufs College zu gehen. Hey, wie geht es ihr überhaupt?«

Garrett wurde kreidebleich. Er schaute auf seine Hände hinunter und schien plötzlich sehr an seinen Handflächen interessiert zu sein. »Keine Ahnung. Ich habe sie seit diesem Tag nie wieder gesehen.«

»Was? Willst du mich auf den Arm nehmen? Ihr zwei wart ja schon auf der Highschool praktisch verheiratet. Sag mir jetzt nicht, dass du eine so geile Sahneschnitte einfach hast ziehen lassen.«

Der letzte Teil war gelallt – wohl eine Nebenwirkung der vier leeren Gläser, die vor dem Typen standen.

Garretts Hände ballten sich zu Fäusten; in Sekundenschnelle war er auf den Füßen und beugte sich über den betrunkenen Idioten. »Hör zu, Matt, wir waren nie befreundet, deshalb ist es mir scheißegal, was du denkst. Aber du wechselst jetzt das Thema. Und zwar auf der Stelle, verdammt.«

Garrett wartete die Antwort nicht ab, sondern stürmte aus der Bar und ließ Logan, Colin und mich in bestürztem Schweigen zurück.

»Was zum Teufel war das denn?«, fragte ich und hoffte, dass mich Logan über das Drama aufklären könnte, dessen Zeuge ich soeben geworden war. *Ich dachte immer, nur Mädels erlebten Abende wie diesen.*

»Keine Ahnung. Absolut keine Ahnung. Clare hat mal erwähnt, dass er auf der Highschool mit jemandem zusammen war, aber bei ihr hat das geklungen, als wäre das nur eine stereotype Teenagerliebe gewesen.«

»Daran war überhaupt nichts stereotyp«, sagte ich.

»Kein Witz. Ich gehe ihm besser mal nach, bevor er die Faust in die Wand rammt oder so.«

»Nein, lass mich das machen. Du bist zu sehr involviert. Er wird dich nicht um sich haben wollen, Mann.«

Logan nickte, und ich verließ die Bar, um seinen Schwager zu suchen. Ich fand Garrett um die Ecke, wo er zornig in einer Gasse auf und ab ging.

»Hey«, sagte ich behutsam, »willst du darüber reden?«

»Nee.«

»In Ordnung.«

Wir standen eine Weile in der Gasse herum, während er versuchte, seine Wut unter Kontrolle zu bringen. Ich blieb, um mich zu vergewissern, dass er keinen Blödsinn anstellte. Ich wusste, wie es sich anfühlte, wenn man gegen eine Backsteinwand schlug, weil ich es getan hatte, als Heather mich verlassen hatte, und das war es nicht wert.

»Darf ich dir einen Rat geben?«, unterbrach Garrett das Schweigen.

Ich nickte und war mir wirklich nicht sicher, was für einen Rat mir jemand geben konnte, der fast zehn Jahre jünger war als ich.

»Ich kenne Leah schon mein ganzes Leben lang. Sie hatte eine schwere Kindheit. Das Leben war kein Zuckerschlecken für sie. Äußerlich mag sie tough rüberkommen, aber tief in ihrem Inneren ist sie genauso unsicher und instabil wie wir alle. Sie versteckt es hinter süßen Worten und lässigen Bemerkungen, aber sie will einfach nur das, was wir alle im Leben wollen.«

»Und das wäre?«, fragte ich.

»Geliebt werden. Alles, was sie tut, tut sie mit ganzem Herzen, und jedem, den sie in ihr Leben lässt, schenkt sie ihr Herz. Sie ist der selbstloseste Mensch, den ich kenne. Wenn irgendjemand etwas braucht, kannst du deinen Arsch darauf verwetten, dass Leah da ist und hilft. Aber wenn sie verletzt ist, zieht sie sich zurück …«

»Und sagt, dass es ihr gut geht, und schiebt dich zur Tür hinaus?«, vollendete ich den Gedanken.

»Genau.«

»Ich muss los«, sagte ich abrupt, weil ich wusste, wo ich jetzt sein sollte.

»Gute Antwort.«

Leah

Nicht einmal ein Abend mit *Pretty Woman* konnte meine düsteren Gedanken vertreiben. Nachdem ich eine Stunde lang vergeblich versucht hatte, mich darauf zu konzentrieren, schaltete ich den Fernseher aus und starrte stattdessen auf die weiße Wand.

Sie war tot. Meine Mutter war tot. Ich wusste nicht, wie ich mit diesen Neuigkeiten umgehen sollte. Trauerte ich? Sollte mir das überhaupt etwas ausmachen? Sie hatte mich verlassen, als ich sieben war. Sollte es mich kümmern, dass sie vor über achtzehn Jahren gestorben war?

Achtzehn Jahre … war sie schon tot. Meine Mutter war gestorben, als ich zehn war, und ich hatte es nicht einmal erfahren. Jemand hatte offenbar eine Beerdigung für sie ausgerichtet, denn es gab einen Grabstein. Der Grabstein hätte mich beinahe zum Lachen gebracht. Hielt das jemand für einen kranken Witz? Alles, was darauf stand, war »Eine liebende Mutter« und ein Datum. Liebende Mütter ließen ihre Familie nicht im Stich. Liebende Mütter verließen ihre Kinder nicht, ohne je zurückzuschauen.

Stimmte irgendetwas nicht mit mir? Hatte sie mich vor all den Jahren angesehen und sich gedacht, dass ich es nicht wert war?

Etwas tropfte auf meinen Arm, und während ich mich auf dem Sofa zu einer kleinen Kugel zusammenrollte, berührte ich meine Wange und stellte fest, dass ich weinte.

Na großartig. Verdammt großartig.

Die Tränen wiesen offenbar auf mehr hin, denn es war, als würde ein Damm brechen. Ich begann, unkontrolliert zu schluchzen. Ich wusste nicht, weshalb ich weinte. Ihretwegen … vielleicht auch meinetwegen … wegen des Verlusts dessen, was hätte sein können, wenn sie nur dageblieben wäre.

Während mich Schluchzer schüttelten, hörte ich, wie die Wohnungstür geöffnet wurde, und plötzlich tauchte Declan auf. Er setzte sich neben mich und nahm mich fest in den Arm.

»Was machst du hier?«, fragte ich zwischen Schluchzern und wirklich unattraktivem Schluckauf.

»Was ich schon früher hätte tun sollen – bei dir bleiben, während du trauerst. Niemand sollte Schmerz allein aushalten müssen, Leah.«

Seine lieben, sanften Worte zu hören ließ mich erneut in Tränen ausbrechen. Das war eine vollkommen andere Seite des Bad Boys, den ich vor Monaten kennengelernt hatte. Das Declan-Puzzle hatte so viele Teile. Ich wusste auch nicht, warum mich das überraschte. Das Leah-Puzzle war ein Meisterstück, das einen Puzzle-Experten erforderte. Kein Wunder, dass bisher noch kein Einziger versucht hatte, es zu lösen.

Ich wusste nicht, wie lange er mich so hielt, aber er beschwerte sich kein einziges Mal. Er saß einfach nur da, während ich wie ein Kind zusammengekauert auf seinem Schoß saß und den Verlust einer Frau betrauerte, die ich liebte und gleichzeitig hasste. Als ich mich schließlich beruhigt hatte, trug er mich ins Schlafzimmer und legte mich behutsam aufs Bett. Er zog mir die Hausschuhe aus und deckte mich zu.

Als er sich zum Gehen wandte, sagte ich: »Bitte, bleib bei mir.«

»Wie Ihr wünscht«, antwortete er und drehte sich mit einem kleinen Grinsen zu mir um.

Er ging um das Bett herum zur anderen Seite und streifte Schuhe, Jeans und Hemd ab, bevor er unter die Decke kroch.

»Komm her, Stalljunge«, flüsterte ich und erwiderte damit seine vorherige Anspielung auf *Die Braut des Prinzen.*

»Siehst du, ich habe aufgepasst.«

»Ja, das hast du«, sagte ich, während ich mich um ihn herumschlang. Ich legte den Kopf auf seine nackte Schulter, direkt über das keltische Knotenmuster, das dort für immer bleiben würde. Mein Haar breitete sich fächerartig über die Linien und Kurven seiner wie aus Stein gemeißelten Bauchmuskeln.

Als ich seinen warmen Körper an meinem spürte, entspannte ich mich, aber an Schlafen war nicht zu denken bei all den Gedanken, die mir durch den Kopf gingen. Es waren dieselben Gedanken wie vorhin.

Bevor ich genauer darüber nachdenken konnte, platzte ich auch schon heraus: »Glaubst du, dass es einen Grund gab, weshalb sie weggegangen ist?«

Ich hatte gar nicht daran gedacht, dass ich ihn dadurch vielleicht aufwecken würde, doch er drehte sich – noch immer wach – zu mir.

»Wie meinst du das?«, fragte er.

Inzwischen war ich mir sicher, dass die Plaudertaschen Logan und Garrett ihn in die schmutzige Vergangenheit der Leah Morgan eingeweiht hatten. Die Tatsache, dass er noch nicht schreiend zur Tür hinausgerannt war, sprach für ihn.

»Ich meine, es muss doch einen Grund geben. Ich hatte immer angenommen, dass es an mir gelegen hat. Irgendwas stimmt doch nicht mit einem Kind, das in der Mutter den Wunsch erweckt wegzugehen. Eine Mutter sollte ihr Kind eigentlich unter allen Umständen lieben, oder? Warum hat mich meine dann verlassen?« Ich fühlte mich schwach, weil meine Stimme am Ende versagte.

Er verlagerte sein Gewicht und schaltete die Nachtischlampe ein, dann zog er mich in eine sitzende Position.

»Sieh mich an«, sagte er.

Das konnte ich nicht. Ich starrte nur auf das Paisleymuster meiner Bettdecke, während mir erneut Tränen über die Wangen liefen.

»Leah, sieh mich an«, verlangte er und griff nach meinem Kinn, damit er mir in die Augen schauen konnte. »Nichts stimmt nicht mit dir. Hörst du? Überhaupt nichts. Der Grund dafür, dass deine Mutter weggegangen ist, lag nicht darin, dass du unzulänglich gewesen wärst. Verstehst du?«

Halbherzig nickte ich.

Er ließ mein Kinn los, griff stattdessen nach dem Saum meines Tanktops und zog es mir über den Kopf. Ich sah ihn an.

Ich war ein wenig verwirrt. Seine Augen leuchteten grün in der Dunkelheit, sein Blick wirkte entschlossen.

»Zieh den Rest aus«, wies er mich an.

»Aber ich …«

»Tu es, Leah. Bitte«, sagte er, wobei er den letzten Teil flüsterte wie ein Gebet.

Ich stand vor der Bettkante und zog Pyjamahose und Panties aus, dann drehte ich mich um und sah, dass Declan den Rest seiner Kleidung ebenfalls abgelegt hatte. Deprimiert oder nicht – es gab nichts Besseres, als ihn so zu sehen. Allmählich glaubte ich, dass er all meine Wunden mit einer einzigen Berührung heilen konnte.

»Komm her«, sagte er sanft.

Ohne zu zögern ging ich zu ihm. Ich kniete mich aufs Bett, um ihn in der Mitte zu treffen. Langsam glitt seine Hand um meine Taille, dann beugte er sich vor, um mein Schlüsselbein zu küssen. Ein Schauer überlief mich.

»Dreh dich um«, flüsterte er.

Ich gehorchte ihm und drehte mich in seinen Armen, sodass meine Rückseite an seine Vorderseite gepresst war. Noch immer auf den Knien positionierte er uns beide so auf dem Bett, dass wir in den bodenlangen Spiegel in der Zimmerecke schauen konnten. Er zog mich enger an seinen Körper, seine Finger gruben sich in meine Hüften, während sich unsere Blicke im Spiegel trafen.

»Weißt du, was ich gerade sehe?«, flüsterte er.

Unfähig, etwas zu sagen, schüttelte ich den Kopf.

»Vollkommenheit. Ich sehe absolute Vollkommenheit.«

Mein Atem stockte, als er mich auf seinen Körper hinunterzog und auf einen Schlag vollständig ausfüllte. Mein Kopf fiel nach hinten auf seine Schulter, während ich das Gefühl unserer vereinigten Körper auskostete. Sooft wir auch zusammen gekommen waren – immer fühlte es sich an, als wäre es das erste Mal.

Langsam und ohne Eile bewegten wir uns zusammen. Seine Hände glitten nach oben, umfassten meine Brüste, unsere Münder fanden sich, unsere Zungen ahmten den sinnlichen Rhythmus nach, den unsere Körper beschrieben. Als ich das vertraute Gefühl empfand, wie sich alles in mir zusammenzog, unterbrach Declan unseren Kuss.

»Schau in den Spiegel. Ich will, dass du dich selbst sieht, wenn du vor meinen Augen kommst.«

Im Spiegel zu sehen, wie unsere miteinander verbundenen Körper sich bewegten, war das Erotischste, was ich je gesehen hatte, und ließ mich praktisch sofort kommen. Ich zerbarst in Declans Armen, woraufhin auch er Erleichterung fand. Er packte mich, als er erzitterte und tief in mir kam, während er meinen Namen hinausschrie.

Ich ließ mich an ihn sinken und betrachtete unsere glitzernden Körper im Spiegel. Er beugte sich vor und küsste wieder mein Schlüsselbein.

Dann flüsterte er mir ins Ohr: »Siehst du? Vollkommen.«

Ich nickte, und er nahm wieder mein Kinn in die Hand, um meine Aufmerksamkeit zurück auf seine markanten Züge zu lenken.

»Es wird Zeit, das loszulassen, Leah. Du bist so viel mehr als deine Vergangenheit.«

Eine letzte Träne rollte über meine Wange, als wir es uns wieder auf dem Bett gemütlich machten und uns wie zuvor in den Armen lagen. Dieser schöne Mann hatte gesagt, dass ich vollkommen war. Er hatte nicht gesagt, dass es ihm leidtäte, und sich nicht bei mir eingeschmeichelt, wie es die meisten Leute täten. Er hatte mich in den Arm genommen, als ich weinte, und erklärt, dass ich vollkommen war. Ich war alles andere als das, aber als er das so bestimmt gesagt hatte, als wir miteinander geschlafen hatten, hatte ich das Gefühl gehabt, nicht weit davon entfernt zu sein.

Das letzte Bild, das ich vor dem Einschlafen vor mir sah, war der Grabstein meiner Mutter, und ich wusste, dass ich nicht eher ruhen würde, bis ich den einzigen Menschen besucht hätte, der mir vielleicht einige Fragen beantworten konnte – meinen Vater.

9

Declan

»Gottverdammt, Frau! Warum zum Teufel ist deine Haustür schon wieder nicht abgeschlossen?«, bellte ich, während ich Leahs Wohnung betrat.

Es war gegen Mittag an einem Samstag, eine Woche nach der Entdeckung von Lilith Morgans Grabstein. Ich hätte gern gesagt, dass Leah nach dieser gemeinsamen Nacht wieder wie sonst war, aber es gab immer noch Augenblicke, in denen ich die Trauer in ihren Augen sehen konnte. Ich wusste, dass eine Nacht sie nicht heilen konnte, aber ich wollte verdammt sein, wenn ich diese Trauer nicht für sie würde ausradieren wollen. Ich hasste es, sie leiden zu sehen, und ich hoffte nur, dass die Zeit die Wunden heilen würde, die ihre Eltern ihr zugefügt hatten.

»Ich habe sie für dich aufgelassen«, erwiderte sie, als sie aus ihrem Schlafzimmer kam. Sie war in ein Handtuch gewickelt, noch nass vom Duschen.

»Willst du damit etwa sagen, dass du gerade eine Dusche in einem unverschlossenen Haus genommen hast?«

Sie zuckte mit den Achseln. Sie sah mich einfach an und zuckte mit den Schultern, verdammt, als wäre das keine große Sache. Sie drehte sich in ihrem winzigen Handtuch um und wackelte mit diesem süßen Arsch, als sie zurück in ihr Zimmer ging.

Ich folgte ihr und hob zu einer Schimpftirade an: »Manchmal treibst du mich völlig in den Wahnsinn. Wir halten nachher unterwegs in einem Eisenwarengeschäft an. Du wirst mir einen Schlüssel anfertigen lassen, und ab jetzt wird diese Tür abgeschlossen. Und zwar jederzeit, verdammt noch mal.«

»Du bist heute total herrisch.« Sie grinste, während sie die oberste Schublade ihrer Kommode öffnete, um einen spitzenbesetzten Slip herauszunehmen. Ich trat hinter sie, presste meinen Körper an ihren und ließ sie ganz genau spüren, was ihr Anblick in diesem Handtuch mit mir machte.

»Ich will nur nicht, dass irgendein perverser Kerl hier hereinkommt.«

»Außer dir?«, spottete sie.

»Genau – daher der Schlüssel. Außerdem gefällt es dir doch, wenn ich herrisch bin«, entgegnete ich.

Ich beugte mich vor und küsste die feuchte Haut in ihrem Nacken. Sie ließ ihren Kopf nach hinten an meine Schulter sinken. Ich ließ die Hand unter das Handtuch gleiten, zog es auseinander und ließ es zu Boden fallen.

Der Schlüssel konnte auch noch eine Stunde warten … oder vier.

Plötzlich drehte sie sich in meinen Armen und sah mich vielsagend an. »Nein.«

Sie versuchte, ernst auszusehen, doch ihr leichtes Grinsen brachte mich zum Lachen.

»Nein? Echt jetzt? Schon wieder?« Ich stieß einen gespielten Seufzer aus.

»Wir werden noch zu spät kommen.«

»Es ist eine Weihnachtsbaumfarm. Es ist ja nicht so, dass wir einen Termin hätten. Das haben wir doch nicht, oder?«

Sie lachte und beugte sich vor, um den Slip an ihren Beinen heraufzuziehen. Ich musste meine Jeans ein wenig verrutschen, damit die Beule Platz hatte, die sie dadurch verursachte.

»Ich kann immer noch nicht glauben, dass du noch nie einen echten Baum gekauft hast«, sagte sie kopfschüttelnd. »Und nein, wir haben keinen Termin, aber wenn wir uns nicht beeilen, machen sie zu.«

»Es ist mitten am Tag«, jammerte ich, während ich versuchte, sie näher ans Bett zu ziehen.

Lachend widersetzte sie sich meinen Annäherungsversuchen. Dann wühlte sie weiter in ihren Schubladen herum, bis sie eine schmale dunkle Jeans und einen hellbraunen Pullover herauszog.

»Es dauert eine Stunde, bis wir da sind, vorausgesetzt der Verkehr ist nicht so stark«, erklärte sie.

Erneut schlug sie meine Hand weg, als ich wieder versuchte, sie zu begrapschen.

Ich musste über unser neues Spiel grinsen und fragte: »Warum fahren wir eine Stunde lang, um die Stadt zu verlassen, wenn es an jeder Straßenecke einen Weihnachtsbaumverkauf gibt?«

»Weil diese Bäume bereits gefällt sind, Stadtjunge. Für mich gehört zu Weihnachten, von der Stadt aufs Land hinauszufahren und seinen eigenen Weihnachtsbaum zuschlagen.«

Ich zog sie dicht an mich und neigte ihr Kinn, sodass ich in ihre kristallblauen Augen blicken konnte. »Na, dann holen wir dir mal diesen Weihnachtsbaum.«

Leah

»Oh! Hier abbiegen!«, rief ich.

Declan bog scharf rechts ab auf einen Schotterweg. »Bist du sicher?«, fragte er und warf mir mit ungläubig nach oben gezogener Augenbraue einen kurzen Blick zu.

»Ja. Eindeutig.«

»Das hast du die letzten vier Male, als ich falsch abgebogen bin, auch gesagt, weißt du?«, spottete er.

Wir hatten uns seit einer halben Stunde mitten im Nirgendwo verfahren. Siri hatte keine Ahnung, wo wir waren, und Google Maps schien uns im Kreis herumzuschicken. Die ländlichen Bereiche Virginias stellten in Bezug auf Technologie ein virtuelles schwarzes Loch dar. Ich hatte keine Straßenkarte, und es gab auch keine Schilder. Als wir zum vierten Mal an der gruseligen Vogelscheuche vorbeigekommen waren, hatten wir gewusst, dass wir ganz und gar geliefert waren. Mit jedem anderen wäre das erbärmlich gewesen, aber nicht mit Declan – mit ihm war es einfach eine Landpartie. Es machte ihm nichts aus, dass wir uns verfahren hatten. Er hatte einfach nur jedes Mal gelacht, wenn wir an dem Ort wieder herauskamen, an dem wir gestartet waren, und mir verschiedene Stellen gezeigt, an denen er Feuer machen und einen Unterschlupf bauen wollte, falls wir die Zivilisation nie wiederfänden. *Mein Held.*

Als unsere Irrfahrt bereits fünfzehn Minuten angedauert hatte, hatte er wissen wollen, wie ich uns eigentlich so in die Irre hätte führen können, wenn ich doch schon einmal dort gewesen sei. Aufgrund unserer vorangegangenen Unterhaltung war er davon ausgegangen, dass dies für mich eine Tradition war. War es aber nicht. Verlegen hatte ich geantwortet: »Ich war noch nie da.«

Anstatt weiter nachzuhaken, hatte er nur gegrinst und gesagt: »Nun, dann ist es ja für uns beide ein erstes Mal.«

Als ich gesagt hatte, dass dies für mich Weihnachten sei, hatte ich nicht gelogen. In meiner Vorstellung sollte Weihnachten genau so sein. Ich wollte schon immer mal in die Berge fahren und einen Baum fällen. In meiner Kindheit, wenn sich mein Vater tatsächlich einmal daran erinnert hatte, dass Dezember war, hatten wir einen kleinen, dürren künstlichen Baum gehabt, dessen

Zweige nach unten abknickten, wenn man Schmuck daran aufhängen wollte. Wann immer ich Clare besucht hatte, gab es dort einen echten Baum, und sobald man zur Tür hereingekommen war, wusste man, dass der Baum schon stand, weil sein Duft das ganze Haus erfüllte.

Seit meiner Kindheit, jedes Mal, wenn ich in der Zeitung eine Anzeige für diese Weihnachtsbaumfarm gesehen hatte, wollte ich hierherkommen. Aber welches einsame Single-Mädchen fuhr schon in die Berge und fällte ganz allein einen Baum? Das war irgendwie armselig. Ich hatte den Gedanken daran abgeschüttelt und mir gesagt, dass es mir überhaupt nichts ausmache, und in den meisten Jahren hatte ich mir nicht einmal die Mühe gemacht, überhaupt einen Baum aufzustellen. Ich hatte die Feiertage bei Clare und ihrer Familie verbracht, deshalb war es mir albern erschienen, für mich zu Hause einen Baum zu schmücken.

Als Declan mich heute Morgen angerufen hatte, hatte er gesagt: »Was möchtest du heute gern unternehmen? Ich habe Lust, mit dir irgendwohin zu fahren. Sag irgendwas, dann machen wir es.«

Ich hatte ihn sofort darum gebeten, mit mir hierherzufahren, und er hatte keine Sekunde gezögert, mir diesen seltsamen Wunsch zu erfüllen.

»Oh, ich glaube, ich sehe es!«, sagte ich plötzlich.

Declan riss das Lenkrad in die Richtung meiner ausgestreckten Hand, die ihm bedeutete abzubiegen. Und tatsächlich stand da ein Schild, auf dem *Lilac Greens Baumschule und Weihnachtsbaumfarm* stand. Darunter war ein Pfeil, der in Richtung unseres langersehnten Zieles zeigte.

»Juhu! Wir haben es gefunden!«, rief ich glücklich.

Declan lachte. »Du bist einfach nur froh, dass es heute kein Eichhörnchen zum Abendessen gibt«, scherzte er.

»Verdammt richtig. Die Dinger bleiben einem zwischen den Zähnen stecken. Aber ich hätte nichts dagegen, dich in einem Lendenschurz zu sehen«, neckte ich ihn und ließ meine Augenbrauen auf und ab tanzen.

»Das lässt sich definitiv machen. Ich kann auch in die entsprechende Rolle schlüpfen und mir mit den Fäusten auf die Brust trommeln. Danach werfe ich dich auf den Boden und nehme dich wie ein Tier.«

»Ähm …« Darauf fiel mir nichts ein. Keine schlagfertige Antwort. Ich sah diese ganze Szene lebhaft vor mir, und da waren dann nicht mehr genug Gehirnzellen übrig, um sprechen zu können.

»Ich glaube, dich sprachlos und verwirrt zu machen, ist zu meiner neuen Berufung geworden.« Lachend parkte er den Wagen und beugte sich vor, um mich auf die Wange zu küssen. »Wir sind übrigens da.«

»Echt? Oh!«, sagte ich, als ich endlich meine Umgebung wahrnahm.

Da waren Bäume, so weit das Auge reichte. Neben dem Parkplatz stand eine Blockhütte mit großen Glastüren und einem Schild, auf dem »Willkommen« stand. Überall waren rote Schleifen und frische Kränze. Das Dach der Hütte war weihnachtlich illuminiert, und auch die Bäume in der Umgebung waren am helllichten Tag erleuchtet. Es sah wie ein Mini-Nordpol aus, nur ohne Schnee.

Wir stiegen aus dem Wagen, und mir fiel auf, dass es in den Bergen beträchtlich kälter war. Dann gingen wir in die Hütte, die als Laden diente – ein Paradies für Weihnachtsfans. Es gab handgearbeiteten Baumschmuck, Christbaumspitzen, Girlanden, hausgemachte Süßigkeiten, frischen Cider, heiße Schokolade und Apfel-Donuts. *Oh mein Gott. Die Apfel-Donuts dufteten einfach himmlisch.*

Ich warf einen Blick zu Declan, der prompt lächelte.

»Donuts?«, fragte er.

Was für ein kluger, kluger Mann.

Wir kauften ein ganzes Dutzend und zwei Tassen dampfenden Cider. Zusammen mit unserem Lebensvorrat an Donuts reichte uns der großväterliche Mann an der Kasse eine Säge und beschrieb uns den Weg zu den unterschiedlichen Baumarten. Dann wünschte er uns viel Spaß, und wir gingen zur Tür hinaus. Draußen sah Declan zuerst mich und dann die Säge an.

»Der Kerl hat mir gerade eine große böse Säge gegeben und mich damit fröhlich meiner Wege ziehen lassen!«

Ich lachte nur. Er war wirklich ein Stadtmensch.

Zuerst gingen wir zu den Tannen. Sie gefielen mir besser als die Fichten, und ich glaubte, dass man den Schmuck leichter daran befestigen konnte – zumindest erzählte ich das Declan.

Der wirkliche Grund? Clares Familie hatte immer eine Tanne gehabt, und ich hatte gewusst, dass ich – sollte ich je selbst einen Baum haben – einen wollte, der mich an die Winterabende erinnerte, die ich in ihrem Haus verbracht hatte, als ich noch ein Kind gewesen war.

Wir kuschelten uns mit unseren himmlischen Apfel-Donuts und unseren Cider-Tassen in unsere Jacken und schlängelten uns durch die Bäume. Nach dem vierten oder fünften Donut verlor ich den Überblick, wie viele ich schon in mich hineingestopft hatte. Ehrlich gesagt hatten wir sie alle binnen fünfzehn Minuten verputzt. Zu unserer Verteidigung muss jedoch gesagt werden, dass sie klein gewesen waren. Und sie waren so gut gewesen, so verdammt gut. Ich nahm mir selbst das Versprechen ab, diese Woche öfter ins Fitnessstudio zu gehen – und wusste genau, dass das niemals passieren würde.

Die Berglandschaft war wunderschön. Alles, was noch fehlte, war ein wenig Schnee – dann wäre alles perfekt.

Nach einem zügigen Spaziergang gelangten wir zu jenem Teil der Farm, in dem die Tannen wuchsen.

Declan drehte sich mit der Riesensäge in der Hand zu mir um und fragte gönnerhaft: »Nun, meine Königin, welche soll es denn sein?«

Declan

Leah blickte sich um, eingepackt in ihre rote Cabanjacke, enge Jeans und Stiefel. Sie trug Handschuhe und eine dazu passende Mütze, um sich vor der kalten Luft zu schützen. Alles, woran ich in diesem Moment denken konnte, war, wie verdammt schön sie doch war. Sie schaute sich zwischen den Bäumen um, musterte jeden eingehend und ging dann weiter zum nächsten.

Als sie mich darum gebeten hatte, heute mit ihr hierherzufahren, hatte ich das für ein seltsames Anliegen gehalten, aber ich war gerne dazu bereit gewesen. Mit Leah war ich für alles zu haben. Nachdem unser Abenteuer begonnen hatte, hatte ich festgestellt, dass sie noch nie hier gewesen war, und ich hatte zwei und zwei zusammengezählt. Leah ließ mich auf ihre eigene Art und Weise an sich heran, indem sie mir eine ihrer Fantasien zeigte.

Das kleine Mädchen, das Leah nie sein konnte, wollte ein richtiges Weihnachtsfest mit einem echten Weihnachtsbaum in einem weihnachtlich geschmückten Haus, und sie hatte mich darum gebeten, sie hierherzubringen – nicht Clare, nicht Garrett. Mich.

Vor zwei Monaten wäre ich getürmt, weil ich mich von der Verantwortung überwältigt gefühlt hätte, die ich nicht zu übernehmen bereit gewesen wäre. Jetzt hätte ich am liebsten in jedem großen Kaufhaus die gesamte Weihnachtsabteilung leer gekauft und zu ihr nach Hause gebracht, damit wir jeden Quadratzentimeter schmücken konnten, um sie für jede Minute ihrer verlorenen Kindheit zu entschädigen.

Meine eigene Kindheit war nicht immer toll gewesen. Mein Dad war ein Volltrottel und meine Mom ein wenig zu leicht unterzukriegen gewesen, aber sie hatten mir eine Kindheit geschenkt. Sie hatten mich so gut sie es vermochten geliebt, und ich wusste, dass sie ihr Möglichstes getan hatten, um für mich zu sorgen.

»Das ist eine ganz schön große Säge, die Sie da haben, Mister.« Leah grinste, dann ging sie an mir vorbei, um sich eine weitere Reihe von Bäumen anzusehen.

Der Duft von Brombeere und Vanille, den ihr Parfüm verbreitete, erfüllte meine Sinne, als sie an mir vorbeistreifte, sodass ich ein wenig benommen wurde und ihr rasch folgte.

»Das kann man wohl sagen, Ma'am ... und ich weiß auch, wie man sie benutzt. Glaube ich zumindest.«

Leah drehte sich um und lachte über mein Geständnis. Himmel, ich war mit Personal aufgewachsen und dann nach L.A. gezogen. Vermutlich hatte ich noch nie in meinem Leben eine Säge angefasst.

»Der da«, sagte Leah und blieb abrupt stehen.

Vor ihr stand ein perfekt geformter Baum mit dunkelgrünen Nadeln und einem geraden runden Stamm. Der Mann in dem Laden hatte uns gesagt, wonach wir Ausschau halten sollten, und Leah hatte einen gefunden, bei dem sie alle Merkmale abhaken konnte.

»Was glaubst du, wie groß er ist?«, fragte sie.

Ich ging zu dem Baum und verglich seine Größe mit meinen eins neunzig. »Mmm ... wahrscheinlich höchstens zwei Meter vierzig. Deine Decken sind drei Meter hoch, das würde gut passen.«

Sie stand da, starrte an dem perfekten Baum hinauf und sagte kein Wort.

Ich trat an sie heran und flüsterte ihr ins Ohr: »Ist es das, was du willst?«

Ihr Atem stockte, dann sah sie mich an. »Sorry. Was?«

»Okay, jetzt wird es aber echt zu leicht.« Ich lachte.

Sie schlug mir gegen die Schulter, woraufhin ich nur noch lauter lachen musste.

»Willst du damit sagen, dass ich leicht zu haben bin?«, fragte sie und tat, als wäre sie gekränkt.

»Na ja …«, fing ich an.

Sie schnaufte und verschränkte die Arme vor der Brust, was mich nur noch mehr ablenkte.

»Ich zeig dir gleich mal, wie leicht ich zu kriegen bin«, warnte sie, dann rannte sie volle Pulle los und verschwand hinter einer der Baumreihen.

»Mist!«, fluchte ich. Lachend ließ ich die Säge fallen und rannte ihr nach.

Die Bäume waren hoch, und im Grunde war es so, als wären wir in einem riesigen grünen Irrgarten. Hin und wieder sah ich ihren Kopf irgendwo auftauchen, wenn sie die Richtung wechselte. Sie mochte wohl leichtfüßiger sein, doch ich war schneller. Ich bog in eine andere Richtung ab, weil ich vorhatte, ihr den Weg abzuschneiden. Als sie um die Ecke kam, packte ich sie um die Taille, was sie laut aufkreischen ließ, und hob sie hoch.

»Du bist ein sehr ungezogenes Mädchen gewesen, Leah«, sagte ich.

Sie wand sich in meinen Armen und kicherte. Sie ließ ihren Körper an meinem hinuntergleiten und erstarrte, als sich unsere Blicke trafen. Noch immer keuchend von unserem Lauf zwischen den Bäumen legte ich ihr die Hand auf den Hinterkopf und presste meinen Mund auf ihren. Instinktiv schlang sie ihre Beine um mich, während wir uns küssten. Als sie sich wieder von mir löste, sagte sie: »Und wie sieht meine Bestrafung aus? Steckst du mir Kohlen in die Weihnachtsstrümpfe?«

»Nein. Wenn wir diesen Baum heute Abend nach Hause gebracht haben, wirst du dich nach und nach komplett ausziehen und mich mit dir unter diesem Baum machen lassen, was ich möchte, und zwar die ganze Nacht.«

Ihre Augen funkelten. »Ja, Sir.«

Nachdem wir zwischen den Baumreihen mehrmals falsch abgebogen waren, fanden wir den Weg zurück zu unserer Säge, und ich unternahm meinen ersten Versuch, einen Baum zu fällen. Ich erledigte meine Aufgabe wohl einigermaßen gut, denn sobald der Baum fiel, stürzte sich Leah in meine Arme und sagte, dass sie kaum je etwas gesehen hatte, was so sexy war.

Als wir zu unserer zweiten Runde Herumfummeln auf der Weihnachtsbaumfarm ansetzten, spürte ich etwas Kaltes auf Nase, Kinn und Stirn. Ich blickte auf, und in dem Moment schrie Leah begeistert auf.

»Oh mein Gott, es schneit!«, rief sie.

Als wäre ihre Verkündung eine Einladung, verwandelten sich die paar Flocken in ein regelrechtes Winterwunderland, und plötzlich war die Luft voller Schnee. Ich hob Leah hoch und wirbelte sie herum, während sie dem Schnee lachend die Arme entgegenstreckte.

»Komm, Schneekönigin, wir bringen jetzt besser den Baum zum Auto. Das Wetter wird unsere Heimfahrt noch interessant genug machen.«

Ich brachte Leah erneut zum Sabbern, als ich den Baum hochhob und hinunter zur Blockhütte trug. Ein paar Angestellte halfen uns dabei, ihn oben auf meinen gemieteten SUV zu schnallen, und als Leah gerade abgelenkt war, ging ich hinein, um ihn zu bezahlen. Dann kaufte ich noch einen frischen Adventskranz und ein Dutzend Donuts für unterwegs.

Die Fahrt zurück nach Richmond verlief zum Glück ohne Zwischenfälle. Als wir bei Leah zu Hause ankamen, lagen drei, vier Zentimeter Schnee, aber die Straßen waren noch einigermaßen frei. Wir trugen alles hinein und verbrachten den Abend damit, Leahs Baum so kitschig wie möglich zu schmücken. Zum Abendessen aßen wir Apfel-Donuts und hörten schmalzige Weihnachtslieder. Der Baum wurde von Glühlämpchen in allen Farben erleuchtet, geschmückt hatten wir ihn mit dem hässlichsten Baumschmuck, den ich je gesehen hatte. Es war perfekt.

Als wir fertig waren, sah ich zu einer strahlenden Leah hinüber. »Ich glaube, da muss sich noch jemand seine Bestrafung abholen … ein frühes Weihnachtsgeschenk vielleicht?«

»Ah, ja«, stimmte sie zu.

Und dann zog sich die Frau, in die ich mich gerade verliebte, vor unserem geschmacklosen Weihnachtsbaum langsam aus und ließ mich sie die ganze Nacht über lieben.

10

Leah

Sobald ich das Haus betrat, wusste ich, dass es ein Fehler war, ihn zu besuchen, aber ich war blöd genug, trotzdem hineinzugehen.

»Dad?«, rief ich.

Das Haus war unordentlicher als sonst. Schmutziges Geschirr stapelte sich, darauf Essen, das so alt war, dass sich schon Schimmel gebildet hatte. Ich hörte auf, durch die Nase zu atmen, als ich den Gestank wahrnahm. Eigentlich war ich nicht so dumm, ihn zu besuchen, wenn er so war, aber ich brauchte Antworten und hatte Angst, dass ich mich letztendlich davor drücken würde, wenn ich das nicht durchzog.

Es kam keine Antwort, während ich durch die Küche ging. Ich bahnte mir einen Weg ins Wohnzimmer, und dort fand ich ihn dann.

Überraschenderweise war er wach und saß mit einem frischen Drink in der Hand in einem alten Fernsehsessel. Die halb volle Whiskeyflasche stand vor ihm auf dem Boden. Einen Couchtisch gab es nicht. Er hatte den alten, den er in der Nacht, in der meine Mom uns verlassen hatte, in Stücke geschlagen hatte, nie ersetzt. Er hatte einfach dieses klaffende Loch im Wohnzimmer gelassen, wie eine Erinnerung an die Lücke, die sie hinterlassen hatte, als sie fortging.

»Dad?«, sagte ich wieder.

Dieses Mal hörte er mich endlich. Er drehte den Kopf ein wenig zu mir, doch es dauerte eine Weile, bis ein Ausdruck des Erkennens auf seinem Gesicht erschien. Das bedeutete, dass er schon eine Weile trank, und das war eigentlich das Zeichen für mich zu gehen … trotzdem blieb ich. *Gott, war ich bescheuert.* Ich setzte mich auf das ramponierte alte Sofa neben ihm. Als ich leere Gläser und Müll aufhob, verfolgte er jede meiner Bewegungen, aber er sagte kein Wort.

»Was willst du, Mädchen? Hast du mir Essen mitgebracht?«, fragte er. Seine Worte schwappten wie der Whiskey, den er in der Hand hielt. Er liebte Whiskey. Whiskey war sein Gott, dem er treu huldigte. Deshalb konnte ich das Zeug auch bis zum heutigen Tag nicht anrühren.

Mädchen – so nannte er mich. Nie nannte er mich Tochter oder sprach mich mit meinem Vornamen an. Inzwischen war ich mir nicht einmal mehr sicher, ob er sich überhaupt noch an meinen Namen erinnerte. Solange ich denken konnte, war ich nur »Mädchen« für meinen Vater.

»Nein, heute ist nicht Donnerstag. Ich bringe dir am Donnerstag etwas zu essen«, erwiderte ich.

Ich brachte ihm immer donnerstags etwas zu essen. Auch wenn er sich nie daran erinnerte.

»Was zum Teufel willst du dann hier?«, sagte er schroff.

»Ich habe neulich Moms Grab gefunden.«

Ich beobachtete ihn, um seine Reaktion zu sehen, aber da war keine – weder Schock noch Zorn noch Trauer. Nichts.

»Oh«, war alles, was er sagte.

»Du hast es gewusst«, flüsterte ich und presste die Augen zu, weil ich mich fragte, wie tief der Verrat meiner Eltern gegangen war.

»Ja, ich wusste es«, sagte er nonchalant und zuckte dabei mit der Schulter.

Er nahm einen großen Schluck aus seinem Glas, dann hob er die Flasche vom Boden auf und füllte es erneut bis obenhin. Das tat mein Vater immer. Er schenkte sich dauernd nach und ließ das Glas nie weniger als halb leer werden. Vermutlich hatte er Angst davor, es je leer zu sehen.

»Hast du nie daran gedacht, es mir zu sagen? Dachtest du nicht, dass ich vielleicht gern wissen würde, dass meine Mutter vor achtzehn Jahren gestorben ist?« Meine Stimme wurde lauter, als Zorn in mir aufstieg.

Der Kopf des Mannes, den ich Vater nannte, fuhr herum, schockiert von meinem Ausbruch. Begünstigt vom Alkohol verwandelte sich sein Schock in schieren Zorn. Es war ein Anblick, den ich nur allzu gut kannte.

»Nein, ich habe nicht daran gedacht, es dir zu sagen, verdammt noch mal. Und warum sollte ich auch? Deine Mutter war eine Schlampe und eine Hure. Warum sollte ich meine Luft verschwenden und irgendetwas über diese Frau sagen?«, fauchte er.

Ich rappelte mich auf, weil ich nichts mehr hören wollte. Ich war hergekommen, um Antworten zu erhalten, doch die einzige Antwort, die ich gefunden hatte, waren weitere Beweise dafür, dass mein Vater kein Herz hatte, was ich schon seit langer Zeit wusste.

»Dreh mir nicht den Rücken zu, du kleine Schlampe. Du bist genau wie sie, hübsch und bereit, für jeden die Beine breit zu machen«, sagte er lallend, während er sich aus seinem Sessel erhob. Er schwankte ein wenig, schaffte es aber, sich relativ rasch aufzurichten und auf mich zuzukommen.

»Dreh dich um und sieh mich an, Mädchen«, schrie er, packte mich am Arm und riss mich zu sich herum.

Schmerz durchzuckte meinen Arm. Sein Gebrüll tat mir in den Ohren weh und erinnerte mich an die Nächte, in denen ich im Bett gelegen, das Kissen über den Kopf gezogen und gewünscht hatte, jemand möge mich retten. Meine Eltern waren laut gewesen, wenn sie stritten, und das war endlos so gegangen, aber niemand war je gekommen. In unserer Nachbarschaft hatten Familienstreitigkeiten zum Alltag gehört, und niemand hatte sich um die Angelegenheiten der anderen gekümmert.

»Dad, tut mir leid, dass ich hergekommen bin. Ich gehe wieder, okay? Ich komme am Donnerstag mit Lebensmitteln vorbei«, sagte ich leise, in dem Versuch, ihn zu beruhigen. Meine Hände zitterten, und ich spürte mein Herz wie eine Trommel in meiner Brust schlagen.

Er hielt weiterhin meinen Arm fest und drückte noch fester zu, sodass ich zusammenzuckte.

»Du bist eine undankbare Schlampe, weißt du das? Weißt du überhaupt, was es gekostet hat, dich aufzuziehen? Hast du eine Ahnung, wie viele Stunden ich in diesem Drecksloch von einer Fabrik arbeiten musste, um so viel Geld heimzubringen, dass du was zum Fressen hast?«

»Ich weiß, Dad. Dafür bin ich dir wirklich dankbar.«

Ich versuchte, mich aus seinem Griff zu befreien, aber er krallte sich nur noch fester, sodass sich seine überlangen Fingernägel in meine Haut gruben.

»Wenn du wirklich dankbar wärst, würdest du mir mit diesen beschissenen Lebensmitteln jede Woche auch eine Flasche Whiskey mitbringen oder mir hin und wieder etwas Geld geben. Gott weiß, dass ich im Lauf der Jahre genug für dich bezahlt habe.«

»Ich gebe dir kein Geld, Dad«, wimmerte ich. Tränen liefen mir übers Gesicht, und ich wusste, dass ich nie hätte herkommen sollen.

Mein Vater brüllte frustriert, und der Schlag gegen den Kopf war das Letzte, woran ich mich erinnerte.

Declan

Das kryptische Telefonat war das erste Anzeichen dafür gewesen, dass etwas nicht stimmte.

Leah und ich hatten vorgehabt, uns einen Film anzusehen, wenn ich Feierabend hatte. Es war ein langer Drehtag gewesen, aber der Regisseur hatte auf mich gehört, und ich hatte das Gefühl, etwas gelernt und etwas zum Film beigetragen zu haben. Er hatte mich beiseitegenommen und gesagt, dass ich Potenzial hätte und er darüber nachdenke, mich als Regieassistent für ein anderes Projekt vorzuschlagen. Es handelte sich um ein kleineres Projekt, aber immerhin wäre ich an der Regiearbeit beteiligt. Das war ein großer Schritt für mich, und ich konnte es kaum erwarten, es Leah zu erzählen.

Als ich sie angerufen und sie meinen Anruf entgegengenommen hatte, hatte ich sofort gemerkt, dass etwas passiert war. Ihre Stimme hatte ausdruckslos geklungen, und sie hatte sofort versucht, mich abzuwürgen, indem sie sagte, sie fühle sich nicht wohl und wolle heute Nacht einfach nur allein sein. Sie hatte gesagt, sie sei früher von der Arbeit nach Hause gekommen und müsse sich einfach ausruhen. Als ich ihr angeboten hatte, vorbeizukommen und mich um sie zu kümmern, hatte sie erst geschwiegen.

Dann hatte sie gesagt: »Komm schon, Declan. Wir sind kein Paar. So etwas machen wir nicht.«

So ein Quatsch.

Danach hatte sie praktisch sofort aufgelegt, und ich hatte mich gefragt, was zum Teufel da gerade passiert war. *Hatte ich etwas verpasst? Hatte ich Hinweise und Gefühle gesehen, wo keine waren?*

Panik hatte mich befallen, und ich hatte mich gefragt, ob ich wieder in die gleiche Falle wie vor Jahren getappt war, als ich eine Frau mehr geliebt hatte als sie mich. Doch dann war mir der Ausdruck purer Freude auf Leahs Gesicht wieder eingefallen, als wir im Schnee getanzt und später die Nacht unter unserem kitschigen Weihnachtsbaum verbracht und uns stundenlang geliebt hatten.

Nein. Da stimmte etwas nicht.

Und gemäß Leahs üblichen Methoden schottete sie sich von allen ab.

Na ja, drauf gepfiffen.

Zwanzig Minuten später schloss ich ihre Tür mit dem neuen Schlüssel auf, den wir hatten anfertigen lassen, und stellte fest, dass sie die Kette vorgelegt hatte.

»Leah, ich bin's. Mach die Tür auf.«

Ich hörte, wie sich Schritte der Tür näherten, doch die Kette blieb, wo sie war.

»Declan, ich habe es dir doch schon gesagt … ich fühle mich nicht wohl. Ich will nur allein sein. Ich rufe dich später an.«

Ihre Stimme klang rau und heiser, als hätte sie geweint, und ihren Worten fehlte Überzeugung, als würde sie das alles ganz mechanisch sagen, ohne mit dem Kopf dabei zu sein.

»Leah, so ein Mist zieht vielleicht bei anderen, aber ich falle nicht darauf herein. Du kannst mich nicht aussperren. Schließ die Tür auf.«

»Ich will dich heute Abend nicht sehen. Geh einfach weg«, sagte sie leise.

Ja … diese Worte hätten wehgetan, wenn ich nicht gewusst hätte, dass sie nach Strich und Faden log.

»Mach jetzt die verdammte Tür auf, Leah, bevor ich sie aufbreche. Glaub nicht, dass ich das nicht tun würde.«

Die Kette wurde entriegelt, und ich rauschte durch die Tür. Sie drehte sich um und ging vor mir her. Sie hatte ihren plüschigen Bademantel und Hausschuhe an, ihr Haar hing ihr offen über die Schultern. Sie trug es immer hochgesteckt, wenn sie zu Hause war. Sie hasste es, wenn es beim Schlafen herunterhing.

»Ich gehe schlafen. Du kannst bleiben, wenn du willst. Wir sehen uns dann morgen früh, wenn du dann noch da bist«, sagte sie, während sie auf ihr Schlafzimmer zuging.

Sie hatte nicht einmal in meine Richtung geschaut, seit ich hereingekommen war. Die Schlafzimmertür wollte gerade ins Schloss fallen, da stieß ich sie auf und schaltete das Licht ein.

»Was zum Teufel ist los, Leah? Du benimmst dich seltsam. Du sagst mir nicht, was los ist und – verdammte Scheiße!«

Als ich gerade zu meiner Rede ansetzte, drehte sie sich um, wodurch ich endlich ihr Gesicht sah. Ihr Auge war fast zugeschwollen, ihre hübsche Wange war jetzt eine Mischung aus Blau und Grün und ihre Lippe war aufgeplatzt.

Ich ging auf sie zu, mein Blick wild und verzweifelt. Ich öffnete ihren Bademantel, bis er zu Boden fiel, um jeden Zentimeter ihres Körpers zu untersuchen. Meine Hände bebten, als ich den handförmigen Bluterguss neben einer Reihe kleiner Schnitte, die eindeutig von Fingernägeln stammten, entdeckte, und ich versuchte, die Woge der Gefühle, die mich zu überwältigen drohte, zurückzudrängen. Plötzlich sah ich rot.

»Wer hat das getan?«, fragte ich schroff.

Sie schüttelte nur den Kopf. Tränen liefen über ihre Wangen. Das Gesicht in den Händen vergraben ließ sie sich auf das Bett fallen und schluchzte.

Ich wusste nicht, was ich tun sollte. Ich spürte blinden Zorn durch meine Adern rasen und wusste nicht, worauf ich ihn richten sollte. Sie würde nicht reden, und ich hatte keine Ahnung, ob sie noch irgendwo anders verletzt war, wo man es nicht sah.

Woher sollte ich wissen, dass sie keine inneren Verletzungen hatte? Würde sie zulassen, dass ich sie ins Krankenhaus brachte?

Ein Blick auf ihre besiegte Gestalt auf dem Bett und ich

wusste, dass ich sie niemals ins Krankenhaus bekommen würde. Aber ich musste es wissen. Ich musste sicherstellen, dass jeder Zentimeter von ihr in Ordnung war.

Ich drehte mich um, verließ das Schlafzimmer und ging in die Küche. Ich zog mein Handy heraus und öffnete den Gefrierschrank. Als ich eine Packung Eis gefunden hatte, wurde der Anruf entgegengenommen.

»Hallo?«

»Logan, ich brauche dich. Sofort.«

Es waren die längsten zwanzig Minuten meines Lebens. Als es endlich leise an die Tür klopfte, sprang ich von meinem Platz neben Leahs Bett auf, um sie zu öffnen.

Logan und Clare begrüßten mich.

»Hey, danke, dass ihr gekommen seid. Ich wusste nicht, was ich sonst tun sollte. Sie spricht nicht mit mir, und ich dachte einfach ... was, wenn ...«

»Hey, Declan, es ist okay. Ich werde feststellen, ob sie in Ordnung ist«, versicherte mir Logan, als wir zu Leahs Zimmer gingen.

Als sie uns alle drei hereinkommen sah, weiteten sich ihre Augen, und dann brach die Hölle los.

»Du hast sie angerufen? Was soll das verdammt noch mal, Declan? Eine Mitleidsparty hat mir jetzt gerade noch gefehlt!«, sagte sie, wobei ihre Stimme immer lauter wurde.

Ich saß neben ihr auf dem Bett und versuchte, so zartfühlend wie möglich zu sein. »Leah, du wolltest nicht mit mir reden, und ich musste mich vergewissern, dass du nicht noch irgendwo anders verletzt bist. Ich hätte entweder Logan hergeholt oder dich ins Krankenhaus gebracht.«

»Ich bin sonst nirgends verletzt«, entgegnete sie, während sie den Kopf zu mir drehte.

Das war wohl der Moment, in dem Logan und Clare ihr Gesicht richtig zu sehen bekamen, denn Clare schnappte nach Luft, und ich hörte, wie Logan leise vor sich hin fluchte.

»Woher willst du das wissen?«, fragte ich Leah.

»Er hat mir nur ins Gesicht geschlagen. Er schlägt mir immer nur ins Gesicht«, murmelte sie.

»Wer ist er? Und das ist schon einmal passiert?« Meine Hände spannten sich an, und ich zählte bis zehn, während ich mich bemühte, meinen schieren Hass gegen den, der das getan hatte, im Zaum zu halten.

»Das war dein Vater, nicht wahr?«, fragte Clare leise von der gegenüberliegenden Seite des Zimmers. »Das war nicht das erste Mal, Leah? Wie lange geht das schon? Warum hast du mir das nie gesagt?«

Leahs Blick schoss zu ihrer besten Freundin. »Es ist nicht die ganze Zeit so gewesen. Ich wusste, wie ich es unter Kontrolle halten konnte, und wusste es meistens zu vermeiden. Solange ich mich ihm nicht widersetzte, war ich sicher.«

»Himmel noch mal, Leah. Du hättest es mir sagen sollen«, sagte Clare, in deren Blick Sorge lag.

Leah musste Sorge wohl mit Mitleid verwechselt haben, denn sie ging auf Konfrontationskurs. »Nun ja … wir können nicht alle eine perfekte Kindheit haben, Clare.«

»So habe ich das nicht gemeint. Ich habe nur … ach, lassen wir das. Ich warte draußen im Wohnzimmer«, sagte sie, während ihr Tränen in die Augen traten.

Logan sah ihr nach, dann machte er einen Schritt auf Leah zu. »Ich möchte deine Verletzungen untersuchen, Leah. Darf ich?«

Sie nickte nur, und ich merkte, wie ich endlich aufatmete. Ich würde mich erst gut fühlen, wenn ich wusste, dass sie okay war oder zumindest nicht auch noch woanders verletzt war.

»Willst du, dass Declan hierbleibt?«

Bevor sie etwas sagen konnte, antwortete ich an ihrer Stelle. »Ich gehe nicht weg.«

Sie protestierte nicht, deshalb machte Logan weiter und bat sie, sich auf die Bettkante zu setzen. Er untersuchte ihr Auge, das sie bereits gesäubert hatte. Auch die Blutergüsse an ihrem Arm sah er sich an, und dann kamen die Fragen.

»Leah, hast du sonst noch irgendwo Schmerzen?«, fragte er.

»Nein, ich glaube nicht.«

»Du bist dir nicht sicher?«

»Mir wurde schwarz vor Augen, als er mir mit dem Handrücken ins Gesicht geschlagen hat«, erwiderte sie leise.

Ich unterdrückte einen Fluch, blieb aber ruhig. Logan nickte nur und bat sie, sich hinzulegen, damit er ihren Bauch nach Anzeichen für Verletzungen untersuchen konnte. Als das in Ordnung zu sein schien, war noch eine letzte Frage nötig, und ich spürte, wie sich mein Atem beschleunigte, weil ich wusste, dass Logan diese Frage stellen würde.

»War er … hat er dich je … sexuell missbraucht?«

»Nein. Nie. Das Einzige, bei dem meinem Vater einer abgeht, ist Alkohol«, sagte sie mit wenig bis gar keinen Emotionen.

Oh, Gott sei Dank. Ich wusste nicht, ob ich den Bastard noch eine weitere Minute hätte am Leben lassen können, wenn er sie je angerührt hätte. Nicht einmal jetzt wusste ich, wie hoch seine Lebenserwartung sein würde.

Logan beendete die Untersuchung und gab Anweisungen, wie die Blutergüsse und Schnitte versorgt werden sollten. Damit richtete er sich eher an mich als an Leah, da sie mit ihrem medizinischen Background ohnehin wusste, wie man Wunden versorgte.

Ich brachte Logan und Clare noch zur Tür und dankte ihnen, dass sie sich die Zeit genommen hatten herzukommen. Sie hatten Maddie eilig bei Clares Eltern abgesetzt, um es schnellstmöglich hierher zu schaffen. Ich wusste einfach nicht, was ich ohne ihre Hilfe gemacht hätte.

»Kein Problem, wirklich. Für unsere Familie würden wir alles tun«, sagte Logan und sah mich an.

Ich nickte und zog ihn in eine brüderliche Umarmung.

Als Nächstes war Clare dran, und ich flüsterte ihr ins Ohr: »Sie hat es nicht so gemeint.«

Lächelnd löste sie sich von mir. »Ich weiß. Die über zwanzigjährige Freundschaft mit Leah hat mich das eine oder andere gelehrt. Morgen wird sie anrufen und sich entschuldigen.«

Nachdem ich die Tür abgeschlossen hatte, machte ich mich auf den Weg zurück zum Schlafzimmer, wo ich Leah noch in derselben Position vorfand wie zuvor – zu einer Kugel zusammengerollt auf dem Bett. In ihren Baumwollshorts und dem T-Shirt sah sie so klein und zerbrechlich aus. Ihr Bademantel lag noch immer auf dem Boden, dort, wo ich ihn hatte fallen lassen. Ich hob ihn auf und hängte ihn an den Haken, wo ich ihn schon so viele Male zuvor hatte hängen sehen. Dann tapste ich zur anderen Seite des Bettes. Ich zog meine Schuhe aus und wollte gerade meinen Gürtel lösen.

»Du brauchst nicht zu bleiben, Declan.«

Ich zog mich zu Ende aus und legte mich neben sie. Dann zog ich sie zu mir, sodass wir uns in die Augen sehen konnten.

»Sieh mich an, Leah. Bei den anderen wirkt es ja meistens, wenn du sie mit Dreck bewirfst. Himmel, allein schon deine spitze Zunge kann einen in die Flucht schlagen. Aber lass mich dir jetzt mal etwas sagen: Ich gehe nirgendwohin. Ich werde hier sein, wenn du weinst, schreist und alles herauslässt … denn wir alle brauchen jemanden, der uns festhält, wenn wir weinen – auch du.«

Die restlichen Tränen, die sie zurückgehalten hatte, während

Clare und Logan hier gewesen waren, brachen sich Bahn. Es war, als würde ein Damm brechen. Ich hielt sie in den Armen, bis sie sich in den Schlaf geweint hatte, und dann hielt ich sie, während sie schlief, und hoffte, dass meine Arme sie vor allen Gefahren schützen würden, die ihr das Leben beschert hatte. Während sie schlief, blieb ich hellwach und strich ihr sanft über die Haare, wobei ich beschloss, ihren Vater loszuwerden … ein für alle Mal.

11

Leah

Langsam wachte ich auf, umgeben von einer Wärme, an die ich mich gewöhnt hatte, seit Declan in mein Leben getreten war. Ich lächelte kurz, als ich seinen warmen Körper an mich geschmiegt spürte und dem gleichmäßigen Rhythmus seines Atems lauschte. Ein friedvolles Gefühl erfüllte mich ... bis mein Lächeln zu breit wurde und mir die Lippe wieder aufplatzte.

Da kehrte auf einen Schlag die Erinnerung an den Vortag zurück – der Besuch bei meinem Vater, dieser dumme Besuch, bei dem ich Fragen gestellt hatte, von denen ich wusste, dass sie nie beantwortet werden würden. Der Besuch hatte nur bewiesen, dass mein Vater ein noch größeres seelenloses Arschloch war. Und dann dieser Zorn ... über den Zorn dachte ich am meisten nach. Seine Augen waren glasig gewesen, seine Wut entfesselt, als sich seine Fingernägel in meine zarte Haut gegraben hatten. Mir fielen die Dinge wieder ein, die er gesagt hatte. Er hatte sie nicht zum ersten Mal gesagt. Mein Vater liebte es, mich ständig daran zu erinnern, welche Opfer er gebracht hatte. Manchmal wollte ich ihm gerne aufzählen, welche ich gebracht hatte, aber normalerweise schaffte ich es, den Mund zu halten.

Declan bewegte sich ein wenig, und ich drehte mich zu ihm, sodass sich unsere Nasen berührten und ich ihm beim Schlafen zusehen konnte. Er sah jünger aus, verletzlich. Was er gestern Abend für mich getan hatte ... dafür gab es keine Worte.

»Hey …«, sagte er müde und neigte ein wenig den Kopf, um meine Lippen kurz mit seinen zu berühren.

»Hi«, erwiderte ich leise.

Schweigen breitete sich aus, und ich wusste, dass er darauf wartete, dass ich etwas sagte. Nach gestern hatte er ein paar Antworten verdient. Und zum ersten Mal in meinem Leben wollte ich sie tatsächlich jemandem geben. Ich holte tief Luft und erzählte ihm von jenem Teil von mir, den ich eigentlich nie hatte preisgeben wollen.

»Es ist nicht ständig passiert«, sagte ich langsam. »Das mit dem Schlagen … Normalerweise konnte ich es immer vermeiden – mit Betonung auf ›normalerweise‹. Immerhin war ich noch ein Kind, und ich bin ich … ich war noch nie wirklich gut darin, einfach mal die Klappe zu halten … zumindest am Anfang. Wenn man mit einem alkoholkranken Vater aufwächst, lernt man zu zensieren, was man vor gewissen Leuten sagt. Und mit ›gewissen Leuten‹ meine ich ihn.«

»Wie oft, Leah?«, fragte er. »Wie oft hat er dich geschlagen?«

Declan sah mir in die Augen, und ich entdeckte Mitgefühl, Akzeptanz … und noch etwas. Etwas, worüber ich mir nicht gestatten würde nachzudenken.

»Das weiß ich nicht. So oft, dass ich den Überblick verloren habe … aber nicht so oft, als dass ich es in der Schule nicht als Unfall oder Missgeschick hätte darstellen können.«

Sein Kiefer mahlte, und ich merkte, wie er die Wut unterdrückte, die direkt hinter seiner ruhigen Fassade brodelte. Er war sauer. Kein Mann außerhalb meiner adoptierten Familie hatte je den Wunsch verspürt, mich zu beschützen. Daniel, mein Ex, hatte mich verlassen, als es hart auf hart kam. Zu sehen, dass Declan auf mein Leben nicht mit Weglaufen reagierte, ließ mein Herz dahinschmelzen.

»Zum ersten Mal hat er mich ein paar Wochen, nachdem

meine Mutter uns verlassen hatte, geschlagen. Diese ersten paar Wochen waren die schlimmsten meines Lebens. Mehr als alles andere auf der Welt wollte ich meine Mom zurück. Mein sieben Jahre altes Gehirn konnte einfach nicht begreifen, warum sie weggegangen war. Dauernd sah ich zur Haustür, weil ich jeden Augenblick damit rechnete, dass jemand sie aufschloss. Ich hatte mir ihr glückliches Gesicht ausgemalt, wenn sie durch diese Tür käme, und ich hatte mir vorgestellt, dass sie sich entschuldigen und mich weit, weit wegbringen würde.«

Eine einzelne Träne rollte mir über die Wange, und Declan wischte sie mit dem Daumen weg. Er beugte sich vor und küsste mein Schlüsselbein, bevor er mir gestattete fortzufahren.

»Ich wurde wütend und verbittert. Es ist schrecklich für ein Kind, so aufzuwachsen.« Mir fiel der kleine Junge im Krankenhaus ein, der seine Mutter verloren hatte. Ich dachte oft an ihn und fragte mich, wo beziehungsweise bei wem er letztendlich gelandet war. Ich hoffte, dass der Sozialdienst die Familie gefunden hatte, die er besuchen wollte, und dass er besser dran wäre als ich, nachdem meine Mutter weggegangen war. Kein Kind sollte so etwas allein durchstehen müssen.

»Als ich versuchte, meine Wut an meinem Vater auszulassen, merkte ich schnell, dass dies der falsche Weg war. Ich trug ein blaues Auge davon und musste lügen, um es als Fußballunfall darzustellen. Danach lernte ich, mich unsichtbar zu machen und die meisten dieser Vorfälle zu vermeiden. Wenn ich leise war und grundsätzlich unbemerkt blieb, schaffte ich es, der vollen Wucht seines Zorns zu entgehen. Manchmal hatte ich nicht so viel Glück, aber ich lernte, mich zu ducken.«

»Und gestern? Was ist gestern passiert?«

»Ich hätte niemals bleiben dürfen. Ich erkannte die Zeichen schon beim Hereinkommen. Er hatte viel mehr getrunken als sonst. In seinen Adern fließt immer Alkohol, aber gestern war er mehr als nur betrunken. Normalerweise ist er wie betäubt und nimmt kaum wahr, was um ihn herum passiert. Aber manchmal trinkt er so viel, dass es ist, als würde er aufwachen und sich an alles erinnern. Dann wird er einfach wütend ... wieder einmal.«

»Und dann hat er es an dir ausgelassen«, sagte Declan. Es war keine Frage.

»Ja. Ich habe ihn nach Mom gefragt. Ich erwähnte den Grabstein, den wir gefunden haben, und er hat die Beherrschung verloren. Er hat mich wie immer um Geld gebeten. Und ich habe wie immer Nein gesagt. Ich bringe ihm Essen und alles, was er sonst noch braucht, aber ich gebe ihm niemals Geld oder Alkohol. Ich weiß, dass ich nichts tun kann, um ihn vom Trinken abzuhalten, aber ich werde diese Gewohnheit nicht unterstützen.«

Declan zog mich an sich. Unsere Körper verschmolzen miteinander, und ich genoss das Gefühl seiner warmen Haut an meiner. Es war ein kalter Morgen, und es war eine Wonne, seine warmen harten Arme und Beine um mich geschlungen zu spüren.

»Wie sind deine Eltern so?«, fragte ich.

»Mein Vater ist tot«, antwortete er und zeigte dabei kaum eine Regung.

»Oh, Declan.« Ich stützte mich auf die Ellbogen, damit ich ihn ansehen konnte. »Das tut mir so leid. Du hast es schon mal erwähnt. Das habe ich ganz vergessen.« Ich erinnerte mich an das Gespräch, in dem er mir von seinem Tattoo erzählt hatte.

»Wir standen uns nicht so nah. Er war das typische Klischee eines reichen Mannes. Er ignorierte sein Kind, betrog seine Frau, und auf der Arbeit benahm er sich wie ein Gott. Es ist kein Zufall, dass er mit Logans Vater befreundet war. Sie waren beide vom selben Schlag, auch wenn Logan schlimmer dran war als ich.«

»Wie ist er gestorben?«

»Herzinfarkt. Meine Eltern hatten sich ein paar Jahre vorher scheiden lassen. Meine Mutter hatte endlich den Mut aufgebracht, die Scheidung zu fordern, und er hatte eingewilligt. Er engagierte die besten Anwälte, die man für Geld kriegen konnte, sodass ihr praktisch nichts zustand. Aber sie war frei, und das war die Hauptsache für sie. Jahre später holte ihn sein schlechtes Karma ein, und er starb an der Seite seiner zweiundzwanzigjährigen Geliebten in seinem Penthouse.«

»Gott, und ich dachte immer, ich wäre die Einzige, die eine verhunzte Kindheit hatte.«

Seine Augen blitzten auf, und er sah mich eindringlich an. »Nein, Leah … das, was ich durchgemacht habe, ist eine Seifenoper im Vergleich zu dem Mist, den du ertragen musstest. Du bist durch die Hölle gegangen. Was dieser Mann dir angetan hat …«

»Hey«, sagte ich leise, »es ist okay. Es geht mir gut.«

Als ich mich erneut in seine starken Arme schmiegte, spürte ich, wie er sich wieder entspannte. Ich döste wieder ein und meinte zu hören, wie Declan mir ins Ohr flüsterte: »Ich werde dafür sorgen, dass es besser wird, das verspreche ich.«

Declan

Ich bekam die Adresse von Logan. Sie war nicht schwer zu finden. Das Viertel war gepflegt, die alten Häuser sahen aus, als hätte man sie in dem Versuch, das Stadtbild aufzupeppen, renoviert.

Clayton Morgans Haus stach zwischen ihnen heraus wie ein entzündeter Daumen. Es wirkte, als wäre das ursprüngliche jahrzehntealte Blassgelb nie übertüncht worden. Der Garten war von platt gewalztem Laub bedeckt, das vom frisch gefallenen Schnee matschig und nass war.

Ich fuhr in die Einfahrt und merkte, wie meine Hände wie Schraubstöcke das Lenkrad umklammerten. Zu wissen, dass dies der Ort war, an dem Leah aufgewachsen war und jahrelanges Elend hatte erleiden müssen, verursacht durch den Mann, der hier wohnte, setzte etwas in mir in Bewegung. Es brachte eine Seite in mir hervor, von deren Existenz ich gar nichts gewusst hatte. Am liebsten wäre ich hineingestürmt und hätte ihn in Stücke gerissen, um sicherzustellen, dass er nie wieder Hand an sie legen konnte.

Und deshalb parkte Logans Wagen hinter mir ein. Als ich ihn nach der Adresse gefragt hatte, hatte ich ihn auch darum gebeten, mich hier zu treffen. Ich brauchte jemanden, der mich im Zaum hielt und zur Vernunft zwang, damit ich nicht etwas täte, was mich für den Rest meines Lebens ins Gefängnis bringen würde. So gern ich dem Scheißkerl auch ein Ende gesetzt hätte – ich wollte mein Leben nicht hinter Gittern verbringen, fernab von der einzigen Person, die ich beschützen wollte.

Ich schaltete den Motor ab und stieg aus. Dann wartete ich auf Logan, bevor wir schweigend auf die Haustür zusteuerten. Er fragte nicht, was ich vorhatte. Er stand mir nur bei.

Noch vor ein paar Monaten, als ich seine Hochzeitskarte bekommen hatte, hatte ich geglaubt, dass ich selbst zu schwach wäre, um für einen anderen Menschen so tief zu empfinden. Aber hier stand ich nun, Seite an Seite mit meinem Weggefährten … und kämpfte für eine Frau, für die ich alles tun würde, um sie zu halten. Und doch war ich zu feige, ihr das zu sagen.

Ich machte mir nicht die Mühe anzuklopfen, sondern trat einfach ein. Zuerst ging ich durch die schmuddelige Küche. In der Spüle stand verkrustetes Geschirr, auf der Theke lagen leere

Pizzaschachteln. Ich mochte mir gar nicht vorstellen, wie Leah in diesem Höllenloch gelebt hatte.

Der Dreckskerl lag im Wohnzimmer auf der Couch, in der Hand einen Drink, und sah sich die Wiederholung irgendeiner Serie aus den Achtzigern an. Seine Augen waren halb geschlossen, und wie es aussah, hatte er bereits eine halbe Flasche getrunken, obwohl es kaum Mittag war. Es war ein Wunder – oder ein verdammter Fluch –, dass dieser Mann noch lebte und seine Nieren noch funktionierten.

Es dauerte ein paar Minuten, bis er die beiden groß gewachsenen Männer in seinem Wohnzimmer bemerkte. Sein Blick wanderte schließlich träge vom Fernseher zu uns, und er riss überrascht die Augen auf.

»Wer zum Teufel seid ihr? Wenn ihr gekommen seid, um mich auszurauben, dann seid ihr im falschen Haus«, sagte er. Seine Worte verschwammen auf fast lustige Weise ineinander, als wäre ihm das Ganze scheißegal.

»Stehen Sie auf«, sagte ich, während Hass durch meine Adern pulsierte.

Er musterte mich misstrauisch, bevor er beschloss, dass ich es wohl ernst meinte. Er erhob sich von der Couch und blickte uns argwöhnisch an.

»Verratet ihr mir jetzt mal, wer zum Teufel ihr seid?«, fragte er.

»Ich bin der Mann, der Ihre Tochter liebt.«

Als ich diese Worte aussprach, merkte ich, wie Logans Kopf zu mir herumfuhr. Es war das erste Mal, dass ich zu diesen Gefühlen stand und diese Worte aussprach. Es fühlte sich gut an. *Echt gut.* Am liebsten hätte ich Purzelbäume geschlagen oder irgend so einen Mist. Ich wusste nicht, wann ich den Mut aufbringen würde, Leah meine Gefühle mitzuteilen, aber wenigstens war ich jetzt mir selbst gegenüber ehrlich.

»Nun« – er lachte –, »häng dich nicht zu sehr an sie, mein

Sohn. Sie ist wie ihre Mutter – ein Plagegeist und eine Hure. Such dir eine Bessere und lass sie fallen.«

Meine Faust flog ihm so schnell ins Gesicht, dass ich die Tatsache, dass ich ihn gerade geschlagen hatte, noch gar nicht verarbeitet hatte, als sein Kopf nach hinten flog. *Schluss mit der guten Laune.* Ich stürzte mich erneut auf ihn, wurde aber zurückgehalten.

»Langsam, Mann. Denk daran, weshalb du hier bist«, sagte Logan.

Leah – ich war wegen Leah hergekommen.

Schwer atmend versuchte ich, mich zu beruhigen, auch wenn jeder Zentimeter von mir vor Adrenalin zuckte. Ich beobachtete, wie sich der Mistkerl Blut von seiner aufgeplatzten Lippe wischte. Wenigstens wusste er jetzt, wie sich das anfühlte.

»Ich sage Ihnen jetzt, wie es laufen wird, Arschloch.« Ich zog mein Scheckbuch aus der Innentasche meiner Lederjacke und legte es auf die Theke. Während ich schrieb, sagte ich: »Sie werden die Stadt verlassen. Es ist mir scheißegal, wohin Sie gehen oder was Sie vorhaben, aber Sie werden nie mehr zurückkommen. Ab heute existiert Leah nicht mehr für Sie.«

Ich riss den Scheck heraus und reichte ihn ihm. Er richtete den Blick auf die Summe, und fast wären ihm die Augen aus dem Kopf gefallen. Ich hatte ihm eine halbe Million Dollar gegeben. Das war mehr, als die meisten Leute in ihrem ganzen Leben sahen. Ich wollte sicherstellen, dass er nie wieder zurückkehrte.

»Es ist mir scheißegal, was Sie damit anstellen. Ob Sie einen Entzug machen oder sich zu Tode trinken. Das ist mir völlig gleich. Aber Sie werden niemals zurückkommen und mehr fordern. Sollten Sie das doch tun, werden Leah und ich Sie so schnell wegen Misshandlung anzeigen und ins Gefängnis bringen, dass Ihnen schwindlig wird. Der einzige Grund, weshalb Sie noch nicht dort sind, ist, dass ich nicht will, dass Leah einen langwierigen öffentlichen Prozess durchmachen muss, aber legen Sie es nicht darauf an. Ich werde es tun, wenn ich mich dazu gezwungen sehe, und ich habe gehört, dass Leute, die wegen Kindesmisshandlung sitzen, im Knast nicht besonders gut behandelt werden.«

Er hatte nicht aufgeblickt, seit dieser Scheck in seinen Händen gelandet war.

Ich packte ihn am Hemdkragen, um seine Aufmerksamkeit zu erlangen. »Haben Sie mich verstanden?«

Er nickte. »Ja. Ich soll nie wieder zurückkommen«, sagte er grinsend.

Was immer ich an Hoffnung gehabt hatte, dass dieser Mann ein klein wenig Anstand besäße, löste sich in Luft auf, als ich sah, wie er diesem Scheck huldigte. Er hatte ein neues Idol, und das war Geld.

»Noch eine Sache, dann sind wir weg. Ich will alle Sachen, die Sie noch von Lily haben. Was immer von Leahs Mutter geblieben ist – ich will es.«

Er sah mich verwirrt an, dann sagte er: »Klar, in Ordnung. Es ist alles auf dem Dachboden. Nehmt, was immer ihr wollt – es macht mir nichts aus.

»Ach, und Mr Morgan? Oder darf ich Sie Clayton nennen?«

Er richtete seinen betrunkenen Blick auf mich.

»Eine Sache noch.« Meine Faust flog zum zweiten Mal an diesem Tag auf sein Gesicht zu. Dieses Mal sorgte ich mit meinem Schlag dafür, dass er nicht mehr aufstand.

Leah

Ich klopfte an Clares Tür und wartete geduldig. Normalerweise klopfte ich nicht an, aber nach gestern Abend dachte ich, dass ein paar Manieren angebracht wären. Nervös tappte ich mit dem Fuß und starrte auf die Tür in der Hoffnung, dass sie sich öffnete. Ich hatte heute Morgen daran gedacht, anzurufen und mich für mein mieses Verhalten zu entschuldigen, hatte dann aber beschlossen, dass sie eine persönliche Entschuldigung verdiente. Und ich hatte Verstärkung mitgebracht.

Schließlich ging die Tür auf, und Clare stand in einer Yogahose und einem langärmligen rosa Thermoshirt vor mir. Das bezeichnete Clare als ihr »Morgen-Outfit« – nicht mehr im Schlafanzug, aber auch noch nicht richtig angezogen, sondern irgendwo dazwischen, wie sie es nannte. Dadurch fühlte sie sich ein bisschen weniger faul, weil sie ja nicht mehr im Schlafanzug war, aber es war bequemer, als Jeans zur Hausarbeit zu tragen. Ich bezeichnete das als schräge Mutti-Logik, weil es aus meiner Sicht trotzdem ein Schlafanzug war. Ich hatte zu ihr gemeint, dass sie sich einfach nur so lange wie möglich nicht anziehen wollte.

Ich hielt meine Tüten und das Tablett mit Coffee-to-go hoch. »Ich habe Kaffee und Muffins mitgebracht. Schöne Grüße von Phil. Er sagt, du sollst mir verzeihen.«

Um ihre Lippen zuckte es, aber sie bemühte sich, ernst zu bleiben.

»Was sind denn das für Muffins?«, fragte sie.

»Für wen hältst du mich? Glaubst du, ich würde hier mit etwas anderem als Double-Chocolate-Chip-Entschuldigungsmuffins aufkreuzen?«

»Na schön. Du darfst reinkommen«, sagte sie, wobei sich ihr unbewegtes Gesicht zu einem Grinsen verzog.

Clare und ich waren nie lange böse aufeinander. Wir hatten im Lauf der Jahre Kabbeleien und Missverständnisse gehabt, weil wir zwei sehr unterschiedliche Persönlichkeiten waren, aber wir schafften es immer rasch, uns wieder zu versöhnen und weiterzumachen wie bisher. Wir verstanden einander. Ich wusste, dass sie lieber und sanfter war als ich, und sie akzeptierte, dass ich manchmal schroff und direkt war und um mich schlug, wenn mich jemand verletzte.

Wir gingen in die Küche, und Clare holte Teller und Servietten für unsere Muffins aus dem Schrank.

»Wo ist die Kleine?«, fragte ich, weil ich merkte, wie ruhig es im Haus war.

Hier war es nie so still, wenn Maddie da war. Normalerweise erfüllte sie das Haus mit dem Geräusch von rennenden Füßen, Gekicher und Gesang.

»Äh, in der Schule? Heute ist ein Werktag, Süße.«

»Klar. Schule. Daran habe ich mich immer noch nicht gewöhnt.«

»Ich auch nicht. Jeden Tag, wenn wir sie zur Bushaltestelle begleiten, habe ich immer noch das Gefühl, dass das alles nur vorgetäuscht ist, als würden wir den Schulweg nur üben. Aber nein, sie geht jetzt in den Kindergarten der Grundschule. Sie mag es, mich jeden Tag daran zu erinnern. Sie ist sehr erwachsen geworden, weißt du?«, sagte Clare lächelnd.

Schweigend machten wir uns über unsere Muffins her, und ich lachte, als Clare leise, beinahe erotisch aufstöhnte, als sie den ersten Bissen nahm. Clare war süchtig nach Süßigkeiten, und Schokolade war ihre größte Schwäche.

»Phil ist echt der Knüller. Wie kann ich Logan dazu bringen, dass er lernt, so zu backen?«

»Machen, dass er schwul wird, und ihn Phil nennen? Ich bin mir ziemlich sicher, dass dieser Mann einzigartig ist.«

Phil war ein Freund von uns. Er besaß ein Café, in dem Clare und ich nach unserer wöchentlichen Yogastunde gern etwas aßen. Seine Muffins und sein anderes Gebäck waren wie ein Orgasmus. Ich hatte Phil jetzt bestimmt schon ein Dutzend Mal gefragt, ob er mich heiraten wolle, wurde aber jedes Mal zurückgewiesen, weil er unsterblich verliebt und bereits vergeben war.

»Ja, da hast du recht. Aber wenn Logan doch nur halb so gut backen könnte. Er kann kochen, aber wenn er dabei in die Nähe von Zucker gerät, passieren schlimme Dinge. Ich kann dir gar nicht sagen, wie viele Cookies, Kuchen und Muffins er schon hat anbrennen lassen, seit wir verheiratet sind. Aber er versucht es weiter und gibt den liebevollen, vernarrten Mann, der er ist.« Sie lachte.

Ich lachte mit, während ich ein Schokostückchen von meinem Muffin pulte und es mir in den Mund steckte. Ich ließ Stille zwischen uns eintreten, senkte den Blick auf den Holztisch und zeichnete mit dem Finger Muster darauf. Schließlich sah ich meine beste Freundin wieder an, weil ich wusste, dass es an der Zeit war – an der Zeit, mich zu entschuldigen, zu erklären, mich noch einmal jemandem zu öffnen.

»Es tut mir leid, Clare. Es war falsch, wie ich mich gestern Abend benommen habe. Ich habe um mich geschlagen. Ich habe mich geschämt, hatte Angst und war wütend … und das habe ich an allen ausgelassen, die versucht haben zu helfen. Ich weiß, dass du gekommen bist, um dich um mich zu kümmern, und es tut mir leid, dass ich das nicht zugelassen habe.«

»Nach zwanzig Jahren Freundschaft weiß ich, wie du auf solche Situationen reagierst. Ich verstehe das, Leah. Ich wünschte nur, du würdest jemanden an dich heranlassen. Das muss nicht unbedingt ich sein, aber du brauchst jemanden, der dir zuhört.«

»Ich weiß. Ich glaube, zum ersten Mal in meinem Leben begreife ich das.«

»Willst du darüber sprechen? Das müssen wir nicht. Ich meine, wir können auch über das Wetter, Bücher oder diesen absolut attraktiven Typen aus *Thor* reden … was auch immer. Ich bin für dich da, wenn du willst.«

»Ja«, sagte ich lächelnd. »Ich glaube, ich will darüber reden.«

Bei Kaffee und Chocolate-Chip-Muffins schilderte ich meiner besten Freundin endlich meine wahre Kindheit, die, die ich so viele Jahre vor ihr verborgen hatte. Wir weinten zusammen und sie hielt meine Hand. Als sie mich fragte, weshalb ich ihr das nie erzählt hätte, wusste ich darauf keine Antwort.

»Ich weiß nicht, Clare. Ich war immer so stark, so unabhängig. Ich glaube, ein Teil von mir glaubte, es jemandem zu erzählen, es zuzugeben, wäre ein Zeichen von Schwäche. Deshalb habe ich gelernt, das Thema weitgehend zu meiden. Meine Kindheit und Jugend wurden zu einem kranken Spiel, in dem ich die Hinweise und Zeichen, die mein Vater in betrunkenem Zustand lieferte, lernte zu deuten, damit ich wusste, wann ich mich besser trollte oder gleich gar nicht nach Hause kam.«

»Ich wünschte nur, wir hätten davon gewusst, dann hätten wir etwas unternehmen können, Leah. Wir hätten dich ihm wegnehmen lassen und dich wirklich adoptieren können. Du weißt, dass meine Mutter und mein Vater das sofort getan hätten. Himmel, ich glaube, sie haben das sogar mal versucht. Hätten sie das gewusst, wäre es bedeutend leichter gewesen.«

»Ich weiß, und ich liebe deine Eltern mehr, als ich je in Worte fassen kann, aber ich bin stur wie ein Esel.«

Sie warf mir einen Blick zu, der »Sag bloß!« ausdrücken sollte.

»Aber am Anfang hatte ich Angst«, fuhr ich fort. »Ich hatte Angst, dass es nicht funktionieren würde, dass ich dann weiterhin bei ihm festsitzen und er dann noch wütender werden würde. Später dachte ich einfach, dass ich ohnehin fast frei war und noch ein paar Jahre Ausweichen und Wegducken durchhalten könnte.«

Clare sprang auf und zog mich in ihre Arme. »Ich hab dich

lieb, Leah. Vergiss das nie. Du bist meine Schwester, meine beste Freundin und meine Komplizin. Schließ mich nicht aus. Verstehst du das?«

Ich nickte an ihrer Schulter und ließ meinen Tränen freien Lauf. »Das verstehe ich, Clare-Bär.«

»Gut, denn eine neue beste Freundin zu suchen wäre harte Arbeit, und dazu bin ich einfach zu faul«, sagte sie schniefend. »Außerdem warst du dabei, als ich meinen ersten Vibrator gekauft habe. Ein solches Band ist stark und unzerreißbar.«

Unwillkürlich musste ich lachen. Schluchzen und Lachen vermischten sich, als wir uns in der Küche umarmt hielten.

Clare löste sich von mir und sah mich aus teuflisch grünen Augen an. »Also, was läuft da eigentlich zwischen dir und Declan? Denn das, was ich gestern Abend gesehen habe, war alles andere als unverbindlich.«

Ich seufzte und setzte mich wieder hin, dann machte ich mich erneut daran, meinen Muffin zu vernichten. »Ich habe wirklich keine Ahnung. Im einen Moment sind wir superunverbindlich, im nächsten sind wir an allen weiteren Stadien vorbeigerauscht und supergefühlstief. Er löst Gefühle in mir aus, die ich mich nicht traue, mir einzugestehen. Ihn zu lieben, könnte für mich die Erfüllung sein oder aber der Untergang. Falls ich mich ihm hingebe und er mich fallen lässt wie Daniel, werde ich mich davon wohl nie wieder erholen.«

»Du weißt aber schon, dass Declan nicht Daniel ist, oder?«

»Ja, das ist er nicht. Er ist ein berühmter, superheißer Schauspieler. Das macht es nicht besser«, schnaubte ich.

»Daniel war ein Trottel, er war sehr einfach gestrickt. Wenn dich jemand liebt, dann bleibt er – auch wenn man in schwierige Situationen gerät. Als Ethan krank wurde, sind wir alle zusammengerückt, um uns um ihn zu kümmern – nur Daniel ist getürmt. Genau das zeigt doch, dass er langfristig nichts für dich gewesen wäre. Du darfst nicht von vorneherein davon ausgehen, dass Declan es auch so machen würde.«

»Du kannst aber auch nicht davon ausgehen, dass er es nicht tun würde.«

»Du bist ja ganz schön pessimistisch«, sagte sie.

»Ich bezeichne mein Glas gern als halb leer, vielen Dank auch.«

»Na ja, ich möchte doch nur nicht, dass du dir womöglich das Beste, was dir vielleicht passieren kann, durch die Lappen gehen lässt. Lauf nicht vor der Liebe weg, nur weil du früher mal enttäuscht wurdest.«

»Liebe? Ich habe nicht gesagt, dass ich ihn liebe«, lenkte ich ab. »Außerdem – ist es dafür nicht noch ein bisschen früh?«

»Jemand sehr Weises hat einmal gesagt, dass es für Liebe keine zeitliche Einschränkung gibt«, sagte sie zwinkernd.

»Sehr clever, meine eigenen Worte gegen mich zu verwenden. Das ist wirklich teuflisch.«

»Ich habe von den Besten gelernt.«

12

Declan

Eine Woche lang fuhr ich jeden Tag am Haus von Leahs Vater vorbei, um mich zu vergewissern, dass er nicht zurückgekommen war. Der Mistkerl hatte es nicht einmal für nötig gehalten, das Haus abzuschließen. Er hatte sich einfach davongemacht und die Tür sperrangelweit offen gelassen, sodass jeder, einschließlich mir, einfach hineinlatschen konnte. Gestern war ich hineingegangen, um nachzusehen, ob er noch da war. Ich war offensichtlich paranoid, aber bevor ich Leah die frohe Botschaft überbringen würde, wollte ich, dass er für immer weg war.

Konnte ich garantieren, dass er nie mehr zurückkommen würde? *Nein.* Das Schlauste wäre gewesen, Strafanzeige zu erstatten, damit er verhaftet würde, aber nach dem Abend, an dem ich eine geschlagene, verletzte Leah in meinen Armen gehalten hatte, wusste ich, dass sie einen Prozess gegen ihren Vater niemals durchstehen würde. Es wäre zu viel für sie. Es wäre zu öffentlich, und zu viele Leute würden Fragen stellen. Sie konnte sich Clare und mir gegenüber ja kaum öffnen. Wie konnte man da verlangen, dass sie sich einem ganzen Gerichtssaal öffnete und von den Ereignissen erzählte, die ihr in den letzten zwanzig Jahren so zugesetzt hatten? Ich wusste, dass sie es tun würde, und ich wusste auch, dass sie notfalls dazu in der Lage wäre. Leah konnte alles. Sie war stärker als alle Menschen, die ich je kennengelernt hatte, aber wenn ich ihr Schmerzen ersparen konnte, würde ich das tun, egal, was es kostete.

Nachdem ich mich vergewissert hatte, dass das Haus leer war und er nicht zurückgekommen war, sagte ich zu Leah, dass ich sie wohin bringen wolle und ihr etwas sagen müsse. Sie sah mich nervös an und nickte.

Mist, dachte sie jetzt, ich würde mit ihr Schluss machen? Konnten wir überhaupt Schluss machen? Ich wusste nicht einmal, wie man unsere Beziehung bezeichnen konnte. Wir hatten ihr nie einen Namen gegeben. Das musste sich ändern. Sie gehörte zu mir, und das musste endlich offiziell werden.

Als wir anhielten, fuhr ihr Kopf zu mir herum, in ihren Augen lag Panik. »Was wollen wir hier?«

Ich legte die Hand auf ihre, verhakte unsere Finger ineinander und sagte: »Vertraust du mir?«

Sie nickte stumm, woraufhin ich unsere ineinander verschlungenen Hände an meine Lippen hob und jeden einzelnen ihrer Finger küsste.

»Dann brauchst du dir keine Sorgen zu machen. Komm.«

Wir gingen Hand in Hand die Einfahrt entlang, wobei mir das Herz bis zum Hals hämmerte.

Was, wenn sie das gar nicht wollte? Was, wenn sie diesen Mann in irgendeinem Winkel ihres Herzens liebte, und ich hatte ihn einfach weggeschickt?

Schweißperlen traten auf meine Stirn, und ich fing plötzlich an, meine Entscheidung zu hinterfragen. Ich hoffte, dass ich nicht das einzig Gute, was mir über den Weg gelaufen war, zerstört hatte, noch bevor es richtig begonnen hatte. Als wir zur Haustür gelangten, trat ich einen Schritt vor. Ich griff nach der Klinke und bat sie herein. Ich hatte ein paar Tage, nachdem er weggegangen war, eine Putzkolonne kommen lassen. Ich wollte nicht, dass sie in ein schmuddeliges Haus zurückkam. Da waren noch genug negative Erinnerungen, auch ohne den Gestank von Alkohol und vergammeltem Essen. Stattdessen lag jetzt der Geruch von Putzmitteln in der Luft.

»Was zum Teufel ist hier los? Hast du geputzt?«

»Nein … na ja, irgendwie schon. Aber deshalb sind wir nicht hergekommen.«

Wir gingen durch die Küche ins Wohnzimmer, wo Leahs Vater sich anscheinend immer aufgehalten hatte, wenn Leah zu Besuch gekommen war. Als sie ihn nicht entdeckte, drehte sie sich um und schaute auf die leere Essecke und die Barhocker.

»Wo ist er?«, fragte sie vorsichtig.

»Weg.«

»Weg? Wie meinst du das?«

»Na ja, er ist nicht tot, falls es das ist, was du dich gerade fragst. Zumindest glaube ich das nicht. Aber er kommt nie wieder hierher zurück, Leah. Dafür habe ich gesorgt. Du bist frei.«

Tränen stiegen ihr in die Augen, und sie sah sich wieder überall um, bevor sie zu mir zurückkam.

»Aber wie kommt das? Ich verstehe das nicht. Bist du sicher? Hast du etwas Illegales gemacht?«, sprudelte sie heraus.

»Das Wie spielt keine Rolle. Ja, ich bin sicher. Und nein, so leicht wirst du mich nicht los. Keine drohenden Haftstrafen«, sagte ich grinsend.

»Mist. Gleich fange ich wieder an zu heulen. Warum heule ich so viel, seit du da bist?«

»Das weiß ich nicht, aber ich werde dich jedes Mal, wenn du es tust, in den Arm nehmen.«

Da kam sie in meine Arme. Es fühlte sich an, als wäre ich plötzlich ganz, als würde meine fehlende Hälfte an ihren Platz fallen, und ich wusste, dass ich genau den Ort gefunden hatte, an dem ich sein sollte.

»Warum, Declan? Warum hast du das getan?«

Ich löste mich von ihr, weil ich wusste: jetzt oder nie. Mein Herz raste. Dieses Mal aus einem anderen Grund. Ich wusste immer noch nicht, was sie empfand, und mich alldem ohne Garantie auszusetzen, war der Furcht einflößendste Moment meines Lebens. Noch Furcht einflößender als der, in dem ich Heather gefragt hatte, ob sie mit mir nach Hollywood käme, und sie Nein gesagt hatte. Furcht einflößender als das Vorsprechen für meinen ersten Film, als ich gedacht hatte, ich würde mich vor Aufregung übergeben, und Furcht einflößender, als in Leahs Schlafzimmer zu gehen und ihr Gesicht voller Blutergüsse zu sehen.

»Ich liebe dich, Leah Morgan. Seit dem Moment, in dem ich aus diesem Flugzeug gestiegen bin, habe ich alles, was ich getan habe, für dich getan. Du bist so viel mehr, als du selber glaubst, und ich sehe dich – ganz. Du kannst mich wegstoßen, so viel du willst, aber ich gehe nicht weg. Ich will jeden einzelnen Zentimeter von dir. Keine Spielchen, kein Zurück mehr. Ich …«

»Halt die Klappe, verdammt«, sagte Leah.

Sie zog meinen Kopf zu sich herunter, sodass sich unsere Lippen zu einem fieberhaften, leidenschaftlichen Kuss trafen.

»Du verletzt mich besser nicht, Casanova, denn alles, was du gerade gesagt hast … empfinde ich auch, plus eine halbe Million weiterer Gefühle, die ich nicht in Worte fassen kann. Ich liebe dich, auch wenn du arrogant bist und anmaßend und …«

»Halt die Klappe, verdammt«, ahmte ich sie nach.

Ich küsste sie wieder, und dann erfüllte Gelächter den Raum, als ich sie hochhob und mitten in ihrem Kindheitszuhause herumwirbelte.

»Danke«, sagte sie, während ich sie immer noch in den Armen hielt.

»Wofür?«

Sie sah mir in die Augen und hielt inne. »Für alles. Aber vor allem dafür, dass du mir mitten in der Hölle eine einzige vollkommen glückliche Erinnerung beschert hast.«

Als ich ihr frohes Gesicht inmitten dessen sah, was in ihrer Kindheit ihr Gefängnis dargestellt hatte, hätte ich am liebsten jede schreckliche Erinnerung in ihrem Leben durch eine bessere ersetzt.

Leah

Ich wischte den Dampf, der sich beim Duschen niedergeschlagen hatte, vom Badezimmerspiegel. Ein Handtuch um Haar und Körper geschlungen, starrte ich mein Spiegelbild an. Meine Blutergüsse und Platzwunden waren verheilt, und ich sah wieder aus wie ich selbst. Dank Make-up war es mir gelungen, die meisten Beweise abzudecken, deshalb hatte es bei der Arbeit auch niemand bemerkt. Ich öffnete mich zwar anderen, aber das hieß nicht, dass ich der gesamten Welt jedes schmutzige Detail aus meinem Leben offenbaren wollte. Ich unterhielt mich gerne mit Trish über meine neue heiße Sahneschnitte und darüber, wie es Clare und meiner Familie ging, aber ich wollte mich ihr nicht öffnen und all meine Geheimnisse preisgeben.

Ich zog mir das Handtuch vom Kopf und ließ mir das lange blonde Haar über den Rücken fallen. Es war Jahre her, dass ich es mehr als drei oder vier Zentimeter hatte schneiden lassen, deshalb reichte es bis zur Mitte meines Rückens hinunter. Es war von Natur aus gewellt und recht dick. Da es so lang war, brauchte es viel Pflege, aber ich liebte es einfach. Ich fühlte mich dadurch weiblich, mädchenhaft. Nachdem mir Declans lodernder Blick aufgefallen war, wenn er mir dabei zusah, wie ich es für die Nacht bürstete und flocht, wollte ich es eigentlich nie wieder schneiden lassen.

»Declan James hat gesagt, dass er mich liebt«, sagte ich laut zu meinem Spiegelbild.

Es nur zu sagen, zauberte ein Lächeln auf meine Lippen und Schmetterlinge in meinen Bauch. Ich berührte meine Lippen und erinnerte mich an den Kuss, den wir uns im Haus meines Vaters gegeben hatten. *Nun ja, seinem ehemaligen Haus.* Ich konnte nicht fassen, dass er weg war. So viele Jahre hatte ich mich um ihn gekümmert, und jetzt lag das alles hinter mir. Wie Declan gesagt hatte: Jetzt war ich frei.

Ich erinnerte mich an die Jahre am College, als ich zwei Jobs hatte, damit ich meinem Vater Lebensmittel bringen konnte, weil ich Angst hatte, er könnte verhungern, wenn er nicht aß. Ich hatte wochenlang von Ramen-Nudeln gelebt, nur um ihn zu versorgen. Er hatte mir immer die Schuld gegeben, wenn er wieder mal gefeuert wurde, aber wir hatten beide den wahren Grund gekannt, weshalb er keinen Job halten konnte. Immer betrunken zu sein, kam bei Chefs nicht gerade gut an.

»Hast du gerade Selbstgespräche geführt?«, fragte Declan, der den Kopf durch die Badezimmertür steckte.

Er sah atemberaubend aus, wenn er nur seine Pyjamahose trug. Seine breite Brust war nackt und überaus appetitlich mit diesem Tattoo, das ich inzwischen lieb gewonnen hatte. Ich leckte mir die Lippen, während ich den Blick an seinem Körper hinunterwandern ließ. Ich liebte es, wie seine Hüften sich zu einem perfekten V verjüngten.

Seine Lippen zu einem übermütigen Lächeln verzogen, kam er ins Bad geschlendert und stellte sich hinter mich. Er legte mir die Hände auf die Hüften und presste seinen Körper an mich. Ich spürte ihn begierig und bereit an meinem Hintern.

»Wenn du mich so ansiehst, bekomme ich einen Ständer … und was für einen«, sagte er, während er sich noch fester an mich drückte, um dies zu betonen.

Ein leises Stöhnen drang aus meiner Kehle, als er mit den Händen an meinen Armen hinaufstrich. Ich genoss das Gefühl seiner nackten Haut auf meiner.

»Dreh dich um«, befahl er, seine Stimme rau und sexy.

Ich tat wie geheißen. Langsam drehte ich mich in seinen Armen, bis wir uns direkt ansahen. Aus seinen Augen war jegliche Scherzhaftigkeit verschwunden, sie waren jetzt voller Glut und hatten dieses intensive, gefleckte Grün, das sie annahmen, wenn er angeturnt war.

»Ich glaube, es wird Zeit, dass wir das hier loswerden«, sagte er.

Langsam glitt mein Handtuch zu Boden und entblößte meinen Körper. Er grinste ein wenig und blickte das, was er soeben ausgepackt hatte, anerkennend an.

»Alles meins. Ich bin ein verdammter Glückspilz«, sagte er leise. Er presste einen flammenden Kuss auf meine Lippen, der mir den Atem raubte. Ich löste mich von ihm und sah, dass er immer noch dieses übermütige Lächeln auf dem Gesicht hatte, das ich so liebte. Er packte mich um die Hüfte und hob mich auf die Ablage, sodass mein Hintern direkt auf dem kalten Granit saß. Ich stieß einen kleinen Protestschrei aus, woraufhin er lachte.

»Spreiz deine schönen Beine für mich, Leah, so weit, bis auf jeder Seite der Ablage eins ist. Zeig mir, wie beweglich meine Freundin, die Yoga-Liebhaberin, ist.«

Der Mann hatte mir bereits gesagt, dass er mich liebte, aber als ich hörte, dass er mich als seine Freundin bezeichnete, schmolz ich zu einem liebeskranken Teenager dahin, bis ich nur noch eine Pfütze aus Declan liebendem Glibber war. Ich hob meine Beine und verankerte auf jeder Seite der Ablage mit gebeugten Knien einen Fuß. Ich lehnte mich zurück und stützte mich mit den Händen auf der Fläche hinter mir ab. Ich grätschte auf meiner Badezimmerablage, und Declan machte ein Gesicht, als hätte er im Lotto gewonnen.

»Verdammt, was für ein schöner Anblick. Am liebsten würde ich ein Foto davon machen.«

»Du willst meine Muschi fotografieren?«, fragte ich amüsiert. Das hatte ja noch nie jemand zu mir gesagt.

»Machst du Witze? Ich wäre ja verdammt blöd, wenn ich das nicht machen würde. Wenn ich das Foto dabeihabe, wenn wir voneinander getrennt sind …«

Er verstummte und sah mich an. Wir hatten noch gar nicht besprochen, was passieren würde, wenn Declan sein derzeitiges Projekt abgeschlossen hatte. Wir hatten beschlossen, unsere gemeinsame Zeit zu genießen, bis es so weit wäre. Aber wir wussten, dass eine Entscheidung getroffen werden musste. Eine Fernbeziehung zwischen Kalifornien und Virginia würde niemals funktionieren.

Unsere Blicke trafen sich, und plötzlich wurde noch offensichtlicher, dass wir nicht mehr viel Zeit zusammen hatten. Wieder loderten seine Augen auf. Er kam auf mich zu, vergrub seine Hände in meinem nassen Haar und küsste mich, als würde sein Leben davon abhängen. Unsere Zungen schlangen sich umeinander und bewegten sich gemeinsam, als würden wir versuchen, unsere Körper zu vereinigen, um der bevorstehenden Trennung durch unseren Kuss zu trotzen.

»Zuerst muss ich diese süße Pussy kosten«, sagte er an meinen Lippen, dann ging er vor mir auf die Knie.

Anders als in anderen Stellungen konnte ich ihn dieses Mal beobachten. Er spreizte mich mit seinen Fingern, und sein Mund legte sich auf meine Schamlippen. Ich schrie auf und bäumte mich seiner Zunge entgegen, während er mich leckte. Von meinem Platz auf der Ablage aus blickte ich nach unten und sah, wie er mich leidenschaftlich mit der Zunge bearbeitete, als könnte er gar nicht genug davon bekommen. Da trafen sich unsere Blicke. Diese haselnussbraunen Augen waren jetzt so lebhaft grün, dass es um mich geschehen war. Ich kam an seinem Mund, während er zusah und saugte und es so sehr in die Länge zog, dass mein Orgasmus andauerte. Als mich das letzte Beben durchzuckt hatte, glitt Declans Zunge wieder in mich hinein und bearbeitete meinen Körper, als würde er unter seinem Kommando stehen.

»Nein, Declan, ich kann nicht mehr. Nicht noch einmal«, sagte ich keuchend, während ich bereits spürte, wie sich ein neuer Orgasmus aufbaute. *Heilige Scheiße, echt jetzt?*

»Du kannst und du wirst«, antwortete er.

Er fand meine Klitoris und ließ seine Zunge gegen sie schnellen, während er seine Finger in mich gleiten ließ. Als sich sein Mund um meine Klitoris schloss und daran saugte, kam ich erneut und schrie dabei seinen Namen. Da erhob er sich und steckte mir seine feuchten Finger in den Mund, während meine Hände den Bund seiner Pyjamahose fanden. Während ich an seinen Fingern saugte und dabei den Geschmack meines eigenen Körpers ableckte, löste ich die Schnüre an seinem Bund und ließ seine Hose zu Boden fallen. Und da stand Declan vor mir – nackt und angeturnt. Und er gehörte mir, mir allein.

»Bleib genau so«, befahl er und deutete auf meine Beine, die noch immer angewinkelt auf der Ablage standen.

Er zog mich ein wenig näher zur Kante, sodass ich fast herunterfiel, und stieß dann ohne Vorwarnung in mich hinein. Ich schnappte nach Luft, und mein Körper schloss sich fest um seinen, während er immer wieder in mich hineinstieß. Unsere Körper prallten aufeinander, als er sein gnadenloses Tempo beibehielt. Ich ließ meinen Kopf nach hinten sinken, stöhnte und schrie seinen Namen hinaus, woraufhin er mich an den Hüften packte, damit er noch tiefer in mich hineinstoßen konnte.

»Sag es, Leah. Ich muss es hören. Sofort.«

»Ich liebe dich.«

»Sag es noch mal.«

»Oh Gott«, stöhnte ich, weil ich spürte, wie sich ein dritter Orgasmus aufbaute. »Ich liebe dich, Declan!«, schrie ich, während ich erzitterte und kam.

Ich sah ihm dabei in die Augen, spürte, wie sich mein Körper um seinen Penis schloss, während er immer wieder pumpend in mich eindrang. Er stieß ein letztes Mal in mich hinein und rief dann meinen Namen, als er selbst den Höhepunkt erreichte.

Er beugte sich vor und küsste mich zärtlich. Es war das vollkommene Gegenteil zu dem wilden Sex, den wir gerade gehabt hatten. Yin und Yang, süß und salzig, das Beste aus zwei Welten – das war Declan James.

»Ich habe ganz vergessen, dir zu sagen, weshalb ich eigentlich hier reingekommen bin«, flüsterte er mir ins Ohr.

»Du meinst, du wolltest mich eigentlich gar nicht um den Verstand vögeln?«, scherzte ich.

»Na ja, das wollte ich ab dem Moment, in dem ich dich in diesem Handtuch gesehen habe.«

»Und weshalb bist du dann hereingekommen?«

»Ach, richtig. Frohe Weihnachten.« Er grinste.

Ich grinste zurück. Ich freute mich darauf, den ganzen Tag mit all den Menschen zu verbringen, die ich lieb hatte, und keine einzige Sekunde an meinen Vater denken zu müssen. Und das hatte ich alles Declan zu verdanken.

13

Declan

»Dieser Arzt von Thanksgiving wird nicht da sein, oder?«, fragte ich, als wir bei Clares Eltern in die Einfahrt einbogen.

Es waren nicht annähernd so viele Autos da wie an Thanksgiving, was ich als gutes Zeichen betrachtete.

»Nein«, erwiderte Leah lachend, »heute nur die nächsten Angehörigen, Casanova. »Du mochtest ihn überhaupt nicht, nicht wahr?«

»Er hat mit dir geflirtet – vor meinen Augen!«, sagte ich verteidigend.

Das brachte sie noch mehr zum Lachen. Ich sah sie finster an, woraufhin sie meine Hand in ihre nahm.

»Du hättest dir damals keine Sorgen zu machen brauchen, und das brauchst du auch jetzt nicht. Eine Million Männer mögen mit mir flirten, aber ich gehe nirgendwohin.«

»Verdammt richtig«, entgegnete ich grinsend und beugte mich über die Sitze, um sie zu küssen.

Gerade als ich den Kuss vertiefte, hörte ich ein leises Kichern und riss die Augen auf. Der Kopf eines kleinen Mädchens tauchte am Wagenfenster auf. Wir lösten uns rasch voneinander, und Leah drehte sich um und machte die Tür auf.

»Hey, Kleines! Was machst du hier draußen? Es ist bitterkalt!«

Maddies kleine Nase war tomatenrot. Sie war dick eingemummelt in eine flauschige rosa Jacke mit passenden Handschuhen und passender Mütze. »Ich habe drinnen am Fenster auf euch gewartet, aber ihr seid nicht ausgestiegen. Da hat Mami mir erlaubt, rauszugehen und nach euch zu sehen.«

»Nun, wir kommen jetzt rein. Kannst du uns vielleicht den Weg zeigen?«, fragte Leah.

Maddie nickte begeistert mit dem Kopf. Wir stiegen aus und gingen alle auf das Haus zu. Ich bückte mich und hob Maddie hoch, woraufhin sie wieder kicherte. Ich war mir ziemlich sicher, dass ich zum ersten Mal in meinem Leben ein Kind hochhob. *Sie gingen nicht so leicht kaputt, oder?* Ihr schien es zu gefallen, deshalb trug ich sie weiter.

»Hey, du. Du hast mich doch das letzte Mal, als wir uns gesehen haben, wegen deiner Tante Leah etwas gefragt. Erinnerst du dich?«, fragte ich Maddie.

»Ähm …« Sie dachte eine Weile darüber nach, kräuselte die Nase und schürzte die Lippen, als würde das helfen, sich zu konzentrieren. »Oh ja! Ich erinnere mich!«, sagte sie und sah aufgeregt zu ihrer Tante hinüber.

»Willst du mir diese Frage vielleicht noch mal stellen?«, sagte ich glucksend.

Sie sah ihre Tante an, die nur mit den Schultern zuckte, was Maddie erneut zum Kichern brachte.

»Okay, aber zuerst möchte ich dir mal sagen, dass du ganz schön albern bist.«

»Ich nehme es zur Kenntnis«, sagte ich mit gespieltem Ernst.

»Declan, bist du der Freund meiner Tante Leah?«

»Aber klar doch, Maddie, ich bin Leahs Freund. Bin ich nicht ein Glückspilz?«

Sie kicherte einfach nur, während wir zur Tür gingen. Behutsam ließ ich sie herunter, und sie rannte hinein und verkündete, dass Leah und ihr alberner Freund angekommen seien.

»Du bist doch verrückt«, sagte Leah kopfschüttelnd.

»Verrückt nach dir«, erwiderte ich und küsste sie auf die Wange.

»Gott, wie furchtbar. Du brauchst unbedingt bessere Anmachsprüche.«

Ich lachte. »Warum? Wen sollte ich denn anmachen? Ich habe doch schon, was ich will.«

»Das ist schon viel besser. Wenn ich so etwas höre, würde ich dich am liebsten auf der Stelle vögeln.«

»Das lässt sich machen. Bestimmt würden wir irgendwo eine Abstellkammer finden«, neckte ich sie, als mir unsere Beinahe-Indiskretion im Wandschrank von Clares und Logans Haus einfiel.

Sie grinste mich an, während wir um die Ecke bogen und ins Wohnzimmer gelangten, wo Clare und Logan sich gerade fest umarmten. Sie blickten auf, und mir stockte das Herz vor Schreck. Clare hatte geweint, und Logan war sichtlich mitgenommen.

»Oh Gott, was ist los? Bitte sagt, dass es nicht das ist, was ich denke«, sagte Leah panisch, während sie meine Hand noch fester umklammerte.

»Nein, nein, es geht mir gut. Die Krebsbehandlung läuft nach Plan, und alles sieht gut aus, um nicht zu sagen großartig«, erwiderte Logan.

Leahs Todesgriff um meine Hand lockerte sich ein wenig, und ich spürte, wie das Blut zurück in meine Finger strömte.

»Gott sei Dank. Was ist denn dann los? Warum seid ihr so von der Rolle? Wen soll Declan in den Hintern treten?«

»Langsam! Warum werde ich da jetzt mit hineingezogen?«, fragte ich und hob verteidigend die Hände.

»Logans Vater hat heute Morgen angerufen«, sagte Clare.

»Oh«, erwiderten wir wie aus einem Munde.

Das würde es erklären. Logans Vater war wie meiner, nur auf höherem Niveau. Er war reicher, fieser und grausamer. Seine Vorstellung von Liebe bestand darin, zu Geburtstags- und Abschlussfeiern Schecks zu schicken. Er hatte mit Logan nicht mehr gesprochen, seit seine erste Ehe auf peinliche Art und Weise in den Blickpunkt der Öffentlichkeit geraten war, und auch keine Anstalten gemacht, Logans neue Familie kennenzulernen, seit der Clare geheiratet hatte. Er hatte nie auch nur eine Sekunde damit verbracht, sich um seine Familie zu kümmern, weshalb sich Logan sein ganzes Leben lang wie ein Ausgestoßener gefühlt hatte.

Es gab nur einen Grund, warum Mitchell Matthews anrufen würde.

»Und wie hoch steht Krebs zurzeit im Kurs?«, fragte ich.

»Offenbar eine Viertelmillion«, antwortete Logan geistesabwesend.

»Dann hat dieser Mann also angerufen, nachdem er sich jahrelang nicht gemeldet hat, nur um dir Geld anzubieten, weil er gehört hat, dass du Krebs hast?«, fragte Leah.

»Ja, so in etwa.«

»Und, hast du das Geld angenommen?«, fragte ich grinsend.

»Declan!«, schalt Leah.

Ich machte mir nichts daraus. Logan und ich waren nicht ohne Grund befreundet. Wir lagen auf der gleichen Wellenlänge, und ich war mir ziemlich sicher, dass er gerade dasselbe dachte wie ich.

Logan grinste zurück und nickte. »Klar hab ich es angenommen. Es wird am Montag überwiesen. Ich werde dann das Geld, mit dem er sein Gewissen reinwaschen will, anonym an so viele Krebshilfeorganisationen wie möglich spenden. Den Rest der Ferien werde ich dann mit meiner Familie in New York bei meiner Mutter verbringen und wissen, dass sein Geld Hunderten anderer Familien in Not hilft. Damit ist allen geholfen.«

Ich hätte mich in dieser Situation wahrscheinlich als rachsüchtiger erwiesen und zum Beispiel vom Profil meines Vaters aus die gesamte Facebook-Gemeinde zu einer Party eingeladen, um mir dann von Weitem anzusehen, wie sie alle bei ihm zu Hause einfielen. Aber genau das war der Unterschied zwischen Logan und mir.

»Es ist immer noch ein Riesenpfusch, dass dein Vater nur anruft, um dir Geld zu schicken. Hat er überhaupt jemals nach deiner Frau und deinem Kind gefragt?«, fragte Leah.

»Nein.«

»Na ja, ich bin mir sicher, dass das Motto, das wir für solche Situationen an der Highschool hatten, auch heute noch funktioniert«, sagte ich.

Er gluckste und nickte zustimmend mit dem Kopf.

»Was für ein Motto denn?«, fragte Leah.

»Scheiß auf sie. Scheiß auf alle.«

Leah

Ich hatte Weihnachten schon seit jeher bei Clares Familie verbracht. Vor vielen Jahren hatte mich Clares Mutter einmal gefragt, was ich an den Feiertagen vorhätte, und ich hatte verlegen geantwortet, dass mein Vater arbeiten müsse, und seitdem war ich bei ihnen. Vermutlich hatte sie gewusst, dass das eine Lüge gewesen war, aber sie hatte mich nie darauf angesprochen. Sie hatte einfach ihr Haus und ihre Familie für mich geöffnet, so wie immer … genau wie heute für Declan.

Weihnachten feierte man bei den Finnegans nur im Kreise der Familie. Während Thanksgiving mit allen möglichen Leuten gefeiert wurde, war Weihnachten kleiner und intimer. Declan dabeizuhaben fühlte sich besonders gut an. Dass er tatsächlich hier war, meine Hand hielt und mir »Ich liebe dich« ins Ohr flüsterte, machte das Ganze absoluter. Ihn mit meiner Familie zu teilen, machte unsere Liebe real für mich.

Clare sagte nichts zu unserer offensichtlichen neuen Hingabe füreinander, aber ich sah, wie sie sich die eine oder andere Träne abwischte, wenn sie im Laufe des Abends mitbekam, wie mir Declan Zärtlichkeiten zuflüsterte. So, wie sie reagierte, war sie wohl tatsächlich davon ausgegangen, dass ich als alte Jungfer enden würde.

Mrs Laura Finnegan oder Mama, wie wir sie alle nannten, war völlig verzaubert von meinem neuen Freund. Er war nicht nur der Star einer ihrer Lieblings-Hollywoodfilme, sondern auch noch höllisch heiß – ihre Worte, nicht meine. Als sie diese schockierenden Worte von sich gab, hätte ich mich fast an dem Cookie verschluckt, den ich in der Küche stibitzt hatte. Mama Finnegan benutzte solche Ausdrücke normalerweise nicht.

Während wir darauf warteten, dass das Abendessen fertig war, diskutierten wir, was wir bis dahin tun sollten. Als wir Kinder waren, hatten wir immer darum gebettelt, Geschenke auspacken zu dürfen – was Maddie bereits vergeblich versucht hatte –, aber jetzt waren wir erwachsen und hielten uns zurück. Außerdem hatten wir bereits gefragt. Aber genau wie bei Maddie war dies auf ein Veto gestoßen. Manche Dinge änderten sich nie. Deshalb hielten wir uns an Kartenspiele.

»Uno!«, schrie Logan triumphierend.

Alle stöhnten auf.

»Okay, das war's dann. Mit ihm spiele ich nicht mehr. Erinnert mich daran, dass ich nie wieder mit einem in Harvard ausgebildeten Arzt spiele. Das ist einfach nicht fair«, lamentierte Garrett, der kurz nach uns gekommen war.

»Ach, komm schon, ich habe nicht jedes Spiel gewonnen, oder?«, erwiderte Logan.

Wir alle nickten.

»Schlechte Verlierer«, grummelte er.

Wir lachten. Ich entspannte mich auf meinem Platz auf dem Sofa und nippte an meinem heißen Cider. Clare hatte sich neben mich gekuschelt, wir teilten uns eine Decke. Weise, wie wir waren, hatten wir uns aus dem Kartenspiel herausgehalten, da wir schon früher mit Logan gespielt hatten.

»Logan scheint sich inzwischen sehr wohlzufühlen bei deinen Eltern«, bemerkte ich.

»Nun, er hat mir ja auch einen Ring angesteckt«, scherzte sie und hielt ihren schönen antiken Ehering hoch.

»Hast du ihm vorher einen runtergeholt?«, fragte ich leise.

»Was?« Sie tat total unschuldig. »Nein! Ich kann nicht glauben, dass du … okay, gut, ertappt.«

»Schön. Nichts entspannt einen Mann so sehr, wie wenn man eben mal Hand anlegt, bevor man zu den Eltern fährt.« Ich lachte.

»Und Declan?«

»Hab ihm einen geblasen.«

»Sehr schön.«

Wir gaben einander High five und kicherten in unseren Cider, was in schallendem Gelächter gipfelte. Die Männer räumten ihre Karten weg und sahen zu uns herüber, weil sie an unserem Amüsement teilhaben wollten.

»Okay, was machen wir jetzt?«, fragte Garrett.

An Weihnachten herrschte absolutes Fernsehverbot.

»Oh, ich weiß! Lasst uns Fotoalben anschauen!«, rief Clare.

Garrett und ich stöhnten.

»Ich finde, das klingt nach einer hervorragenden Idee«, sagte Logan und sah zu meinem Freund hinüber.

Declan lachte und nickte.

Verräter.

Kurz nachdem sie das gesagt hatte, kehrte Clare mit einer Tonne Fotoalben ins Wohnzimmer zurück, wobei sie in ihrem lila Pulloverkleid und den hohen Absätzen fast umkippte.

»Kommt alle her! Dann zeige ich euch, wie süß ich war!«, sagte sie strahlend.

Logan setzte sich mitten im Wohnzimmer zu ihr auf den Boden. Er zog sie auf seinen Schoß, und sie fing an, in den Alben zu blättern. Ich erhob mich vom Sofa und ließ mich widerwillig neben ihnen auf den Hintern fallen – neben meinen verräterischen Freund, der noch immer auf dem Boden saß, weil er beim Uno Schiffbruch erlitten hatte. Gerade beugte er sich vor, um einen Blick auf das zu erhaschen, was sich Clare gerade ansah.

Garrett, der merkte, dass ihm keine andere Wahl blieb, begab sich ebenfalls auf den Boden und legte sich neben seine Schwester. Clares Vater saß hinter uns in seinem uralten Lehnstuhl und gluckste, während Clare die Seiten umblätterte. Ich hörte, wie ihre Mutter in der Küche vor sich hin summte, während sie das Abendessen zubereitete. So sehr ich auch gestöhnt hatte – es war schön, hier zu sitzen und durch glückliche Erinnerungen an unsere Kindheit und Jugend zu blättern. Alle schönen Dinge meiner Kindheit waren auf diesen Seiten festgehalten, hatten sich unter diesem Dach und mit dieser Familie zugetragen.

»Hier ist eins von Leah, von unserem … oh, Abschlussball!«

Bevor ich es mir schnappen konnte, hatte Declan es schon in den Fingern.

»Du warst damals schon genauso heiß«, sagte er grinsend, dann wurde sein Gesicht finster. »Wer ist der Kerl da?«

»Oh, äh … Scott Evans. Wir sind in dem Jahr ein paar Monate lang miteinander gegangen. Er war Quarterback und ich

Cheerleader. Sah auf dem Papier gut aus, war im echten Leben aber eine Katastrophe.«

»Sieht aus wie ein Idiot«, sagte Declan.

»Bist du eifersüchtig auf einen Jungen, mit dem ich vor über zehn Jahren zusammen war?« Das amüsierte mich köstlich.

»Nein«, knurrte er. »Doch.«

Ich lachte und drückte seinen Arm. »Wenn du dich dadurch besser fühlst – er ist vom College geflogen und hat jetzt eine Teilzeitstelle in einem Schuhgeschäft im Einkaufszentrum. Oh, und er wohnt immer noch bei seiner Mom.«

»Ein kleines bisschen fühle ich mich dadurch schon besser, danke«, sagte er grinsend.

Wir schauten uns weitere Highschool-Bilder an und kamen dann zum College. Clares Hand hielt inne, als sie ein Foto von Ethan und sich selbst an ihrem ersten gemeinsamen Thanksgiving fand. Ihre strahlenden jungen Gesichter wurden bei einer überschwänglichen Umarmung aneinandergedrückt. Er sah glücklich, gesund und voller Leben aus – genau so, wie ich ihn immer in Erinnerung behalten wollte. Ethan hatte genau wie ich kein richtiges Zuhause gehabt und alle Feiertage mit uns verbracht, seit er mit Clare zusammen gewesen war. Die Finnegans hatten im Laufe der Jahre ihre Türen für so viele Leute geöffnet und mich, Ethan, Logan und jetzt auch Declan, wie es schien, in ihre Familie aufgenommen. Sie waren wirklich gute Menschen.

Logan schlang seine Finger um die seiner Frau. Er hielt ihre Hand, weil er wusste, dass sie zwar glücklich war in seinen Armen, aber dass der Mann, den sie verloren hatte, für immer in ihrem Herzen bleiben würde.

»Alles in Ordnung?«, fragte er.

Alle sahen sie an, bereit, ihr – falls notwendig – über ihre Trauer hinwegzuhelfen. Sie nickte, und eine einzelne Träne lief ihr über die Wange. Dann legte sie das Album weg und nahm ein anderes.

»Wirklich, es geht mir gut.« Sie lächelte sanft. »Danke«, sagte sie leise zu Logan.

Er nickte und küsste sie zärtlich auf die Wange.

»Lasst uns ein Foto von Garrett suchen, okay?«, sagte Clare.

Wir stimmten alle zu und sahen die Türme von Alben durch. Ich wurde als Erste fündig, als ich ein Album aufschlug und mir das vertraute Gesicht eines jungen, unschuldig aussehenden Garrett ins Auge stach.

»Hey, hier ist Goober, wie ich ihn kenne!« Ich sah den heutigen Garrett an und dann wieder die Highschool-Version, die auf den Seiten des Albums festgehalten war.

Wir steckten die Köpfe zusammen, und ich blätterte durch die Fotos von Garrett auf der Highschool. Erst da ging mir auf, wie sehr er sich tatsächlich verändert hatte. Er hatte damals ein Strahlen in den Augen gehabt, das jetzt verschwunden war.

»Okay, Essen ist fast fertig!«, rief Laura aus der Küche.

Ich überblätterte ein paar Seiten und arbeitete mich zum Ende des Albums vor. Ich wollte sehen, ob dieses aufrichtige Garrett-Lächeln dann noch da war. Ich versuchte zu bestimmen, wann es verschwunden war. Dann kam ich zu den Abschlussfotos. Da war der achtzehnjährige Garrett, der mit seiner Highschool-Freundin posierte. Ihre Augen waren erfüllt von Aufregung und Jugend.

Garrett, der neben Clare saß, wurde sichtlich steif, als er seine smaragdgrünen Augen auf das Bild richtete.

»Hey, an sie erinnere ich mich«, sagte Clare. »Mia, nicht wahr?«

Garrett nickte nur. Clare saß neben ihm, nicht ihm gegenüber so wie ich, deshalb konnte sie ihn nicht so gut sehen. Deshalb bemerkte sie auch den Blick absoluter Niedergeschlagenheit nicht.

»Was ist mit ihr?«, fragte Clare.

»Sie hat mich verlassen«, war alles, was er sagte, bevor er aufstand und das Zimmer verließ.

Nach seinem Gesichtsausdruck zu urteilen war sein Lächeln wohl an jenem Tag verblasst, an dem sie aus seinem Leben verschwunden war.

14

Declan

»Das ist also deine Vorstellung von Spaß?«, fragte ich, als wir Hand in Hand in das Pflegeheim gingen.

Leah warf mir ein schüchternes Lächeln zu, bevor sie die Dame an der Rezeption begrüßte. »Hey, Alice. Wie läuft's?«, sagte sie.

»Oh, guten Morgen, meine Liebe. Ist schon wieder Mittwoch?« Die ältere Dame, die mich ein wenig an Betty White aus der Serie *Golden Girls* erinnerte, sah auf den Kalender hinunter, der zusammen mit vielen Papieren und Plänen auf dem Schreibtisch lag, und nickte.

»Anscheinend schon. Gut, dass wir Sie haben, Miss Leah. Und wer ist der gut aussehende Gentleman, den Sie heute dabeihaben? Sie hätten mir doch nichts mitzubringen brauchen, wissen Sie?«, sagte sie zwinkernd.

Leah nickte und stellte mich der ziemlich lüsternen Rezeptionistin vor. »Alice, das ist mein Freund Declan. Er fragt sich, weshalb ich jeden Mittwochnachmittag verschwinde, und als ich sagte, dass ich hierherkomme, wollte er es sich selbst mal ansehen.« Sie sah mich von der Seite an und lächelte, bestimmt erinnerte sie sich gerade an die Unterhaltung, die wir diese Woche schon geführt hatten.

»Du arbeitest freiwillig in einem Altenheim?«, hatte ich gefragt.

»Ja. Und sie hassen es wirklich, wenn du es so nennst.«

»Aber hast du mir letzte Woche nicht erzählt, dass du in einem schulbegleitenden Programm mitarbeitest?«

»Ja, das mache ich auch ab und zu.« Sie zuckte nur mit den Schultern. Und da sagte ich, dass ich es sehen müsse, um sicher zu sein. *Wie konnte ein einziger Mensch so viel tun?* Ich konnte die Anzahl der ehrenamtlichen Stunden, die ich in meinem Leben geleistet hatte, an einer Hand abzählen. *Was bewog sie dazu?* Ich musste sie in Aktion sehen, musste die andere Seite der Frau erleben, die mein Herz erobert hatte.

Und so kamen wir ein paar Tage später hierher, um den Nachmittag mit den Senioren zu verbringen. Als wir uns angemeldet hatten und links in einen Flur einbogen, der zum Speisesaal führte, wo ich die Bewohner zum ersten Mal sah, bereute ich plötzlich diese Entscheidung.

Was zum Teufel wurde von mir erwartet? Worüber sollten wir reden? Ich hatte nichts gemeinsam mit einem Achtzigjährigen. Als würde sie meine Nervosität spüren, drückte mir Leah den Arm und schenkte mir ein aufmunterndes Lächeln, während sie mich in den Speisesaal zog.

»Willst du ein Stück Kuchen? Sie machen hier tollen Kuchen«, sagte sie.

»Gerne.« Kuchen klang ungefährlich. Ich hätte alles getan, um meine Unbeholfenheit hinauszuzögern.

Ich hätte mir für heute Nachmittag etwas anderes vornehmen sollen. Meine Großeltern waren gestorben, als ich noch klein war, und seitdem hatte ich keinerlei Kontakt mit Menschen gehabt, die älter als meine Eltern waren. *Wäre sie enttäuscht, wenn ich das hier nicht hinkriegen würde?* Wir schnappten uns unseren Kuchen – Kokoskuchen für sie, Zitronenbaiser für mich – und setzten uns zu einem Paar an einen runden Tisch in der Mitte des Raumes. Leah hatte erklärt, dass in diesem Seniorenheim

Bewohner jeder Pflegestufe lebten. Manche waren topfit und einfach nur hier, weil sie nicht mehr allein leben wollten. Andere benötigten ständige Betreuung. Leahs Freiwilligendienst war simpel. Sie war hier, um ihnen eine Freundin zu sein.

Das Paar, zu dem wir uns setzten, erkannte Leah sofort und begrüßte sie herzlich. Sie schienen Teil der fitten Gruppe zu sein, die Leah beschrieben hatte. Sie waren beide gut angezogen und vorzeigbar. Die Frau sah aus, als hätte sie ihr gesamtes Schmuckkästchen angelegt. Sie hatte mehrere Goldketten um den Hals, vier oder fünf klobige Armreifen und an jedem perfekt lackierten Finger einen Ring.

»Hallo, Liebes!«, sagte die Frau. »Wie geht es dir?«

»Gut, Millie. Wie war deine Woche?«

»Kann nicht klagen. Ich atme noch«, sagte sie zwinkernd. »Und wer ist das? Du hast noch nie einen Freund mitgebracht … und dann auch noch einen so gut aussehenden, Leah!«

Ihr Mann stieß ein Schnauben aus. Millie legte ihm beruhigend die Hand auf die Schulter und warf ihm ein liebevolles Lächeln zu. Er sah nicht ganz so topfit aus wie sie. Er war dünner, seine teuren Kleider hingen ein wenig an seinem gebrechlichen Körper herunter und seine Haut schien einige Nuancen blasser, als sie sein sollte. Als sich ihre Blicke trafen, lächelte er, und es war, als gäbe es auf der ganzen Welt nur sie beide.

Ich wandte mich ab, weil ich das Gefühl hatte, einen sehr intimen Moment zu stören.

Leah lächelte und wandte sich ebenfalls kurz ab. Als sie die zwei wieder ansah, sagte sie: »Das ist mein Freund, Declan. Declan, diese beiden reizenden Herrschaften sind Millie und William Taylor. Sie wohnen schon seit fast einem Jahr hier.«

»Wie schön, Sie kennenzulernen, Declan. Sie kommen mir irgendwie bekannt vor«, sagte Millie und betrachtete mich eingehend.

»Ich habe wohl einfach so ein Allerweltsgesicht«, meinte ich schulterzuckend und warf Leah ein vielsagendes Lächeln zu. Ich würde mich nicht in einem Seniorenheim outen, so viel war klar.

Wir redeten über den Kuchen, und es war einfacher, sich mit ihnen zu unterhalten, als ich gedacht hätte. Sie waren einfach Menschen, und ich verstand, weshalb Leah hierherkam. Sie waren freundlich und liebevoll. Sie behandelten Leah wie eine Freundin und nicht wie jemanden, der kam, um sich um sie zu kümmern, und Leah machte es mit ihnen genauso. Sie freute sich aufrichtig darauf, jede Woche hierherzukommen, die Senioren zu besuchen und zu erfahren, welch verschlungene Wege deren Leben genommen hatte.

In unserem Gespräch erfuhr ich, dass bei William, oder Willie, wie er sich gerne nennen ließ – ich brauchte einen Moment, um zu verarbeiten, dass sie Millie und Willie hießen –, Parkinson diagnostiziert worden war. Ich bemerkte das leichte Zittern seiner Hand, als er die Gabel zum Mund führte oder versuchte, seine Kaffeetasse zu halten.

»Als wir das erfuhren, gab es viele Möglichkeiten. Wir hätten eine Krankenschwester einstellen können, die bei uns lebt, aber mir gefiel die Vorstellung nicht, dauernd jemanden um uns zu haben. Die Ärzte sagten, dass ich Willie in eine Einrichtung geben und allein in unserem Haus wohnen bleiben könne.« Sie warf ihrem Mann einen bedeutungsschweren Blick zu. »Aber ich wusste, dass das niemals eine Option wäre. Ich könnte ihn nicht verlassen. Deshalb beschlossen wir, das Haus zu verkaufen und diesen Schritt gemeinsam zu tun.« Sie warf ihrem Mann ein kleines Lächeln zu und griff nach seiner Hand. »Ganz egal, was das Leben für uns in petto hat, wir stehen es gemeinsam durch bis zum Ende.«

»Für immer«, sagte Willie mit bebender Stimme. Behutsam hob er die Hand seiner Frau an seine Lippen.

Ich sah Leah an, und in diesem Augenblick ging mir auf, dass ich einen Weg finden musste, den Abstand zwischen unseren Wohnorten zu verringern, denn ich wollte sie nicht wegen der Entfernung verlieren. Ich wollte sie überhaupt nicht verlieren, basta.

Leah

»Du bist toll, weißt du das eigentlich?«, sagte Declan, als wir zum Auto gingen.

Wir hatten einen angenehmen Nachmittag mit den Taylors verlebt. Wir hatten ein paar Stunden mit ihnen verbracht, hatten Kuchen gegessen und einen kurzen Spaziergang durch die Flure mit ihnen gemacht, weil es draußen zu kalt gewesen war. Schließlich hatten wir uns verabschiedet, wobei ich Millie versprechen musste, Declan nächste Woche wieder mitzubringen. Freudig hatte er zugestimmt.

»Warum? Weil ich einmal pro Woche mit alten Leuten abhänge? Das macht einen noch längst nicht toll«, spottete ich.

»Es ist mehr als nur das. Du tust so viel und siehst es nicht einmal. Du kümmerst dich dauernd um andere und räumst den Bedürfnissen anderer immer Priorität ein, und deshalb bist du so toll.«

»Ich mache das nicht, um toll zu sein. Ich tue es einfach, weil ich so bin«, widersprach ich.

»Ich weiß«, sagte er leise und blieb stehen, als wir den Wagen erreichten. Er drehte sich um, schlang mir den Arm und die Taille und ließ seine Finger in die Gürtelschlaufen meines Mantels gleiten, während er mich an sich zog. Ich sah, wie sein Atem kleine Wölkchen bildete, die Anzeichen des Winters waren überall wahrzunehmen.

»Genau das macht dich ja so toll.«

»Ich glaube, allmählich verwendest du das Wörtchen ›toll‹ inflationär«, erwiderte ich lachend.

»Ich könnte noch andere Wörter verwenden, zum Beispiel faszinierend, überwältigend, atemberaubend … schön.«

»Halt die Klappe.« Ich beendete seine Lobrede mit einem flammenden Kuss. Er presste mich gegen den Wagen, seine Hüften gruben sich in meine, was seinen Lippen ein Knurren entlockte.

»Pass auf, was du da anfängst, Leah«, schnurrte er und zog sich zurück, um mich mit seinen feurigen haselnussbraunen Augen herauszufordern.

»Du warst nervös, nicht wahr?«, wechselte ich das Thema.

Er lachte, weil er wusste, dass ich damit einen Rückzieher machte. Ich war scharf, aber wir standen mitten am Nachmittag auf einem verdammten Parkplatz.

»Ja, ein bisschen.«

Ich bedachte ihn mit einem strengen Blick, der ihn zur Ordnung rief, woraufhin er einlenkte.

»Okay, ziemlich. Es klingt albern, aber ich hatte plötzlich die totale Panik, ich könnte dich in Verlegenheit bringen und nicht in der Lage sein, mit ihnen zu sprechen. Ich hatte Angst, nichts Sinnvolles zu sagen zu haben, sodass du enttäuscht wärst. Ich habe so etwas noch nie gemacht. Vor noch nicht allzu langer Zeit bestand mein Leben darin, von Party zu Party zu ziehen, und meine größte Sorge war, in welchen Club ich als Nächstes gehen sollte. Vor und nach Heather versuchte ich, mein Leben so oberflächlich wie möglich zu halten. Mit einem älteren Ehepaar ein Gespräch über die Widrigkeiten und Freuden des Lebens zu führen ist ein wenig tiefschürfender, als ich es gewohnt bin.«

»Du hast es großartig gemacht. Du musst dir mehr zutrauen, Casanova. Hinter deinem guten Aussehen steckt viel mehr. Und wenn du lange genug mit mir zusammen bist, wirst du jenseits dieser Clubs und Bars eine ganze Welt von Vergnügungen entdecken. Nicht dass ich mich nicht auch in Clubs und Bars amüsieren könnte«, sagte ich.

»Nun, morgen ist Silvester. Warum machen wir nicht ein wenig von beidem? Ich führe dich aus, damit wir auf meine Weise ein wenig Spaß haben, und danach können wir uns ein wenig auf Leah-Art amüsieren. Was hältst du davon?«

»Du hast ja keine Ahnung, worauf du dich da gerade einlässt.«

Nachdem ich ihn zum hundertsten Mal gefragt hatte, wohin wir gingen, nur um zum hundertsten Mal von ihm zu hören, dass er es mir nicht verriet, bat ich ihn darum, mir wenigstens einen Anhaltspunkt bezüglich der Garderobe zu geben. Er lächelte nur und ging weg. Ich hörte, wie er sich in der Küche ein Sandwich machte.

Ich konnte mich nicht daran erinnern, wann Declan zum letzten Mal in seinem Hotelzimmer übernachtet hatte. Einerseits versuchte ich, ein schlechtes Gewissen demjenigen gegenüber zu haben, der noch immer dieses teure Zimmer bezahlte, in dem Declan eigentlich wohnen sollte, andererseits schmolzen die Gewissensbisse, die ohnehin winzig waren, jeden Abend dahin, wenn ich in seinen Armen einschlief.

Als die Sonne unterging und Declan mich darüber informierte, dass es bald Zeit sei zu gehen, ließ ich ihn alles aus meinem Schlafzimmer nehmen, was er brauchte, und warf ihn dann hinaus, damit er sich im Gästezimmer am anderen Ende des Flurs umzog. Ich hatte ihm erklärt, dass ein Mädchen Privatsphäre brauchte, wenn es sich auf ein schickes Date vorbereitete.

»Woher weißt du, dass es schick sein wird?«, hatte er gescherzt. »Ich könnte dich auch in eine Country-Bar ausführen, in der man die Erdnussschalen auf den Boden wirft.«

Ich streckte den Kopf aus dem Schlafzimmer und sah, dass er mitten im Gästezimmer stand. Er hatte kein Hemd an, und seine Jeans war aufgeknöpft. Mein Gehirn musste wohl einen Kurzschluss erlitten haben, weil Sabber auf den Boden tropfte. *Wie kam es, dass sein Körper mich nach all dieser Zeit noch immer ganz verrückt machte*? Ich hatte geglaubt, das würde sich ein wenig stabilisieren … aber nein. Wenn ich auch nur ein paar Zentimeter nackten Declan sah, verwandelte ich mich in einen sabbernden Sex-Teufel.

»Wolltest du irgendetwas sagen, Babe?«, neckte er mich, während er langsam die Jeans über seinen Hintern nach unten schob.

Keine Boxershorts heute – dafür absolut nichts. *Verdammt sollte er sein.* Ich drehte mich um und schlug die Tür hinter mir zu, dann hörte ich, wie er in lautes Gelächter ausbrach.

»Du gehst besser nicht mit mir in eine Country-Bar! Du weißt doch, wie sehr ich Country-Musik hasse!«

Plötzlich kam Declan zur Tür herein, noch immer herrlich nackt. Er kam auf mich zu, umfasste meinen Hintern und drückte mich an seinen festen, schlanken Körper. Seine Augen leuchteten auf, und sein Lächeln erhellte das Zimmer.

»Wir gehen nicht in eine Country-Bar. Zieh dir etwas an, was sexy ist, aber nicht zu schick. Wir gehen auf keinen Ball. Und beeil dich, sonst überlege ich es mir anders und werfe dich aufs Bett und vögle dich bis zum Morgengrauen. Verstanden?«

Kaum hatte ich genickt, schlug er mir auf den Hintern, und weg war er.

Nun, das konnte ja heiter werden.

Ich durchsuchte meinen Schrank und fand eine schwarze Lederjacke, die ich eine Zeit lang nicht angehabt hatte. Declan trug seine wie eine zweite Haut, deshalb würde er den Verstand verlieren, wenn er mich in einer sehen würde. Glücklich tanzte ich zu meiner Kommode hinüber, wo ich die engste Jeans herauszog, die ich besaß. Ich musste mich aufs Bett legen und mehrere ungelenke Positionen einnehmen, um sie anzuziehen. Das war überhaupt nicht sexy und ein weiteres schlagendes Argument dafür, Declan hinausgeworfen zu haben. Nach der Jeans fand ich ein sexy weißes Tanktop, das nur knapp bis zum Hosenbund reichte. Das Ganze rundete ich mit hochhackigen Stiefeletten ab.

Jawoll, damit wäre er erledigt.

Ich schminkte mich neu, wobei ich ein wenig mehr Kajal und etwas hellen Lidschatten auftrug. Ich hielt das Augen-Make-up dezent, weil ich große Pläne für meine Lippen hatte und nicht aussehen wollte wie eine Nutte, die zu tief in den Farbtopf gegriffen hatte. Make-up-Regel Nummer eins: Wenn man mit den Lippen Großes vorhat, muss das Augen-Make-up dezent ausfallen und umgekehrt. Nichts versah einen eher mit dem Etikett »leicht zu haben« wie vier Schichten billiges Make-up.

Ich schminkte meine Augen zu Ende, trug ein wenig Bronzer auf meine Wangen auf und holte den Lippenstift heraus. Sein Rot war perfekt. Er war klassisch matt und erinnerte mich an alte Hollywoodfilme. Ich nahm mir Zeit beim Auftragen und sorgte dafür, dass er genau richtig war. Normalerweise benutzte ich nicht viel Lippenstift. Er störte, wenn ich Declan küsste, doch heute Abend hatte ich teuflische Pläne, und dafür war Lippenstift unabdingbar.

Ich schaute in den Spiegel, während ich mein Haar bürstete, dann ging ich ins Wohnzimmer. Dort stand Declan, in dunklen Jeans, die seinen Hintern umspielten. Ein langärmliges dunkelgrünes Henley-Hemd schaute unter dem Leder seiner Jacke hervor. Er drehte sich um, als er mich hereinkommen hörte – sein Gesicht war unbezahlbar.

»Hallo, du Hengst«, sagte ich und zitierte damit Grease, einen weiteren Lieblingsfilm.

»Verfickt noch mal. Wo zum Teufel hast du denn die aufgetrieben?«

»Ich habe sie eigentlich schon seit einer ganzen Weile.«

»Und warum sehe ich sie dann jetzt zum ersten Mal? Himmel, du in Leder – warum ist *mir* das nicht eingefallen?«

»Keine Ahnung, aber hier bin ich, und ich glaube, mir wurde ein heißes Date versprochen.«

»Richtig. Am besten brechen wir gleich auf, bevor ich es mir anders überlege.«

Sein Blick glitt über meinen Körper und ließ mich erschauern. Plötzlich erschien mir die Idee, am Feiertag zu Hause zu bleiben, viel reizvoller, aber andererseits war ich auch neugierig und wollte wissen, wohin er mit mir gehen würde.

»Sagst du mir jetzt endlich, wohin wir gehen?«

»Ich hoffe, du bist darauf eingestellt, den einen oder anderen zu heben. Wir machen nämlich eine altmodische Sauftour durch Richmond.«

Oh Gott. Hatte da eben meine Leber aus Protest gewinselt?

15

Declan

Erwachsen und verantwortungsvoll, wie ich war, hatte ich dafür gesorgt, dass die Limousine, die ich gemietet hatte, genau zu dem Zeitpunkt ankam, als wir Leahs Haustür abschlossen.

»Weißt du, ich wusste gar nicht, dass zu einer traditionellen Sauftour auch eine Limousine gehört«, scherzte Leah.

Ich legte ihr den Arm um die Schultern und führte sie zu unserem Transportmittel des heutigen Abends.

»Nun ja, ich habe beschlossen, ein wenig Declan-Flair zu kreieren, um stilvoll … und sicher anzukommen«, erklärte ich.

»Verantwortungsbewusst und sexy – womit habe ich das nur verdient?«

Sie fächelte sich theatralisch Luft zu, was mich die Augen verdrehen ließ.

Ich hielt die Tür auf, und sie bückte sich, um einzusteigen. Mein Blick folgte ihrem strammen Hintern, als sie über den Sitz kroch. Ich folgte ihr, gab dem Fahrer Anweisungen und schloss dann die Trennwand, damit wir unsere zwanzigminütige Fahrt nach Downtown allein genießen konnten.

»Also, diese Trennwand … ist sie denn schalldicht?«, fragte Leah mit hochgezogener Augenbraue.

Sie bedachte mich mit einem Blick, der die Aufmerksamkeit meines ganzen Körpers erregte. Mein Blick heftete sich sofort auf ihre vollen roten Lippen. Ich war nicht daran gewöhnt, dass sie Lippenstift trug. Jedes Wort, das sie sagte, lenkte meine Aufmerksamkeit auf ihre Lippen, und ich hätte am liebsten daran gesaugt, geleckt und jeden einzelnen Zentimeter davon verschlungen.

»Ich weiß nicht. Soll ich den Fahrer fragen?«, forderte ich sie heraus, weil ich wissen wollte, wie ernst es ihr war.

»Nein!«, rief sie. »Ich meine … wir können einfach leise sein.«

Ich rückte dicht an sie heran. »Was genau schwebt dir denn vor, du kleine Verführerin? Wir haben nur zwanzig Minuten Zeit.«

»Das reicht für das, was ich im Sinn habe.« Sie grinste. »Wie ich sehe, ist dir der Lippenstift aufgefallen.«

»Wie könnte er mir entgangen sein? Jedes Mal, wenn du den Mund aufmachst, bekomme ich wegen deiner Lippen einen Ständer.«

»Nun, in ein paar Minuten werden sie perfekte rote Ringe um deinen Schwanz machen, denk mal darüber nach.«

Oh Mann!

»Hast du den Lippenstift deshalb aufgetragen?«, fragte ich, wobei ich Mühe hatte, mich daran zu erinnern, wie man Sätze formulierte.

Sie lächelte nur, während sie nach meiner Gürtelschnalle griff. Sie vergeudete keine Zeit. Binnen Sekunden befreite sie mich von meiner Jeans und meinen Boxershorts. Dann kniete sie sich vor mich, nahm meine steinharte Erektion in die Hand und fuhr mit langen, festen Strichen daran hoch und runter, sodass ich stöhnte. Mit der anderen Hand griff sie nach ihrer Jacke, um sie abzustreifen, aber ich hielt sie davon ab.

»Wag es nicht. Das Leder bleibt an.«

Sie kniete zwischen meinen Beinen und beugte den Kopf zu mir. Dann leckte sie genüsslich über die Spitze meines Schwanzes, bevor sie ihre Zunge seitlich an ihm herunter und wieder zurück nach oben gleiten ließ. Sie warf mir ein durchtriebenes Grinsen zu, dann beugte sie sich wieder vor und nahm ihn ganz in den Mund, wodurch sie einen perfekten roten Ring um meinen Schwanz hinterließ.

»Verdammt, Leah!«, fluchte ich.

Wieder und wieder nahm sie mich in sich auf, wobei sich ihre Wangen immer wieder einsaugten und hohl wurden. Meine Finger krallten sich in ihr Haar, während ich kraftvoll in ihren Mund stieß. Sie stöhnte, umklammerte meinen Hintern.

»Verdammt, Leah, ich komme gleich. Saug stärker. Hör nicht auf«, bettelte ich.

Sie tat genau wie geheißen. Sie saugte stärker, schneller und tiefer. Ich kam heftig in ihrem Mund, und sie nahm alles stöhnend in sich auf, schluckte jeden Tropfen, den ich von mir gab.

»Himmel, Frau. Wo hast du das gelernt? Nein, warte … eigentlich will ich das gar nicht wissen.«

Sie kroch an meinem Körper hinauf, setzte sich rittlings auf mich und grinste. »Dummer Kerl, das hat mir niemand beigebracht. Wir haben nur von Natur aus eine Neigung zu gewissen Dingen.«

»Gott sei Dank liegt es an dir.«

Sie lachte und legte ihren Kopf auf mein immer noch rasendes Herz. »Du warst echt laut«, sagte sie.

»Das ist mir scheißegal. Wenigstens warst du leise. Ich will nicht, dass irgendjemand außer mir dein Stöhnen hört«, erwiderte ich und schlug ihr erneut auf den Hintern, woraufhin sie kreischte.

Wir schafften es, uns wieder einigermaßen in Ordnung zu bringen, bevor die Limousine an der ersten Bar anhielt. Wir konnten zwischen verschiedenen Routen für heute Abend wählen, je nachdem welche Art von Kneipentour wir machen wollten. Ich hatte eine der traditionelleren ausgesucht und Läden gewählt, die es schon seit Jahren gab. Ich mochte die Atmosphäre dort lieber als in den exklusiveren Clubs. Außerdem ging ich davon aus, dass die Gefahr, erkannt zu werden, inmitten eines zwangloseren Publikums geringer war. Die Limo trug zwar nicht dazu bei, aber ich wollte Leah etwas Besonderes bieten, deshalb war ich das Risiko eingegangen. Für sie hätte ich alles getan.

Das erste Lokal, in das wir einkehrten, war für sein gutes Essen bekannt, deshalb nahmen wir ein spätes Abendessen zu uns und genossen einige der besten Burger Richmonds. Wir tranken und unterhielten uns über die Arbeit. Sie berichtete mir von ihren Kollegen und den Geburten, bei denen sie letzte Woche geholfen hatte. Ich informierte sie über den Stand der Dreharbeiten und erzählte ihr, wie gut es mir gefiele, dem Regisseur zu helfen. Wir waren uns einig darüber, dass uns der Kopf rauchte und wir dringend Urlaub brauchten.

»Hey, ich soll in zwei Wochen an einer Filmpremiere teilnehmen. Eigentlich hatte ich schon abgesagt, weil ich nie an Premieren teilnehme. Aber wir können hingehen, wenn du Lust hast«, schlug ich vor.

»Du fragst mich, ob ich an der Seite meines attraktiven Freundes an einer Hollywood-Filmpremiere teilnehmen will?«

»Äh, ja?«

»Bist du wahnsinnig? Natürlich will ich. Und warum zum Teufel hast du mir nicht erzählt, dass ein Film, in dem du mitspielst, herauskommt?«

»Oh, ähm … es hat sich nicht ergeben. Es ist keine große Sache … und nun ja, es gibt darin eine Sexszene.«

»Oh«, sagte sie nur.

Ja, ich hätte das wohl früher erwähnen sollen.

»Ich war mir nicht sicher, ob du das sehen willst. Aber wir können uns auch vorher hinausschleichen, wenn du das nicht willst.«

»Nein. Das ist deine Arbeit und dabei muss ich dich unterstützen, egal, wie die Umstände sind. Wir werden hingehen, und ich werde die ganze Zeit bei dir sein und deine Hand halten.«

Vollkommen überwältigt konnte ich nur sagen: »Okay, ich werde alles arrangieren.«

»Eine Frage noch, und ich werde mich dafür hassen, sie gestellt zu haben, aber ich muss es wissen, bevor wir da hingehen. Hast du, ähm ... zufälligerweise mit der Schauspielerin geschlafen, mit der du die Sexszene gedreht hast?«

»Nein. Nein, verdammt«, antwortete ich.

Nach der Sauerstoffmenge, die sie ausstieß, zu urteilen, musste sie wohl ein paar Sekunden lang die Luft angehalten haben.

»Ich habe es zu meiner persönlichen Politik gemacht, nicht mit Kolleginnen zu schlafen. Ich habe viel zu oft mitbekommen, wie schief das gehen kann. Außerdem hat sie mich in den Wahnsinn getrieben.«

Wir beendeten unser Abendessen und zogen weiter in die nächste Bar. In der dritten Bar stiegen wir dann von Bier auf Shots um, weil wir den Abend stilvoll genießen wollten. Und da kam Leah die fabelhafte Idee, ein Trinkspiel zu veranstalten.

»Lass uns ›Ich habe noch nie‹ spielen!«

Ich stöhnte auf. »Nein. Nein, verdammt!«

»Komm schon! Das wird lustig«, bettelte sie. Ihre Stimme war bereits vom Alkohol, der durch ihre Adern floss, gezeichnet, und ihre Augen leuchteten. »Du weißt bestimmt noch, wie das geht, oder? Ich sage ›Ich habe noch nie‹, und dann kommt etwas, was ich noch nie getan habe.«

»Ja, und wenn ich das schon mal getan habe, muss ich den Shot trinken.«

»Ja. Klingt lustig, oder?«

Sie warf mir einen Bitte-bitte-Blick zu, mit dem sie mich immer rumkriegte.

Ich stöhnte. »Also gut, aber ich warne dich … das kann eine schmutzige Angelegenheit werden.«

»Nee, das wird lustig!«, rief sie.

Wir bestellten eine Reihe Shots und stellten sie vor uns auf den Tisch.

»Okay, ich zuerst. Ich habe noch nie …« Sie sah mich an, ihre Lippen verzogen sich zu einem hinterhältigen Lächeln, dann sagte sie: »Meine Eier rasiert.«

Fast hätte ich meine eigene Zunge verschluckt, als ich in Gelächter ausbrach. Ich sah sie eindringlich an und trank dann meinen ersten Shot.

»Ich wusste es!«, rief sie stolz. »Entweder das oder du stiehlst dich zu rituellen Wachsenthaarungen davon. Ich wollte nicht irgendeine Schlampe abmurksen müssen, weil sie dir an die Kronjuwelen geht. Danke übrigens. Meine weiblichen Teile wissen das wirklich zu schätzen«, sagte sie zwinkernd.

Ich schüttelte lachend den Kopf, bevor ich meine Frage abfeuerte. »Ich habe noch nie … so sehr gelacht, dass ich mir in die Hose gepinkelt habe.« Das war grausam, aber sie hatte mich soeben mitten in einer Bar auf meine Epilation angesprochen, deshalb hatte sie es verdient. Ich kannte die Antwort auf meine Frage bereits, weil ich gehört hatte, wie sie und Clare gelacht und sich an eine Nacht mit einer Flasche Rum erinnert hatten.

Sie warf mir einen strengen Blick zu und trank ihren Shot. »Das ist nicht fair. Ich bin mir ziemlich sicher, dass Kerle das gar nicht können.«

»Keine Ahnung, ich zumindest kann meinen Harndrang unterdrücken«, scherzte ich.

»Das war auf dem College und ich war betrunken!«, sagte sie verteidigend.

Ich fiel vor Lachen fast vom Stuhl. »Vielleicht sollten wir dich dann jetzt bremsen!«

»Oh, ich hab was! Ich bin noch nie verhaftet worden«, sagte sie mit einem übermütigen Grinsen.

Ich ließ mir einen Moment Zeit, um sie ins Schwitzen zu bringen, dann schnappte ich mir den Shot und ließ ihn meine Kehle hinunterbrennen. Sie stand auf und führte jubelnd einen kleinen Siegestanz auf, bevor sie sich wieder hinsetzte.

»Jeder Bad Boy hat eine Hintergrundgeschichte, also, schieß los, Casanova.«

»Es ist nur einmal passiert – unziemliches Benehmen auf einer Party. Ich war auf der Highschool, und mein Dad hat mich da ohne viel Trara wieder rausgehauen. Das war völlig unspektakulär. Aber es machte mich für ein paar Wochen sehr populär.« Ich grinste. »Findest du mich jetzt sexier, Leah?«

»Nun ja, eine Kneipenschlägerei oder so wäre heißer gewesen, aber es geht schon.«

Ich schüttelte den Kopf und gluckste. »Nächstes Mal strenge ich mich mehr an. Okay, ich bin dran. Ich habe nie mit jemandem vom gleichen Geschlecht experimentiert.«

Sie zögerte einen Moment, dann sagte sie: »Das ist nur ein Mal vorgekommen«, dann kippte sie den Shot hinunter.

»Heilige Scheiße … ich will Details hören. Sofort.«

»College. Clare und ich hatten in unserem ersten Jahr eine Mitbewohnerin, und eines Nachts, als wir ein wenig zu betrunken waren, da haben wir … nun ja …«

»Was? Was habt ihr dann gemacht?«, fragte ich, während ich förmlich an ihren Lippen hing.

»Oh mein Gott, Declan. Ich habe dich nur verarscht.« Sie lachte. »Aber der Shot war es wert.«

»Dafür wirst du bezahlen«, drohte ich.

»Ich kann es kaum erwarten, Casanova. Ich bin dran.«

»Nein, ich komme jetzt noch mal dran, weil du geschummelt hast.«

»Okay, in Ordnung. Schieß los.«

»Ich habe noch nie … ein Haus mit Klopapier eingewickelt.«

Rasch trank sie ihren Shot und sagte dann: »Echt jetzt? Hat man in eurer Nobelgegend nicht Häuser in Klopapier eingepackt?«

»Nein.«

»Verdammt. Da kommt mir eine Idee, wie wir den Leah-Teil des Abends gestalten können!«

Leah

Die Kassiererin im Vierundzwanzig-Stunden-Supermarkt warf uns einen ziemlich seltsamen Blick zu, als wir mit nichts als zwei Einkaufswagen voll Toilettenpapier an die Kasse kamen. Wir versuchten, nicht zu lachen, aber ich war mir sicher, dass sie unseren hinterhältigen Plan durchschaute. Sie sagte jedoch kein Wort, als sie unseren Einkauf eintippte.

Wir schoben unsere beiden Wagen zur Limousine und luden das Toilettenpapier hinten ein. Der Fahrer schwieg die ganze Zeit. Er öffnete nur den Kofferraum, und als dieser vollgepackt war, half er uns dabei, die übrigen Packungen auf den Rücksitz zu werfen. Ich hoffte, Declan würde ihm dafür, dass er es mit unseren betrunkenen Verrücktheiten aufnahm, ein saftiges Trinkgeld geben. Wir saßen hinten zwischen Stapeln von Toilettenpapier, und ich dirigierte den Fahrer zum Haus unseres Opfers. Unterwegs packten wir alle Klorollen aus, damit wir gleich loslegen konnten. Bevor wir anhielten, wiesen wir den Fahrer an, auf der gegenüberliegenden Straßenseite zu parken. Im Haus brannte kein Licht, und davor standen keine Autos, deshalb ging ich davon aus, dass der Besitzer die Festlichkeiten der Silvesternacht genoss.

»Wessen Haus ist das überhaupt?«, fragte Declan, als wir fertig waren mit Auspacken.

Der Boden der zuvor noch makellosen Limousine war jetzt mit Plastikverpackungen und hübschen weißen Klopapierrollen übersät. *Sehr stilvoll.*

»Es gehört meinem Exfreund Daniel. Das ist das Haus, das er sich mit seiner Frau gekauft hat – die, mit der er eine Woche, nachdem er mich verlassen hatte, bereits ausgegangen ist. Ich wollte ihm schon immer einen echt kindischen Streich spielen, weil er mich hat sitzen lassen, als Ethan krank wurde, und das hier ist die perfekte Gelegenheit.«

»Ich kann ihm stattdessen auch einfach die Fresse polieren, wenn du das möchtest. Das würde ich wirklich gern tun. Dann könnten wir uns das Toilettenpapier sparen. Bestimmt könntest du es für den Fall eines Atomkriegs horten.«

»Nein, das hier wird weit mehr Spaß machen. Außerdem: Wenn er mich nicht verlassen hätte, dann wäre ich jetzt irgendwo da draußen mit ihm und würde mir seine langweiligen Geschichten über seinen Job oder das, was er im Fitnessstudio so treibt, anhören. Eigentlich hat er mir damit einen Gefallen getan«, sagte ich.

»Das mag ja stimmen, aber ich würde ihm trotzdem gern in den Arsch treten«, sagte er und beugte sich dann vor, um mich zärtlich auf die Lippen zu küssen.

»Dann komm einfach mit und hilf mir dabei, sein Haus in Arschpapier einzuhüllen«, flüsterte ich.

»Sehr gerne.«

Schweigend stiegen wir aus der Limousine und schlossen so leise wie möglich die Tür. Max, der Fahrer, bot sich sogar an, uns zu helfen. Er war ein ziemlich cooler Typ. Er war Ende fünfzig, hatte grau meliertes Haar und war eigentlich eher der Harley-Davidson-Typ, was nicht so recht zu seiner konservativen Arbeitskleidung passte. Wir bedankten uns, lehnten aber ab, weil wir nicht wollten, dass er seinen Job verlor, falls wir erwischt würden.

Daniel und seine Frau Mindy waren zwar nicht zu Hause, aber ihre Nachbarn vielleicht. Ich schloss den Reißverschluss an meiner Jacke, um mich vor der Kälte zu schützen und das weiße Tanktop, das ich darunter trug, zu verbergen. Zum Glück hatten wir beide etwas Dunkles angezogen, deshalb verschmolzen wir ganz gut mit der Dunkelheit. Der Januar war kalt an der Ostküste, und Silvester bildete da keine Ausnahme. Ich sah meinen Atem in kleinen Wölkchen vor mir, als wir die Straße überquerten, die Arme voll mit Rollen flauschigen weißen Toilettenpapiers. Eis knirschte unter unseren Füßen.

»Ist das eigentlich strafbar? Können wir dafür ins Gefängnis geworfen werden?«, fragte Declan leise.

»Mmm, ich weiß nicht«, flüsterte ich zurück.

»Das wäre eine interessante Schlagzeile – Hollywood-Schauspieler wegen Vandalismus verhaftet. Tatwaffe: Toilettenpapier.«

Als wir in Daniels Vorgarten angekommen waren, ließen wir unsere Last fallen, und ich fing an, Anweisungen zu geben. »Okay, zuerst die Bäume. Wickle ein wenig davon ab … genau so … und dann wirf die Rolle über den Ast.«

Wir schleuderten beide unsere Rollen über die Äste und sahen zu, wie sie auf der anderen Seite herunterfielen. Wir grinsten uns gegenseitig an, rannten auf die andere Seite und hoben unsere Rollen auf, um das Ganze zu wiederholen. Binnen Minuten hatten wir die Bäume weiß eingehüllt. Es war die schlechteste Darstellung einer weißen Weihnacht, die die Welt je gesehen hatte.

In Daniels hübsch geschmückte Büsche steckte ich zusammengeknülltes Toilettenpapier, das aussah wie kleine Papierblumen. Es würde richtig mies werden, es am Morgen wieder abzupulen, vor allem wenn es nass werden und gefrieren würde. Vielleicht kicherte ich ein wenig, als ich von Busch zu Busch hüpfte. Zuletzt war das Haus dran. Ich wollte die Rollen so gern über das Haus bringen, aber ich glaubte nicht, dass ich so weit werfen konnte.

»Hey, meinst du, du kannst eine Rolle über das Haus werfen?«

Declan warf mir einen Blick zu, der besagte, dass ich niemals an ihm zweifeln dürfe, dann griff er sich eine Rolle und trat ein paar Schritte zurück. Das Klopapier segelte davon, weit über das Haus hinweg, und hinterließ einen leuchtend weißen Streifen Papier auf dem Dach.

»Ja! Und jetzt das Ganze noch zwanzigmal!«, sagte ich leise, während ich auf und ab hüpfte.

Er lachte lautlos und tat, worum ich ihn gebeten hatte, warf alle Rollen, die noch übrig waren, über das Dach. In dem Moment, in dem die letzte Rolle über das Haus flog, hörten wir aus einem Haus in der Nähe, in dem vermutlich eine Party stattfand, wie die Gäste mit dem Countdown anfingen.

»Es ist fast Mitternacht!«, rief ich aufgeregt.

»Nun, dann schwingst du mal besser deinen Hintern hierher und küsst mich.«

Ich rannte zu ihm, sprang in seine Arme und schlang die Beine um ihn herum, als die vielen Stimmen eins wurden.

Alle auf der Party schrien »Frohes neues Jahr!«, während ich meine Lippen auf Declans drückte.

Er grub mir die Finger ins Haar und küsste mich leidenschaftlich. Ich fror am ganzen Körper, doch meine Lippen fühlten sich an, als stünden sie in Flammen.

Ich hätte ewig so stehen bleiben und das neue Jahr in Declans Armen einläuten können, aber dann fiel mir auf, dass die Stimmen von der Party lauter wurden. Declan musste es ebenfalls bemerkt haben, denn er löste sich von mir. Wir schauten uns um und sahen, wie die Gäste der Party im Nachbarhaus auf den Rasen hinaustraten. Einige von ihnen zeigten auf unser Meisterwerk aus Toilettenpapier.

»Oh Mist! Wir verschwinden jetzt wohl besser!«, sagte ich lachend.

Wir rannten zur Limousine, und Max brauste davon, bevor es Daniels Nachbar über die Straße schaffte. Wir schütteten uns aus vor Lachen, und ich bekam kaum noch Luft.

»Nun, eins ist mal sicher: Mit dir wird das Leben nie langweilig sein.«

»Mit dir auch nicht, Casanova.«

Jetzt mussten wir nur noch einen Weg finden, wie wir die Bundesstaaten so anordneten, dass Virginia und Kalifornien nebeneinanderlagen. Dann hätten wir keine einzige Sorge auf der Welt.

16

Leah

»Jetzt hast du mich nicht nur für andere Männer ruiniert, sondern mir auch noch das Fliegen für immer vermiest. Ab jetzt kann ich nur noch erste Klasse fliegen.« Ich schmiegte mich in den übergroßen Ledersitz und zog die flauschige Decke auf meinem Schoß um mich.

So sollte Fliegen sein. Niemand war mir auf die Füße getreten, hatte mich mit einem Wagen am Ellbogen angerempelt oder von hinten gegen meinen Sitz getreten. Es war einfach herrlich.

»Ich habe dich für alle anderen Männer ruiniert?«, fragte Declan mit einem Grinsen.

»Mist, das solltest du doch gar nicht erfahren.«

»Echt nicht? Warum? Ist doch fantastisch, dass du bis in alle Ewigkeit für alle Männer, außer für mich, zwangsläufig ruiniert bist«, protzte er.

»Siehst du? Genau deswegen. Dein Ego ist auch so schon viel zu groß. Noch ein bisschen mehr und dir explodiert der Kopf. Und was wird dann aus mir?«

Er bedachte mich mit einem weiteren schiefen Grinsen und beugte sich vor, um mich auf die Schulter zu küssen, die sich sehr darauf freute, zum ersten Mal seit Monaten die Sonne wiederzusehen. Im Januar war es zwar auch in Kalifornien nicht heiß, aber es herrschte auch kein Wintermantelwetter. Declan hatte versprochen, mit mir an den Strand zu gehen und mir den

Walk of Fame zu zeigen. Er hatte sogar gesagt, dass wir zum Shoppen nach Beverly Hills fahren würden. Mit einem Filmstar zusammen zu sein, hatte eindeutig seine Vorteile.

Als die Stewardess über die Sprechanlage unsere Landung in L. A. ankündigte, kreischte ich wie ein Schulmädchen. Ich war noch nie an der Westküste gewesen. Himmel, ich hatte es kaum aus Virginia herausgeschafft. Ein paar Tage auf der anderen Seite des Landes zu verbringen war eindeutig das Abenteuerlichste, was ich je gemacht hatte.

»Was für ein Jammer, dass du überhaupt nicht aufgeregt bist«, scherzte Declan.

Ich streckte ihm die Zunge heraus, woraufhin er lachte.

»Halt die Klappe. Lass mir einen Moment Zeit, dann bin ich wieder die ruhige, beherrschte Leah. Ich verspreche, dass ich dich nicht blamieren werde, wenn uns all deine Bewunderer und Fans am Gate empfangen.«

»Ich fürchte, dass dich Filme und das Fernsehen in dieser Hinsicht getäuscht haben. Wild gewordene Fans und Paparazzi lungern meist nicht am Flughafen herum. Es ist Zeitverschwendung, dort herumzusitzen und zu hoffen, dass ein Promi ankommt. Sie verlassen sich lieber auf Tipps, deshalb sollten wir eigentlich ohne Probleme in die Stadt kommen.«

»Dann habe ich dich also noch eine Weile ganz für mich allein?«

»Ja«, antwortete er grinsend.

»Gut.«

Ich beugte mich vor und küsste ihn dafür, dass wir in der Öffentlichkeit waren, viel zu leidenschaftlich, aber das war mir egal. Alle in der ersten Klasse schliefen oder waren viel zu sehr mit ihren eigenen Angelegenheiten beschäftigt, um auf uns zu achten. Ich wollte nichts lieber, als das Gefühl von Declans Lippen auf meinen auszukosten.

Ein paar Minuten später landete unser Flugzeug reibungslos, und wir taten das, was heutzutage jeder als Erstes tat, wenn die Räder auf dem Asphalt aufkamen. Wir griffen beide in unsere Taschen, die unter dem Sitz verstaut waren, und schalteten unsere Handys ein. Ich sah mich um und merkte, dass alle dasselbe machten. Eigentlich sollte man es ja als Geschenk betrachten, sich der Welt für ein paar Stunden entziehen zu können, trotzdem schnappten wir uns alle unsere Handys, als würde unser Leben davon abhängen, und vergewisserten uns, dass die Welt noch genau wie vorher war.

Als mein iPhone hochgefahren war, las ich eine lustige SMS von Clare und ein paar E-Mails. Declans Handy piepte. Ich sah, wie er ein paar Nachrichten öffnete, dann fluchte er.

»Was ist los?«, fragte ich besorgt.

»Sieht aus, als hätte uns jemand im Flugzeug gesehen und es übers Internet verbreitet. Mein Pressesprecher sagt, dass uns an der Gepäckausgabe ein paar Kameras erwarten. Tut mir leid, Babe. Das wird nicht ganz die ruhige Ankunft in Kalifornien, auf die ich gehofft hatte.«

»Schon gut. Das musste ja früher oder später passieren. Dann können wir uns genauso gut gleich mitten hineinstürzen. Soll ich zurückbleiben und dich vorgehen lassen?«, fragte ich, weil ich nicht wusste, wie dieses ganze Presseding funktionierte.

Ich wusste nicht, ob er wollte, dass das mit uns bekannt wurde. Ehrlich gesagt war beides für mich in Ordnung. Ich wusste nicht, womit er sich in seinem Leben herumschlagen musste, und wollte nicht, dass er durch mich zusätzlichen Stress hatte, weil ich ihn zu irgendetwas zwang.

»Wovon redest du? Du gehst mit mir, und zwar immer. Verstanden?«

Ich nickte, und er hob in einer süßen Geste meine Hand an seine Lippen, bevor wir aus dem Flugzeug aussteigen mussten. Wir verließen das Flugzeug und gingen durchs Gate. Ein paar Fans warteten auf ihn. Offenbar hatten Passagiere anderer Flugzeuge von Declans Ankunft erfahren. Sofort legte er seinen Arm um mich, als er sie begrüßte, und verdeutlichte so seinen Status. Selbst als er sich vorbeugte, um ein paar Autogramme zu geben, ließ er meine Hand nicht los.

Wir legten den Rest des Weges durch den Flughafen zur Gepäckausgabe zurück. Bevor wir den Sicherheitsbereich verließen, warf er mir einen letzten Blick zu.

»Bist du bereit?«, fragte er.

Ich nickte, und er grinste.

»Willkommen im Dschungel, Babe.«

Das war kein Witz. Sobald wir von der Rolltreppe traten, stürzten sie sich auf uns – drei oder vier Männer mit Kameras, die uns mit Fragen bombardierten. Declan war die Coolness in Person. Den Arm um meine Taille gelegt, begrüßte er sie höflich und beantwortete ein paar Fragen.

»Hey, Declan, willkommen zu Hause. Wer ist die Blondine an deiner Seite?«

»Danke, Eddie. Die reizende Dame ist meine Freundin. Sie ist zum ersten Mal in L.A., deshalb würde ich es sehr schätzen, wenn die Herren uns ein wenig Freiraum ließen, während ich versuche, sie gut zu unterhalten«, sagte er augenzwinkernd.

Sie lachten und machten uns Platz, damit wir unsere Taschen nehmen konnten. Wir gingen zur Tür hinaus, woraufhin sie uns natürlich folgten, weitere Fragen stellten und Fotos von uns schossen. Der Fahrer, den Declan angeheuert hatte, lud unsere Koffer ins Auto, und ich stieg ein.

»Hey, Declan, wie wäre es mit einem Kuss? Damit die Zeitungen etwas haben?«

»Tut mir leid, Jungs. Ich stelle mein Mädchen nicht für euren Gehaltsscheck zur Schau. Einen schönen Tag noch.«

Er stieg zu mir ins Auto, und wir fuhren los.

»Oh mein Gott, ist das hier die ganze Zeit so für dich?«

»Hmmm … nicht die ganze Zeit, aber ja, so ziemlich.«

Ich war schockiert, total schockiert. Sein Leben war vollkommen anders. In Virginia war er ein paarmal erkannt worden, wenn wir ausgegangen waren, aber meistens konnten wir ein ganz normales Leben führen. Er war sogar mit mir einkaufen gegangen.

»Und du bist dabei so ruhig geblieben«, sagte ich.

»Ich habe inzwischen viel Übung darin, aber genug davon. Du hast jetzt deinen ersten Paparazzi-Mob hinter dir.« Er grinste. »Was möchtest du jetzt gerne machen?«

»Ich will zum Strand! Nein, warte! Ich will dein Haus sehen!«

»Nun, da hast du Glück. Das lässt sich in einem Aufwasch erledigen.«

Declan

Ich hatte nie so recht gewusst, weshalb ich dieses riesige Haus gekauft hatte, bis zu dem Moment, als wir in die Einfahrt einbogen und ich hörte, wie Leah begeistert aufschrie.

»Willst du mich auf den Arm nehmen? Du wohnst am Strand? Warum wusste ich das nicht von dir?«

Ich zuckte nur mit den Achseln. Seit ich das Haus vor einem Jahr gekauft hatte, hatte ich wohl nicht mal die Hälfte der Zeit hier verbracht.

»Jetzt sitz doch nicht einfach herum. Ich will es mir anschauen!«

Nachdem unser Fahrer das Gepäck nach drinnen getragen hatte, gab ich ihm ein saftiges Trinkgeld und bedankte mich für seine Hilfe. Als ich zurückkehrte, stand Leah in der Eingangshalle und schaute durch die deckenhohen Panoramafenster auf den Pazifik.

»Heiliger Bimbam. Das ist atemberaubend. Können wir genau hier zu Abend essen? Wir könnten auf dem Boden essen. Ich möchte hier nicht weg.«

»Das Schlafzimmer hat dieselbe Aussicht«, sagte ich träge. Sie sah mich an, dann schaute sie sich um, bis sie die Treppe entdeckte. Sie setzte sich in Bewegung und rannte sie so schnell hinauf, dass ich Mühe hatte, sie einzuholen. Sie ging schnurstracks auf das Gästezimmer zu, lief dann jedoch daran vorbei direkt ins Schlafzimmer. Es war in Stahlgrau, Hellbraun sowie verschiedenen Weiß- und Blautönen gehalten, sodass es perfekt zur Aussicht passte. Es war wie eine Erweiterung der Naturschönheit draußen.

»Ich weiß vielleicht nicht viel über Schauspieler, aber ich bin mir ganz sicher, dass so ein Haus nicht billig ist. Und ich bin mir auch ziemlich sicher, dass es wahrscheinlich in der Gehaltsklasse von jemandem ist, der, ähm …«

»Berühmt ist?«, riet ich.

»Ich wollte etabliert sagen, aber ja. Im Ernst, Declan, was ist da los? Ich weiß, dass du eine Menge Geld verdienst, aber das hier sieht nach einem ganzen Arsch voll Geld aus. Das kann ich mir echt nicht vorstellen, es sei denn, sie haben dir zwanzig Millionen für diese Sexszene bezahlt, die ich morgen über mich ergehen lassen muss.«

»So etwas nennt man Erbe.«

»Echt?«

»Ja, mein Vater – der Volltrottel — hat mir sein gesamtes Vermögen hinterlassen, was nicht gerade wenig war. Da er von meiner Mutter bereits geschieden war, erhielt sie keinen Cent, dafür hatte er gesorgt. Doch sein Testament konnte mich nicht daran hindern, ihr etwas von meinem Erbe abzugeben, also habe ich es mit ihr geteilt.«

»Und danach hattest du immer noch genug Kohle, um Brad Pitt dieses Haus abzukaufen?«, scherzte ich.

»Erstens habe ich es gar nicht Brad Pitt abgekauft, sondern Will Smith, und zweitens, ja, und noch jede Menge mehr.«

Ihr fielen fast die Augen heraus, so schnell, dass ich unwillkürlich lachen musste.

»Das mit Will Smith … das war ein Witz. Du wolltest mir hier auf die Fan-Tour kommen, nicht wahr?«

»Wenn es um Promis geht, verstehe ich keinen Spaß.«

»Du weißt, dass ich ein Promi bin«, sagte er glatt.

»Ja, aber ich habe gehört, wie du pinkelst, deshalb ist jetzt das Mysteriöse und Reizvolle verloren gegangen.« Sie zuckte mit den Schultern.

»Du hast nicht gehört, wie ich pinkle!«

»Mir blieb ja nichts anderes übrig. Du lässt die Tür offen, wenn du nachts pinkeln gehst, und Männer pinkeln nun wirklich laut.«

»Dieses Gespräch hat jetzt wirklich eine schräge Wendung genommen.«

»Ich sorge nur dafür, dass es dir nicht zu Kopfe steigt, Casanova.« Sie grinste.

»Wie lieb von dir.«

Ich trat hinter sie und schlang die Arme um sie herum, während wir zusahen, wie sich die Wellen brachen. Dieser Strand war Privatbesitz, deshalb waren nur wenige Menschen über die Uferlinie verteilt, die meisten von ihnen Jogger und Walker. Surfer stürzten sich meistens früh am Morgen in die Wellen.

»Du hast mit deinem gigantischen Erbe also ein riesiges Haus gekauft, damit du eine protzige Umgebung hast, in die du deine Ladys bringen kannst?«

Ich umfasste ihre Taille und schwang sie herum, bis sich unsere Nasen berührten.

»Ist das deine nicht allzu subtile Methode zu fragen, ob du die erste Frau bist, die ich hierherbringe?«

»Vielleicht. Jetzt bereue ich meine Frage allerdings, weil dieses Bett so bequem aussieht und ich es nicht durch die Vorstellung einer anderen Frau, die ihren liederlichen Körper darin reibt, ruinieren möchte.«

»Leah …«

»Hm?«, sagte sie und betrachtete das Bett, als wären ihm plötzlich Hörner und Fledermausflügel gewachsen.

»Ich habe außer dir noch niemanden hierhergebracht.«

Ihr Kopf fuhr zu mir herum. »Schwörst du das?«

»Ich schwöre«, versicherte ich ihr.

»Na, Gott sei Dank!«, quiekte sie, dann riss sie sich von mir los und sprang aufs Bett.

»Du verlässt mich also für mein eigenes Bett. So was passiert mir auch zum ersten Mal.«

»Du könntest dich zu mir gesellen«, sagte sie anzüglich.

Ich stürzte mich auf sie, und sie lachte.

»Aber … warum? Ich meine, ich bin mehr als erleichtert, aber ich bin nicht so dumm zu glauben, dass du seit dem Kauf dieses Hauses wie ein Heiliger gelebt hast – weshalb hast du deinen Status als Junggeselle also nicht dazu genutzt, um … nun ja, um dich wie ein Junggeselle zu benehmen?«

»Ehrlich gesagt ist der Grund dafür ziemlich arschig. Aber du hast gefragt. Wenn ich eine Frau mit nach Hause genommen hätte, hätte sie ja gewusst, wo ich wohne, und mich finden können. Ich wollte nichts mit Haken und Ösen … bis du in mein Leben getreten bist.« Ich lächelte. »Es war einfacher, meinen Wohnort aus allem herauszuhalten.«

»Wow, du warst ja ein ganz schöner Mistkerl, Declan James.«

»Ich bin ein bekehrter Mistkerl«, korrigierte ich.

»Ja, ein bekehrter Mistkerl. Sollten wir auf diesem Bett dann nicht mal einen Proberitt machen? Und danach darfst du mich auf einen romantischen Spaziergang am Strand begleiten.«

Langsam knöpfte ich ihre Bluse auf. Zum Vorschein kam ein durchsichtiger rosa BH, der nichts der Fantasie überließ. »Einverstanden«, stimmte ich zu.

17

Leah

Da waren so viele Kameras.

Sie blitzten und flackerten und hielten seit dem Moment, in dem wir angekommen waren, jede unserer Bewegungen fest; ihre Herrschaft über dieses Ereignis schien endlos. Ich hatte das Gefühl, als ob ich auf Jahre hinaus nicht mehr richtig sehen könnte.

Declan und ich hatten vierundzwanzig zauberhafte Stunden in Los Angeles verbracht. Wir hatten im Mondschein einen Spaziergang am Strand gemacht, und ich hatte zum ersten Mal die Zehen in den Pazifischen Ozean getaucht. *Heilige Scheiße, war das kalt gewesen! Wie konnten Leute in diesem Wasser schwimmen?* Als Declan mir gedroht hatte, mich hineinzuwerfen, hatte ich geschworen, nie wieder Lippenstift zu tragen. Das hatte den Wasserdrohungen auf der Stelle Einhalt geboten.

Er hatte mir morgens Frühstück ans Bett gebracht – Omelette mit frischer Avocado, dazu Erdbeeren von einem Bauern in der Nähe. Ich hatte begriffen, weshalb Kalifornien so bekannt für seine Lebensmittel war. Es war herrlich. Als ich angenehm satt war, war er mit mir zum Shoppen auf den Rodeo Drive gefahren. Ich hatte mich gefühlt, als hätte es mich in eine Szene aus *Pretty Woman* verschlagen – nur dass ich weder Julia Roberts noch eine Nutte war.

Aber der Einkauf war ähnlich verlaufen. Er hatte mich nicht

auf die Preisschilder schauen lassen und mir gesagt, dass es kein Limit gäbe. Er hatte sich zurückgelehnt und zugelassen, dass ich stundenlang Verkleiden spielte. Zu keinem Zeitpunkt war ihm langweilig geworden. Er hatte zugesehen, wie ich mit einem Kleid nach dem anderen aus dem Ankleideraum kam, dabei hatten sich seine Augen verdunkelt, während etwas in ihnen aufgelodert war. Ich hätte nie gedacht, dass Shoppen einen Mann so anturnen konnte. Dann hatte er die Verkäuferin, die mir half, auch noch gebeten, uns ein paar Minuten allein zu lassen, damit er mir helfen konnte, mich zu entscheiden, doch stattdessen hatten wir in der Umkleidekabine miteinander rumgemacht. Ja, ich hatte Sex in einem Ankleideraum auf dem Rodeo Drive. So eine stilvolle Nutte war ich.

Und jetzt – ein Kleid, ein paar sündhaft teure Schuhe und eine professionelle Frisur- und Make-up-Session später – waren wir auf einer echten Hollywood-Filmpremiere angekommen.

Alles, was ich denken konnte, war: *Jetzt bloß nicht hinfallen, jetzt bloß nicht hinfallen.*

Als würde er meine Nervosität spüren, neigte Declan seinen Kopf zu mir, während er besitzergreifend seinen Arm um meine Taille schlang. »Du siehst atemberaubend aus. Du machst das gut. Einfach lächeln, ich erledige den Rest.«

Ich nickte, und zu meiner Überraschung gab er mir einen zärtlichen Kuss. Schon bald würden wir den Pressebereich betreten, wo sich die Geier auf uns stürzen würden.

Zuerst taten mir die Promis leid, weil sie so lange dastehen und lächeln mussten. Das war quälend. Ich hatte das Gefühl, einen Gesichtskrampf zu bekommen, und natürlich mussten wir viel mehr Aufmerksamkeit und prüfende Blicke über uns ergehen lassen, weil Declan noch nie jemanden zu einem solchen Ereignis mitgebracht hatte. Offenbar tauchte er ohnehin selten bei solchen Veranstaltungen auf, deshalb war das eine große Sache.

Die letzten vierundzwanzig Stunden hatten mir wirklich die Augen geöffnet. Ich hatte zwar im Hinterkopf, dass Declan berühmt war, dass alle ihn kannten. Dies wurde jedes Mal, wenn wir uns auf der Straße zeigten oder vor einem Laden stehen blieben, bestätigt. Aber die Menschen in Virginia gingen anders damit um. Sie waren höflich, gar schüchtern. Sie hatten sich ihm – wenn überhaupt – nur zögerlich genähert, als könnten sie gar nicht fassen, dass er tatsächlich vor ihnen stand.

Hier dagegen hielten sich die Leute überhaupt nicht zurück. Reporter, Paparazzi und Fans hielten ihm Kameras ins Gesicht. Wo immer er hinging, wollten die Leute Bilder mit ihm machen. Und – oh mein Gott – dieses Kreischen. Darüber konnte ich gar nicht hinwegkommen. Seit wir aus der Limousine ausgestiegen waren, kreischten die Frauen, dass einem das Blut in den Adern gefror. Es war ohrenbetäubend.

Wir bahnten uns einen Weg durch das Blitzlichtgewitter und blieben immer wieder stehen, um zu lächeln und zu posieren. Declan wich nicht von meiner Seite. Sein Arm war fest um meine Taille geschlungen. Er verkündete klar und deutlich, dass wir ein Paar waren, und das gefiel mir. Sehr sogar. Als wir an den kreischenden Fans vorbeikamen, die »Heirate mich, Declan« schrien, sowie andere, nicht jugendfreie Dinge, ließ ich meine Hand von seiner Taille vielleicht ein kleines bisschen nach unten wandern und in der Tasche seiner Anzughose über seinem festen Hintern verschwinden. Declan sah mich an und zog eine Augenbraue hoch, aber ich grinste nur.

»Wir sind heute Abend aber eine ganz Schlimme, was?«, raunte er mir verführerisch ins Ohr.

»Ich sorge nur dafür, dass sie begreifen, dass du vergeben bist.«

»Nun, dann solltest du das schon richtig machen.«

Er zog mich an sich und küsste mich ausgiebig. Dabei schlang er die eine Hand um meinen Nacken, während die andere um meine Taille wanderte. Ich hätte schwören können, dass die Menge seufzte. Er wandte sich wieder der inzwischen zu einem sentimentalen Klumpen geschmolzenen Menge zu und ließ sein preisgekröntes Lächeln aufblitzen, während er ihr zuzwinkerte. »Tut mir leid, meine Damen. Ich konnte nicht anders. Die Liebe stellt verrückte Sachen mit einem Mann an.« Und so wurden aus den ehemals tollwütigen Fans die Gründungsmitglieder des Declan-Fanklubs.

Er warf mir ein selbstzufriedenes Lächeln zu. Wir ließen die Menge hinter uns und steuerten auf jenen Teil des Abends zu, vor dem ich mich – abgesehen von der Sexszene – am meisten fürchtete: die Interviews. *Was, wenn sie mich irgendeinen Quatsch fragten und ich bescheuert klang? Was, wenn ich Declan blamierte?*

Er drückte mir aufmunternd die Hand und versicherte mir, dass ich das fantastisch machte, dann nahmen wir die letzten Stufen zu unserem ersten Interview. Eine übermäßig geschminkte Frau feuerte Fragen ab, die Declan wie ein Profi beantwortete. Zuerst kam eine Reihe von Fragen über den Film, daher entspannte ich mich ein wenig.

Der Film mit dem Titel *Crossroads* war eine Dreiecksgeschichte, und Declan erklärte, dass er am Ende nicht der Auserwählte sei. Die Heldin, die sich zwischen dem Bad-Boy-Nachbarn und ihrer lang verlorenen Liebe entscheiden musste, kam am Ende zur Vernunft … aber erst, nachdem sie es ein paarmal mit meinem Freund getrieben hatte. *Na, darauf freute ich mich ja schon mächtig.*

Die Interviewerin fragte, weshalb Declan sich diesen Film ausgesucht habe und was er von seiner Filmpartnerin halte. Er war höflich und sagte, es sei eine Freude gewesen, mit ihr zu arbeiten. Ich verbarg ein Lächeln, weil ich mich daran erinnerte, wie er sie als Nervensäge beschrieben hatte.

Als der Frau schließlich die relevanten Fragen ausgingen, sah sie mich an. »Und wie ich sehe, haben Sie ein Date mitgebracht, Declan! Würden Sie uns die neue Frau in Ihrem Leben vorstellen?«

Er sah mich an und grinste. »Das ist meine wunderbare Freundin Leah, die mich heute Abend begleitet.«

Und dann kam die Frage, auf die mich Declan schon vorbereitet hatte. »Und was tragen Sie heute, Leah?«

Offenbar war das die Frage des Abends, und Declan hatte mir schon prophezeit, dass ich die Antwort wieder und wieder würde wiederholen müssen.

Ich antwortete schnell, denn ich erinnerte mich an den Namen der Designerin meines atemberaubenden, bodenlangen roten Kleids im Meerjungfrauenstil, das wie ein Handschuh saß und meinen Hintern und meine Brüste aussehen ließ, als wären sie eine Million wert. Das war das Kleid, das ich angehabt hatte, als Declan im Ankleidezimmer über mich hergefallen war.

Die Interviewerin lächelte und machte mir ein Kompliment dafür, dann wünschte sie uns noch einen schönen Abend.

Große Güte, es war vorbei.

Außer, dass es geradewegs mit dem nächsten Interview weiterging.

Aber ich meisterte sie alle, ohne über meine eigenen Worte zu stolpern. Ich hatte es sogar geschafft, ein paar Fragen, die nichts mit meiner Garderobe zu tun hatten, zu beantworten. Es war leichter geworden, und ich hatte gelernt, die Kamera zu ignorieren – weitgehend zumindest.

»Wer zum Teufel bist du?«, fragte Declan, als wir uns auf den Weg in den Kinosaal machten.

»Wie meinst du das?«, fragte ich und machte mir plötzlich Sorgen, ich könnte etwas falsch gemacht haben.

»Das war toll. Du warst ruhig, cool und gefasst. Und die Reporter haben dir praktisch aus der Hand gefressen. Das war verdammt heiß.«

Ein durchtriebenes Lächeln breitete sich auf meinem Gesicht aus. »Du hast wohl noch das eine oder andere dazugelernt, was, Casanova?«

»Nicht so übermütig, Babe. Ich will nicht, dass dir das alles zu Kopfe steigt.«

Als wir drin waren, entdeckte Declan jemanden, mit dem er ein paar Worte wechseln musste, und fragte mich, ob es in Ordnung sei, mich eine Minute allein zu lassen. Ich versicherte ihm, dass das okay und ich ein großes Mädchen war, deshalb ging er weg, um kurz über Berufliches zu reden. Ich nutzte die Gelegenheit, um zur Damentoilette zu gehen, wo ich mein Make-up auffrischte und auf die Toilette ging. Ich hatte keine Ahnung, wie lange es dauern würde, mich aus diesem Kleid zu kämpfen.

Als ich fertig war und es geschafft hatte, mich wieder in das Kleid zu schlängeln, erneuerte ich mein Make-up. Plötzlich ging die Tür des Toilettenraums auf, und Melody Quinn, Declans Filmpartnerin und jene Frau, die ich in wenigen Minuten mit Declan beim vorgetäuschten Sex auf der Leinwand sehen würde, stand mir gegenüber.

In ihrem dunkelblauen Kleid, das ihre saphirgrünen Augen in ihrem elfenbeinfarbenen Gesicht zum Schimmern brachte, sah sie majestätisch und elegant aus. Das lange ebenholzschwarze Haar, das ihr Markenzeichen war, fiel ihr in perfekten Wellen über den Rücken. Plötzlich fühlte ich mich völlig unzulänglich neben all dieser vornehmen Exklusivität.

»Du bist also Declans Date?«, fragte sie mit einem blendenden Lächeln.

»Ja, eigentlich sogar seine Freundin«, korrigierte ich sie.

»Freundin? Oh bitte, Schätzchen. Hat er dir das etwa erzählt? Das Gleiche hat er zu mir auch gesagt, als ich zu ihm ins Bett fiel, und genauso schnell hat er mich dann verlassen. Der Mann kennt die Bedeutung dieses Wortes nicht einmal.«

Mein Herz fing an zu hämmern, und mir wurde ganz schwindelig. Ich sah sie an, während sie mir die Hand auf die Schulter legte und sie ein wenig drückte. Traurig betrachtete sie mich bei dem Versuch, mich zu trösten.

»Oh Gott, wie ich sehe, habe ich dich jetzt ganz aus dem Konzept gebracht. Ich wollte nicht unverblümt sein. Ich wusste ja nicht, dass du so an ihm hängst. Oh Süße … ich rufe dir am besten ein Taxi. Wir bringen dich hier raus, noch bevor er überhaupt merkt, dass du weg bist!«, sagte sie strahlend.

Geistesabwesend nickte ich und verließ zusammen mit ihr die Damentoilette. Alles drehte sich, und ich konnte nicht klar sehen. *Hatte er mich angelogen? Warum sollte er mich wegen so etwas anlügen?*

Und dann blieb ich einfach stehen.

Wieder sah ich sie an, ihre Augen leuchteten und glänzten, als hätte sie gerade einen Preis gewonnen. Sie war eine gute Schauspielerin, aber so gut war sie auch wieder nicht.

»Weißt du, ich hätte es ganz sicher gemerkt, wenn Declan mit jemandem wie dir geschlafen hätte«, sagte ich kalt.

Allmählich dämmerte ihr, dass ihr kleiner Plan nicht aufgegangen war, wie sie es sich erhofft hatte. »Ach, und woher?«

»Na ja, sein bestes Stück wäre wahrscheinlich allein durch den Kontakt inzwischen verschrumpelt und abgestorben. Und da er noch immer bestückt ist wie ein Hengst und mich ein paarmal am Tag fickt, würde ich sagen, dass du wie gedruckt lügst. Warum suchst du dir nicht einen anderen naiven Newcomer und spielst mit ihm herum, du Schlampe?«

Wären ihre Augen noch ein bisschen größer geworden, wären sie ihr bestimmt aus ihrem Botox-gefüllten Kopf gefallen. Sie drehte sich um und stürmte davon, als hätte ich ihr soeben ihr Lieblingsspielzeug im Sandkasten weggenommen.

Still lachte ich in mich hinein und merkte dann, dass ich genau an der Stelle stand, an der Declan mich zurückgelassen hatte. Er kam zu mir herübergeschlendert und sah in seinem schwarzen Armani-Anzug so heiß aus wie immer.

Er beugte sich vor, küsste mich aufs Schlüsselbein und hatte keine Ahnung, was ich gerade für ein Wortgefecht geführt hatte. »Tut mir leid, dass es so lange gedauert hat. Alles gut?«, flüsterte er.

Ich lächelte einfach zurück. »Ja, alles großartig.«

Declan

Wenn ich nicht schon vorher davon überzeugt gewesen wäre, wäre ich mir jetzt hundertprozentig sicher, dass Leah alles schaffen würde, sich überall durchschlagen konnte und jede Situation meistern würde. Ich hatte sie im Grunde in eine Löwengrube geworfen und sie war völlig unbeschadet wieder herausgekommen. An der letzten Abzweigung zu dieser Veranstaltung, kurz bevor die Limousine angehalten hatte, hatte ich ernsthaft an meinem Verstand gezweifelt, sie hierherzubringen.

Wir waren in unserer abgeschiedenen kleinen Welt, fernab von diesem verrückten Leben, glücklich gewesen. Warum sollte ich sie aus freien Stücken hierherbringen? Sie kannte und liebte mich so, wie ich in Virginia gewesen war, aber das hier war eine vollkommen andere Welt. Was, wenn sie in Panik geriet und mit dem Leben, das ich führte, nicht klarkam? Ich könnte sie von einem Augenblick auf den anderen verlieren.

Doch wie so viele Male zuvor hatte ich diese erstaunliche Frau, in die ich mich verliebt hatte, unterschätzt. Ich hatte gemerkt, dass sie nervös war. Ich konnte es in ihren Augen sehen und an der Art und Weise, wie ihre Hände dauernd herumgezappelt hatten, aber sie hatte sich gesteigert und schließlich das Kommando übernommen, und dabei hatte sie das verkorkste Spiel, das wir spielten, gelernt. Mit jedem Schritt, den wir gemacht hatten, war sie zuversichtlicher geworden, selbstsicherer, und ich hatte mich sogar noch mehr in sie verliebt. Sie hatte mein verrücktes, chaotisches Leben angenommen und mitgespielt und mir dabei als meine Partnerin die Hand gehalten. Es war beeindruckend gewesen. Ich hatte es sogar gewagt, sie ein paar Minuten aus den Augen zu lassen; ich war weggegangen, um einen Regisseur anzusprechen, mit dem ich mich schon immer mal hatte unterhalten wollen. Diese paar Minuten hatten sich ausgezahlt, denn ich glaubte nun, eine Chance zu haben, den Fuß in eine sehr wichtige Tür zu bekommen. Als ich zurückkam, hatte mich Leah vielleicht nicht bemerkt, aber ich hatte mitbekommen, wie sie meine Filmpartnerin Melody in ihre Schranken verwies. Ich hatte schon ein paar Wochen mit Melody gearbeitet, deshalb kannte ich ihre unterschiedlichen Mienen und Stimmungen und wusste, wann sie sauer war. Ich wusste nicht, weshalb mir Leah nichts von ihrem Zusammentreffen erzählen wollte, aber dem Lächeln auf ihrem Gesicht nach war sie wohl als Siegerin daraus hervorgegangen, was mich nicht überraschte. Leah konnte für sich selbst eintreten – daran zweifelte ich nicht.

Die Hand auf ihrem Rücken steuerte ich sie zu unseren Sitzen, bevor die Lichter ausgingen. Ich war nervös. Ich hasste es, mich in Filmen zu sehen. Es war seltsam, und ich achtete kritisch auf jede einzelne Bewegung, jede Handlung, jedes Wort, weil ich mich fragte, ob ich es nicht besser oder anders hätte machen können. Es war zum Verrücktwerden. Außerdem enthielt dieser Film meine erste Sexszene, und als ob das noch nicht genug wäre, hatte ich die Frau, die ich liebte, mit hierhergebracht.

Gott, war ich ein Idiot. Ich sollte einfach auf der Stelle den Saal verlassen.

»Alles okay, Casanova?«, flüsterte mir Leah zu, als der Vorspann begann.

Ich nickte, doch sie beugte sich noch weiter vor.

»Du bist nervös.« Das war keine Frage.

Sie schlang ihre Finger um meine, und ich genoss die Wärme ihrer zarten Haut. Ich holte tief Luft und versuchte, mich zu beruhigen, als der Film begann.

Ich hatte eine Nebenrolle und trat erst in Erscheinung, als der Film schon zur Hälfte gelaufen war, deshalb war es bis dahin leicht, ihn anzusehen. Mein Fuß wippte vor Spannung, weil ich wusste, dass meine Szenen bald kämen.

Als Melody zur Haustür des Nachbarn ging und anklopfte, machte ich ihr auf. Am liebsten hätte ich mich übergeben. *Verdammt, ich musste hier raus.* Deshalb verdrückte ich mich normalerweise, bevor der Film anfing, oder tauchte gar nicht erst auf. Vielleicht war das ein Zeichen dafür, dass ich nicht für die Schauspielerei gemacht war. Wenn ich nicht mal im Kino sitzen und meinen eigenen Film anschauen konnte, wenn ich jedes Wort, das ich sagte, jede Geste, die ich machte, hasste, dann war das vielleicht ein Wink mit dem Zaunpfahl, dass ich etwas anderes machen sollte.

Den Blick unverwandt auf die Leinwand geheftet, strich Leah mit der Hand sanft an meinem Schenkel hinunter und flüsterte mir anerkennend ins Ohr: »Du siehst verdammt sexy aus.«

Das war genau das, was ich hören musste, um die Spannung zu beseitigen, die meinen Körper erfasst hatte. In ihrer Stimme lag die Ruhe, die ich brauchte, um von meinem absoluten Horrortrip herunterzukommen. Während ich mich entspannte, entgegnete ich: »Wie sexy genau?«

»So sexy, dass ich mich frage, weshalb wir uns nie zuvor einen deiner Filme angeschaut haben. Das hätte Spaß gemacht.«

»Wir setzen das auf den Plan, Babe.«

Während Leah mir ins Ohr flüsterte und über meinen Schenkel streichelte, verflogen die Minuten des Filmes rasch, und ehe ich mich versah, kam der Teil, vor dem ich mich so gefürchtet hatte. Ich erkannte es sofort daran, dass sich Leahs ganzer Körper anspannte. Ihre Fingernägel gruben sich in den Stoff meiner Hose, und sie schnappte nach Luft. Gerade als Melody und ich loslegen wollten, wandte Leah den Blick von der Leinwand ab und atmete schwerer. Es war keine warme, zärtliche Liebesszene. Es war eine Nebenstraße, die die Heldin auf dem Weg zu ihrer wahren Liebe eingeschlagen hatte. Wir fickten, und für alle anderen im Kino war das bestimmt heiß. Für uns beide jedoch war es eine Qual.

Leah machte dicht, und das nahm ich ihr nicht übel. Die heutigen Filme waren gut darin, Liebesszenen real aussehen zu lassen, und alles, was sich jetzt in ihrem Kopf abspielte, war das, was sie auf der Leinwand sah und wie authentisch es wirkte.

»Hey.«

Keine Antwort.

»Leah, sieh mich an«, flüsterte ich.

Sie blinzelte und sah endlich zu mir herüber.

»Schließ die Augen und blende es aus«, sagte ich zärtlich. »Konzentrier dich auf meine Stimme und darauf, wie sich meine Hände anfühlen. Ich bin hier bei dir, sonst niemand.«

Die Augen noch immer geschlossen, nickte sie und nahm einen tiefen, beruhigenden Atemzug. »Du bist die einzige Frau, die ich will. Du und ich – wir sind real. Ich könnte hundert Szenen wie diese drehen, und keine würde meine Gefühle für dich jemals ändern. Du bist die Einzige für mich. Ich liebe dich, Leah – nur dich, für immer.«

Sie schlug die Augen auf und sah mich endlich an, anstatt sich auf den Film zu konzentrieren. Und dann verschwand alles andere – das Kino, die Menschen um uns herum. Es gab nur noch sie, als sie die vier Worte sagte, die sie ihr ganzes Leben nicht bereuen sollte – dafür würde sich sorgen.

»Ich liebe dich auch.«

18

Leah

Wir verzichteten auf die Party, die im Anschluss stattfand, und gingen kurz nach Ende des Abspanns. Meiner Meinung nach hatten wir uns für heute Abend genug unters Volk gemischt.

Declan auf der großen Leinwand zu sehen, war keine neue Erfahrung für mich. Ich hatte jeden Film gesehen, in dem er mitgespielt hatte. Aber das war, bevor ich ihn tatsächlich kannte, bevor er vor vielen Monaten in diese Bar gekommen war und mein Leben komplett auf den Kopf gestellt hatte.

Ihn jetzt eine Rolle spielen zu sehen, war total anders. Jetzt kannte ich seine Eigenheiten, sein Lächeln und sein Lachen. Ich kannte jeden Gesichtsausdruck von ihm, und wenn ich ihn jetzt auf der Leinwand sah, merkte ich, dass er spielte. Es war Declan im Film, nicht er selbst. Deswegen überkam mich ein überwältigendes Gefühl des Stolzes, wenn ich ihn jetzt auf der Leinwand sah. Ich erkannte sein Talent und die Kraft, wenn er spielte, wusste, dass er nicht nur Text nachplapperte, sondern tatsächlich seine Rolle ausfüllte. Es war total fesselnd, und ich war völlig hingerissen, wenn ich ihn sah.

Bis auf die Sexszene. Ich war so in meine sexy Unterhaltung mit Declan vertieft gewesen und darin, seinen Charakter auf der Leinwand zu betrachten, dass mich die Sexszene kalt erwischte. Ich wusste auch nicht, warum. Sie war ja nicht aus heiterem Himmel gekommen. Alles hatte sich ganz normal entwickelt.

Gott, es war einfach furchtbar gewesen. Ich hatte mich gefühlt, als würde ich meinen Freund in flagranti mit einer anderen Frau erwischen, nur dass ich es aus zwölf verschiedenen Blickwinkeln, in perfekter Beleuchtung und mit Hintergrundmusik zu sehen bekommen hatte. Es war eine schreckliche Erfahrung.

Als Declan sich zu mir wandte und mir sagte, ich solle alles ausblenden, hatte ich das getan. Ich hatte alles ausgeblendet und mich auf seine Stimme und seine Berührungen konzentriert. Er hatte mich in die Realität zurückgeholt und mich daran erinnert, dass er in der realen Welt zu mir gehörte. Ich hatte versucht, mich dafür zu entschuldigen, dass ich durchgedreht war, doch da hatte er meinen Mund mit seinem bedeckt und meine Versuche im Keim erstickt.

Als wir in der Limousine nach Hause fuhren, sagte Declan, dass er am Verhungern sei, und mir ging es genauso. Ich hatte vor der Premiere nichts essen wollen, da ich zu große Angst gehabt hatte, nicht mehr in mein Kleid zu passen. Deshalb ließ Declan den Fahrer zu einem mexikanischen Take-away fahren. Als wir anhielten, zog ich die Augenbrauen hoch. Er lachte nur und gab mir einen raschen Kuss, dann sagte er, dass er gleich wieder da wäre. Ich war einfach nur froh, dass er mich nicht mit hinein nahm. Ich hätte ein wenig lächerlich ausgesehen, wenn ich in meinem rubinroten Ensemble Tacos bestellt hätte. Nachdem ich etwa zehn Minuten an meinem Handy herumgefummelt hatte, kam Declan mit zwei Tüten Essen zurück, und wir fuhren wieder los. Wir fuhren zu ihm nach Hause, und ein paar Minuten später verteilte er das Essen auf dem Couchtisch in seinem riesigen Wohnzimmer mit Blick auf den Ozean.

Ich blickte auf mein Kleid hinunter und schaute dann wieder das Essen an. Ich musste mich umziehen, aber ich war so verdammt hungrig.

»Declan, könntest du meinen Reißverschluss öffnen?«

»Ja. Die Antwort auf diese Frage lautet immer ja«, scherzte er. Er kam herüber und zog langsam den Reißverschluss herunter, wobei er einen zärtlichen Kuss auf die empfindliche Haut an meinem Hals drückte.

»Danke.« Ich drehte mich um und ließ das Kleid an mir hinuntergleiten und zu Boden fallen.

Ich trug nichts als einen Spitzentanga, da mein Kleid einen integrierten BH hatte. So ging ich hinüber zum Couchtisch und setzte mich auf den Boden. Declan starrte mich verblüfft an.

»Was ist?«, fragte ich mit Unschuldsmiene.

»Du willst ernsthaft so essen?«

»Na ja, du glaubst doch wohl nicht, dass ich in einem Dreitausend-Dollar-Kleid fettige Tacos essen werde, oder?«

»Das ist ein hervorragendes Argument. In einem Anzug von Armani sollte man wohl auch keine Tacos essen.«

Er machte kurzen Prozess mit Jackett, Schuhen, Socken, Hose und Hemd. Er trug nur noch schwarze Boxershorts, die tief auf seinen Hüften saßen. Ich biss mir auf die Lippe, als er sich umdrehte und ich den oberen Rand seiner festen Pobacken sah, der unter seinem Bund hervorblitzte. *Das machte er bestimmt mit Absicht, der Mistkerl.*

»Sollen wir essen?«, fragte er grinsend.

»Auf jeden Fall.« Ich lächelte. Ich konnte es kaum erwarten zu sehen, wer zuerst einknickte.

»Warum haben wir in formellen Klamotten und mit einer Limousine bei einem mexikanischen Imbiss gehalten?«

»Das ist nicht irgendein Mexikaner. Es ist das beste mexikanische Essen aller Zeiten.«

»Ähm, okay. Da hat jemand eine echte Leidenschaft für mexikanisches Essen. Du weißt aber schon, dass wir in Virginia auch mexikanisches Essen haben, oder?«, entgegnete ich.

»Nein, nein, habt ihr nicht. Ihr habt Essen, das so tut, als wäre es mexikanisch. Das hier ist das einzig wahre.«

»Okay, du klingst ein wenig verrückt, aber ich werde es probieren.«

Er hatte recht. Es war besser. Der selbstgefällige Mistkerl lachte auch noch, als ich stöhnte, nachdem ich in einen Taco gebissen hatte. Natürlich war es nach diesem Stöhnen auch um ihn geschehen, deshalb tat ich es gleich noch einmal. Er verlor die Beherrschung und riss mich zu Boden, das Essen war vollkommen vergessen. Wir wälzten uns herum, küssten uns und lachten, bis Declan plötzlich ernst wurde. Er stützte sich über mir ab, seine Augen voller Leidenschaft und Absicht.

»Du bringst mich um den Verstand – jeden Tag, von morgens bis abends. Ich kann nie genug von dir kriegen. Dir gilt morgens nach dem Aufwachen mein erster Gedanke und der letzte vor dem Einschlafen. Ich weiß gar nicht, wie ich ohne dich existiert habe, Leah, und zum ersten Mal in meinem Leben möchte ich nicht mehr allein sein. Verlass mich nie. Bitte.«

»Wie könnte man seine eigene Seele verlassen, Declan?«

Da küsste er mich. Es war ein weltbewegender Kuss, der seine Liebe bezeugte, und er erschütterte mich bis ins Mark.

»Schlaf mit mir«, bettelte ich.

Er stand auf, hob mich hoch und trug mich durch die doppelte Glastür hinaus auf die große Terrasse, die auf den Ozean hinausging. Es war dunkel, aber wir konnten hören, wie die Wellen ans Ufer schlugen.

Er legte mich auf eine Chaiselongue und streckte seinen warmen Körper auf meinem aus. Dann erhob er sich auf die Knie, streifte mir meinen Slip über die Hüften nach unten und ließ ihn auf den Boden fallen. Ich musste alles von ihm spüren, deshalb zog ich seine Boxershorts nach unten. Ich liebte es, wie das Mondlicht seine straffen Muskeln akzentuierte.

»Ich liebe dich«, sagte er zärtlich, als unsere Körper miteinander verschmolzen.

»Ich liebe dich auch«, erwiderte ich.

Dann küsste er mich leidenschaftlich und nahm meinen Körper und mein Herz in Besitz.

Wir liebten uns unter dem Sternenhimmel, liebkosten stundenlang den Körper des anderen. Danach lag ich in seinen Armen und genoss die Geräusche des Ozeans und seines Herzschlags.

»Ich werde das Haus verkaufen«, unterbrach Declan die Stille.

»Was? Warum?«, fragte ich panisch und hob den Kopf, um ihn anzusehen.

»Weil ich umziehe. Und wenn man umzieht, macht man das so.«

»Du ziehst um? Wohin? Wann?«

Panik erfasste jede Faser meines Körpers. *Er zog um? Wohin? Warum hatte er mir nichts davon gesagt?*

»Leah, ich ziehe nach Virginia – für immer.«

»Was? Wie soll das gehen?«

»Spielt das eine Rolle? Mein Leben hat keinen Sinn, wenn du nicht darin vorkommst.«

Tränen ließen mir die Sicht verschwimmen, und ich spürte, wie sie mir über die Wangen liefen. *Warum brachte mich dieser Kerl dauernd zum Weinen?* »Aber was ist mit dem Regieführen? Deiner Karriere?«

»Mir wird schon was einfallen. Ich habe da schon ein paar Sachen in Aussicht. Und eines weiß ich sicher: Es gibt da diese verrückte Erfindung namens Flugzeug. Damit kann ich hierherfliegen, wenn es sein muss. Jede Menge Schauspieler und Regisseure leben außerhalb von L.A., und bei ihnen läuft alles gut. Dann werde ich das ja wohl auch hinkriegen.«

»Oh mein Gott, bist du dir sicher? Du musst dir sicher sein …

denn ich gebe dich nicht wieder her«, sagte ich, unfähig zu glauben, was da gerade passierte.

»Ich war mir noch nie im Leben so sicher.«

»Okay, aber eins noch …«

»Was du willst«, erwiderte er glucksend.

»Erstens: Verkauf das Haus nicht«, bat ich ihn.

»Warum nicht?«

»Es ist viel zu schön. Ich liebe dieses Haus wirklich. Lass es uns als Winterhaus behalten, oder wie immer du es nennen möchtest. Außerdem musst du ohnehin irgendwo wohnen, wenn du hierherfliegst. Aber nimm mir nicht meine Aussicht … ich meine, diese Aussicht.«

Er lachte, aber er stimmte zu. In den folgenden Stunden schmiedeten wir Pläne, wann, wie und womit er umziehen sollte. Ich hatte noch nie mit einem Mann zusammengelebt. Das konnte ja heiter werden.

Wir gingen hinein und machten uns bettfertig, auch wenn es fast Morgen war.

»Hey, kann ich mir ein Sweatshirt ausleihen? Mir ist kalt, weil wir so lange draußen waren.«

»Ja, zweite Schublade.«

Er redete weiter über unsere Umzugspläne, während ich in seiner Schublade herumwühlte und mich in seinen alten Sweatshirts verlor – College-Sweatshirts, Mannschaftssweatshirts. Er hatte sogar ein Planet-Hollywood-Sweatshirt, das ich so hinreißend fand, dass ich mich dafür entschied. Ich zog es unter dem Stapel hervor und richtete dabei ein ziemliches Durcheinander an. Sachen fielen aus der Schublade, und ich bückte mich, um sie aufzuheben.

Auch ein paar Fotos waren bei all der Unordnung herausgefallen. Ich sammelte sie ein, stopfte sie zurück in die Schublade und wollte diese gerade schließen, als mein Blick auf das oberste Foto fiel. Das Gesicht – ich kannte es. Ich zog das Foto wieder heraus und starrte es an.

Sie war hübsch, hatte lange hellbraune Haare und helle Augen. Sie sah jünger aus als zu dem Zeitpunkt, zu dem ich sie gesehen hatte. *Aber woher kannte ich sie? Und warum sollte ich jemanden kennen, von dem Declan ein Foto hatte?*

»Hey, Declan. Wer ist das?«

»Oh, das ist Heather, meine Exfreundin vom College«, erwiderte er, nachdem er neben mich getreten war.

Ich starrte das Bild noch ein wenig länger an, während Declan mich beobachtete. Bestimmt befürchtete er, dass ich ihm gleich eine Eifersuchtsszene machen würde, aber ich kam einfach nicht dahinter, wo ich das Gesicht gesehen hatte.

Das Foto war eindrucksvoll, aber ich konnte das Gesicht einfach nicht einordnen.

Das Foto … ganz hinten in meinem Gehirn stieg eine Erinnerung auf.

Der Junge … der Junge im Krankenhaus … das Foto, das er in der Hand gehabt hatte … das, auf dem er und seine Mutter auf dem Jahrmarkt waren.

Die Mutter, die gestorben war. Das war sie.

Heather war tot, und ich musste es Declan sagen.

Das Bild des Jungen durchzuckte meine Gedanken, und plötzlich war mir elend. Ich erinnerte mich daran, dass mir seine Augen so bekannt vorkamen.

Ich wandte mich um und sah Declan in die Augen – die Augen, in die ich schon eine Million Male geschaut hatte, in die ich mich verliebt hatte, die ich mir eingeprägt hatte, damit ich von ihnen träumen konnte, wenn ich schlief.

Oh Gott, es waren die gleichen.

»Wann habt ihr Schluss gemacht?«, fragte ich und merkte, dass meine Hände plötzlich zitterten.

»Ähm, hmmm … nun ja, ich war vierundzwanzig, also vielleicht vor acht Jahren oder ein bisschen weniger. Warum?«

Da bemerkte er meine bebenden Hände und meinen panischen Gesichtsausdruck.

»Leah, was ist los? Du machst mir Angst.«

»Ich glaube, du hast einen Sohn.«

Declan

Ich hätte das Ganze für einen Scherz gehalten, doch Leah sah aus, als wäre sie völlig am Boden zerstört, als die Worte aus ihrem Mund kamen.

»Was sagst du da? Das verstehe ich nicht«, sagte ich, während ich ihre zitternden Hände in meine nahm und versuchte, mir auf den Schrecken und die Panik in ihren Augen einen Reim zu machen.

Ihre Brust hob und senkte sich so heftig, dass ich dachte, sie würde gleich hyperventilieren. Ich zog sie in meine Arme, und wir setzten uns aufs Bett, während ich ihr übers Haar strich. Tränen liefen ihr über die Wangen.

Sie holte tief Luft und fing an, ihre Geschichte zu erzählen. »Es geschah an dem Abend, an dem du in die Stadt gekommen bist. Ich war gerade fertig mit meiner Schicht im Krankenhaus. Logan rief mich an und sagte, es habe einen schrecklichen Unfall gegeben und die Frau am Steuer sei dabei ums Leben gekommen. Declan, das war sie. Das war Heather. Das wusste ich damals nicht, aber ich erkenne sie jetzt auf diesem Bild.«

Ich hatte Heather seit acht Jahren nicht gesehen, aber zu hören, dass sie tot war, machte mich echt fertig. »Wie?«, war alles, was ich herausbrachte, meine Stimme rau und ernst.

»Ein Lkw-Fahrer ist am Steuer eingeschlafen und in den entgegenkommenden Verkehr gerast. Heather hatte keine Chance. Sie hat versucht, sie beide zu retten, ist aber letztendlich frontal gegen einen Baum gefahren.«

»Sie beide? War außer Heather noch jemand im Wagen?«

»Declan, sie hatte ein Kind dabei – dein Kind.«

»Ich habe kein Kind. Das wüsste ich«, sagte ich entschieden. »Ich habe acht Jahre lang nichts von ihr gehört oder gesehen. Sie hätte es mir gesagt, wäre zu mir gekommen, hätte mich einbezogen.«

Leah sah mich mit traurigen Augen an, während sie mir die Hand zärtlich auf die Wange legte. »Er hatte deine Augen, Declan. Er war sieben, und er sah aus wie du.«

»Nein«, flüsterte ich. »Nein!«, schrie ich und sprang vom Bett auf. Ich brauchte Raum.

»Es tut mir so leid, Declan. Es tut mir so leid.«

Ich kam damit nicht klar. Ich fing an, Kleider und Schuhe herumzuwerfen – keine Ahnung, was ich da eigentlich tat. Ich musste raus. Das war viel zu viel zu verarbeiten – Heather tot, ein Sohn. Mein Gehirn setzte aus, und ich rannte los. Ich raste die Treppe hinunter in den unteren Stock, dann zur Schiebetür hinaus zum Strand, wo ich weiterrannte. Ich rannte, bis mir die Lungen brannten und mein Gesicht vom permanenten Wind ganz taub geworden war. Aber das war nicht weit genug, deshalb rannte ich weiter.

Nach einer gefühlten Ewigkeit blieb ich endlich stehen. Ich sah mich um, aber nichts kam mir bekannt vor. Ich musste Kilometer gelaufen sein. Ich hatte nicht mal eine Uhr oder ein Handy bei mir, um zu sehen, wie lange ich schon unterwegs war. Leah war bestimmt außer sich vor Sorge über meinen Psychopathen-Abgang. Ich musste mich bei ihr entschuldigen, aber ich hatte einfach rausgemusst und brauchte ein wenig Zeit für mich allein – Zeit zu trauern, Zeit, diese neuen Fakten zu begreifen.

Heather war tot. Ich war möglicherweise Vater.

Beides für sich betrachtet war schon schwierig genug, aber beides zusammen war praktisch unfassbar. Ich war nicht lange in Heather verliebt gewesen, und meine Wut auf sie war schon vor Jahren verraucht. Auch mit vierundzwanzig waren wir noch jung gewesen. Ich hatte mehr gewollt, sie nicht. Ich hatte sie darum gebeten, ein neues Leben anzufangen, und sie war nicht dazu bereit gewesen, deshalb hatten sich unsere Wege getrennt. Das war eine der härtesten Phasen meines Lebens gewesen, aber ich war darüber hinweggekommen. Wäre es nicht passiert, hätte ich niemals Leah gefunden, und sie war das Leben, das ich wollte.

Doch zu wissen, dass Heathers Leben vorbei war, tat weh, und ich wusste nicht, wie ich um jemanden trauern sollte, an den ich mich kaum erinnerte – vor allem, nachdem ich erfahren hatte, dass sie möglicherweise mein Kind geboren und mir nie etwas davon erzählt hatte. *Warum hatte sie das getan?* Ich hatte sie umsorgt, war liebevoll gewesen und hatte mit Leib und Seele zu ihr gehört. Ich wäre bei ihr geblieben, hätte dem Kind alles gegeben, was ich vermocht hätte, aber dazu hatte ich nicht einmal die Chance bekommen. *Warum?*

Ich war Vater. *War ich das?* Leah schien das zu glauben, aber ich musste es sicher wissen. Wenn das mein Kind war, musste ich es wissen.

Ich fand zurück zum Haus, aus dem ich vor Stunden geflüchtet war, trat leise durch die Hintertür und ging die Treppe hinauf. Leah lag zusammengerollt auf dem Sofa, das Gesicht dem Panoramafenster zugewandt, das auf den Ozean hinausging. Sie war eingeschlafen, nachdem sie offenbar auf mich gewartet hatte. Ich beugte mich vor, zog sie an mich und trug sie nach oben in unser Bett.

Sie bewegte sich, als ich sie ablegte. Ihre Lider flatterten, und sie schlug die Augen auf. Sofort zog sie mich in eine feste Umarmung.

»Es tut mir so leid, Declan. Es tut mir so leid.« Sie schluchzte an meiner Schulter.

»Sshhh, schon gut. Mir tut es leid, dass ich dir Angst eingejagt habe. Ich musste nur alles verarbeiten, deshalb bin ich weggelaufen. Es war mies, dich einfach zurückzulassen.«

»Nein, schon gut. Das verstehe ich. Ist alles okay?«

»Ich weiß nicht. Ich weiß eigentlich nicht, was ich jetzt denken soll. Du sagtest, sie waren beide in den Unfall verwickelt?«, fragte ich, weil mir aufging, dass ich bis zu diesem Moment davon ausgegangen war, dass dem Jungen nichts passiert war.

»Er war unversehrt. Er hatte nur ein paar Beulen und blaue Flecken vom Sicherheitsgurt.«

Ich nickte, dann zog ich sie an mich, weil ich eine körperliche Bestätigung für ihre Liebe brauchte.

»Wie heißt er?«

»Connor.«

»Leah?«

»Ja?«

»Ich muss ihn finden.«

19

Leah

Wir verkürzten unseren Trip um einen Tag. Keinem von uns war danach, am Strand herumzutollen, nachdem ich am Abend vorher die Bombe hatte platzen lassen. Declan hatte mich fast den ganzen Tag schlafen lassen, danach brachen wir klammheimlich mitten in der Nacht auf, um einen Nachtflug ab L.A. zu nehmen. Was auch gut war. Als wir in Atlanta zwischenlandeten, holte uns Declan Kaffee, während ich mich aufmachte, um im Flughafen eine Zeitschrift zu kaufen – und entdeckte, dass mich vom Titelblatt mein eigenes lächelndes Gesicht anstarrte.

Wir waren überall. Die Neuigkeiten, dass Declan verliebt war, hatte es in die Schlagzeilen geschafft. Plötzlich war der aufstrebende Schauspieler und Junggeselle wieder der Quell heißer Klatschgeschichten.

Allen voran die Zeitschrift *People*, auf der die Schlagzeile »Declan James findet seine Liebe in Virginia!« prangte.

Das Foto zeigte uns in unserer eleganten Abendgarderobe, die Köpfe in einem privaten Moment zusammengesteckt – nur dass dieser private Moment jetzt überall war. Es war ein schönes Bild – eines, das ich normalerweise gern eingerahmt und auf unseren Kamin gestellt hätte, damit wir es jeden Tag sehen konnten, wenn wir zusammengekuschelt auf der Couch saßen, Filme anschauten oder am Couchtisch geliefertes Essen aßen.

Unser Kamin. Declan zog bei mir ein. Wir würden zusammenleben.

Oh Gott, er zog doch noch bei mir ein, oder?

Was, wenn er seine Meinung änderte? Was, wenn das, was ich ihm gestern Abend erzählt hatte, alles änderte?

Er hatte nichts Gegenteiliges gesagt. Aber es auch seitdem nicht mehr erwähnt. Plötzlich wurde ich ganz panisch, als ich an meine Zukunft dachte – eine Zukunft, die noch vor vierundzwanzig Stunden sicher und strahlend und voller Möglichkeiten gewesen war. Jetzt sah ich nur noch trübe Gewässer und Ungewissheiten.

So gern ich auch behauptet hätte, dass ich falschliegen könnte, dass dieses Kind auch von jedem anderen sein könnte – ich wusste es. Rückblickend erinnerte ich mich an diese Augen und die Art und Weise, wie ich mich gefühlt hatte, als ich bei Connor gesessen hatte. Er war mir bekannt vorgekommen, was ich damals aber nicht hatte einordnen können. Ich hatte sechs Monate lang verzweifelt versucht, Declan zu vergessen, deshalb war es kein Wunder, dass ich das Gesicht nicht einordnen konnte – nicht, dass das etwas geholfen hätte. Ich kannte Heather nicht. Ich kannte ihre Geschichte damals noch nicht so wie jetzt.

»Hey, bist du fertig? Unser Flug wurde gerade aufgerufen«, sagte Declan, der hinter mich trat, als ich meine Einkäufe bezahlte.

Ich nickte, dann gingen wir zum Gate. Wir hielten die Köpfe gesenkt und die Mützen ins Gesicht gezogen. Ich fühlte mich wie eine Verbrecherin, die versuchte, aus dem Gefängnis zu entkommen. Aber ich wollte keine Szene, vor allem nicht jetzt. Declan setzte ein freundliches Gesicht auf, aber ich wusste, dass er innerlich am Boden zerstört war.

Er hatte nicht geschlafen, seit ich ihm von Connor erzählt hatte, und ich befürchtete, dass er zusammenbrechen würde, wenn er nicht bald Ruhe fände. Er war angespannt und reizbar. Er hatte lediglich über unsere Reisevorbereitungen und andere oberflächliche Dinge geredet, sonst über nichts. Er zog sich in sich selbst zurück, und ich wusste nicht, wie ich ihm helfen konnte. Ich fühlte mich nutzlos und schuldig – schuldig, weil ich das Ganze ausgelöst hatte. Ja, er hatte es verdient, Bescheid zu wissen, aber trotzdem war ich diejenige, die es ihm gesagt hatte, diejenige, die sein ganzes Leben verändert hatte.

Wir gingen an Bord und fanden unsere Sitze. Nachdem wir unsere Taschen verstaut hatten, sagte er kein Wort mehr, sondern klappte die Armlehne zwischen unseren Sitzen nach oben. Er zog mich an sich und schlang die Arme wie eine Rettungsleine um mich. So saßen wir weiß Gott wie lange da und klammerten uns aneinander, während das Flugzeug abhob und uns von unserer kleinen Oase zurück in die Realität brachte … eine vollkommen unbekannte Realität.

»Wie kann ich ihn finden, Leah? Ich weiß nicht, wo ich anfangen soll.«

»Ich helfe dir. Wir werden ihn finden.«

»Wie?«, fragte er verzweifelt.

»Logan hat gesagt, sie wären auf dem Weg zu einer Freundin der Familie gewesen. Deshalb waren sie auch in Virginia. Hatte Heather irgendwelche Freunde, die in Virginia leben?«

»Nein, nicht dass ich wüsste«, erwiderte er.

»Sarah? Sagt dir der Name irgendwas? Als ich bei Connor war, sagte er, dass sie Sarah besuchen wollten.«

»Heathers beste Freundin hieß Sarah. Aber sie wohnte in New York … zumindest früher. Mit Nachnamen hieß sie Weaver.«

»Vielleicht ist sie umgezogen?«, schlug ich vor.

»Vielleicht. Aber wie kann ich sie jetzt finden?«

»Du hast doch bestimmt schon von Facebook gehört, Casanova, oder?«, fragte ich mit hochgezogener Augenbraue.

»Mmm, ja, davon habe ich gehört, aber ich habe dort keinen Account.«

»Was? Doch, hast du. Ich sehe doch, dass du dauernd Sachen postest.«

»Das ist meine Fanseite. Meine Pressesprecherin betreibt sie. Ich habe absichtlich keine Facebook-Seite. Es wäre zu einfach, mich aufzuspüren, und ich würde gern ein bisschen geheimnisvoll bleiben«, sagte er und lächelte ein wenig. »Du könntest sie also auf Facebook finden?«

»Ja, ich glaube, das könnten wir, vorausgesetzt, sie hat dort einen Account. Soll ich mal nachschauen?«

Er nickte, dann verbrachten wir – dank WLAN im Flugzeug – die nächste halbe Stunde damit, Sarah Weaver auf Facebook zu stalken. Zuerst suchte ich nach Heather, die ich mithilfe von Declan fand. Ihr Account war ziemlich gut geschützt, und man konnte nur ein ganz kleines Foto von ihr sehen, aber ihre Freundeliste war noch zugänglich. Wir gingen sie durch und fanden eine Sarah Keane, die in Williamsburg, Virginia, wohnte. Ab da brauchten wir Sarah nur noch auf Google zu suchen.

»Du hast ihn gefunden«, sagte Declan total erstaunt.

»Vorausgesetzt, er ist immer noch dort.«

»Er ist dort. Sie waren beste Freundinnen, und Heather hatte sonst keine Angehörigen. Ich kann mir nicht vorstellen, dass Heather ihn bei jemand anderem gelassen hätte«, sagte er.

Ich wusste, dass er sich bemühte, nicht böse auf Heather zu sein, weil sie es in acht Jahren nicht für nötig gehalten hatte, ihm zu sagen, dass er ein Kind hatte.

»Es ist okay«, sagte ich. »Wir werden es richtig machen. Er wird dich jetzt kennenlernen.«

Er stimmte zu, und zum ersten Mal seit vierundzwanzig Stunden legte er den Kopf an meine Brust, schloss die Augen und schlief.

Wir landeten früh am Morgen, das war einer der Vorteile von Nachtflügen. In Anbetracht der Zeitverschiebung und der Tatsache, dass ich seit dem Premierenabend nur wenige Stunden geschlafen hatte, hatte mein Körper natürlich keine Ahnung, wie spät es war. Als ich in Virginia aus dem Flugzeug stieg, fühlte es sich an, als würde ich nach Hause kommen. Obwohl sich mein Zuhause – das, das ich besaß – in Kalifornien befand, fühlte sich Virginia jetzt wie mein echtes Zuhause an. Hier war Leah, und es gab keinen anderen Ort, an dem ich sein wollte. Und wie sich herausgestellt hatte, gab es hier noch jemand anderes, und ich musste ihn so schnell wie möglich finden.

Vater, Dad, Daddy, Papa – keines dieser Worte war in meinem Gehirn gespeichert. Vorerst war er ein Kind, zu dem ich irgendeine Verbindung hatte, aber ich fühlte mich immer noch nicht wie jemandes Vater. Eine Million Gedanken rasten mir durch den Kopf, während wir vom Flughafen auf die Autobahn fuhren. Williamsburg war weniger als eine Stunde vom Flughafen entfernt, deshalb hatte ich sehr wenig Zeit, meine Gedanken zu sammeln. Es war, als würde ich versuchen, Staubkörner aus der Luft zu pflücken. Sie waren überall und wirbelten in alle Richtungen.

Hatte ihm Heather irgendetwas von mir erzählt? Kannte er meinen Namen? Was, wenn er mich schon jetzt hasste? Oder noch schlimmer: Was, wenn ich überhaupt nicht existierte? War ich bereit, Vater zu sein? Wollte ich das überhaupt? Wenn er bei Sarah und ihrem neuen Mann lebte, dann sollte er dort bleiben … oder? Das hätte Heather gewollt. Aber was war mit dem, was ich wollte? Was wollte ich eigentlich?

Fuck.

Gott sei Dank fuhr Leah. Ich glaubte nicht, dass ich auf der ganzen Fahrt dorthin irgendetwas von der Landschaft sah. Es waren einfach nur endlos Bäume, die verschwommen an uns vorüberzogen. Da wir L.A. einen Tag früher verlassen hatten, hatten wir ganze vierundzwanzig Stunden Freizeit. Weder Leah noch ich mussten arbeiten, und wir waren zu dem Schluss gekommen, dass es besser für uns beide sei, gleich hinzugehen, solange wir die Zeit und den Mut dazu hatten, als zu warten und das Ganze hinauszuschieben. Ich musste wissen, ob dieses Kind mein Sohn war, und ich brauchte Antworten, die Sarah mir hoffentlich geben konnte.

Das Knirschen von Kies riss mich aus meiner Trance, und ich blickte auf und sah, dass wir in der Einfahrt eines Backsteinhauses im Kolonialstil standen. Das Gebäude sah neu aus, doch die Architektur passte in das historische Stadtviertel. Es war gepflegt, auf der Veranda standen eine Hollywoodschaukel und Topfpflanzen, und es sah wie der perfekte Ort aus, um ein Kind aufzuziehen. Plötzlich fühlte ich mich wie ein Eindringling. Der Junge hatte gerade seine Mutter verloren. Er gewöhnte sich vermutlich gerade an sein neues Leben, und dann kam ich daher, um alles durcheinanderzubringen.

Was tat ich da gerade? Ich sollte nicht hier sein.

Ich wandte mich zu Leah um und merkte, dass sie mich musterte. Sie versuchte, die Situation einzuschätzen. Offenbar war klar, dass ich gleich ausflippen würde.

»Ich kann das nicht, Leah. Ich kann ihm das nicht antun.«

»Declan …«

Ich antwortete nicht. Mein Kopf sank mir auf die Knie. Ich hatte das Gefühl, als würden meine Lungen kollabieren. Das war zu viel, zu real. Ich war ein Totalversager. Niemand verdiente einen Vater wie mich. Himmel, Leahs Gesicht war heute Morgen überall gewesen, nur weil sie einen Abend mit mir in Hollywood verbracht hatte. Was wäre, wenn die Zeitungen herausfänden, dass ich ein geheimes Kind hatte? Das würde ein Kind zerstören.

»Declan, sieh mich an«, sagte Leah fest, woraufhin ich meinen Blick hob. »Beruhige dich, verdammt. Du hyperventilierst ja gleich. Ich weiß, dass das schwierig ist. Ich weiß, dass es viel verlangt ist, aber ich bin hier, okay? Wir stecken da gemeinsam drin, und was immer passiert: Du schuldest es dir selbst und diesem kleinen Jungen, dass du jetzt aus diesem Auto steigst und es versuchst. Verstehst du?«

Sie drückte meine Hand, und ich spürte, wie sich mein Puls verlangsamte. Ihre Berührung beruhigte meine Nerven immer.

»Gott, ich liebe dich.«

Sie lächelte, und endlich stiegen wir aus dem Wagen und gingen die lange Einfahrt entlang. Leah klopfte an die Tür. Es war ein Werktag und kurz nach Mittag. Wenn überhaupt jemand zu Hause war, dann nicht Connor. Leah und ich hatten uns überlegt, dass es am besten wäre, wenn wir zuerst mit Sarah redeten, anstatt unangekündigt vor der Tür zu stehen, wenn Connor zu Hause war.

Ein paar Sekunden verstrichen, dann öffnete eine vertraute Brünette die Tür. Es dauerte einen Augenblick, doch dann erkannte sie mich und zog mich in eine feste Umarmung.

»Declan, wie schön, dich zu sehen!«

»Geht mir genauso, Bohnenstange. Wie geht es dir?«

»Ich hasse diesen Spitznamen! Und wie du sehen kannst, bin ich auch keine Bohnenstange mehr!«, sagte sie und wackelte mit den Hüften, während sie uns hereinbat.

»Nein.« Ich lachte. »Du siehst großartig aus, Sarah.«

»Wie sich gezeigt hat, wirkt ein Baby Wunder auf eine Figur, die nicht vorhanden war.«

»Dann sind wohl Glückwünsche angebracht«, sagte ich warmherzig.

»Danke. Sie heißt April und ist zehn Monate alt. Sie schläft gerade, wacht aber bestimmt bald auf.« Sarah lächelte und bedeutete uns, im Wohnzimmer Platz zu nehmen. Es war riesig und voller Babysachen – eine Wippe, eine Schaukel, Spielsachen.

Bei genauerem Hinsehen entdeckte ich auch ein paar Spielsachen für ältere Kinder – einen iPod, Zubehör für eine Spielkonsole in der Ecke und ein paar Actionhelden. Connor lebte eindeutig bei ihnen.

»Also, was führt den Hollywoodstar heute an meine Tür, und wen hast du da mitgebracht?«, fragte sie freundlich.

Ich stellte Leah vor, und sie wechselten ein paar höfliche Worte – machten sich gegenseitig Komplimente für ihre Kleider und Schuhe und sagten all die Dinge, die Frauen so von sich gaben, wenn sie sich kennenlernten.

»Ich habe das von Heather gehört«, sagte ich, weil ich auf den Punkt kommen wollte.

»Oh ja, wir haben sie vor ein paar Monaten bei einem Autounfall verloren. Wie du weißt, war sie wie eine Schwester für mich. Selbst nachdem Devin mich vor ein paar Jahren nach Virginia entführt hat, sind wir eng befreundet geblieben. Ich vermisse sie jeden Tag.«

»Das tut mir leid, Sarah. Ich weiß, dass ihr wie Schwestern wart. Ich weiß noch, wie ihr gegenseitig eure Kleiderschränke geplündert habt und die eine die Sätze der anderen zu Ende geführt hat. Ich habe euch immer um eure Nähe beneidet.«

Sie blinzelte Tränen zurück und nickte schweigend. »Danke, Declan. Ich weiß es wirklich zu schätzen, dass du vorbeigekommen bist, um zu kondolieren. Du hättest aber nicht den ganzen Weg hierherzukommen brauchen.«

»Nun ja, ich werde dauerhaft nach Virginia ziehen, deshalb wollte ich vorbeikommen und dir sagen, wie leid es mir tut.

Leah ist Krankenschwester in Richmond. Sie arbeitet dort auf der Entbindungsstation.«

Sarah sah ein wenig verwirrt aus, aber sie lächelte. Sie fragte, ob wir etwas zu trinken oder eine Kleinigkeit essen wollten, aber wir lehnten höflich ab. Ich ärgerte mich allmählich ein wenig darüber, dass Sarah das naheliegende Thema mied. Sie hatte meinen Sohn, und sie würde offensichtlich keinen Versuch machen, mir das zu sagen.

»Ich hatte das Glück, Leah durch meinen guten Freund Logan kennenzulernen. Du erinnerst dich bestimmt an Logan, oder? Meinen Kindheitsfreund? Ich habe ihn auf dem College das eine oder andere Mal erwähnt.«

Sie nickte und wollte gerade antworten, aber ich fuhr einfach fort. »Jedenfalls lebt er jetzt mit Frau und Tochter in Richmond. Er arbeitet als Arzt in der Notfallabteilung. Er behandelt alle möglichen Trauma-Fälle … einschließlich Autounfälle.«

Sie merkte, wie ich die Augen zusammenkniff und die Actionfiguren auf dem Couchtisch ansah. Ihre Augen weiteten sich, und Tränen liefen ihr über die Wangen.

»Es tut mir leid, Declan. Ich musste ihr versprechen, es dir nicht zu sagen, und ich wollte einfach nur eine gute Freundin sein.«

»Warum, Sarah? Warum hat sie das getan!«, brüllte ich.

»Sie ging dich besuchen, nachdem sie erfahren hatte, dass sie schwanger war«, sagte Sarah rasch.

»Was? Nein, das hat sie nicht«, widersprach ich.

»Doch, hat sie. Sie ist nach Kalifornien geflogen. Sie sagte, L.A. sei völlig anders als jeder andere Ort, den sie je besucht hätte, aber sie hatte es geschafft herauszufinden, wo du wohnst. Sie hat dich aus deiner Wohnung kommen sehen. Eine Frau war bei dir, und Heather sagte, du hättest diese Frau praktisch abserviert. Du hättest zu ihr gesagt, dass ihr eine großartige

Zeit miteinander verbracht hättet, und sie dann ihrer Wege geschickt.«

Mein Kiefer knackte, und ich fluchte verhalten. Ich war über Heather nicht besonders gut hinweggekommen. Um meinen Liebeskummer zu bewältigen, war ich in die nächste Phase meines Lebens gestolpert, in der ich jahrelang von einer Frau zur nächsten gezogen war und mir nicht erlaubt hatte, eine engere Beziehung aufzubauen. Ich hatte zu große Angst davor gehabt, wieder verletzt zu werden.

»Und dann ist sie weggegangen? Ohne mit mir zu reden?«

»Du musst das verstehen, Declan. Ein Baby war unterwegs, und sie hatte Angst, dass du nicht mehr derselbe sein könntest. Sie musste eine Entscheidung treffen, und sie entschied sich dafür, ihr Kind zu schützen.«

»Sie hat eine falsche Entscheidung getroffen, Sarah. Ganz egal, was in meinem Privatleben vor sich ging – ich hätte alles für das Kind getan, alles.«

»Ich habe versucht, sie umzustimmen«, sagte sie.

Ich nahm eine der Actionfiguren und hielt sie in der Hand; ich fragte mich, wie er wohl aussah, wenn er mit ihr spielte. Ich wollte alles über ihn erfahren. Welche Musik gefiel ihm? Mochte er mexikanisches Essen? Sah er sich gern Filme an?

»Ich will meinen Sohn sehen, Sarah.«

20

Leah

Leider erhielt Declan nicht die Antwort, auf die er gehofft hatte. Allerdings auch kein Nein. Sarah hatte gesagt, dass sie das mit ihrem Mann diskutieren müsse, der zurzeit auf Geschäftsreise sei und erst in ein paar Tagen zurückkäme. Sie hatte uns versprochen, sich bald bei uns zu melden und uns ihre Entscheidung mitzuteilen. Sie schien der Idee gegenüber offen zu sein, aber da wir ihren Mann, Devin, nicht kennengelernt hatten, wusste ich wirklich nicht, wie die Sache ausgehen würde.

Wir hatten noch andere Optionen. Declan konnte einen Vaterschaftsnachweis machen und sein Besuchsrecht erstreiten, aber es war ihm lieber, wenn es anders ginge, weil er glaubte, dass das für alle Beteiligten leichter wäre. Das Letzte, was wir brauchten, war, dass die Presse Wind davon bekam und Connors Foto überall auf den Titelblättern auftauchte. Dann würde Sarah niemals zulassen, dass Declan ihn sah.

Als wir gingen, nahm Sarah Declan beiseite und flüsterte ihm etwas ins Ohr. Er sah sie an und nickte leicht. Erst als wir im Auto saßen und Williamsburg bereits verließen, erfuhr ich, was sie gesagt hatte.

»Kannst du hier bitte rechts abbiegen? Ich möchte noch wohin, bevor wir wegfahren«, sagte er.

Fünf Minuten später gelangten wir zu einem Friedhof.

»Sarah hat gesagt, dass Heather hier begraben wurde. Da im Testament verfügt wurde, dass Sarah und Devin das Sorgerecht für Connor erhalten, hielten sie es für das Beste, wenn Heathers letzte Ruhestätte näher an dem Ort ist, wo er aufwachsen soll. Ich wollte …«

»Geh nur«, war alles, was ich sagte. Ich wusste, dass er das brauchte – um Abschied zu nehmen und um ein Leben zu trauern, das zu führen ihm nicht vergönnt gewesen war.

Ich ging dicht hinter ihm, als wir schweigend über den alten Friedhof gingen. Wegen der Kälte war er fast leer, nur wenige Menschen begegneten uns. Ich schnallte den Gürtel meines Mantels enger und ging weiter. Dann standen wir plötzlich davor. Der Grabstein war neu und glänzte in der Sonne, darauf prangte der Name Heather Brooks. Declan hatte keine Blumen dabei, doch er kniete sich daneben, wobei er darauf achtete, die Kerzen und Botschaften nicht zu berühren.

Besonders eine der Botschaften fiel ihm ins Auge, und er zögerte ein wenig, bevor er sie aufhob.

Auf der Vorderseite stand *Mom*, und innen stand in krakeliger Jungenhandschrift einfach »Ich vermisse dich«. Declan starrte die Worte einen Moment lang an und strich mit dem Daumen darüber, dann legte er die Botschaft wieder genau dorthin, wo sie gelegen hatte.

»Ich weiß nicht, wie das geht«, sagte er. »Ich weiß nicht, was ich sagen soll.«

»Du brauchst nichts zu sagen, wenn du nicht willst. Nur du und ich sind hier, Declan. Sag, was immer du willst, oder einfach gar nichts.«

»Ich bin nur so … ich bin einfach nur so wütend auf sie. Acht Jahre, Leah. Acht Jahre sind vergangen. Hätte sie da nicht einfach mal das Telefon abheben und erwähnen können, dass ich verdammt noch mal einen Sohn habe?« Seine Stimme wurde schroff, und ich hörte den schieren Schmerz darin. Etwas war ihm genommen worden, und er konnte niemandem dafür die Schuld geben, konnte auf niemanden böse sein, außer auf einen Grabstein.

»Ich hätte Sarah so gerne gefragt, ob sie ein Foto von ihm hat, einfach um zu sehen, wie er aussieht. Doch dann dachte ich: Was, wenn sie Nein sagt? Was, wenn ich ihn nie zu Gesicht bekomme? Dann hätte ich für den Rest meines Lebens ein Bild von ihm im Kopf und sonst nichts. *Nichts.* Nur ein Gespenst dessen, was hätte sein können, wenn Heather nur das Richtige getan hätte.«

Ich kniete mich hin und schlang meine Arme um ihn. Er lehnte sich an mich, und wir saßen zusammen auf der Erde; ich hielt ihn fest, während er seinen Gefühlen freien Lauf ließ. All die Wut und die Anspannung, die sich in ihm aufgestaut hatten, brachen sich Bahn, und er schluchzte. Er drehte sich in meinen Armen, sodass er sein Gesicht an mir vergraben konnte, während er alles herausließ, was er in sich hineingefressen hatte.

Ich konnte nichts tun, außer ihm übers Haar zu streichen und für ihn da zu sein. Wenn Frauen weinten, dann heulten und schluchzten sie. Einen Mann weinen zu hören, war qualvoll. Wenn Männer weinten, war es hässlich und rau. Es kam tief aus der Kehle und dem Bauch, als würde man sie zerreißen. Es war, als würden sie gegen dieses Gefühl ankämpfen und ihm gleichzeitig nachgeben.

Er klammerte sich an mich, als würde sein Leben davon abhängen, er krallte sich so fest in den Stoff meiner Jacke, dass seine Finger ganz weiß wurden.

»Glaubst du, ich bin dazu bereit, Vater zu sein?«, fragte er mich, als seine Tränen endlich versiegt waren und sich seine Atmung wieder verlangsamt hatte.

»Ich glaube, du *bist* Vater, ob du dazu bereit bist oder nicht«, erwiderte ich.

»Für so etwas wäre ich nicht in einer Million Jahre bereit gewesen.«

»Ich glaube, du kannst alles«, sagte ich an seinem Ohr.

»Lass uns nach Hause fahren, Babe«, sagte er und schenkte mir den Hauch eines Lächelns.

Hand in Hand gingen wir über den Pfad zurück zum Wagen.

»Du weißt, dass du in Bezug auf Kosenamen eine echte Niete bist, oder?«, sagte ich plötzlich.

»Was? Was ist so schlimm an Babe?«

»Es ist absolut nicht originell.«

»Na, dann werde ich wohl daran arbeiten müssen, Liebling.«

»Nee, versuch's noch mal.«

»Zuckerschnecke?«

»Nein!«

Er lachte, und es war, als würde ich ihn nach Jahren zum ersten Mal wieder lachen hören. Es war Musik in meinen Ohren. Beim Gehen legte er mir den Arm um die Schultern.

Er drückte mir einen Kuss auf den Scheitel. »Danke«, flüsterte er.

Ich fragte nicht, wofür. Ich wusste, dass er das hier meinte, die letzten beiden Tage, und dass ich in jener Nacht im Krankenhaus gewesen war. So schwer diese Entdeckung auch gewesen sein mochte, ich hatte gewusst, dass ich es ihm sagen musste, und ich wusste, dass es ihm dadurch letztendlich besser gehen würde.

Declan

Fünf lange, quälende Tage verstrichen – so lange musste ich auf den Anruf von Sarah warten. Bei der Arbeit verbockte ich es wieder mal total und galt wieder als die fiese Ober-Diva am

Set. Ich vermasselte meinen Text und beschimpfte einen persönlichen Assistenten, der mir im Weg herumstand. Es war eine Katastrophe.

Geduld war nicht mein Ding. Ich hasste es, auf etwas zu warten. Am dritten Tag tigerte ich wie ein verdammter Psycho auf und ab. Am vierten Tag war ich davon überzeugt, dass Sarah mich hatte abblitzen lassen und mich niemals kontaktieren würde. Leah hatte ihr Bestes getan, mich davon zu überzeugen, dass sich Sarah und Devin nur die nötige Zeit nahmen und sich letztendlich schon melden würden, aber ich war zutiefst pessimistisch und machte mich auf das Schlimmste gefasst.

Als der Anruf dann kam, hatte ich gerade Pause von der Arbeit. Ich ging beim ersten Klingeln dran, als ich Sarahs Namen auf dem Display auftauchen sah.

»Sarah?«, sagte ich.

»Hey, Declan«, begann sie.

Ihre Stimme war ruhig – nicht energisch, nicht teilnahmsvoll. Ich wusste nicht, was ich davon halten sollte.

War das gut oder schlecht? Gib mir doch einen verdammten Hinweis!

Ich stand von dem kleinen Tisch in meinem Wohnwagen auf und begann, auf und ab zu gehen, wobei ich merkte, dass dies gar nicht möglich war – außer, ich ging zwei Schritte, machte dann kehrt, ging zurück und fing wieder von vorne an.

Ich ging zur Tür hinaus, um nicht mehr so eingeschränkt zu sein. Falls sie Nein sagte, brauchte ich frische Luft und einen Ort, an dem ich schreien konnte.

»Wie geht es dir?«, fragte sie.

»Mir geht's gut, ich bin nur ein bisschen unruhig. Ich will ihn wirklich sehen, Sarah.« Ich versuchte, offen und ehrlich zu ihr zu sein. Ich war es leid, auf Samtpfoten um dieses Thema herumzuschleichen.

»Ich weiß, und deshalb sind wir einverstanden.«

»Was? Echt?« Ich stieß den Atem aus, den ich die letzten fünf Tage angehalten hatte. Endlich spürte ich wieder, dass meine Lungen funktionierten.

»Ja, aber wir haben ein paar Bedingungen, Declan.«

»Alles, was du willst, Sarah. Alles.«

»Erstens glauben wir, dass es gut wäre, wenn wir dich Connor als einen Freund von Heather vorstellen würden. Wir befürchten, dass wir ihn überfordern, wenn wir dich gleich als seinen Vater einführen.«

»Okay, damit bin ich einverstanden, aber du verstehst hoffentlich, dass ich möchte, dass er irgendwann erfährt, wer ich wirklich bin.«

Sie seufzte, dann sagte sie: »Ja, das verstehe ich, Declan. Wir versuchen auch nicht, ihn von dir fernzuhalten. Ich habe nur versucht zu tun, was Heather gewollt hat. Ich weiß, dass es falsch war, aber sie war meine beste Freundin, und jetzt versuche ich, es richtig zu machen. Ihn hier bei uns zu haben … wir tun, was wir können, aber es ist schwierig.«

»Wie meinst du das?«, fragte ich und zog besorgt die Augenbrauen zusammen.

»Als Heather uns fragte, ob wir Connor bei uns aufnehmen würden, falls ihr je irgendetwas zustoßen sollte, da haben wir uns von ganzem Herzen dazu bereit erklärt. Wir waren frisch verheiratet und hatten noch keine eigenen Kinder. Wir hätten nie gedacht, dass irgendetwas passieren würde. Als es doch passierte, hat sich unser Leben komplett verändert. Wir hatten gerade ein Baby bekommen, und dann hatten wir plötzlich auch noch einen sehr wütenden, traurigen Siebenjährigen. Er tut sich schwer damit, einen Platz in unserer Familie zu finden. Sosehr ich ihn auch mag – er braucht mehr als nur mich. Das gebe ich gerne zu. Wenn du dieses Mehr bist und ihm geben kannst, was er gerade unbedingt braucht, dann steht dir unsere Tür offen. Aber du musst wissen, dass ich damit ein Risiko eingehe. Wir wollen nicht zum Jugendamt. Wir haben uns keinen Rechtsanwalt genommen. Das ist eine Sache zwischen dir und mir – als Freunde.«

»Das verstehe ich. Gibt es sonst noch etwas?«

»Ja, eins noch. Deine Freundin – wie nah steht ihr beide euch?«

»Wie meinst du das?«

»Connor ist momentan in einem labilen Zustand. Wir möchten niemanden in sein Leben holen, der in ein paar Monaten vielleicht nicht mehr da ist. Wir wollen nicht, dass er sich an Menschen bindet, die nicht langfristig an seinem Leben teilhaben. Er hat bereits einen großen Verlust erlitten, und ich könnte es nicht ertragen, mit anzusehen, wie er noch jemanden verliert.«

»Leah und ich sind für immer zusammen. Darüber brauchst du dir keine Gedanken zu machen«, sagte ich ohne zu zögern.

»Das freut mich für dich, Declan. Du hast es verdient, glücklich zu sein. Ich habe mir jahrelang Sorgen um dich gemacht. Schön zu sehen, dass du endlich gut angekommen bist.«

»Danke, Sarah«, erwiderte ich, während ich zwischen den Bäumen auf und ab ging, die den heutigen Drehort säumten. »Wann werde ich ihn denn kennenlernen?«, fragte ich.

»Wie wäre es mit morgen?«

»Das klingt perfekt, Sarah. Vielen Dank.«

In weniger als einem Tag würde ich meinen Sohn treffen.

21

Leah

»Echt jetzt, Declan, hör auf herumzuzappeln«, sagte ich schon zum vierten Mal. Er war vollkommen durcheinander, seit er zurückgekommen war und gesagt hatte, dass Sarah und Devin ihm den Besuch erlaubt hatten. Im einen Moment war er aufgeregt, total aufgekratzt und glücklich und tanzte lachend mit mir durchs Zimmer. Im nächsten war er ein Nervenbündel und außer sich vor Angst. Wir waren schon ganze drei Mal losgefahren, um ein Geschenk für Connor zu kaufen. Das zweite Mal fuhren wir, weil er glaubte, das erste Geschenk sei zu klein, deshalb tauschten wir es gegen ein größeres um. Sobald wir zu Hause angelangt waren, mussten wir erneut los, weil das Geschenk plötzlich zu groß war und er nicht dastehen wollte, als würde er sich zu sehr bemühen, deshalb kamen wir beim dritten Mal mit dem ursprünglichen Geschenk wieder zurück.

Ich versuchte, ihm zu erklären, dass er gar kein Geschenk brauchte, aber er bestand darauf. Wahrscheinlich befürchtete er, dass sie sich nichts zu sagen hätten, und wollte wenigstens ein Spielzeug dabeihaben, um das Eis zu brechen.

»Du wirst das großartig machen, Casanova«, ermutigte ich ihn, als wir wieder auf der Autobahn nach Williamsburg waren. Sarah und Devin wollten uns Connor den ganzen Nachmittag überlassen. Wir konnten vier Stunden allein mit ihm verbringen. Wir hatten nachgefragt, ob sie sich sicher seien, und sie hatten Ja gesagt. Sie glaubten, es sei besser, wenn Connor uns kennenlernen würde, ohne dass sie dabei waren, und vertrauten ihn uns an.

Ihre Großzügigkeit beschämte mich. Ich wusste, dass das, was sie in den letzten paar Monaten durchgemacht hatten, nicht leicht gewesen sein konnte. Zum ersten Mal Eltern zu werden, und dann gleich noch einmal für einen am Boden zerstörten Siebenjährigen. Ich erinnerte mich daran, wie ich gewesen war, als meine Mom uns verlassen hatte, an Zeiten, in denen es schien, als könnte keine Menge an Liebe je genug sein, um die Leere in meinem Herzen zu füllen. Mutterliebe war durch nichts zu ersetzen, und sie so plötzlich, so jung zu verlieren ... keine Worte dieser Welt konnten beschreiben, was das mit einem Kind anrichtete.

»Glaubst du, er wird sich an dich erinnern?«, fragte Declan.

»Das weiß ich ehrlich gesagt nicht. Wir haben so wenig Zeit miteinander verbracht. Aber ich hoffe es«, sagte ich sanft lächelnd. Ich hatte in den letzten Monaten hin und wieder an Connor gedacht, als ich noch nicht gewusst hatte, wer er war oder was für eine wichtige Rolle er in meinem Leben noch spielen sollte. Er hatte eine Spur in meinem Herzen hinterlassen, weil ich nachempfinden konnte, wie es war, in so jungen Jahren jemanden zu verlieren. Ich wusste nicht, ob es umgekehrt genauso war. Sein Leben war an jenem Abend aus den Fugen geraten, und rückblickend konnte diese Nacht auch total verschwommen für ihn sein.

Wir fuhren in die inzwischen vertraute Einfahrt, Declan stellte den Wagen ab, dann gingen wir auf die Haustür zu. Als ich gerade klingeln wollte, öffnete Sarah auch schon die Tür und wir begrüßten uns. Dann bat sie uns herein. Gleich an der Haustür stand ein groß gewachsener, majestätisch aussehender Mann, dessen Gesicht von grauem Haar umrahmt wurde und dessen Brille ihn sehr gelehrt aussehen ließ. Er entsprach dem Klischee eines Professors, das ich im Kopf hatte, seit Sarah uns erzählt hatte, dass er am College of William and Mary Geschichte unterrichtete.

»Hi, ich bin Devin«, sagte er und reichte Declan die Hand, bevor er sich mir zuwandte.

Wir stellten uns alle vor und gingen dann ins Wohnzimmer. Declan sah sich um – ich wusste, dass er nach Connor Ausschau hielt.

»Wir dachten, wir unterhalten uns einen Moment in Ruhe, bevor wir Connor holen, wenn es euch nichts ausmacht«, sagte Devin.

»Gerne. Wie ich Sarah schon sagte, werden wir alles tun, was notwendig ist, damit das funktioniert. Die letzten sieben Jahre hatte ich keine Ahnung, dass er existiert. Das Einzige, was ich jetzt will, ist, ihn kennenzulernen.« Er verhakte seine Finger in meine, während wir Sarah und Devin gegenüber Platz nahmen.

»Wie Sarah euch bereits gesagt hat, macht Connor seit Heathers Tod eine schwere Zeit durch. Das nimmt ihm keiner übel. Es ist normal und auch notwendig, glaube ich. Er trauert, und ich weiß, dass er bei all den anderen Veränderungen in seinem Leben Zeit braucht, um sich an alles zu gewöhnen. Wir tun, was wir können, aber er leidet noch immer sehr.«

»Und das wird er für immer. Es wird nie ganz aufhören«, stimmte ich zu – ein Ausbruch, der mir plötzlich peinlich war.

»Klingt, als würdest du aus Erfahrung sprechen, Leah?«, sagte Sarah.

»Ja und nein. Meine Mutter hat mich verlassen, als ich sieben war. Deshalb kann ich den Verlust nachvollziehen. Die Umstände waren anders, aber der Verlust war ähnlich, weshalb ich sagen kann, dass man nie ganz darüber hinwegkommt. Es ist wie eine eiternde Wunde, die nie vollständig heilt. Man findet

Mittel und Wege, um damit zurechtzukommen … um weiterzumachen, aber sie ist immer da. Ein dumpfer Schmerz in der Seite, der einen an den enormen Verlust erinnert.«

»Wie können wir ihm dann helfen?«, fragte Sarah leise.

»Ganz ehrlich? Seid einfach für ihn da. Als ich aufgewachsen bin, wollte ich nur – und darum betete ich jeden Abend zu Gott – ein Elternteil, das mich nachts, wenn ich weinte, in den Arm nahm. Dann wird der Schmerz bald gedämpfter, und er wird morgens aufwachen und nicht als Erstes an ihr Gesicht denken. Vielleicht wird ihr erst der zweite oder dritte Gedanke gelten … und irgendwann wird er mit seinem Leben weitermachen können. Aber bis dahin könnt ihr ihm nur zuhören, wenn er reden will, und ihn in den Arm nehmen, wenn er es zulässt.«

Declan drückte in stummer Ermutigung meine Hand und beugte sich vor, um mich auf die Wange zu küssen. Dabei flüsterte er mir ganz leise »Ich liebe dich« ins Ohr. Mein sexy Bad Boy, der Lederklamotten trug und mir Zärtlichkeiten ins Ohr flüsterte. Er war wirklich der Richtige für mich.

Danach gingen wir zu einigen alltäglichen Dingen in Bezug auf Connor über. Er war allergisch gegen Erdnüsse und hasste Fisch. Meeresfrüchte schieden also schon mal aus. Er liebte Filme und Lesen. Declan horchte auf, als er von Connors Leidenschaft für Filme hörte, und wollte wissen, welche Genres.

»Ähm, eigentlich alles. Er liebt alte Schwarz-Weiß-Filme, kitschige Achtzigerjahre-Filme und natürlich alles mit *Iron Man*.«

Declan lachte und schüttelte den Kopf, als könnte er gar nicht glauben, dass er etwas mit seinem Sohn gemeinsam hatte. Dann sollte er ihn erst mal sehen!

»Also, Declan … bist du bereit?«

Er sah mich an, und ich lächelte ihm aufmunternd zu. »Ja, wir sind bereit.«

Declan

Es gab bestimmte Momente im Leben, in denen ich mich fühlte, als müsste ich den Atem anhalten und die Augen schließen, um die Größe dessen, was ich gerade erlebte, zu erfassen.

Ich wünschte, das wäre mir bewusst gewesen, als ich Leah zum ersten Mal sah – als sie in dieser Bar gesessen hatte und unsere Blicke sich trafen. Ich hatte keine Ahnung gehabt, wie sehr das mein Leben verändern würde. Wenn ich diese Erinnerung hätte konservieren können, um sie bis in alle Ewigkeit zu genießen, hätte ich das getan.

Als Sarah zur Treppe ging und Connors Namen rief und ich hörte, wie er zur Treppe rannte, wusste ich, dass dies einer von diesen Momenten war. Es gab so wenige davon in meinem Leben, aber ich wusste, dass dies ein ganz großer war. Ich wünschte, ich hätte alles einfrieren können – die Gefühle, die Atmosphäre, die Spannung –, um stets zu wissen, wie ich mich in genau diesem Moment gefühlt hatte. Das einzige Mal, dass ich mich so gefühlt hatte, war, als ich in der Küche von Leahs Vater stand, kurz bevor ich ihr gesagt hatte, dass ich sie liebte.

Das Herz hämmerte mir in der Brust, und ich hatte das Gefühl, gleich ohnmächtig zu werden, weil mein Atem so schnell ging. Ich wusste, dass sich in den nächsten paar Sekunden mein Leben verändern würde.

Es hörte sich an, als würde eine Herde Elefanten die Treppe herunterkommen, was mich lächeln ließ. Meine Mom hatte mich immer angebrüllt, wenn ich als Kind die Treppe heruntergetrampelt war.

Ich drehte mich genau rechtzeitig um, um ihn um die Ecke kommen zu sehen, und mein Herz setzte einen Schlag aus. *Seine Augen … Shit, Leah hatte recht gehabt.* Selbst von Weitem erkannte ich die Ähnlichkeit mit meinen eigenen. Es war, als würde ich in den Spiegel schauen. Alle hatten mir immer gesagt, dass meine Augen einzigartig wären … aber jetzt nicht mehr. Sie waren in diesem Jungen geklont. Alles andere war wie eine Mischung aus Heather und mir – soweit ich mich an Heather erinnerte. Er hatte meine Haarfarbe, doch seine Haut war so hell wie die von Heather. Ich war immer braun gebrannt, aber Heather hatte einen hellen Teint gehabt. Einige seiner Züge stammten von Heather, aber insgesamt sah er aus wie eine jüngere Version meiner selbst.

Abrupt blieb er stehen, als er das Wohnzimmer erreichte. Prüfend sah er uns an. Er musterte mich von oben bis unten und versuchte, mich in seine Welt einzuordnen. Dann fiel sein Blick auf Leah, und auf seinem kleinen Gesicht zeichnete sich Wiedererkennen ab.

»Hey, Sie sind doch die Krankenschwester aus dem Krankenhaus«, sagte er, und ich hörte zum ersten Mal die Stimme meines Sohnes.

Er klang so erwachsen und gleichzeitig so jung, was mir sein Alter ins Gedächtnis rief. Er war sieben, beinahe acht. Ich hatte die Jahre verpasst, in denen er sprechen gelernt und die falschen Worte benutzt hatte. Ich hatte seinen ersten Schultag verpasst und wie er lesen und schreiben gelernt hatte. Meine Wut auf Heather drohte, mein ruhiges Benehmen ins Wanken zu bringen, und ich rief mir ins Gedächtnis, dass *er* da war. Ich hatte ihn gefunden. Leah hatte ihn gefunden, und ab jetzt würde ich da sein.

Leah lächelte, weil Connor sie erkannt hatte. Sie beugte sich ein wenig vor, damit sie auf Augenhöhe mit ihm war.

»Stimmt. Ich bin Leah, und das da ist Declan. Er war ein Freund deiner Mutter. Wir dachten, du würdest vielleicht gern den Tag mit uns verbringen. Wir wollten rüber ins Colonial Williamsburg, möchtest du mitkommen?«

»Na ja … Sarah ist vor ein paar Wochen mit mir dorthin gegangen … aber ich könnte euch ja herumführen oder so.«

»Das klingt großartig, findest du nicht auch, Declan?«

»Das klingt perfekt. Dann mal los«, sagte ich.

Das Colonial Williamsburg war fast eine Stadt für sich. Es lag etwa zehn Minuten von der neueren Gegend entfernt, in der Sarah und Devin lebten. Ich folgte den Schildern zum Haupttor, aber Connor hielt mich zurück.

»Weißt du, du brauchst keine Tickets zu kaufen. Man kann fast alles sehen, ohne dass man welche kauft.«

»Echt?«

»Ja, das hat Sarah mir gesagt. Sie sagt, Tickets wären notwendig, wenn man die Aufführungen sehen oder in die Gebäude hineingehen will, aber wenn man nur herumlaufen, einkaufen und essen will, kann man einfach parken und hineingehen«, sagte er.

»Na, da können wir aber froh sein, dass wir einen Reiseführer haben, der uns mit allem vertraut macht«, sagte Leah.

Im Rückspiegel sah ich, dass Connor schüchtern lächelte.

Wir fuhren zurück zur Straße und fanden eine Parklücke. Es war ein kalter Wintertag, und es waren nicht viele Leute unterwegs, weil keine Touristensaison war, deshalb fanden wir leicht einen Parkplatz.

Als wir ausstiegen, zog ich Leah zu mir und fragte: »Wusstest du das mit den Tickets?«

»Natürlich, ich war schon eine Milliarde Mal hier.«

»Wolltest du mir das noch irgendwann sagen, Kuschelbär?«

»Hm … nee. Ich liebe Aufführungen. Kerle in kolonialen Uniformen sind heiß. Und Kuschelbär? Echt jetzt? Das ist ja grotesk.«

Ich lachte. Das war wirklich schrecklich, aber ich konnte einfach nicht widerstehen. »Einen Versuch war es wert, aber es werden hier keine Kerle in Uniformen gecheckt … abgesehen von mir.«

»Ja, Sir«, scherzte sie. »Nun, Connor, da du schon mal hier warst, wo kann man gut essen? Ich bin am Verhungern!«

Da Connor ein Kind war, schlug er einen der Pubs vor, in dem alle in historischen Kostümen herumliefen und altertümlich redeten. Zum Glück schmeckte das Essen gut, und wir stopften uns mit Brot und Eintopf voll. Nachdem wir eine Stunde lang gegessen hatten, hatte Connor allerdings noch nicht viel gesagt. Er hatte in seinem Eintopf herumgestochert und Stückchen von seinem Brot abgerupft, aber das war auch schon alles gewesen.

Ich warf Leah einen Blick zu, der im Wesentlichen »Mache ich etwas falsch?« besagte.

Sie sah mich zärtlich an, während sie unter dem Tisch meine Hand hielt und sie aufmunternd drückte.

Nachdem wir das Restaurant verlassen hatten, spazierten wir durch die unbefestigten Straßen und besuchten ein paar Geschäfte. Etwa im dritten betrachtete Connor gerade eingehend ein Spielzeugschwert, als ich neben ihn trat und mir überlegte, worüber ich mit ihm reden sollte, doch er kam mir zuvor.

»Woher kanntest du meine Mom?«, fragte er leise, während er an den Schwertern herumfummelte.

»Sie war, ähm … lange Zeit meine Freundin«, erwiderte ich aufrichtig.

Kurz dachte ich darüber nach zu sagen, dass wir einfach nur gute Freunde gewesen waren, aber ich wollte die Beziehung zu meinem Sohn nicht mit einer Lüge beginnen. Ich verschwieg ihm ja bereits, wer ich wirklich war. Er brauchte nicht noch mehr Täuschungsmanöver. Ich würde mein Bestes tun, ihm immer die Wahrheit zu sagen, vor allem bei den Dingen, auf die es wirklich ankam.

»Aber dann habt ihr Schluss gemacht?«

»Ja. Wir stellten fest, dass wir nicht zueinanderpassen, und ich zog nach Kalifornien, während sie in New York blieb.«

Danach schwieg er lange Zeit, während wir durch den Souvenirladen streiften. Er kehrte mehrmals zu den Schwertern zurück. Er zog eines heraus und hielt es in der Hand wie ein kleiner Ritter. Plötzlich fiel mir ein, dass ich ihm sein Geschenk gar nicht gegeben hatte. Es lag immer noch im Kofferraum des Wagens, und jetzt, wo ich ihn mit diesem Schwert sah, kam es mir völlig nichtssagend vor.

Ich fand Leah in der Juwelierabteilung, wo sie sich gerade eine kleine silberne Halskette anschaute.

»Hey, würde es dir etwas ausmachen, hinauszugehen und mit ihm heißen Cider zu holen, während ich hier rasch etwas besorge?«, fragte ich.

»Gerne«, erwiderte sie und warf einen letzten Blick auf die Halskette, bevor sie Connor holte, um Cider zu kaufen.

Rasch erledigte ich meine beiden Einkäufe und steckte den kleineren davon in meine Tasche. Dann machte ich mich auf die Suche nach Connor und Leah und fand sie an einem kleinen Stand, an dem heißer Cider verkauft wurde. Ich trat näher und zog dabei das Spielzeugschwert aus der Tüte. Connor drehte sich um, entdeckte das Schwert, und seine Augen wurden vor Aufregung ganz groß.

»Jeder Soldat braucht ein Schwert«, sagte ich, während ich mich vorbeugte, um ihm mit einer eleganten Bewegung das Schwert zu reichen. *Meine schauspielerischen Fähigkeiten konnten ruhig zu etwas nütze sein.*

Er nahm es in die Hand und sah mich erstaunt an. »Danke, Declan«, sagte er.

Das machte mich glücklich und traurig zugleich. Zum ersten Mal hatte ich ihn glücklich gemacht, zum ersten Mal hatte ich ihn zum Lächeln gebracht und zum ersten Mal hatte er Danke zu mir gesagt. Aber das alles war unter der falschen Annahme geschehen, dass ich einfach nur irgendein Typ war. Der Exfreund seiner Mutter. Ich war für ihn noch nicht jemand ganz Besonderes. Ich war einfach nur Declan.

Ich wollte, dass sich das änderte.

Ich hatte noch ein Geschenk zu übergeben.

Ich kniete mich vor Connor. »Hey, kannst du mir bei etwas helfen?«

Er nickte begeistert. Ich war froh, dass er glücklich war, wenn auch nur vorübergehend und nicht so, wie ich es gern gehabt hätte. Aber er war glücklich, und das musste gefeiert werden.

Ich zog die kleine Schachtel heraus und reichte sie ihm, dann deutete ich auf Leah. Er nickte und lächelte ein wenig. Dann machte er ein paar Schritte auf Leah zu und hielt ihr das Schächtelchen hin.

»Was hast du denn da, kleiner Mann?«, fragte sie.

»Das ist von Declan«, sagte er.

»Es ist von uns beiden«, verbesserte ich ihn, woraufhin er übers ganze Gesicht strahlte und das Schächtelchen noch höher hielt.

Sie lächelte mich schmalzig an, machte es auf und fand darin die silberne Halskette, die sie sich im Laden angeschaut hatte. Sie war wirklich hübsch. Viele der Dinge, die dort verkauft wurden, waren billig und minderwertig. Die Halskette jedoch war tatsächlich von einem der Silberschmiede hier angefertigt worden. Sie war ein Kunstwerk, etwas, was man in modernen Juwelierläden nicht fand.

»Wie charmant ihr beiden doch seid«, sagte sie.

Connor drehte sich zu mir um und streckte den Daumen nach oben.

Leah beugte sich vor, gab Connor einen flüchtigen Kuss und

umarmte ihn. Er ließ sich bereitwillig in den Arm nehmen. Sie war ihm vertraut, da sie ihn in der Nacht des Unfalls auch gehalten hatte. Zu sehen, wie die Frau, die ich liebte, mein Kind hielt, berührte mich. Es fühlte sich an, als wäre mein Herz zu groß für meine Brust.

Leah blickte zu mir auf, Connors Kopf unter ihrem Kinn, und formte »Ich liebe dich« mit den Lippen.

Ich wollte sie. Ich wollte sie beide. Das war meine neue Realität, und ich fühlte mich tatsächlich bereit für das alles. Leah hatte gesagt, dass ich ein Vater wäre, ob ich bereit dafür war oder nicht … und das war ich.

22

Leah

»Du fährst also für ein paar Tage weg und schaffst es, über Nacht berühmt zu werden? Im Ernst, es ist seltsam, dein Bild im Supermarkt zu sehen … Ach, und Declan ist Vater und zieht hierher?«, sagte Clare, als wir bei Kaffee und frisch gebackenen Scones bei Phil saßen.

»Mmhm«, erwiderte ich, während ich bei meinem späten Frühstück einen Schluck Mokka nahm und mich in die geblümten Polster meines Sessels zurücklehnte.

»Sonst noch was?«

»Äh, nein. Ich glaube, jetzt weißt du alles«, antwortete ich und nippte wieder an meinem heißen Kaffee. Die Flüssigkeit wärmte meinen Körper und vertrieb die Kälte, die draußen herrschte.

»Wow, nun ja … schauen wir mal. Also, ich hab mir einen neuen Pullover gekauft, während du weg warst. Oh, und ich war beim Zahnarzt – und er hat nicht gebohrt. Und Maddie hat versucht, mir die Haare zu flechten. Ich hatte tagelang Knoten. Also, ich finde … das ist ungefähr genauso aufregend, oder?«

»Du hast dir von Maddie die Haare flechten lassen?«, fragte ich lachend. »Also, ich würde dieses verrückte Kind nicht mal in die Nähe meiner Haare lassen, nicht um alle Haarspülungen der Welt. Sie ist wie ein Tornado mit einer Haarbürste.«

»Das kann man wohl sagen, aber genug von meinem absolut nicht aufregenden Leben. Erzähl mir alles!«

Das tat ich. Wir verbrachten Stunden mit reden und essen. Wenn der Kaffee getrunken und das Essen verzehrt war, bestellten wir mehr. Phil sorgte dafür, dass unser Tisch voller Leckereien war und unsere Kaffeetassen heiß blieben.

»Ich kann einfach nicht glauben, dass du dich in jener Nacht um Connor gekümmert hast. Stell dir vor, es wäre jemand anderes gewesen, Leah! Declan hätte wahrscheinlich nie erfahren, dass da draußen ein Kind von ihm herumläuft. Was für ein wunderbares Geschenk du ihm gemacht hast«, sagte sie.

Ich lehnte mich zurück und erinnerte mich an die ersten paar Tage. »Am Anfang hat sich das gar nicht so angefühlt. Manchmal dachte ich, ich würde ihn verlieren. Es gab einfach so viel, was er auf einmal zu verkraften hatte, dass ich Angst hatte, er könnte unter dem ganzen Druck zusammenbrechen. Aber als er Connor schließlich gesehen hat, war alles anders.«

Clare lächelte wissend. »Er wurde Vater.«

»Ja, das glaube ich auch. Er wurde auf einmal viel zielgerichteter. Bevor dieser Anruf kam, dass wir ihn sehen durften, war er vollkommen durcheinander ... es war ein einziges Auf und Ab, positiv und negativ. Doch als er ihn endlich sehen durfte, entspannte er sich. Ich weiß, wir haben noch einen langen Weg vor uns und müssen noch viel durchstehen ... Himmel, Connor weiß ja noch nicht einmal, wer Declan eigentlich ist, aber im Moment reicht ihm das.«

Seit unserem Besuch bei Connor war eine Woche vergangen. Es war besser gelaufen, als wir beide gedacht hätten. Unsere Zeit in Williamsburg war kurz gewesen, aber ich war mir sicher, dass wir bei ihm einen Eindruck hinterlassen hatten. Jedenfalls hatte er bei uns einen hinterlassen. Ich hatte den Tribut erkannt, den die Trauer gefordert hatte, aber trotzdem steckte ein Kind in ihm, das unbedingt spielen und Spaß haben wollte. Doch wenn jemandem etwas so Tragisches zustieß – egal in welchem Alter –, war es schwer zu entscheiden, wann es okay war, wieder zu lächeln, zu spielen und die einfachen Freuden zu genießen. War es erlaubt, glücklich zu sein, wenn man jemanden jede Minute vermisste? Ich wollte ihm so gern beibringen, dass es okay war, Freude zu empfinden, sich wieder zu erlauben, Kind zu sein. Das wollten wir beide. Ich hoffte nur, er würde es zulassen.

»Glaubst du, dass Declan letztendlich mehr will?«

»Er hat nichts davon gesagt, und ich weiß es ehrlich gesagt nicht«, gestand ich.

»Hast du mal darüber nachgedacht? Darüber, ob er am Ende das Sorgerecht möchte?«

»Ja ... nein ... ich weiß es nicht. Vor nicht ganz zwei Wochen habe ich noch versucht, mich an die Tatsache zu gewöhnen, dass ich mich verliebt habe, und jetzt muss ich mich plötzlich an das hier gewöhnen. Mein Kopf spielt verrückt.«

»Würdest du ihn unterstützen?«, fragte sie.

»Was? Natürlich würde ich das. Ich würde ihm und seinem Sohn niemals im Weg stehen«, antwortete ich entschlossen. Nach der Kindheit, die ich erlebt hatte, konnte ich nur hoffen, dass andere Kinder mit so viel Liebe aufwuchsen, wie menschenmöglich war. Ich würde niemals im Weg stehen, wenn Connor die Gelegenheit bekäme, von seinem Vater aufgezogen zu werden, wenn es das war, was sie beide wollten.

»Und würdest du ihm beistehen?«

»Natürlich würde ich das!«

»Na, dann braucht dein Kopf jetzt nicht mehr verrücktzuspielen, denn du hast alle Fragen beantwortet, die du wissen musst. Was immer passiert, wie auch immer er sich entscheidet, du bist für ihn da. Mehr brauchst du nicht zu wissen.«

»Wow, du bist so verdammt klug! Woher kommt das plötzlich?«

»Ich war schon immer klug. Du beachtest mich nur nicht.«

»Na ja, ich lasse mich leicht ablenken.«

»Das ist noch untertrieben. Wird Declan Connor bald wiedersehen? Gibt es schon einen Plan? Werde ich ihn kennenlernen? Ooh, wir könnten einen Termin vereinbaren, an dem er und Maddie zusammen spielen können. Das wäre doch entzückend!«

»Erstens gibt es für dich jetzt keinen Kaffee mehr. Du vibrierst ja praktisch auf deinem Stuhl. Zweitens, ja … wir besuchen ihn in einer Woche wieder. Declan wird diese Woche fertig mit Drehen und ist dann offiziell arbeitslos. Na ja, erst einmal. Er hat ein paar andere Projekte in Aussicht und hofft, dass etwas aus ihnen wird, aber das müssen wir noch abwarten. Bis dahin will er schon mal all sein Zeug hierherbringen.

»Leah und Declan ziehen zusammen. Ich bin so stolz auf dich!«, sagte sie, dann warf sie die Arme um mich und sprang praktisch auf meinen Schoß. Ich lachte und umarmte sie ebenfalls. »Er weiß einfach noch nicht, worauf er sich da einlässt. Ich bin eine totale Nervensäge.«

»Oh, ich bin mir sicher, das weiß er. Das wissen wir alle. Aber wir lieben dich trotzdem«, erwiderte sie grinsend. »Was wollt ihr denn mit Connor bei eurem zweiten Treffen unternehmen?«

»Nun ja, wenn dein Vater Filmstar wäre, wohin würde er dich wohl dann mitnehmen?«

»Zu Neiman and Marcus, damit er mir ein diamantenbesetztes Pony kauft?«

»Nein, du Dummkopf. Wir gehen natürlich mit ihm ins Kino.«

Declan

Wir entschieden uns für ein Kino, das ein wenig abseits lag, und für eine Nachmittagsvorstellung. Sarah und Devin hatten großzügigerweise erlaubt, dass Connor bei uns in Richmond übernachtete. Auch wenn ich bisher nur ein Freund der Familie für ihn war, wollte ich das nicht vermasseln.

Mein Sohn liebte Filme. Ich kam gar nicht darüber hinweg. Filme waren meine Leidenschaft und die Karriere, die ich gewählt hatte, und er war ganz besessen davon. Das war etwas, was wir gemeinsam hatten, und ich konnte es kaum erwarten, es mit ihm zu teilen. Ein neuer Marvel-Comic-Film wurde gezeigt, von dem Sarah erwähnt hatte, dass Connor ihn gern sehen würde. Sobald Leah und ich ihn heute Morgen abgeholt hatten, waren wir sofort zurück nach Richmond ins Kino gefahren.

Die Baseballkappe fest über meinen gebeugten Kopf gezogen, kaufte ich unsere Tickets am elektronischen Kiosk, weil ich den Kontakt zu Menschen so gut es ging vermeiden wollte. Nachdem vor einer Woche die gesamte Regenbogenpresse mit Bildern von Leah und mir zugepflastert gewesen war, wurden wir jetzt eher erkannt.

Ich drehte mich um und sah, dass Leah vor dem Getränkestand anstand. Sie hatte sich vorgebeugt und unterhielt sich mit Connor. Sie lächelte ein wenig, nickte und lachte dann. Unwillkürlich musste ich grinsen. Sie sah blendend aus. Ganz egal, was sie trug, was sie tat, was sie sagte ... ich begehrte sie immer. Sie hatte mich fest in der Hand. Ich war geliefert – und noch nie so glücklich gewesen. Unser Leben war total verrückt und unsicher, doch das machte mir überhaupt nichts aus, weil ich wusste, dass alles gut würde, wenn ich sie an meiner Seite hatte.

Himmel. Ich hatte mich in Logan verwandelt. Kein Wunder, der Kerl lief mit Krebs herum und grinste immer noch wie ein verdammter Narr.

Sie zu sehen, verlieh mir das Gefühl, unsterblich zu sein.

Ich schlängelte mich an ein paar Leuten in der Schlange vorbei und schloss zu Leah und Connor auf, die sich gerade über ihre Lieblingsfilme unterhielten.

»Ich mag *Iron Man*«, sagte er.

»Welchen davon?«, fragte Leah.

»Alle. Iron Man ist total cool.«

»Und total heiß«, gab sie zurück.

»Wie bitte?«, sagte ich und zog eine Augenbraue hoch.

»Aber nicht so heiß wie du«, räumte sie ein und küsste mich rasch auf die Wange.

»Schon besser.« Ich gab ihr einen Klaps auf den Hintern, als wir in der Schlange vorrückten, was sie leise aufschreien ließ.

Connor sah sich verwirrt um, aber dann lächelte er schüchtern.

»Was ist dein Lieblingsfilm?«, fragte mich Connor, als wir wieder stehen bleiben mussten.

Es war die längste Schlange aller Zeiten. Zum Glück waren wir früh hergekommen. Ich hatte vorgeschlagen, auf Snacks zu verzichten, doch Leah hatte mir nur einen tödlichen Blick zugeworfen und angemerkt, dass sie nicht ohne Milk Duds in die Vorstellung gehen würde, deshalb warteten wir hier.

»Hmmm ... das ist schwierig. Jemand hat neulich *Die Braut des Prinzen* mit mir angesehen«, sagte ich und bedachte Leah mit einem wölfischen Grinsen. »Aber ich würde sagen, es ist *Casablanca.*«

»Was ist das denn?«, fragte Connor, während Leah fast gleichzeitig »Lügner!« rief.

»Was meinst du mit Lügner?«, fragte ich.

»*Casablanca* kann unmöglich dein Lieblingsfilm sein. Das erzählst du den Leuten nur, damit du künstlerisch und intellektuell wirkst. Komm schon, Casanova, was ist dein Lieblingsfilm? Bestimmt etwas Peinliches, sonst würdest du nicht die *Casablanca*-Karte spielen.«

Manchmal hasste ich diese Frau. Sie durchschaute mich innerhalb von Sekunden. Das mit *Casablanca* war total gelogen. Ich wusste den Film als Regisseur und aus cineastischer Sicht zu schätzen, aber Lieblingsfilme basierten nicht auf solchen Kategorien. Sie basierten auf Gefühlen, darauf, was einen berührte. Darauf, was einen dazu veranlasste, immer wieder zu diesem Film zurückzukehren. Das war etwas ganz Besonderes.

»*Twilight?*«, riet sie.

Ich hustete vor Lachen. »Nein. Nein, verdammt.«

»*Immer Ärger mit Bernie?*«

Meine Schultern bebten noch immer, und ich schüttelte den Kopf.

»*Austin Powers!*« Sie kreischte beinahe.

»Ganz falsche Richtung.«

Wir waren vorne in der Schlange, noch bevor sie ein weiteres Mal raten konnte, und sie bestellte Milk Duds. Ich kaufte Popcorn und eine Cola für Connor. Dann bogen wir rechts ab in einen Korridor, der uns zu unserem Film führte. Wir zeigten unsere Tickets vor und warteten, bis der picklige Teenager sie durchgerissen hatte und sie uns zurückgab. Seine Augen weiteten sich ein wenig, als er mich sah, aber ich wandte mich rasch ab, bevor er etwas sagen konnte.

»Hey, ich muss noch kurz auf die Toilette«, sagte Leah.

»Wir warten hier auf dich«, erwiderte ich.

Sie verschwand, und Connor und ich spazierten im Vorraum herum und sahen uns die Filmplakate an. Vor einem erstarrte Connor, und es dauerte einen Moment, bis ich begriff, warum.

»Bist du das?«, fragte er.

Mist, ich hatte ganz vergessen, dass gerade ein Film mit mir lief. Wie konnte man bloß vergessen, dass man im Kino zu sehen war? Nun ja, zurzeit passierte einfach so viel. Ob mein Film erfolgreich war oder nicht, war das Letzte gewesen, worüber ich mir in den vergangenen paar Wochen Gedanken gemacht hatte. Die letzten Anrufe meines Agenten hatte ich gar nicht entgegengenommen. Auf die andere Seite des Landes zu ziehen und herauszufinden, dass ich einen Sohn hatte, hatte irgendwie Vorrang gehabt.

»Ah, ja … das bin ich«, antwortete ich verlegen.

»Du bist ein Filmstar?«

»So nenne ich das normalerweise nicht so gern, aber ich bin Schauspieler, ja. Na ja, das war ich. Ich möchte ab jetzt eigentlich lieber Regie führen.«

Er blickte mich an, während ich nicht recht wusste, was ich sonst noch dazu sagen sollte. Die meisten Kinder hatten keine Väter, die Filmstars waren. Aber die meisten Kinder wussten wenigstens, *wer* ihr Vater war.

Gott, diese Situation war in vielerlei Hinsicht völlig verkorkst. Würde er jetzt anders mit mir umgehen?

Ich hatte ihm nicht erzählt, was ich machte, weil ich nicht wollte, dass er mich deswegen anders behandelte oder sich in meiner Gegenwart seltsam benahm. Wenn ich ihm irgendwann sagen würde, wer ich tatsächlich war, wollte ich einfach sein Dad sein – nicht Declan James, der Schauspieler. Ich wollte einfach nur jemand sein, der ihn liebte.

»Kennst du Iron Man?«, fragte er sachlich.

Ich grinste. »Ja, ich habe ihn ein paarmal getroffen. Ziemlich cooler Typ.«

»Hammermäßig.«

Und das war es dann auch schon. Ich war cool – aber nicht so cool wie Iron Man.

Damit konnte ich leben.

23

Leah

»Das werde ich dir auf gar keinen Fall verraten«, sagte Declan, als wir früh am nächsten Morgen im Bett lagen.

Unser Kino-Abenteuer war ein voller Erfolg gewesen. Der neue Marvel-Film war großartig. Laut Connor nicht so großartig wie *Iron Man,* aber ich glaubte allmählich, dass für diesen speziellen Siebenjährigen kaum etwas so cool war wie Iron Man.

»Je länger du es mir nicht sagst, desto schlimmer wird das Ganze in meiner Fantasie, weißt du?«, sagte ich.

»Ich sage es dir trotzdem nicht. Deshalb kannst du jetzt genauso gut deinen hübschen Hintern aus dem Bett schwingen und mir Frühstück machen.«

Ich lachte, als er sich auf mich legte und mich festhielt. Er war oben ohne, und seine Muskeln spannten sich an, als er meine Arme über meinem Kopf ins Kissen drückte.

»Wie genau soll ich das anstellen, wenn du das machst?«, fragte ich sanft, während ich langsam die Hüften unter seinen kreisen ließ und genoss, wie sein Körper darauf reagierte.

»Ich glaube, ich habe es mir anders überlegt«, verkündete er und drückte seine Lippen zu einem glühenden Kuss auf meinen Mund.

Seine Zunge bewegte sich an meiner, als unsere Lippen miteinander verschmolzen. Die Hand, die meine Hände nach unten gepresst hatte, glitt an meinem Arm hinunter und schloss sich durch das Tanktop um meine Brust. Meine Nippel stellten sich sofort auf bei seiner Berührung. Ich stöhnte, und dann traf es mich wie ein Kübel Eiswasser, als mir einfiel: »Declan, wir sind nicht allein. Connor ist gleich gegenüber! Was, wenn er aufwacht?«

»Hörst du irgendwas?«, fragte er.

Ich schüttelte den Kopf.

»Babe, es ist nicht mal sechs Uhr morgens. Mir ist klar, dass Kinder bekanntermaßen früh aufwachen, aber ich höre noch nichts, und ich muss dich jetzt wirklich haben.«

Den letzten Teil flüsterte er mir verführerisch ins Ohr, und das war alles, was es brauchte. Ich war geliefert. Ich schmiegte mich wieder an ihn und küsste ihn fieberhaft, als wäre unsere Uhr gleich abgelaufen.

»Wir brauchen ein größeres Haus«, sagte ich, während ich rasch mein Top und meinen Slip auszog.

»Mit einem Zimmer für Connor am anderen Ende des Flurs, nicht gegenüber«, stimmte Declan zu, während er mit einer raschen Bewegung seine Pyjamahose abstreifte.

»Fuck, du bist heiß«, sagte er, bevor er in mich hineinstieß.

Ich bemühte mich, nicht zu schreien, so wie ich es sonst immer tat, sondern vergrub stattdessen meinen Kopf an seiner Schulter.

Er gluckste. »Gar nicht so leicht, leise zu sein, was, Leah?«, flüsterte er mir ins Ohr, während er langsam in mich hinein- und wieder herausglitt, als hätten wir alle Zeit der Welt. »Du bist ein ganz schöner Schreihals. Schauen wir mal, was passiert, wenn ich das hier mache.«

Und da glitt der Bastard wieder ganz aus mir heraus, neigte meine Hüften zu einem perfekten Winkel und stieß wieder in mich hinein, sodass meine Augen beinahe nach hinten gerollt wären. Ich biss in seine Schulter, um nicht gellend zu schreien.

»Shit«, zischte er und war angeturnter denn je.

Er ließ sich gehen, stieß immer wieder in mich hinein, während ich einen Orgasmus nach dem anderen hatte. Mein Körper bebte, als er schließlich kam und dann völlig erschöpft über mir zusammenbrach. Dann rollte er von mir herunter und legte sich neben mich.

Noch immer schwer atmend sagte er: »Lieber Himmel, das war heiß. Du hast mich noch nie zuvor gebissen.«

»Du hast mich ja auch noch nie zuvor so zur Weißglut gebracht.« Ich grinste. »Wolltest du mich zum Schreien bringen und dem Kind den Schreck seines Lebens einjagen?«

»Ich wollte nur wissen, wie weit du gehen würdest, um leise zu sein. Offenbar verdammt weit.« Er lachte.

»Du bist ein arrogantes Arschloch.«

»Ja, ich weiß. Und du bist eine Nervensäge. Wir sind das perfekte Paar.«

Wir kuschelten uns in die Laken und genossen die letzten paar Minuten des Morgens, bevor wir hörten, wie etwas rumorte und die Tür gegenüber aufging. Die Tür zum Gästebadezimmer schloss sich knarrend, was bedeutete, dass Connor aufgestanden war.

»Zeit, uns Männern was zum Frühstück zu machen«, sagte Declan mit einem wölfischen Grinsen, dann erhob er sich aus dem Bett, um sich anzuziehen.

Ich nahm mir kurz Zeit, um den Anblick zu genießen; mir gefiel, wie sich sein Hintern zurück in die Pyjamahose schob. Er zog ein Hemd über, drehte sich um und drückte mir einen raschen Kuss auf die Lippen. Dann machte er sich auf die Suche nach Connor.

Nachdem ich mir Bademantel und Plüschpantoffeln angezogen hatte, ging ich ins Wohnzimmer, wo ich sie reden hörte. Sie hatten die Xbox ausgepackt, die Declan für dieses Wochenende gekauft hatte, und versuchten gerade, Aliens in die Luft zu jagen. Sie lachten, während Explosionen durch die Lautsprecher dröhnten.

Ich machte Kaffee und erhitzte die Pfanne für Pancakes. Vor ein paar Tagen hatte ich alles eingekauft, um welche zu backen. Ich wollte für Connor ein ganz besonderes Frühstück machen, während er da war. Ich wusste, dass Sarah bestimmt alle möglichen Besonderheiten für ihn gemacht hatte, aber er war zum ersten Mal bei uns, und ich wollte, dass alles perfekt war – für beide.

Ein paar Minuten später brutzelten Schinkenspeck und Pancakes. Ich holte Butter und Ahornsirup heraus und stellte beides auf den Tisch. Dann türmte ich Chocolate-Chip-Pancakes – meine Lieblingspancakes – auf einen Teller und legte den Schinkenspeck zwischen Küchenkrepp, um das überschüssige Fett aufzusaugen.

»Okay, Jungs, kommt und holt es euch. Das Essen ist fertig!«

Sie waren so vertieft in ihr Spiel, dass sie vermutlich gar nicht gemerkt hatten, dass ich gekocht hatte. Es war ein bezaubernder Anblick, wie sie nebeneinander auf dem Wohnzimmerfußboden lagen und im Schlafanzug Computerspiele spielten.

Doch sobald ich »Essen« sagte, sprangen sie auf und kamen angerannt. Declan stibitzte ein Stückchen Schinkenspeck vom Teller, als er sich hinsetzte, und ich schimpfte mit ihm, während ich Orangensaft einschenkte. Als ich mir noch eine Tasse Kaffee holen wollte, merkte ich, dass Connor nicht Platz genommen hatte. Ich drehte mich um und sah, dass er völlig erstarrt in der Küche stand und auf den Teller Pancakes starrte, als wären sie von Maden befallen oder etwas ähnlich Scheußlichem.

»Connor, was ist?«, fragte ich und eilte zu ihm.

»Meine Mom hat immer … ich hasse Pancakes!«, schrie er und rannte hinaus.

Die Gästezimmertür schlug zu. Ich schaute auf und begegnete Declans Blick.

»Was habe ich getan?«, fragte ich und spürte Tränen in meinen Augen brennen.

Er kam zu mir und zog mich in seine Arme. »Gar nichts. Lass mich mit ihm reden, okay?«

»Ich habe nur … das habe ich nicht gewusst.«

»Woher hättest du das wissen können, Leah? Wir gehen blind in diese Sache. Und dabei lernen wir, wie es geht, und zwar einen Tag nach dem anderen. Denk nur an alles, was wir bisher bei ihm erreicht haben. Er trauert noch, und wir werden Rückschläge erleiden.«

»Bitte, sag ihm, dass es mir leidtut«, flehte ich.

»Das weiß er. Er ist nicht böse auf dich. Er ist böse auf das Universum. Er hat jemanden verloren, und er begreift nicht, warum.«

Ich nickte, und er gab mir einen letzten Kuss auf die Stirn, bevor er sich auf den Weg zum Gästezimmer machte. Ich blickte ihm nach, und zum ersten Mal sah ich ihn wahrhaftig als Vater. Ich verstand nichts davon, Mutter zu sein.

Konnte ich ihm wirklich die Frau sein, die er brauchte?

Declan

Ich klopfte an die Tür und trat ein. Connor hatte sich auf dem großen Bett zu einer Kugel zusammengerollt, was mich daran erinnerte, wie jung er noch war. Er hatte sich eine kühne Fassade zugelegt und gab sich zäh und unnahbar, aber er war erst sieben. Er war ein Zweitklässler, der seine Mom verloren hatte, als sie eine Freundin der Familie besuchen wollten. Er war nur ein Kind, das sein ganzes Leben hinter sich lassen musste, um in einen anderen Bundesstaat zu ziehen, während es sich fragte, weshalb seine Mami nie wieder zurückkäme.

»Hey«, sagte ich und setzte mich neben ihn auf die Bettkante.

Er sagte nichts, aber ich konnte ihn schniefen hören, woraus ich schloss, dass er weinte. Er hatte den Kopf zwischen den Knien verborgen und die Arme fest um die Beine geschlungen. Ich erinnerte mich daran, dass ich zu verschiedenen Gelegenheiten dieselbe Position eingenommen hatte, als ich in seinem Alter oder älter war.

»Ich erinnere mich daran, dass deine Mom die besten Pancakes gemacht hat. Mit Heidelbeeren, nicht wahr?«

Sein Kopf schoss nach oben, sein Gesicht hatte rote Flecken. Spuren frischer Tränen waren darauf zu sehen, seine Pyjamahose aus Flanell war ebenfalls tränennass.

»Wenn mir ein schlimmer Tag bevorstand, sagte sie immer: ›Ich mache dir erst mal ein paar Pancakes.‹« Ich blickte in die Augen eines Kindes, von dessen Existenz ich nichts gewusst hatte, bei dem ich aber trotzdem das Gefühl hatte, es schon sein ganzes Leben lang zu lieben. *Wie sonst konnte ich die tiefe Liebe beschreiben, die ich für ihn empfand?*

»Sie hat mir immer Geburtstagspancakes gemacht und eine Kerze in den Stapel gesteckt. Dann hat sie gesagt, ich solle mir etwas wünschen … ich hätte mir wünschen sollen, dass sie dableibt.«

Mein Herz explodierte fast, als er sich in meine Arme warf, seine Arme um meinen Körper schlang und schluchzte. Ich zog ihn fest an mich und strich ihm sanft über den Rücken.

»Das hast du doch nicht ahnen können. Und du darfst die glücklichen Erinnerungen an deine Mom nicht wegen dem, was passiert ist, ruinieren. Das hätte sie nicht gewollt.«

»Aber wie soll ich mich an die guten Sachen erinnern, wenn es so wehtut?«

»Du nimmst dir eine Erinnerung nach der anderen vor, einen Tag nach dem anderen. Aber wenn du aufhörst, all die tollen Sachen zu machen, die du mit deiner Mom gemacht hast, dann verpasst du ein tolles Leben.«

»Hasst mich Leah jetzt?«, fragte Connor, der noch immer an meiner Schulter lehnte. Er knüllte sein Iron-Man-T-Shirt zusammen und wischte sich damit die Augen ab. Sie waren immer noch rot und geschwollen, aber wenigstens waren die Tränen jetzt getrocknet.

»Nein, auf keinen Fall. Leah hält dich für einen ziemlich coolen Kerl. Sie würde dich nie hassen.«

Seine Augen zuckten zu meinen, und für einen kurzen Moment war ich wieder wie betäubt davon, wie sehr seine Augen meinen ähnelten. Sie waren grün und hatten blaue und braune Flecken, aber jetzt, wo er schüchtern lächelte, waren sie noch ein wenig grüner.

»Sie ist wirklich hübsch.«

Was war das? War da jemand verknallt?

»Ja, das ist sie.« Ich grinste. *Ja, eindeutig mein Sohn.*

»Glaubst du, sie erlaubt es uns jetzt noch, Pancakes zu essen?«

»Lass es uns einfach herausfinden.«

Zusammen gingen wir hinaus und fanden Leah auf der Couch. Sie hatte immer noch Bademantel und Plüschpantoffeln an. Wann immer sie sie trug, erinnerte ich mich an jenen Abend, an dem ich hier aufgekreuzt war und versucht hatte, mit ihr zu schlafen. Ich hatte geglaubt, ich würde sie auf diese Weise sauber und einfach aus meinem Kopf bekommen. Ich hatte mir selbst etwas vorgemacht. Sie war eine Sucht, die ich niemals kurieren wollte. Sie war mein Hollywood-Happy-End, und ich konnte es kaum erwarten, jeden Moment unseres Lebens gemeinsam zu verbringen und dabei für Filmromantik zu sorgen.

Leah sprang vom Sofa auf und fummelte am Gürtel ihres

Bademantels herum. Sie wirkte nervös und am Boden zerstört. Ich hasste es, sie so zu sehen. Ich wusste, dass sie Schuldgefühle hatte, weil sie Connor durcheinandergebracht hatte, und das verstand ich. Ich hätte mich genauso gefühlt, aber wir konnten nicht verhindern, dass etwas Negatives passierte. Wir konnten ihn nicht vor seinen eigenen Gefühlen schützen. Ich wusste, dass sie etwas Ähnliches durchgemacht hatte, kannte das Leid, das sie erlebt hatte. Ein Teil von ihr wollte ihn einfach festhalten und ihn vor allem beschützen, und dafür liebte ich sie. Doch ihre realistische Seite wusste, dass er sich seinen Ängsten stellen und lernen musste, ohne Heather zu leben, ganz egal, wie schwer das werden würde.

»Es tut mir leid, Leah«, sagte Connor und umarmte sie.

Sie sah mich an, dann beugte sie sich vor und erwiderte die Umarmung. »Schon gut, kleiner Mann.«

»Okay, okay … das reicht jetzt an Umarmungen, Kleiner«, sagte ich grinsend. »Das ist mein Mädchen. Geh dir eine in deiner Größe suchen.« Ich zerzauste ihm das Haar, und wir machten uns wieder auf den Weg in die Küche.

»Was magst du zum Frühstück, Connor?«, fragte Leah.

Der Tisch war abgeräumt, nur die Teller und die Saftgläser standen noch da. Ich sah, dass das Licht im Backofen an war, und vermutete, dass sie alles warm hielt. Connor warf einen Blick zu mir herüber, und ich nickte ihm aufmunternd zu.

Er holte tief Luft und sagte: »Ich glaube, ich hätte gern ein paar Chocolate-Chip-Pancakes.«

»Bist du sicher?«, fragte Leah leise.

»Ja, eine Erinnerung nach der anderen, nicht wahr, Declan?«

»Richtig, kleiner Mann. So ist es recht.«

Leah holte die Pancakes und den Schinkenspeck aus dem Ofen, und wir setzten uns an den Tisch. Ich erzählte von einem meiner ersten Vorsprechen in Hollywood, worüber sie beide lachen mussten. Es war für einen Horrorfilm gewesen, und ich hatte für die Rolle eines Opfers, das in seinem Auto angegriffen wird, vorgesprochen. Ich hatte die Rolle nicht bekommen. Anscheinend waren meine Schreie nicht gut genug gewesen. Leah wäre fast an ihrem Chocolate-Chip-Pancake erstickt, als ich das sagte, weil sie sich an unser Spiel heute früh erinnerte.

Wir schafften es durch das Frühstück, wobei Connor es fertigbrachte, drei Pancakes und einen Haufen Schinkenspeck zu verdrücken.

Er lächelte auf seinen leeren Teller hinunter und blickte mich dann an. »Danke.«

»Keine Ursache, Kumpel. Komm, lass uns jetzt ein paar Aliens abmurksen.«

Einfach so hatte er es geschafft, diese Situation zu meistern und unversehrt und gestärkt daraus hervorzugehen.

Pancakes und Umarmungen wirkten eben Wunder.

24

Leah

»Logan, wenn du das nächste Mal Krebs hast und dann als geheilt eingestuft wirst, kannst du das dann bitte auf den Herbst verlegen?«, scherzte ich, während wir alle in Logans und Clares Garten herumstanden und ich mir einen Schweißtropfen von der Schläfe wischte.

Es war Sommer. Monate waren vergangen, seit Declan bei mir eingezogen war. Wir hatten so viele glückliche Tage erlebt, dass ich geglaubt hatte, das Leben könne gar nicht mehr besser werden.

Bis mich letzte Woche eine völlig hysterische Clare angerufen und die Worte gesagt hatte, um die ich so gebetet hatte. Bei Logan lag offiziell eine Remission vor. Keine Anzeichen für Krebs waren gefunden worden. Chemotherapie und Bestrahlung hatten gewirkt. Er würde immer noch zu Kontrolluntersuchungen gehen müssen, aber abgesehen davon ging es ihm besser.

Ich war im Schlafzimmer zusammengebrochen, als sie es mir gesagt hatte, und hatte Freudentränen für meine beste Freundin und für einen Mann vergossen, den ich lieben gelernt hatte. Logan hatte Clare gerettet. Er hatte sie geliebt, als sie Liebe so dringend gebraucht hatte. Zu wissen, dass er gesund werden würde … mir fehlten die Worte. Ich empfand Erleichterung, Freude, Euphorie. Es war überwältigend. Da ich die Alternative kannte und mich an das Gefühl, Ethan zu verlieren, erinnerte, war ich dankbar für diesen Moment. Wir hatten aufgelegt, nachdem ich ihr versichert hatte, sie bald zu besuchen. Declan war natürlich ins Schlafzimmer geeilt, bereit zu töten, was immer mir gerade Schaden zufügte, doch als er mich lächeln sah, beruhigte er sich und fragte, was passiert sei.

»Logan … bei ihm liegt eine Remission vor.«

Declan hatte fest die Augen geschlossen und sich einen Moment an den Türrahmen gelehnt. Mir war bis dahin gar nicht klar gewesen, wie besorgt Declan gewesen war, doch dann sah ich, wie erleichtert er hinsichtlich seines langjährigen Freundes war.

Er hatte die Augen wieder aufgeschlagen, und ein Lächeln hatte sich allmählich auf seinem Gesicht ausgebreitet. Um seine Augen hatten sich kleine Fältchen gebildet, die ihm dieses jungenhafte Aussehen verliehen, das ich so liebte.

»Wir sollten eine Party schmeißen, oder?«, schlug er vor.

Und so waren wir eine Woche später alle bei Logan und Clare gelandet. Wir hatten angeboten, die Party auszurichten, doch da wir noch kein Haus gefunden hatten, das unser beider Zustimmung fand, war sie des Platzes wegen hierher verlegt worden. Obwohl unsere Stadtwohnung groß war, fanden nur wenige Leute bequem Platz darin. Zwar war die Party nur für direkte Familienangehörige und uns, trotzdem wäre es eng geworden. Wir brauchten wirklich ein neues Zuhause.

Logan grinste über meine spitze Bemerkung. Aber es war wirklich verdammt heiß. Den Sommer liebte und hasste ich zugleich. Ich liebte es, wenn ich am Pool liegen und mich sonnen konnte. Ich hasste es, wenn ich Klamotten tragen musste, und ins Wasser zu springen war keine Option. In Virginia waren die Sommer heiß und stickig und stellten fiese Sachen mit meinen Haaren an.

In diesem Moment rannten Connor und Maddie vorbei, sie lachten und steuerten schnurstracks auf die Schaukeln zu. Sie hatten sich schnell angefreundet, und Clare und ich fantasierten schon verzückt von einer bezaubernden Hochzeit in zwanzig Jahren. Die Männer hatten über unsere verrückten Pläne nur den Kopf geschüttelt.

Connor hatte gewaltige Fortschritte gemacht. Wir alle, einschließlich Sarah und Devin, hatten ihm durch die härtesten Monate und die stärksten Erinnerungen geholfen. Er hatte gelernt, dass Erinnerungen an seine Mutter gut waren und gefeiert werden sollten. Declan und ich hatten mit ihm eine Schlittschuhbahn besucht, wo wir alle Schlittschuh gefahren waren – das hatte Connor immer mit seiner Mutter getan. Wir hatten es zu einer neuen Tradition gemacht, unser Eis aus Schälchen zu essen, in die die Eistüte gekippt worden war, denn so hatte ihm seine Mutter das Eis immer gegeben. Wir wollten nicht, dass er sie verlor, aber wir wollten auch nicht, dass er in der Vergangenheit lebte. Wir versuchten auch, neue Abenteuer in sein Leben zu bringen, um neue Erinnerungen zu schaffen.

Die Tatsache, dass Connor immer noch nicht wusste, wer Declan war, machte diesen fix und fertig. Declan wollte es ihm sagen, doch Sarah und Devin hatten um sechs Monate gebeten. Es war schwierig für Declan. Er entwickelte gerade eine wunderbare Beziehung zu seinem Sohn, aber sie basierte teilweise auf einer Lüge. Am Ende des Sommers wäre diese zeitliche Bedingung erfüllt, und wir konnten es Connor sagen.

»Hey, wo ist Goober?«, fragte ich, als mir Garretts Abwesenheit und die offensichtliche Lücke in unserer kleinen Familie auffiel.

»Er sagte, er hätte noch zu arbeiten und würde es nicht schaffen.« Logan zuckte mit den Achseln.

»An einem Samstagnachmittag?«

»Ich weiß auch nicht. Er arbeitet wirklich viel«, erwiderte Clare.

»Ich mache mir Sorgen um ihn. Ich glaube, er hat schon seit Monaten, wenn nicht gar Jahren, kein Date mehr gehabt. Er arbeitet nur noch, und allmählich sieht man ihm das auch an. Er sieht die ganze Zeit müde und erschöpft aus.«

Clare nickte zustimmend. »Ich weiß. Ich mache mir auch Sorgen. Ich habe versucht, mit ihm zu reden, aber er hat abgewiegelt und gesagt, dass er die Zeit investieren müsse, um aufzusteigen. Er sagt, dass er für alles, was er wolle, Zeit haben würde, wenn er die Karriereleiter hinaufgeklettert sei.«

»Ich glaube nicht, dass das eine Karriereentscheidung ist, sondern dass er absichtlich etwas verdrängt. Die Arbeit ist nur ein glücklicher Zufall, der ihn auf andere Gedanken bringt«, sagte ich und hielt mir mein Glas ans Gesicht, in dem vergeblichen Versuch, mich abzukühlen.

Draußen essen im Sommer? Wessen dumme Idee war das eigentlich gewesen?

Ach so, ja, meine.

»Was könnte das denn sein?«, fragte Clare.

»Das weiß ich nicht, und ich bezweifle, dass er es irgendjemandem erzählen würde. Behalt ihn im Auge und sag mir Bescheid, wenn es schlimmer wird. Wenn es sein muss, zwinge ich ihn dazu, es mir zu sagen«, sagte ich.

Die Männer spazierten zum Grill hinüber und taten, als würden sie grillen, obwohl sie eigentlich nur Bier tranken und lachten. Clare und ich machten es uns auf der Veranda bequem, wo ein Ventilator lief; wir seufzten, als der kühle Wind in unsere Richtung blies.

»Weißt du was?«, sagte Clare, bevor sie an ihrem Sweet Tea nippte. Ich wusste nicht, wie sie das Zeug runterbekam. Obwohl ich in den Südstaaten geboren und aufgewachsen war, konnte ich das Gesöff nicht ausstehen. Es schmeckte ganz einfach nach Sirup – mit ein wenig Tee darin, um dem Ganzen Farbe zu verleihen. *Igitt.*

»Du findest, dass ich in diesem Kleid total fett aussehe?«

»Nein!« Sie kicherte. »Du siehst wie immer fabelhaft aus. Du musst einen Gang zurückschalten, damit wir anderen auch eine Chance haben.«

»Oh bitte. Siehst du, wie dein Mann dauernd zu uns herüberschaut? Er starrt eine von uns an, und zwar eindeutig nicht mich. Ich würde sagen, bei euch läuft es goldrichtig oder noch besser.«

Sie lächelte und schaute kurz zu Logan, der ihr einen flammenden Blick zuwarf. Sein Haar war weitgehend nachgewachsen, er hatte wieder seine typische zerzauste Frisur.

»Du wolltest mir etwas sagen, bevor du begonnen hast, deinen Mann mit Blicken auszuziehen?«, neckte ich sie.

Sie wurde rot und lachte. Sie riss ihren Blick von Logan los und konzentrierte sich wieder auf mich. Inzwischen war sie rot wie eine Tomate und würde es auch für die nächsten fünf Minuten bleiben. Selbst das kleinste bisschen Verlegenheit schlug sich sofort auf Clares helle Haut nieder.

»Ja! Ich gehe wieder arbeiten! Ich fange im Herbst an«, sagte sie aufgeregt.

Clare war Geschichtslehrerin an der Highschool gewesen, bevor Ethan krank geworden und es zu schwierig geworden war, ihn zu pflegen und gleichzeitig arbeiten zu gehen.

»Das ist großartig! Freut sich Logan darüber?«, fragte ich.

»Ja, es war seine Idee. Er wusste, dass ich mich zu Hause einsam fühle, jetzt wo Maddie in die Grundschule geht. Meine Mom wird sie dann immer von der Schule abholen müssen, da die Highschool etwas länger dauert als ihre Grundschule, aber am späten Nachmittag kann ich hier bei ihr sein. Ich kann es kaum erwarten, wieder zu unterrichten.«

»Das ist großartig. Und hey, denk doch mal an all die Teenager, die in dich verknallt sein werden! Das wird dein Ego in ungeahnte Höhen katapultieren, wenn du bald dreißig wirst«, scherzte ich.

Sie warf mir eine Serviette ins Gesicht, und wir plauderten weiter, bis Declan herüberkam und verkündete, dass das Abendessen fertig war.

»Ich habe ein erstklassiges Steak gegrillt, Zimtplätzchen. Du musst es unbedingt probieren.«

»Nee.«

»Nee zum Steak oder zum Kosenamen?«

»Zum Kosenamen. Er ist schrecklich. Wenn du mich noch einmal so nennst, werde ich Clare vor all unseren Angehörigen und Freunden verraten, was dein Lieblingsfilm ist«, drohte ich.

Seine Augen weiteten sich.

»Er hat es dir gesagt?«, rief Clare, die von meinen langen, fieberhaften Bemühungen, Declan den Titel seines Lieblingsfilms zu entlocken, wusste. Es hatte Monate gedauert, doch am Ende war er eingeknickt.

»Oh ja, und es ist einfach toll. Nichts, was er seinen Kumpels da würde verraten wollen«, sagte ich und deutete auf Logan und Colin.

Colin hatte den Arm um seine Frau gelegt und lachte einfach, während Logan mir ein albernes Lächeln zuwarf. Sie wollten es um jeden Preis wissen.

»Worüber redet ihr?«, fragte Connor, der mit Maddie im Schlepptau vom Spielplatz kam.

»Über Declans Lieblingsfilm«, antwortete ich und warf Declan ein hinterlistiges Grinsen zu.

»Oh, ihr meint den Film *Wie ein einziger Tag*?«, sagte Connor.

Sobald er den Mund wieder zugemacht hatte, geriet der ganze Garten außer Rand und Band. Logan und Colin beugten sich vor und lachten tief und männlich. Declan fluchte, und alle Frauen, die in der Nähe waren, stießen gleichzeitig einen tiefen Seufzer aus. Ich fand es sexy, dass er diesen Film mochte. Er war total romantisch … aber es war ungewöhnlich, dass ein Kerl diesen Film liebte.

»Ich kann nicht mehr«, bellte Logan und hielt sich vor Lachen die Seite, dann gab er eine Reihe von Witzen zum Besten, die Declans Männlichkeit auf die Schippe nahmen beziehungsweise seinen Mangel daran, sodass der ganze Garten vor Lachen explodierte. Ich musste zugeben, dass das verdammt witzig war.

»Das zahl ich dir heim, Matthews«, schwor Declan.

»Oh-ooh, bist du sicher, dass du dafür Zeit findest? Ich meine, musst du nicht zur Pediküre oder so? Außerdem glaube ich echt nicht, dass sich das noch toppen lässt, aber ich würde wirklich gern erleben, wie du es probierst.«

»Ach wirklich?«, sagte Clare herausfordernd. »Ich glaube, es gibt da eine Rüschenschürze, die du beim Kochen so gerne trägst. Soll ich sie holen und herumzeigen?«

Logan wurde blass, und nun war es an Declan zu lachen.

»Du benutzt eine Schürze, Kumpel?«, gluckste Declan.

»Meine Kleider bleiben dadurch sauber! Außerdem gehört sie Clare! Ich benutze sie nur, weil sie die einzige ist, die wir haben.« Logan schmollte, was auf eine jungenhafte Art verdammt gut an ihm aussah.

Die ganze Zeit stand Connor mit einem breiten Grinsen im Gesicht neben mir. Wenn er vor drei Monaten so etwas ausgeplaudert hätte und all das passiert wäre, wäre er hinausgerannt und hätte sich Sorgen gemacht, dass er durch seinen Ausrutscher die Party ruiniert hätte. Doch heute war er entspannt und begriff, dass wir uns gegenseitig nur gutmütig neckten.

Wir setzten uns alle um den Gartentisch, nachdem wir Essen

auf unsere Teller getürmt hatten. Connor saß zwischen Declan und mir.

Declan versetzte ihm einen kleinen Rippenstoß. »Ich erzähl dir nie wieder etwas, kleiner Mann.«

Connor kicherte, als Declan versuchte, ihn in die Seite zu zwicken.

»Ich wusste ja nicht, dass das ein Geheimnis ist!« Wieder lachte Connor.

»Erinnert mich später an diesen Tag, wenn wir deine erste Freundin kennenlernen. Ich werde es dir dann mit etwas ähnlich Peinlichem heimzahlen«, sagte Declan.

Declan

Ich streifte auf der Suche nach Connor durch das Haus. Seit wir mit Essen fertig waren, hatte ich ihn nicht mehr gesehen, denn er war gleich wieder losgerannt, um mit Maddie zu spielen. Ich liebte es, wenn er bei mir war – außer dass ich ihn später wieder zurückbringen musste. Diesen Teil hasste ich. Er rief mir die verkorkste Situation ins Gedächtnis, in der ich mich befand: die Tatsache, dass ich ihm immer noch nicht sagen konnte, wer ich war, die Tatsache, dass mein Sohn von jemand anderem aufgezogen wurde, und die Tatsache, dass er mich lediglich für einen engen Freund der Familie hielt. Ich entsprach praktisch einem Onkel.

Ich verstand Sarahs und Devins Widerwillen. Das tat ich wirklich. Ich war einfach nur ungeduldig. Connor hatte in den letzten paar Monaten so riesige Fortschritte gemacht. Jedes Hindernis auf seinem Weg hatte er überwunden. Das war nicht einfach gewesen.

An manchen Tagen, die wir mit ihm verbracht hatten, hatte er immer noch geweint und »Warum? Warum sie?« gefragt.

Das konnte ich ihm nicht beantworten. Ich wusste nicht, weshalb seine Mutter so früh aus dem Leben gerissen worden war. Trotz unseres Zerwürfnisses war Heather ein guter Mensch gewesen. Ich wusste, dass sie Fehler gemacht hatte, und ich hasste es, dass ich die ersten sieben Jahre von Connors Leben nicht zurückbekommen konnte. *Aber wünschte ich wirklich, dass alles anders wäre? Himmel, ja.* Wenn ich ihm seinen Schmerz nehmen könnte, würde ich das auf der Stelle tun, selbst wenn dies vielleicht bedeuten würde, dass ich ihn nie kennengelernt hätte.

Ich fand Maddie und Connor unten im Flur, wo sie sich alte Fotos anschauten. Dort hingen Bilder von Clare und Logan, Babyfotos von Maddie und ein paar Fotos von Ethan, Clares verstorbenem Ehemann. Ich fand es toll von Logan, dass er die Erinnerung an Ethan in Ehren hielt. Ich wusste nicht, ob ich so entgegenkommend wie Logan wäre, aber andererseits befand ich mich nicht in dieser Situation, deshalb würde ich es wohl nie erfahren. Wir alle taten, was wir tun mussten, um den Menschen zu lieben, für den wir bestimmt waren, und genau das tat Logan. »Das ist mein anderer Daddy, er ist im Himmel«, hörte ich Maddie zu Connor sagen.

Ich blieb ein wenig zurück und schlüpfte in eines der freien Schlafzimmer, neugierig, wie es weitergehen würde.

»Meine Mommy ist auch im Himmel«, sagte Connor.

»Vielleicht sind sie Freunde geworden!«, rief Maddie strahlend und zauberte damit ein kleines Lächeln auf Connors Gesicht.

»Vielleicht. Das wäre cool. War dein Daddy nett?«

»Der war wirklich nett. Er hat gesurft und mich immer zum Strand mitgenommen, als ich noch klein war.«

»Meine Mom ist auch gern an den Strand gegangen, vielleicht surfen sie ja im Himmel zusammen.«

»Auf rosafarbenen Wellen!«

»Warum sollten die Wellen denn rosa sein?«, fragte Connor.

»Weil es der Himmel ist, weshalb denn sonst«, antwortete Maddie.

Ich musste ein Glucksen unterdrücken.

»Hey, schau dir mal das Bild da an. Der Junge sieht genauso aus wie du!«, rief Maddie und zeigte auf ein Foto an der gegenüberliegenden Wand. Ich erkannte es kaum wieder, weil ich es schon lange nicht mehr gesehen hatte. Es war wohl erst kürzlich aufgehängt worden und zeigte Logan und mich in der Grundschule. Wir hatten uns in einer jungenhaften Umarmung gegenseitig die Arme um die Schultern gelegt und lächelten dümmlich in die Kamera.

»Stimmt, irgendwie schon. Wer ist der andere Junge?«, fragte Connor.

»Ich glaube, das ist mein Daddy, Logan.«

Ich hörte, wie Clare in der Küche nach Maddie rief. Maddie hatte ein Durcheinander im Wohnzimmer hinterlassen und wurde nun gerufen, damit sie aufräumte. Sie rannte davon und ließ Connor im Flur stehen. Er stand wie angewurzelt da und starrte das Foto von Logan und mir an.

»Weißt du, wir haben uns damals gehasst«, sagte ich und trat neben ihn.

»Bist du das?«

»Ja. Logan und ich kennen uns schon sehr lange. Wir sind zusammen aufgewachsen. Unsere Väter waren gute Freunde und fanden, dass ihre Jungs das auch sein sollten. Das Problem war, dass ich Logan nicht mochte. Er war nervig und anmaßend.«

»Was bedeutet anmaßend?«

»Hochnäsig.«

»Oh, wie Tyler in der Schule. Er behauptet, dass sein Dad reich wäre und er ein Zimmer voller Iron-Man-Spielzeug hätte.«

»Ja, genau. Nervig, oder?«

Er nickte und schob die Hände in die Taschen seiner Shorts.

»Jedenfalls waren wir gezwungen, viel Zeit miteinander zu verbringen«, fuhr ich fort. »Wir spielten schön zusammen, wenn unsere Väter in der Nähe waren, deshalb kam es auch zu Fotos wie diesem.« Ich deutete auf den Bilderrahmen im Flur. »Aber wenn sie uns den Rücken zukehrten, gingen wir sofort aufeinander los. Die Fäuste flogen, und wir gingen mit blauen Flecken und Beulen nach Hause, wo wir beide logen und behaupteten, wir seien hingefallen oder es wäre beim Raufen ein wenig derb zugegangen.«

Schweigend starrte Connor noch ein Weilchen auf das Bild, dann sah er wieder mich an. Ich konnte sehen, wie die Rädchen in seinem Kopf arbeiteten. Maddie hatte recht. Der Declan auf diesem Bild war das Ebenbild des Jungen, der neben mir stand. Das war nicht zu übersehen, und mein Sohn war nicht dumm. Er hatte bereits hin und wieder Fragen gestellt. Eines Tages hatte er mich nach einem Spaziergang im Park gefragt, ob ich wisse, wer sein Dad sei. Ein anderes Mal, als wir beim Eisessen waren, fragte er mich über die Freunde seiner Mom aus, um das fehlende Glied zu finden. Ich konnte ihn nicht anlügen, deshalb hatte ich stets das Thema gewechselt. Ich würde ihm keine weiteren Lügen auftischen.

»Weißt du noch, als Sarah und Leah mir letzten Monat, an meinem Geburtstag, diesen Kuchen gekauft haben, der wie ein Stapel Pancakes ausgesehen hat?«

»Mmhm, der war toll.«

Sarah und Leah waren in eine schicke Konditorei in Williamsburg gegangen und hatten sie nach ihren Wünschen anfertigen lassen. Damit hatten sie einer alten Tradition eine neue Richtung gegeben. Heather hatte ihm an seinem Geburtstag immer Pancakes gemacht. Wir hatten ihm einen Pancake-Geburtstagskuchen anfertigen lassen. Eine perfekte Verschmelzung von Alt und Neu. Es war Leahs Idee gewesen, und als sie mir davon erzählt hatte, hatte ich mich gleich noch mal in sie verliebt. Sie überraschte mich immer wieder.

»Und erinnerst du dich noch daran, wie ich die Kerze ausgeblasen und mir etwas gewünscht habe?«, fragte er.

»Ja?«

»Weißt du, was ich mir da gewünscht habe?«

»Dass deine Mom wieder zurückkommt?«

»Nein«, sagte er, »ich weiß, dass das nicht passieren wird.«

Das machte mich ein wenig traurig, aber ich war dennoch stolz, dass er das sagte. Traurig, weil er das in so jungen Jahren schon erkennen musste, aber stolz, dass er sich endlich mit dem Tod seiner Mutter abgefunden hatte.

»Was hast du dir dann gewünscht, kleiner Mann?«, fragte ich, während ich ihm in die Augen sah, die meinen so ähnelten.

»Ich habe mir meinen Dad herbeigewünscht.«

Ich war sprachlos und vergaß, wie man atmete.

Er sah erst das Foto an der Wand und dann mich an, die Augen voller Hoffnung. »Declan, bist du mein Dad?«

Ich nickte nur und kniete mich hin, um ihn aufzufangen, als er sich in meine Arme warf. Ich hielt ihn fest, Tränen brannten in meinen Augen, als ich endlich in der Lage war, ihn als sein Vater in die Arme zu schließen.

»Ich wusste es. Ich wusste, dass du mein Dad bist«, sagte er immer wieder.

»Es tut mir so leid. Ich habe es nicht gewusst. Ich habe es nicht gewusst«, antwortete ich.

Wir umklammerten uns in dem leeren Flur und weinten, bis wir keine Tränen mehr hatten. Wir hielten uns so lange wir konnten fest, als wollten wir jede einzelne Umarmung nachholen, die wir in den letzten acht Jahren seines Lebens verpasst hatten, jeden Meilenstein, jeden Glückwunsch zum Geburtstag und jeden seiner Erfolge – alles, was ich verpasst hatte, weil ich nicht da gewesen war.

Doch das würde nie mehr passieren.

Ich wollte nicht, dass er sich je wieder fragte, wo sein Vater war oder warum sein Dad ihn nicht genug liebte, um für ihn da zu sein. Sich nach unseren Treffen zu verabschieden, wurde immer schwieriger, und ich wusste nicht, wie lange ich es noch ertragen würde, ein Besucher in seinem Leben zu sein. Jetzt, wo er wusste, wer ich war, wollte ich nicht mehr auf Wiedersehen zu ihm sagen. Ich sollte das nicht mehr sagen müssen. Ich war derjenige, der ihn beschützen sollte, und es war an der Zeit, dass ich das dauerhaft tat.

Ich blickte auf und sah Leah im Flur stehen. Überwältigt und mit Tränen in den Augen betrachtete sie uns und wurde Zeugin unserer emotionalen Vereinigung. Sie hielt sich im Hintergrund und gestattete uns damit einen Vater-Sohn-Moment. Dann schenkte sie mir ein liebevolles Lächeln und formte mit den Lippen »Ich liebe dich«.

Während ich endlich meinen Sohn in den Armen hielt, wurde mir klar, dass ich jetzt zu dem Vater werden musste, den er brauchte. Das motivierte mich, jagte mir aber auch eine Heidenangst ein. Ich hielt ihn fest, blickte in die Augen der Frau, die ich liebte, und fragte mich, ob meine Entscheidung das wäre, was uns auseinanderreißen würde.

25

Leah

»Jetzt erzähl mir mal, weshalb wir uns gerade diesen Film angeschaut haben«, wollte Declan wissen, während er sich von der Couch erhob, um unsere leeren Tassen und Getränkedosen in die Küche zu tragen.

Früher hatte er sich lustig darüber gemacht, dass ich Eis aus Kaffeetassen aß, aber seit er bei mir eingezogen war, aß er es auch so. Ich hatte ihn erfolgreich bekehrt.

»Weil es ein Actionfilm war. Kerle mögen Actionfilme, oder?«, fragte ich unschuldig.

»Du weißt, dass ich mir alle Arten von Filmen anschaue, sogar Liebesfilme. Was Filme angeht, bin ich kein typischer Kerl. Bei allem anderen schon«, sagte er mit einem schelmischen Grinsen, »aber nicht bei Filmen.«

»Ich weiß auch nicht. Ich wollte nur mal etwas anderes«, antwortete ich zuckersüß, während ich ihm in die Küche folgte und die Getränkedosen in die Recyclingtonne warf.

»Das hat nicht zufälligerweise etwas damit zu tun, dass Chris Hemsworth die Hauptrolle spielt?«, fragte er, während er sich an die Küchentheke lehnte, sodass sein Bizeps den Stoff seines T-Shirts dehnte.

»Nein. Nein, damit hat es gar nichts zu tun«, erwiderte ich, wobei ich ganz und gar vergaß, worum es eigentlich ging, weil ich nur noch Augen für seinen prallen Bizeps hatte.

Langsam kam er zu mir herüber und umfing mich an der Küchentheke mit seinen Armen. »Gut, denn solltest du jemals einen Mann brauchen, der etwas mit einem Hammer macht, dann lass es mich einfach wissen.«

Ich konnte nicht anders. Ich prustete an seiner Schulter und brach in schallendes Gelächter aus. »Oh Gott, das war ja furchtbar. Schlimmer als der letzte Kosename, den du dir ausgedacht hast.«

»Schatz?«

»Ja!«

»Er gefiel mir, weil er so zärtlich klingt. Was ist so verkehrt an Schatz?«, fragte er.

»Nichts … wenn man Gollum heißt!«, rief ich.

Bevor ich weiterlachen konnte, warf er mich über die Schulter und rannte in halsbrecherischer Geschwindigkeit ins Schlafzimmer.

»Declan, lass mich runter!«

»Nein, du hast jetzt offiziell dein Nervensägen-Soll erfüllt und musst bestraft werden!«

»Da gibt es kein Soll! Außerdem hast du einen schmierigen Spruch losgelassen, nicht ich!«

Er warf mich aufs Bett und hielt mich unter sich fest, seine Brust hob und senkte sich, und in seinen Augen schimmerten Belustigung und Glut.

»Du bist verrückt«, sagte ich.

»Vielleicht, aber nur nach dir.«

So ging das schon die ganze Woche – er war glücklich und voll jungenhafter Energie. Er hatte endlich seinen Sohn, voll und ganz, und von Minute zu Minute wurde deutlicher, was für eine Last dadurch von Declans Schultern genommen worden war. Doch es gab auch Momente, in denen ich merkte, wie er mit sich rang, und ich nicht wusste, wie ich ihm helfen sollte.

Dann starrte er mich mit schmerzerfülltem Blick quer durch den Raum an, schaute dann aber rasch weg und lenkte mich durch Fragen zur Arbeit oder Familie ab, bevor ich mich erkundigen konnte, was los war. Womit immer er da gerade rang – ich hoffte, dass er es mir bald sagen würde, denn die Gedanken von Frauen waren mächtig. Meine überschlugen sich bereits, weil mir eine Million verschiedener Gründe für seine Stimmungsschwankungen einfielen, von denen keiner gut war. Das Leben hatte uns mit Connor überrascht, und ich konnte nur hoffen, dass wir stark genug waren, das Ganze zu stabilisieren.

Wir liebten uns anfangs spielerisch und neckisch. Er knabberte an meiner Schulter, woraufhin ich lachte. Ich klemmte ihn zwischen meine Schenkel und lieferte ihm eine Show, indem ich mir das T-Shirt herunterriss und es herumwirbelte, bevor ich es durchs Zimmer segeln ließ. Mit Declan konnte man auf eine Million Arten Liebe machen, und anscheinend konnte ich von keiner davon genug bekommen. Er nahm mich schnell und hart, träge und langsam oder mit spielerischer Muße, und ich verliebte mich immer wieder aufs Neue in ihn.

Als er über mich gestützt in mich eindrang und mich mit seinem glühenden Blick durchbohrte, merkte ich, wie das Spielerische verschwand. Er beugte sich herunter und küsste mich zuerst zärtlich auf die Lippen, als wollte er meinen Geschmack für immer festhalten. Als er ihn seinem Gedächtnis eingeprägt hatte, verschlang er mich mit einem fieberhaften Kuss, der an Wildheit grenzte.

Er ließ den Arm unter mich gleiten und hob mich an seine harte Brust, sodass sich unsere Körper noch näher waren. Ich sah ihm in die Augen, wo ich Verzweiflung fand, als würde er befürchten, dass ich ihm jeden Augenblick wie Sand zwischen den Fingern zerrinnen könnte.

»Bitte«, flehte er, »verlass mich niemals.«

»Ich werde dich nicht verlassen, Declan.«

»Versprich es mir«, sagte er heiser, während sein Körper weiterhin Besitz von mir ergriff.

Ich spürte tief in meinem Bauch ein vertrautes Flattern und wusste, dass ich es nicht viel länger aushalten würde.

»Ich verspreche es«, rief ich, während mein Körper erbebte und Wellen der Lust über mir zusammenschlugen.

Gleich darauf gelangte Declan zum Höhepunkt, während ich um seinen Penis pulsierte. Er sah mir in die Augen, sein Blick voller Liebe und Anbetung. Ich fühlte mich solch großer Gefühle unwürdig.

»Du gehörst zu mir, Leah. Für immer.«

»Ja, und du zu mir. Für immer.«

Wie jeden Abend schlief ich in seinen Armen ein. Unwillkürlich fragte ich mich, was seine Verzweiflung verursacht hatte, dieses Bedürfnis nach Schwüren.

Was glaubte er denn, wohin ich gehen würde?

Declan

Am nächsten Morgen erwachte ich, bevor die Sonne über den Horizont kletterte. Im Zimmer war es noch finster und grau. Leah lag zusammengerollt an meiner Seite, ihr Atem ging ruhig und gleichmäßig, ihr honigfarbenes Haar lag wirr auf meiner Brust. Ich erwachte selten vor ihr. Als Krankenschwester hatte sie unregelmäßige Arbeitszeiten, weshalb sie normalerweise noch vor Sonnenaufgang erwachte. Momente wie diesen wusste ich sehr zu schätzen. Sie sah weicher aus, wenn sie schlief, unschuldiger, und schenkte mir ihr volles Vertrauen, wenn ich sie nachts in den Armen hielt.

Diese Woche war eine der besten und zugleich schlimmsten

meines Lebens gewesen. Ich hatte stundenlang recherchiert, wie man seine Vaterschaft nachwies und das Sorgerecht erhielt. Und ich hatte mit Sarah und Devin gesprochen. Sie waren einverstanden und unterstützten meine Entscheidung voll und ganz. Sosehr sie Connor auch liebten, so wollten sie doch, dass er glücklich war, und glaubten, dass ich ihm dies bieten konnte. Obwohl es nicht das war, was Heather sich gewünscht hatte, spürte Sarah, dass ein Kind von einem liebenden Elternteil aufgezogen werden sollte. Ich war so unendlich gerührt von ihrer Bereitwilligkeit und ihrer Zuneigung zu Connor. Die beiden hätten mir jederzeit die Tür vor der Nase zuschlagen können, was eine einzige Katastrophe gewesen wäre.

Ich hatte noch kein Wort zu Leah gesagt. Während all der Telefonate, Recherchen und Papierangelegenheiten hatte ich dem Menschen, der mir am nächsten stand – der Frau, mit der ich zusammenlebte und die ich von ganzem Herzen liebte – nichts davon erzählt. *Warum?* Ich hatte Todesangst. *Was würde sie sagen? Würde sie mich hassen, weil ich eine so wichtige Entscheidung ohne sie traf? Wäre sie bereit, Mutter zu sein?* Vielleicht würde sie mich verlassen. Ich konnte nicht ohne sie leben, aber ebenso wenig konnte ich meine Pflichten als Vater ignorieren. Ich konnte meinen Sohn nicht so behandeln, wie es mein Vater mit mir getan hatte.

»Declan«, sagte Leah schläfrig, »warum bist du schon wach?«

»Ich konnte nicht mehr schlafen«, antwortete ich schlicht.

»Alles okay?«, fragte sie und hob den Kopf, um mich anzusehen.

»Ich will Connor.«

»Wir sehen ihn dieses Wochenende«, sagte sie aufmunternd und beugte sich vor, um mir einen zärtlichen Kuss auf die Schulter zu drücken.

Ich hätte etwas sagen sollen. Ich hätte mit ihr sprechen sollen, bevor ich mit irgendjemand Kontakt aufnahm. Sie hätte gleich nach Connor oberste Priorität haben sollen, aber ich hatte Panik bekommen.

»So meine ich das nicht. Ich meine, dass ich das Sorgerecht für ihn möchte. Ich möchte ihn ganz, und zwar dauerhaft. Ich kann mich nicht dauernd von ihm verabschieden«, sagte ich, ohne sie anzusehen, weil ich Angst vor ihrer Reaktion hatte.

Hatte sie das erwartet? Würde sie böse werden? Gott, noch nie in meinem Leben hatte ich solche Angst gehabt.

»Sag etwas«, flüsterte ich in die Dunkelheit.

»Was soll ich denn sagen?«

»Dass du mich nicht verlassen wirst. Dass du bleiben wirst.«

»Ist es das, was dir Sorgen bereitet?«

»Ja, das ist viel verlangt. Wir sind nicht mal verheiratet, und ich bitte dich darum, die Mutter meines Kindes zu werden. Wie kann ich das tun?«

»Declan, sieh mich an.«

Endlich wandte ich mich ihr zu und sah keine der Reaktionen, die ich erwartet hatte. Ihr Blick war nicht erfüllt von Wut oder Ablehnung. Sie drehte sich nicht um und rannte davon. Stattdessen sah sie mich voller Liebe und Mitgefühl an, was mich an all die Gründe erinnerte, weshalb ich mich in sie verliebt hatte. Sie war in jeder Hinsicht selbstlos.

»Wie oft soll ich es dir noch sagen? Ich gehe nirgendwohin. Ob ich Angst habe, ihm nicht genug geben zu können? Ja. Darüber mache ich mir jeden Tag Gedanken, seit ich das Bild in deiner Schublade gefunden habe. Seit ich klein war, habe ich nie vorgehabt, Kinder zu bekommen, denn ich glaubte, dass ich nach der Kindheit, die ich durchgemacht hatte, nicht in der Lage wäre, die Mutter zu sein, die ein Kind verdiente. Was weiß ein mutterloses Kind schon darüber, wie man ein eigenes Kind erzieht?«

»Da brauchst du dir überhaupt keine Sorgen zu machen. Begreifst du das nicht?«, fragte ich und legte ihr die Hand um das Kinn. »Du bist dafür bereit. Du bist es schon, seit Connor an diesem ersten Tag die Treppe heruntergerannt kam ... Himmel noch mal, sogar seit du dich in diesem Krankenhaus zu ihm gesetzt hast. Was glaubst du eigentlich, von wem ich in all diesen Monaten gelernt habe? Du bist zwar nicht seine Mutter, aber das Kind liebt dich.«

»Es ist nur ... ich weiß nicht. Ich werde immer, immer an mir zweifeln«, flüsterte sie. »Warum musste sie mich verlassen, Declan? Warum?«

Alles lief immer auf ihre Mutter hinaus. Alle ihre Ängste entsprangen der Tatsache, dass sie glaubte, es würde von Natur aus etwas nicht mit ihr stimmen. Leah war zu dem Schluss gekommen, dass dies der einzige Grund war, weshalb ihre Mutter sie verlassen hatte.

Ich hatte ihr das bisher noch nicht sagen wollen, weil ich mit meinen Nachforschungen noch nicht fertig war, aber sie brauchte es. Sie musste wissen, was ich herausgefunden hatte, seit ich ihren Vater fortgeschickt hatte.

»Steh auf«, befahl ich.

»Was?«

»Steh auf und zieh deinen Bademantel an. Wir gehen hinauf auf den Dachboden.«

»Warum?«, spottete sie.

»Es gibt etwas, was ich dir zeigen muss.«

Fünf Minuten später hatte sie ihren Bademantel und die üblichen Plüschpantoffeln angezogen und ging zu der Leiter, die zum Dachboden hinaufführte.

»Ich hasse diese verdammte Leiter, Declan. Was immer hier oben ist, muss schon verdammt toll sein.« Ich gab ihr einen flüchtigen Kuss und einen Klaps auf den Hintern, dann deutete ich auf die Leiter. Sie stöhnte, kletterte aber hinauf, während ich ihr folgte. Ehrlich gesagt ließ ich auf dem ganzen Weg nach oben ihren Hintern nicht aus den Augen.

Sobald wir es durch den winzigen Durchgang geschafft hatten, standen oder vielmehr kauerten wir auf dem Dachboden, während Leah abschätzend den dämmrigen Raum überblickte.

»Okay, wirst du mir jetzt sagen, was wir hier oben zu suchen haben, Casanova?«

»Bevor wir das Haus deines Dads verkauft haben, ließ ich mir alles von ihm geben, was deiner Mutter gehört hat«, sagte ich und zeigte auf eine kleine Schachtel bei der Weihnachtsdekoration.

Es war nicht viel gewesen, aber es reichte aus, um gravierenden Einfluss auf Leahs Leben zu nehmen.

»Was? Warum hast du das getan?«, fragte sie und starrte die Schachtel an, als würde gleich etwas herausspringen und sie angreifen.

»Ich wollte wissen, ob da noch etwas war … etwas, was wir über sie herausfinden könnten, damit du damit abschließen kannst«, erklärte ich.

»Aber warum erzählst du mir das erst jetzt?«

»Ich habe einen Privatdetektiv engagiert, der tiefer in die Materie eindringen und versuchen sollte, an gerichtliche Unterlagen heranzukommen. Ich wollte, dass das abgeschlossen ist, bevor ich dir davon erzähle, aber ich glaube, du musst es jetzt erfahren.«

»Was muss ich erfahren?«, fragte sie, während sie zuerst einen Schritt auf die Schachtel zu und dann wieder von ihr weg machte. Sie rang mit sich, unfähig zu entscheiden, ob sie die Büchse der Pandora öffnen oder sie einfach unangetastet lassen wollte.

In weniger als zehn Sekunden würde sie ihre Antwort erhalten.

»Deine Mutter hat dich nicht im Stich gelassen.«

Meine Worte trafen sie wie ein Windstoß. Ihre Knie zitterten, und sie ließ sich rasch zu Boden sinken. Schnell kniete ich mich neben sie auf den staubigen Boden und ergriff ihre Hand.

»Was?«

»Den Briefen, die sie an deinen Vater geschickt hatte, konnte ich entnehmen, dass sie eines Nachts versucht hatte, sich zusammen mit dir aus dem Haus zu schleichen, aber dein Vater hat sie dabei erwischt. Sie liebte deinen Vater nicht. Sie war in eine schlimme Situation geraten und wollte ihr entkommen. Sie hat versucht, euch beide zu retten. Als er sie dabei ertappte, warf er sie hinaus und drohte, sie umzubringen, falls sie jemals zurückkäme. Ich glaube, er hat dich behalten, um auf eine kranke Art wieder an sie heranzukommen. Sie ging in jener Nacht fort, aber sie hat nie aufgegeben zu versuchen, dich zurückzubekommen.«

Leah brachte kein Wort heraus.

Nach ein paar Minuten sagte sie: »Mein ganzes Leben lang habe ich geglaubt, sie wäre weggegangen, weil ich etwas angestellt hatte oder weil ich nicht gut genug war. Aber sie ist weggegangen, um mich zu schützen. Ich erinnere mich … ich erinnere mich an die Nacht, in der sie weggegangen ist. Sie ist beim Hinausgehen vor meiner Tür stehen geblieben. Das fand ich immer seltsam, aber plötzlich ergibt das einen Sinn. Sie hat mich geliebt?«

»Ja, Babe, sie hat dich geliebt. Sie hat für den Rest ihres Lebens versucht, dich zurückzubekommen, bis sie ein paar Jahre später an einer Lungenentzündung starb.«

»Aber wer hat den Grabstein für sie gekauft?«, fragte sie.

»Das war wirklich schwierig herauszufinden. Ich hatte gehofft, dass es ein Familienmitglied war, jemand, an den du dich wenden könntest, aber der Privatdetektiv sagt, dass die Grabstelle von einer Frau gekauft wurde, die in dem Krankenhaus arbeitete, in dem deine Mutter starb. Wahrscheinlich hatte sie

Mitleid mit ihr und wollte, dass sie eine hübsche Grabstätte bekäme.«

»Ich kann nicht fassen, dass du das getan hast«, sagte sie. »Ich hätte das nie erfahren. Mein Vater hat es mir nie erzählt.«

Ich küsste sie auf die Stirn und dann auf die Wange, wobei ich die Tränen wegküsste, die über ihre Haut liefen. »Jetzt hast du keinen Grund mehr, an dir selbst zu zweifeln. Deine Mutter hat dich geliebt. Doch selbst wenn sie es nicht getan hätte, hast du genug Liebe in dir, um alles zu überwinden.«

Sie schlang ihre Arme um mich und vergoss Tränen der Freude und der Erleichterung. Die Jahre, in denen sie geglaubt hatte, sie wäre der Liebe einer Mutter nicht wert, verpufften aufgrund eines kleinen Pappkartons. Warum ihr Vater den Karton aufbewahrt hatte, würde ich nie erfahren, aber diese Schachtel rettete einen Teil von Leah, und für mich war das ein Wunder.

»Danke, Casanova«, sagte sie, während sie sich von mir löste und mich mit einem schwachen Lächeln bedachte.

Ich grinste sie an und erwiderte: »Keine Ursache, Muffin.«

26

Leah

»Oh mein Gott, Connor. Mir fallen gleich die Füße ab, und dann musst du mich nach Hause tragen. Ich kann nicht mehr«, jammerte ich, als wir auf der Suche nach dem perfekten Bettzeug für sein neues Zimmer den fünften Laden an diesem Tag betraten.

Ich hatte immer geglaubt, Mädchen wären wählerisch, aber offenbar konnten Jungs das auch sein.

Nachdem wir ungefähr eine Million Häuser besichtigt hatten, hatten wir endlich eines gefunden, das ein perfektes Zuhause für uns abgab. Connor hatte die Jagd nach einem Haus ausgesprochen gut gefallen.

Er war in jedes Haus, das wir besichtigt hatten, hineingerannt und hatte »Mein Zimmer!« gerufen, sobald er gefunden hatte, was er suchte.

Dabei hatte es keine Rolle gespielt, ob das Haus die letzte Bruchbude war – er reservierte sich sofort ein Zimmer. Die Vorstellung, wieder ein Haus zu haben, das er als seines bezeichnen konnte, gefiel ihm sehr. Sarah und Devin hatten ihn zwar immer wie einen Sohn behandelt, und er hatte in ihrem Haus auch sein eigenes Zimmer gehabt, aber ich glaubte, dass er sich dort nie zu Hause gefühlt hatte – aus welchen Gründen auch immer. Vielleicht lag es daran, dass sein Zimmer früher das Gästezimmer gewesen war, in dem er immer mit seiner Mutter übernachtet hatte, wenn sie zu Besuch da waren. Jedenfalls konnte er es kaum erwarten, ein eigenes Zimmer zu bekommen.

Declan und ich hatten in Bezug auf Häuser sehr unterschiedliche Ansichten. Er war ein Mann. Ich hatte geglaubt, er würde in ein Haus hineinmarschieren und »Was immer du willst, Schatz« sagen, so wie es die meisten Männer taten. *Solange es eine Garage gab und Platz für einen riesigen Fernseher – was brauchte ein Mann schon mehr?* Aber nein, bei meinem Mann war das nicht so. Das Granit war zu dunkel oder die Wandschränke zu hell. Er mochte nicht, wie sich der Teppich unter seinen Zehen anfühlte. Er hätte mich fast in den Wahnsinn getrieben. Ich hatte frustriert aufgeschrien und dabei aus dem Augenwinkel gesehen, wie er grinste. Ich hatte mich gefragt, ob er all das nur tat, um mich zu ärgern. Doch in dem Moment, in dem wir das Haus in der Marple Lane betraten, hatte ich gewusst, dass er eigentlich nur verdammt wählerisch war.

Als wir es betraten, schnappten wir beide nach Luft. Es war einfach atemberaubend. Die Böden bestanden überall aus Hartholz, die Küche hätte sogar einen Starkoch in Ekstase versetzt und das Schlafzimmer war eines Königs würdig. Und das Allerbeste war: Die übrigen vier Zimmer lagen am anderen Ende des Flurs. Ein wenig Abstand zwischen Connor und unserem Schlafzimmer war eine gute Sache, vor allem wenn er ein wenig älter wurde. *Es gab nichts Schlimmeres, als die eigenen Eltern auf frischer Tat zu ertappen. Igitt.*

Wir hatten sofort auf der gestrichelten Linie unterschrieben, und unser Angebot wurde akzeptiert. Gestern waren wir offiziell eingezogen, und während Declan zu Hause geblieben war, um auszupacken, war ich mit Connor losgezogen, um Bettzeug für sein Zimmer, das mit Iron-Man-Motiven ausgestattet war, zu besorgen. Nach vier Stunden war ich zu der Überzeugung gelangt, dass Amazon die bessere Option gewesen wäre.

»Und was, wenn wir einfach eine schöne rote Tagesdecke kaufen und die Wände mit einem Iron-Man-Motiv bemalen?«, schlug ich strahlend vor.

Er blickte mich an, als wäre das die langweiligste Idee aller Zeiten, während wir auf die Bettenabteilung von Geschäft Nummer fünf zusteuerten.

»Was, wenn wir einfach jede Menge Iron-Man-Poster kaufen? Oder Iron-Man-Actionfiguren auf die Wände kleben?«

»Le-ah!«, sagte er genervt.

Ich lachte und zerzauste ihm das Haar, bis er kicherte.

»Okay, okay. Ich stehe zu deinen Diensten. Iron-Man-Bettwäsche oder gar nichts! Wir werden so lange suchen, bis wir etwas finden!«

»Genau!«

Wir gingen durch die Bettenabteilung und fanden alle beliebten Kinder- und Actionfigurenmotive, nur nicht die, die wir brauchten.

Connor seufzte.

»Würde auch *Bob der Baumeister* infrage kommen?«, scherzte ich.

Er schnitt eine Grimasse und streckte die Zunge heraus, und wir verließen die Einrichtungsabteilung wieder.

»Hey, kleiner Mann, hast du vielleicht Lust auf ein Eis?«

»Vanille?«

»Was immer du möchtest, Kumpel.«

Wir machten uns auf den Weg zum Ausgang, als wie aus dem Nichts ein Mann auftauchte und mit mir zusammenstieß. Sofort griff ich nach Connor und umklammerte meine Handtasche.

»Tut mir leid. Ich habe Sie gar nicht gesehen«, begann ich mich zu entschuldigen, während ich mich wieder fing.

»Du warst schon immer ein Trampel, nicht wahr, Mädchen?«

Auch wenn ich die raue Stimme seit fast einem Jahr nicht mehr gehört hatte, hätte ich sie überall erkannt. Ich hob den Blick und schaute in die harten, eisigen Augen meines Vaters, jenes Mannes, den ich gehofft hatte, nie wiedersehen zu müssen. Er sah ein wenig sauberer aus, und seine Kleider waren neuer. Doch abgesehen von der Kleidung stand da der Mann, den ich seit meiner Kindheit hasste. Die trüben Augen und das ruppige Auftreten verrieten, dass er seinen Lebensstil überhaupt nicht verändert hatte, seit er die Stadt verlassen hatte.

»Du hast ja Nerven, einfach hierher zurückzukommen«, sagte ich mit ruhiger Stimme, auch wenn mein Herz angefangen hatte, wie wild zu hämmern. Ich hatte das Gefühl, gleich umzukippen.

Dann fiel mir ein, dass Connor bei mir oberste Priorität hatte und ich ihm zuliebe die Nerven bewahren musste, deshalb griff ich nach seiner Hand und zog ihn hinter mich, sodass ich ihn mit meinem Körper schützte.

»Ich habe die letzten paar Monate in Florida herumgehangen und dort eine Wohnung gemietet – dank deinem Freund eine schöne. Dachte mir, dass ich irgendwohin gehe, wo es warm ist, nachdem ich deinetwegen mein ganzes Leben lang in diesem Drecksloch gehaust habe«, zischte er.

»Warum bist du zurückgekommen? Du solltest doch nicht zurückkommen.«

»War im Laden, hab ein paar Grundnahrungsmittel gekauft«, sagte er. »Grundnahrungsmittel« war sein Codewort für Alkohol. »Und stell dir vor, wie überrascht ich war, als ich mein kleines Mädchen auf den Titelblättern der Zeitschriften gesehen habe, wie es Händchen hält mit dem Mann, der mich aus der Stadt gejagt hat.«

»Niemand hat dich aus der Stadt gejagt«, verbesserte ich ihn. »Und ich bin nicht dein kleines Mädchen. Declan hat dir Geld angeboten, und du hast es genommen.«

»Ja, aber da wusste ich noch nicht, dass er ein berühmter Filmstar ist und all das. Ich würde sagen, man hat mich übers Ohr gehauen, findest du nicht?«

»Was willst du?«, fragte ich und drückte hinter meinem Rücken Connors Hand, die Angst verströmte. Er hatte kein Wort gesagt, aber ich wusste, dass er sich fürchtete. Plötzlich fiel mir das letzte Geschäft, das wir besucht hatten, wieder ein. Wir hatten ein rosa Blümchensofa gesehen, und ich hatte ein Foto gemacht. Ich hatte es an Declan geschickt und aus Spaß geschrieben, dass ich eine perfekte Ergänzung zu unserem Wohnzimmer gefunden hätte. Ich hatte das Handy in die hintere Hosentasche gesteckt und auf Declans bissige Antwort gewartet, und dort war es noch immer.

Ich löste meinen Griff um Connors Hand und nahm das Handy zwischen die Finger. Connor verstand wohl, denn er packte es und übernahm.

»Ich will mehr Geld – viel mehr Geld.«

»Wir geben dir keins mehr. Du musst jetzt gehen«, sagte ich.

»Weißt du, ich beobachte dich und diesen kleinen Jungen hinter dir schon seit einigen Tagen. Und ich nehme an, dass er deinem Freund etwas bedeutet. Wir wollen doch nicht, dass dem Jungen etwas zustößt, oder?«

»Nein«, fauchte ich.

»Die Waffe unter meinem Mantel sagt da etwas ganz anderes«, höhnte er.

Ich hatte immer geglaubt, dass irgendwo tief in meinem Vater ein Quäntchen Güte steckte, doch dieser Glaube wurde in diesem Moment vollkommen zerstört. Ich wusste, dass er sich nie etwas aus mir gemacht hatte, dass ich ihm nie etwas bedeutet hatte. Ich hatte im Laufe der Jahre genug Auseinandersetzungen und Ausbrüche mit ihm erlebt, die das unmissverständlich klargemacht hatten, aber ich hatte gehofft, dass irgendwo in seinem eiskalten, whiskeygetränkten Herz noch ein wenig Menschlichkeit übrig geblieben war.

Als ich beobachtete, wie er mit diesen vertrauten verschleierten Augen, in denen jetzt hasserfüllte Entschlossenheit lag, auf uns herabsah, da wusste ich … er würde immer ein Schurke sein. Nichts würde ihn je ändern. Wenn jemand ein Kind bedrohte, war dies unverzeihlich. Mein Vater war eine leere Hülle. Er war nichts als ein seelenloser Alkoholiker, darauf aus, die nächste Flasche zu finden, und nichts würde ihn je davon abhalten.

»Ich glaube, es wird Zeit, dass wir drei einen kleinen Ausflug machen«, sagte er, während er mit einem boshaften Lächeln auf seine Hüfte klopfte.

Wenn er eine Waffe hatte, steckte ich in der Klemme. Jede Faser meines Körpers schrie danach, dass ich mich umdrehen, losrennen und um Hilfe rufen solle. Aber ich blickte auf den Mann vor mir, und ich traute ihm nicht über den Weg. Ich wusste nicht, wozu er in der Lage wäre. *Würde er sich umdrehen und flüchten? Oder würde er schießen?* Eins hatte mein Vater heute bewiesen: Er war unberechenbar.

Ich hätte es wissen müssen, nachdem ich die Briefe meiner Mutter an ihn gelesen hatte. Ich hatte ihn immer als teilnahmslosen Trinker abgetan, doch hinter diesen leeren Augen verbarg sich etwas Bedrohliches. Als ich Connors kleinen Körper hinter mir spürte, wusste ich, dass ich die Einzige war, die ihn in diesem Moment beschützte, daher wusste ich auch, dass ich nichts Tollkühnes riskieren durfte.

Ich nickte leicht und drückte Connors Hand, der mir rasch wieder das Handy in die Tasche steckte.

»Na schön, Dad. Du hast gewonnen. Wir kommen mit.«

»Im einen Moment heult sie über eine Werbung, die sie gesehen hat, im nächsten drückt sie mich auf die Couch und bettelt darum, dass ich sie nehme. Es ist total verrückt, Mann«, sagte Logan, während wir weiterhin Kisten vom Umzugswagen abluden und ins Haus trugen.

Das war unser Haus – das Haus, das Leah und mir gehörte, das Haus, das wir jetzt mit meinem Sohn bewohnten. Nun ja, er würde bei uns wohnen, sobald alle Formalitäten erledigt waren. Es war ein surrealer Tag.

»Darauf kann ich mich dann irgendwann auch freuen, was?«, fragte ich mit einem Grinsen.

»Ich glaube, du musst da noch ein paar Schritte zurücklegen, Kumpel, bevor du Leah schwängerst … es sei denn, du machst es wie die anderen Stars und gehst das alles in der verkehrten Reihenfolge an.«

Wir stellten die Kisten im formalen Wohnzimmer ab, einem Zimmer, das ich nicht so recht verstand. *Warum brauchte ein Haus zwei Wohnzimmer?* Das erschien mir überflüssig.

»Nein, ich habe definitiv vor, dieser Frau bald einen Ring anzustecken. Damit sie mir nicht weglaufen kann«, sagte ich scherzhaft.

»Ja, das ist gut, Mann. Weiß Connor schon davon?«

Ich nickte und erinnerte mich an das Gespräch, das wir vor etwa einer Woche geführt hatten. Leah war etwas zu essen holen gegangen, und ich hatte mich mit Connor zu einem Gespräch von Mann zu Mann hingesetzt. Er war ganz aufgeregt gewesen und hatte gefragt, wie ich es anstellen wolle.

»Du kannst sie nicht einfach nur fragen. Du musst es romantisch machen, Dad.«

Ich hatte gelacht und ihm versichert, dass ich dafür sorgen

würde. Es zerriss mir jedes Mal das Herz, wenn er mich Dad nannte.

»Er ist wirklich glücklich«, sagte ich zu Logan, während wir zum hundertsten Mal nach draußen gingen, um eine Kiste hereinzuholen. *Wie viel Zeug hatten wir eigentlich, verdammt?* »Aber du darfst es nicht Clare verraten. Leah würde innerhalb von fünf Sekunden dahinterkommen. Du weißt, dass die beiden keine Geheimnisse voreinander haben.«

»Worüber redet ihr zwei da gerade?«, fragte Clare und streckte den Kopf zur Tür heraus.

»Du hebst keine schweren Sachen, okay? Ich habe dir gesagt, dass du nur kleine Sachen wegräumen darfst, zum Beispiel Geschirr und Kleider«, ermahnte Logan sie und ging sofort zu seiner Frau. Sie war noch nicht einmal im vierten Monat und Logan behandelte sie bereits, als könnte sie jeden Augenblick niederkommen. Wir hatten ihn schon alle damit aufgezogen, weil er ihr gegenüber so übervorsichtig war. Als Arzt sollte er es eigentlich besser wissen, aber offenbar setzte das Bedürfnis, sie zu beschützen, seine ganze medizinische Ausbildung außer Kraft. Ich wusste, dass es fast an ein Wunder grenzte, dass es überhaupt geklappt hatte. Sie hatten das nicht geplant, vor allem weil bei Logan erst seit Kurzem eine Remission vorlag. Doch dann war es passiert, und jetzt erwarteten sie ein Baby. Ich hatte meinen Freund noch nie so fertig und gleichzeitig so glücklich gesehen. Es war ein Anblick, von dem ich hoffte, dass ich eines Tages auch in diesen Genuss kommen würde.

»Ich sagte gerade, dass du und meine reizende Freundin keine Geheimnisse voreinander bewahren könnt«, meinte ich zu Clare.

»Oh«, sagte sie kichernd, »in der Tat, da hast du vollkommen recht.«

»Ich will gar nicht wissen, was dieses Lächeln bedeutet«, erwiderte ich.

Sie lachte nur und ging wieder ins Haus. Ich sah mich suchend im Umzugswagen um, schnappte mir einen weiteren Karton und trug ihn hinein. In der Küche traf ich auf Clare, die auf der Theke saß, Logan zwischen ihren Beinen. Er hatte die Arme um ihre Taille geschlungen und zog sie an sich, während er sie küsste.

»Mann! Kannst du es nicht mir überlassen, meine Küche zu entjungfern?« Auf der Theke fand ich einen Magneten, den ich ihm an den Kopf warf.

Er duckte sich lachend und ließ ein Geschirrtuch in meine Richtung schnalzen. Als ich mich gerade nach etwas anderem umsah, was ich meinem geilen Freund an den Kopf werfen konnte, vibrierte mein Handy hinten in meiner Hosentasche.

Leah hatte mir schon den ganzen Tag witzige Nachrichten geschickt, deshalb war ich gespannt, welchen Blödsinn sie dieses Mal schrieb. Sie hatte mir Fotos von geblümten Sofas geschickt und eines, auf dem sie ein völlig belämmertes Gesicht machte, als sie und Connor einen weiteren Laden betraten. Außerdem hatte ich eine Nachricht erhalten, in der stand, dass sie ernsthaft in Erwägung zöge, sein Zimmer zur Strafe rosa zu streichen. Sie hatte gedacht, gut wegzukommen, wenn sie mit Connor Bettzeug kaufen ging, anstatt beim Auspacken zu helfen. Sie hatte ja nicht ahnen können, dass sie sich damit auf eine ganztägige Aktion eingelassen hatte. Sie tat mir leid, aber als ich meinen schmerzenden Rücken streckte und mir wieder einfiel, dass sie gesagt hatte, dass wir keine Möbelpacker brauchten, nicht mehr so sehr.

Mit einem albernen Grinsen zog ich mein Handy heraus und sah, dass ich zwar eine Nachricht von Leah hatte, aber dass sie weder lustig noch bissig war. Mir gefror das Blut in den Adern, und ich erstarrte.

Dad, brauchen dich. Einkaufszentrum. Mann mit Waffe.

»Declan, du siehst aus, als hättest du gerade ein Gespenst gesehen«, sagte Clare.

Jemand zupfte an meinem Arm und nahm mir das Handy aus der Hand, was mich mit einem Schlag in die Realität zurückholte.

Leah und Connor brauchten mich. Ich verstand nicht, was da passierte, aber ich musste zu ihnen – sofort.

Eine Sekunde später hörte ich Logans und Clares Reaktion auf die Nachricht, und ohne, dass ich etwas hätte zu sagen brauchen, schnappte sich Logan die Schlüssel und ging mit mir zur Tür. Dann drehte er sich kurz um und gab Clare einen raschen, aber leidenschaftlichen Kuss, der alles auf einmal zu sagen schien.

»Sag Maddie, dass ich bald nach Hause komme«, sagte er.

Und dann waren wir weg.

An die Autofahrt erinnerte ich mich später kaum. Zum Glück fuhr Logan, denn ich wusste nicht, wie ich sonst dorthin gelangt wäre. Natürlich wusste ich, dass das Einkaufszentrum nur fünf Minuten entfernt war, aber es fühlte sich wie eine Ewigkeit an, bis wir endlich dort waren.

»Was denkst du, was das zu bedeuten hat?«, fragte ich.

»Ich weiß es nicht«, sagte Logan.

»Glaubst du, es ist ein Amokschütze?«

»Gott, hoffentlich nicht.«

Wir kamen am Einkaufszentrum an, und alles schien normal. Menschen gingen ruhig zu ihren Autos, andere gingen in die Mall hinein. Mir fiel wieder ein, was Leah in ihrer letzten SMS geschrieben hatte – in welchen Laden sie als Nächstes gehen wollten, deshalb dirigierte ich Logan zunächst dorthin. Wir sprangen aus dem Wagen und liefen zum Eingang.

Und da sah ich ihn – Clayton Morgan, Leahs Vater.

Noch nie in meinem Leben hatte mich der Zorn so unvermittelt gepackt. Leah und Connor gingen vor ihm her auf den Parkplatz, sie sahen aschfahl und verängstigt aus. Clayton hielt sich dicht hinter ihnen, zweifellos um die Waffe zu verbergen, die er auf ihre Rücken gerichtet hatte.

Der Dreckskerl war zurückgekommen. Das war meine Schuld. Ich war davon ausgegangen, dass das Geld ausreichen würde, um ihn fernzuhalten. Ich hatte geglaubt, dass er sich so sehr in sich selbst verloren hatte, dass er den Weg zurück nicht mehr finden würde, wenn er erst einmal weg war. Ich hatte ihn ernstlich unterschätzt, und jetzt zahlten Leah und Connor den Preis dafür.

Er schaute in unsere Richtung, und ich duckte mich hinter ein Auto. Ich wollte ihm meine Position noch nicht verraten. Wenn ich den Mistkerl nur ein bisschen kannte, dann hatte er bestimmt Alkohol im Blut, deshalb wäre er langsam, was ich zu meinem Vorteil ausnutzen konnte.

Logan kauerte neben mir und fragte: »Ist das Leahs Vater?«

Ich nickte nur.

»Wir müssen ihn ausschalten, bevor er von diesem Parkplatz herunterfährt«, sagte ich.

»Einverstanden.«

Geduckt rannten wir los und schafften es, hinter Clayton zu gelangen. Mit schnellen Schritten schlossen wir zu ihm auf, und mit einer raschen Bewegung griff Logan Clayton von rechts an, während ich Connor und Leah von links packte und aus dem Weg zog.

Leah und ich sahen uns kurz in die Augen, dann überprüfte ich schnell, ob sie verletzt waren.

»Lauft!«, sagte ich zu ihnen. »Nimm dein Handy und ruf die Polizei. Wir halten ihn solange fest.«

Leah nickte, sie sah verletzlich und ängstlich aus, aber auch stark und entschlossen. Sie packte Connor, der sich an meinem

Hemd festgekrallt hatte und weinte, dann rannten sie auf den Eingang des Einkaufszentrums zu. Als sie die Türen erreichten, hatte sie das Handy schon gezückt und hielt es sich ans Ohr.

Ich drehte mich um und sah, dass Logan rittlings auf Clayton saß. Die Waffe war ein Stück weggeschleudert worden, und Leahs Vater lag mit dem Gesicht nach unten auf dem Asphalt, die Hände auf den Rücken gedreht.

»Sicher, dass du nebenbei nicht als Cop arbeitest?«, fragte ich Logan.

»Ich habe nicht nur ein hübsches Gesicht, weißt du? Ich habe auch verborgene Talente.«

Auf mein Gesicht legte sich ein Hauch von einem Lächeln, dann konzentrierte ich mich wieder auf Clayton.

Meine Hände ballten sich zu Fäusten, und ich musste an mich halten, um ihn nicht zu schlagen. Ich wollte es ihm so gern heimzahlen, dass ich es fast im Mund schmecken konnte.

»Hoch mit ihm«, sagte ich zu Logan.

Logan ging von Clayton herunter und zog ihn grob vom Boden hoch. Er legte ihm den Arm in einem Würgegriff um den Hals, damit er sich nicht losreißen konnte. Claytons Blick wurde ein paarmal trübe und dann wieder klar, wodurch offensichtlich wurde, wie viel er getrunken hatte. Schließlich heftete er seinen Blick auf mich.

»Sieh mal einer an … wenn das nicht der Filmstar ist. Hast die Nase wohl immer noch nicht voll von meiner Tochter, was?«

Meine Faust traf so schnell auf sein Gesicht, dass ich die Bewegung kaum wahrnahm. Ich sah lediglich, wie sein Kopf einen Ruck nach hinten machte.

»Halten Sie den Mund, verstanden? In weniger als fünf Minuten ist die Polizei da. Dann werden Sie endlich verhaftet und für all die Verbrechen bestraft, die Sie im Laufe der Jahre begangen haben – einschließlich des heutigen Versuchs, meinen Sohn zu entführen. Sie werden sehr lange Zeit weg sein, Mr Morgan.«

Er grinste mich nur höhnisch an und bedachte mich mit diesem boshaften Lächeln, das besagte, dass ihm scheißegal war, was ich sagte.

»Erinnern Sie sich noch daran, dass ich Ihnen erzählt habe, wie beliebt Leute, die Kinder misshandeln, im Gefängnis sind?«

Seine Augen weiteten sich, da hörte ich, wie sich Sirenen dem Parkplatz näherten. Ich winkte, woraufhin die Polizeiautos in unsere Richtung gefahren kamen.

Ich wandte mich wieder zu Clayton um, grinste ihn fies an und sagte: »Viel Spaß im Gefängnis, hören Sie?«

Das Letzte, was ich von ihm hörte, bevor ihn die Cops in den Polizeiwagen verfrachteten und davonbrausten, war, dass er um Hilfe flehte und seine Unschuld beteuerte.

27

Leah

Ich räumte den letzten Karton aus und ließ meinen Blick abschließend umherschweifen. Alle Kartons waren ausgepackt.

Wir hatten einen neuen Ort, den wir Zuhause nannten.

Das Auspacken hatte eine ganze Woche in Anspruch genommen. Ich hatte gearbeitet, wir waren immer wieder nach Williamsburg und wieder zurück gefahren, um Connor zu besuchen, und zusätzlich hatten wir es auch noch geschafft, jede Menge Aktivitäten in diese Woche zu packen, sodass wenig Zeit zum Nachdenken geblieben war.

Vermutlich mieden wir beide das Unvermeidliche, doch früher oder später würden wir darüber reden müssen.

Declan ließ seine Hände um meine Taille gleiten und zog mich an sich.

»Sieht gut aus«, sagte er, während sein Mund über meiner Schulter schwebte.

»Ja, nicht wahr?«

»Ich meinte damit nicht das Zimmer.«

Er hauchte federleichte Küsse auf meine Haut, sodass mich ein Prickeln bis hinunter in die Zehen überlief. Er wirbelte mich herum, und sofort verlor ich mich in seinem dunklen Blick. Declan hatte die Fähigkeit, mit wenig Mimik viel auszudrücken. Im Moment sah ich eine Million Gefühle unter der Oberfläche seines intensiven Blickes brodeln.

»Ich liebe dich, Leah«, sagte er eindringlich, dann beugte er sich vor und berührte meine Lippen mit seinen. »Ich liebe dich so sehr«, murmelte er.

»Ich liebe dich auch«, flüsterte ich.

Er küsste meinen Hals und meine Schulter. »Der Gedanke, dich zu verlieren … ich war mir so sicher, dass mich das wahnsinnig machen würde«, gestand er, während er sich vorbeugte und seinen Kopf an meiner Schulter vergrub.

Ich strich ihm über das kastanienbraune Haar, während er mich um die Taille hielt.

»Ich bin da. Connor und mir geht es gut. Du hast uns gerettet.«

»Am liebsten hätte ich ihn umgebracht. Ich musste meine ganze Selbstbeherrschung aufbieten, um ihn nicht mitten auf diesem Parkplatz in Stücke zu reißen. Wenn er dir wieder wehgetan hätte, weiß ich nicht, ob ich mich noch unter Kontrolle hätte halten können.«

»Schhh … er ist, wo er hingehört, Declan. Er kann niemandem von uns mehr etwas zuleide tun.«

»Ich war so dumm, Leah. So dumm. Ich hätte es von Anfang an die Polizei regeln lassen sollen. Ich hätte ihn in dem Moment verhaften lassen sollen, in dem ich die blauen Flecken auf deinem Gesicht gesehen habe. Dann wäre nichts von alldem passiert.«

»Declan«, sagte ich und zog sein Gesicht auf Augenhöhe mit meinem, »nichts davon ist deine Schuld. Hörst du mich? Überhaupt nichts. Du hast nur Connor und mich beschützt. Wir konnten nicht wissen, wozu mein Vater in der Lage ist. Bitte, lass dich nicht von deinen Schuldgefühlen zermürben.«

Er nickte kurz und beugte sich dann wieder zu meinen Lippen herunter, als würde er einen Beweis dafür brauchen, dass ich noch da war. Rasch gab ich ihm all die Bestätigung, die er brauchte, und erwiderte seinen Kuss. Ich stöhnte leise, als er ihn vertiefte, indem er mit seiner Zunge meine umspielte, wie zwei Körper, die Liebe machten. Langsam führte er mich durch das Zimmer, bis ich gegen die Couch stieß und nach hinten fiel. Er legte mich hin und brachte sein Gewicht über mich, seine Augen voller Hitze und Verlangen.

»Ich bin da«, rief ich ihm ins Gedächtnis. Ich legte seine Hand auf mein Herz, sodass er spüren konnte, wie es in meiner Brust schlug.

»Zeig es mir«, sagte er.

Declans Welt war letzte Woche ins Wanken geraten; ich konnte in seinen Augen sehen, dass er dies hier jetzt brauchte. Ich musste ihm zeigen, dass wir immer noch wir waren. Ich war noch Leah, und er war noch Declan, und nichts konnte das ändern.

»Zieh dich aus«, wies ich ihn an.

Er stand auf und entledigte sich seiner Kleider, dann sah er zu, wie ich dasselbe tat. Ich forderte ihn auf, sich hinzusetzen. Wenn er es sehen musste, dann würde ich es ihm zeigen.

Ich setzte mich rittlings auf ihn, die Beine zu beiden Seiten seiner massiven Schenkel, und nahm ihn in mich auf. Er sog vor Wonne die Luft ein, wandte den Blick aber keine Sekunde von meinen Augen ab, während ich mich langsam auf und ab gleiten ließ.

»Siehst du mich?«, fragte ich.

»Ich sehe dich«, antwortete er.

Ich erhob mich leicht, glitt nach oben und dann wieder herunter, ritt ihn ohne jede Hast. Ich packte die Sofalehne, um Halt zu bekommen, während Declan seine Hände um meine Taille legte. Er vergrub seinen Kopf an meinen Brüsten und nahm zuerst den einen, dann den anderen Nippel in den Mund.

»Spürst du mich, Declan?«

»Ja … fuck, ja.«

Ich fuhr in meinem qualvollen Tempo fort, weiter und weiter, und bewegte dabei die Hüften vor und zurück. Als ich alle richtigen Stellen auf einmal traf, legte ich meinen Kopf zurück und schrie meine Befreiung hinaus, genau in dem Moment, als Declan einen kehligen Klagelaut ausstieß.

»Ich gehöre zu dir, erinnerst du dich? Ich gehöre zu dir, und du gehörst zu mir«, sagte ich atemlos.

»Für immer«, bekräftigte er.

Declan

Das Bild, wie Leah und Connor über diesen Parkplatz geschubst wurden, ließ mich hochschrecken. Ich erwachte auf der Couch und bemerkte, dass die Nachmittagssonne durch die Vorhänge schien. Ich war allein, aber ich konnte Leah oben herumgehen hören, zweifellos sammelte sie noch dies und das vom Umzug ein.

Ich strich mir über die Stirn und lehnte mich in das Kissen zurück, während ich immer noch versuchte, wieder zu Atem zu kommen. Das Bild verfolgte mich schon seit Tagen – so sehr, dass ich kaum geschlafen hatte. Ich war jeden Morgen früh aufgewacht, war joggen gegangen, hatte ausgepackt oder Dinge erledigt. Ich hatte alles getan, um nicht an das, was passiert war, zu denken … an das, was ich fast verloren hätte.

Als ich den irren Glanz in Claytons Augen gesehen hatte, als er mich anlächelte, bevor die Polizei gekommen war, hatte ich gewusst, dass er alles getan hätte, um an das Geld zu kommen, von dem er restlos glaubte, es verdient zu haben. Leah und Connor waren nichts weiter gewesen als sein Ticket zu einem unbegrenzten Alkoholvorrat, denn das war das Wichtigste in seinem Leben, etwas, wofür er alles tun würde.

Das jagte mir unglaubliche Angst ein.

Die Polizei hatte versucht, mich davon zu überzeugen, dass Claytons Drohungen sehr wahrscheinlich die eines Betrunkenen und daher hohl und leer gewesen waren, aber ich wusste es besser. Clayton war verzweifelt gewesen, er hatte blitzschnell eine halbe Million Dollar verpulvert. Und dann hatte er mehr gebraucht … und hatte nicht vorgehabt, ein Nein als Antwort gelten zu lassen.

Uns war versichert worden, dass Clayton für lange Zeit weggesperrt werden würde, aber es gab trotzdem noch eine Anhörung vor Gericht und einen Prozess, der überstanden werden musste – jene Dinge, die ich anfangs durch meinen fehlgeschlagenen Plan versucht hatte abzuwenden.

Ich hatte gedacht, alles durch mein Geld in Ordnung bringen zu können.

Und das hätte mich beinahe alles gekostet.

Leah und Connor erholten sich gut angesichts dessen, was sie erlebt hatten. Leah hatte ihr Lebtag mit ihrem Vater verbracht, und dafür, ihn hinter Gittern zu sehen, hatte sich für sie die Angst gelohnt. Das Einzige, worüber sie nur schwer hinwegkam, war, dass Connor darin verwickelt worden war. Aufgrund all der Dinge, die Connor in seinem kurzen Leben schon erleiden musste, hasste sie es, dass er noch etwas Schreckliches hatte erleben müssen. Aber ich hatte ihr versichert, dass es ihm gut ging. Er hatte mir kurz danach erzählt, er habe gewusst, dass Leah ihn beschützen und sich um ihn kümmern würde, egal, was passierte. Er sah mehr in ihr, als sie sich selbst zutraute.

Ich sprang auf die Füße und fuhr mir mit der Hand durchs Haar. Ich blickte mich im Haus um, aus dem die Kisten, die noch vor ein paar Tagen jeden Quadratzentimeter eingenommen hatten, verschwunden waren. Jetzt sah es schon eher aus wie ein Zuhause – unser Zuhause.

Ich hatte einen Plan gehabt – das Haus kaufen, sich niederlassen, mit Connor alles ins Lot bringen. Wenn unser Leben erst einmal ruhiger geworden wäre, hätte ich Leah einen Heiratsantrag gemacht, und dann hätten wir endlich anfangen können, unser gemeinsames Leben zu leben.

Doch der einzige Gedanke, der mir durch den Kopf spukte, seit ich sie auf diesem Parkplatz gesehen hatte, war, dass ich sie nie gefragt hatte, ob sie mich heiraten wolle, dass ich ihr nie gesagt hatte, dass ich sie zur Frau haben, dass ich sie bis in alle Ewigkeit lieben wollte.

In meinem alten Leben hatte ich einfach in den Tag hinein gelebt und das Leben nicht allzu ernst genommen. Seit ich Leah kannte, tat ich nichts anderes, als zu planen: Wann würde ich ihr zum ersten Mal sagen, dass ich sie liebte? Wann würde ich ihretwegen L.A. verlassen? Und wann wollte ich sie heiraten? Außer zu planen hatte ich nichts getan.

Vielleicht hatte der alte Declan ja doch die richtige Einstellung gehabt. Manchmal musste man auf Pläne pfeifen und einfach leben. Sonst zog das Leben an einem vorbei, und übrig blieb nur ein Bündel nutzloser, nicht verwirklichter Pläne.

Zeit, dass ich endlich anfing zu leben.

»Hey, Leah … ich muss ein paar Dinge erledigen. Bin bald zurück.«

Ich hörte ein gemurmeltes »okay«, während ich zur Tür eilte.

Wenn ich alles erledigen wollte, würde ich mich beeilen müssen.

»Glaubst du, er hat sich verlaufen?«, fragte ich Clare am Telefon.

Ich sah die Schachtel mit den gerahmten Fotos durch und versuchte zu entscheiden, wie ich sie am besten arrangierte. Ich lächelte, als ich ein Foto von Declan und mir an Weihnachten sah. Darauf lachten wir, und Declan sah mich mit diesem Blick an, der mich zum Schmelzen brachte. Wenn ich diesen Blick sah, wollte ich lächeln, vor Freude weinen und mich auf ihn stürzen – und zwar alles zugleich.

»Wie lange ist er denn schon weg?«, fragte sie.

»Ähm, etwa drei Stunden, vielleicht auch vier. Er hat gesagt, dass er ein paar Dinge erledigen muss, aber das ist schon eine Weile her. Ich wollte Pizza bestellen, aber damit wollte ich eigentlich auf ihn warten.«

»Bäh, sag nichts von Essen! Ich könnte momentan kotzen, wenn ich nur daran denke.«

Ich lachte. »Morgendliche Übelkeit? Bist du nicht schon über den dritten Monat hinaus? Sollte das nicht schon vorbei sein?«

»Das sollte man annehmen, aber anscheinend ist Logan Matthews' Kind ein Streber.«

»Ach, jetzt ist es plötzlich Logans Kind?« Ich unterdrückte ein Kichern.

»Ja. Bis es etwas tut, um es wiedergutzumachen, zum Beispiel zucken oder treten, ist es Logans Kind.«

»Wann wurdest du zum letzten Mal flachgelegt, Clare?«

»Was?«

»Im Ernst, du bist kurz davor zu explodieren. Ich lege jetzt auf, und du gehst deinen heißen Arzt suchen. Lass ihn irgendeine ungezogene Untersuchung durchführen, dann wirst du dich bald besser fühlen, versprochen.«

»Du bist wirklich tyrannisch … und neugierig. Das weißt du, oder?«

»Ja, und du magst mich trotzdem. Ich wünsche dir eine sexy Zeit. Ich will nicht, dass mein kleines Patenkind deinetwegen frustriert und gemein wird.«

Sie lachte, und wir verabschiedeten uns.

Als ich das letzte Foto auf den Kaminsims stellte, hörte ich, wie die Haustür aufging.

»Das wird aber auch Zeit. Ich dachte schon, du …«

Ich drehte mich um und sah Declan im Türrahmen stehen, er hatte den größten Strauß roter Rosen dabei, den ich je gesehen hatte. Neben ihm stand Connor, der eine kleinere Version des Straußes hielt.

»Connor! Ich dachte, wir sehen uns erst am Samstag!«

»Ich brauchte ihn, damit er mir einen kleinen Gefallen tut«, sagte Declan, dann schloss er die Tür hinter sich und kam auf mich zustolziert.

Offenbar hatte er sich zwischen seinen Besorgungen umgezogen, denn jetzt trug er eine dunkle Jeans und ein grünes Hemd, das seine Augenfarbe betonte.

»Ich sollte sie ins Wasser stellen«, sagte ich und wollte ihm die Blumen abnehmen.

Er legte sie jedoch einfach auf dem Couchtisch ab. »Das kann warten.«

Mein Herz schlug ein wenig schneller, und ich blickte von Declan zu Connor, dessen Gesicht ein breites Lächeln erhellte.

Declan beugte sich vor und küsste mich langsam und bestimmt.

»Erinnerst du dich daran, wie du mich vor langer Zeit nach dem Tattoo auf meiner Brust gefragt hast?«

Ich nickte.

»Und was habe ich da gesagt?«

Ich erinnerte mich an den Tag im Bett vor langer Zeit, als ich zum ersten Mal mit den Fingern über das runde Motiv auf seiner Brust gestrichen hatte. »Du hast gesagt, dass die Menschen im Grunde selbstsüchtig sind. Wenn es hart auf hart käme, würden wir immer zuerst an uns selbst denken, weil wir uns selbst am nächsten sind«, entgegnete ich.

»Gott, wenn ich dich das so sagen höre, hört sich das noch viel idiotischer an«, sagte ich kopfschüttelnd. »Ich habe mir die Tätowierung stechen lassen, als ich finstere Zeiten durchlebte. Ich glaubte, ich hätte Liebe und Verlust erlebt, aber ich hatte nicht mal an der Oberfläche gekratzt. Als ich dich kennenlernte, konnte ich den Blick nicht mehr von dir abwenden. Ich versuchte, mir einzureden, es läge daran, dass du schön, attraktiv und verführerisch bist. Aber es war keine bestimmte Eigenschaft, die mich zu dir hinzog. Du als Ganzes warst es, die mich nicht mehr losließ.«

Ich war sprachlos. Ich sah kurz auf Connor hinunter, der dastand und strahlend zu seinem Vater aufschaute. Dann sah ich wieder Declan an, der fortfuhr.

»Du bist meine andere Hälfte, Leah, meine Seelenverwandte, mein fehlendes Stück. Du hast mir gezeigt, dass es doch noch selbstlose Menschen auf dieser Welt gibt. Sie sind das Risiko wert, das wir eingehen, wenn wir jemanden lieben.«

Er wischte mir die Tränen ab, dann zwinkerte er Connor zu und fragte: »Bist du bereit?«

Connor nickte begeistert. Declan fing an, sein Hemd aufzuknöpfen, und Connor tat es seinem Vater gleich. Als die beiden den letzten Knopf geöffnet hatten und gleichzeitig ihre Hemden aufschlugen, schnappte ich nach Luft.

Declans Tattoo war in der Mitte leer gewesen, jetzt füllte diese Stelle ein filigranes L aus. Ich sah zu Connor hinüber, der stolz eine kleinere Version des Tattoos seines Vaters zur Schau stellte.

»Oh mein Gott! Das ist hoffentlich nicht für immer!«, sagte ich rasch und deutete auf Connor.

Beide lachten.

»Das ist Henna, Leah!«, sagte Connor.

Ich atmete aus, dann wandte ich meine Aufmerksamkeit wieder Declan zu.

»Meins aber nicht«, sagte er. »Meines ist für immer, genau wie du.«

Er ließ sich auf ein Knie sinken und zog eine kleine Schachtel hervor. Langsam öffnete er sie und holte einen Verlobungsring heraus, bei dessen Anblick mein Herz einen Schlag aussetzte. Der Ring war aus Platin und mit einem Diamanten besetzt, der von zwei Smaragden flankiert wurde, die zu Declans Augen passten. Er war perfekt.

»Ich habe ein wenig nachgedacht und glaube jetzt, den besten Kosenamen für dich gefunden zu haben«, eröffnete mir Declan grinsend.

Ich wollte so etwas wie »Oh« oder »Wie lautet er?« sagen. Aber in Gegenwart von Declan mit seinem geöffneten Hemd, diesem neuen L auf der Brust und einem Ring in der Hand brachte ich nur ein entstelltes Murmeln heraus.

»Ehefrau.«

Noch mehr Tränen liefen mir übers Gesicht.

»Heirate mich, Leah. Mach mich zum glücklichsten Mann auf Erden. Nimm meinen Namen an, sei die Mutter meiner Kinder und werde mit mir alt.«

Ich schluchzte ein Ja, und er sprang auf. Er wirbelte mich herum, während Connor auf und ab sprang, bis wir ihn in eine Umarmung zogen.

Declan ließ den Ring auf meinen Finger gleiten, und wir

blickten alle darauf hinunter und beobachteten, wie er im hellen Licht glitzerte und funkelte.

Es war der Beginn einer Zukunft – unserer Zukunft –, vollkommen improvisiert, nicht festgeschrieben und bereit, gelebt zu werden.

EPILOG

Sechs Monate später …

Leah

»Habe ich schon erwähnt, wie sehr ich dich dafür hasse, dass du weniger als einen Monat nach meiner Niederkunft heiratest?«, jammerte Clare, während sie ihren absolut reizenden Hintern in ihr Kleid zwängte.

»Ja, das hast du schon das eine oder andere Mal erwähnt.« Ich lachte. »Aber wie ich schon hundertmal gesagt habe, siehst du fantastisch aus, und im Ernst jetzt: Sieh dir doch mal diese Möpse an. Die musst du zeigen, solange es geht. Du könntest prima Werbung für die Vorteile des Stillens machen. Wow!«, sagte ich und deutete auf Clares vergrößerte Brüste.

Es klopfte an die Tür des Brautgemachs, und Clare lief los, um sie zu öffnen. Sie streckte den Kopf hinaus, um sich zu vergewissern, dass es nicht Declan war, der versuchte, vor den Feierlichkeiten einen Blick auf die Braut zu erhaschen.

Declan und ich hatten beschlossen, eine kleine, intime Feier zu veranstalten, bei der nur die Familie und ein paar Freunde zugegen waren. Obwohl Declan seit einem Jahr nicht mehr vor der Kamera gestanden hatte, war er immer noch in der Klatschpresse. Erst vor drei Monaten hatte seine letzte Filmpremiere stattgefunden, und eine stand noch bevor, deshalb würde es noch einige Zeit dauern, bis wir nicht mehr im Rampenlicht standen.

Seine Karriere hinter der Kamera lief gut. Er machte langsam

Fortschritte und arbeitete mit den richtigen Leuten. Eilig hatte er es dabei nicht, er wusste, dass es seine Zeit dauern würde. Er wollte es richtig machen und damit seinen Lebensunterhalt verdienen. Das zahlte sich aus, denn letzte Woche wurde er zum Regieassistenten für einen mit Spannung erwarteten Film ernannt. Er würde die Woche über weg sein und nur an den Wochenenden nach Hause fliegen, doch ich freute mich, dass er endlich das tat, wofür sein Herz schlug.

Als ich letzte Hand an mein Make-up legte, entdeckte ich Connor im Spiegel. Er sah sich im Zimmer um und machte ein mürrisches Gesicht, als er den ganzen Mädchenkram sah.

»Hi, Connor«, sagte Maddie und wirbelte in der Ecke in ihrem Blumenkleidchen herum.

»Hi, Maddie«, sagte er und wandte sich dann an mich. »Ich soll dir das hier geben. Du siehst echt hübsch aus.« Er reichte mir eine kleine Schachtel und flüchtete dann, so schnell er konnte, aus dem Zimmer.

Ich lachte kurz auf, weil es mir leidtat, dass Declan seinen armen Sohn hier hereingeschickt hatte. Make-up, Lockenstäbe und Kleider, so weit das Auge reichte. Der schlimmste Albtraum eines jeden Mannes.

Ich blickte auf das winzige Kästchen hinunter und fuhr mit den Fingern über die Kanten, bevor ich den Deckel aufklappte. Darin befand sich eine kleine Halskette aus Weißgold, in die drei Steine in einer geraden Linie eingefasst waren.

Darunter bemerkte ich einen Zettel. Darauf stand in Declans Handschrift:

In der Schachtel, die ich im Haus deiner Eltern gefunden habe, war ein Gegenstand, von dem ich dir nichts erzählt habe – eine Halskette. Sie war schlimm beschädigt, aber ich konnte einen Topasstein retten. Ich habe sie monatelang behalten, bis zum heutigen Tag, an dem ich sie dir schenken möchte. Diese drei Steine repräsentieren unsere Familie. Unsere Geburtssteine – Topas für dich, Amethyst für mich und Opal für Connor – sind nun vereint, so wie wir heute vereint werden. Ich bin für immer dein, und heute wirst du meine Frau werden. Ich liebe dich. Declan

»Verdammt, da geht es hin, mein Make-up«, sagte ich laut, während ich auf die schöne Halskette hinunterblickte.

Clare kniete sich vor mich und wischte mir die Tränen ab. »Ich lege sie dir an, okay?«

Ich war einverstanden und strich meine Haare zur Seite. Nachdem sie den Verschluss zugemacht hatte, wanderte meine Hand sofort zu den Steinen. Ich liebte das Gefühl dieser Halskette auf meiner Haut.

»Nun, ich hoffe, du hast etwas, um das zu toppen«, sagte Clare.

Ich lächelte und sah den Umschlag an, der vor mir auf dem Tisch lag. »Oh ja, ich habe etwas viel Besseres.«

Declan

»Himmel, Declan, beruhige dich!«, sagte Logan.

Ich ging zum zwanzigsten Mal den Weg entlang. »Ich bin nicht nervös«, sagte ich. »Ich will nur nicht länger warten.«

Er grinste mich schief an. »Ja, aber wenn du so weitermachst, fällst du über sie her, sobald sie herauskommt. Deshalb tu uns ja einen Gefallen und beruhige dich, verdammt noch mal.«

Ich sah ihn und Connor an. Sie grinsten beide wie verdammte Honigkuchenpferde. Schließlich nickte ich und holte tief Luft, während ich versuchte, mehr als fünf Sekunden an Ort und Stelle stehen zu bleiben.

Ich sah auf die Uhr. Fünf nach sechs. *Warum war es schon so spät?*

Als ich gerade weiter auf und ab tigern wollte, sagte der Pfarrer, dass wir Platz nehmen sollten. Das war's. In wenigen Minuten würde Leah meine Frau werden. Vor zwei Monaten hatte ich das Sorgerecht für Connor bekommen, und jetzt würden Leah und ich heiraten. Mein Leben war vollkommen.

Die Musik fing an, und ich sah, wie die Brautjungfern durch den Gang kamen. Colin und Logan sahen ihre Frauen bewundernd an, und Clare winkte ihrem neugeborenen Sohn Ethan zu, der vorne in der ersten Reihe in den Armen von Clares Mutter lag.

Jemand tippte mir auf die Schulter, woraufhin ich widerwillig den Blick vom Gang losriss. Ich hatte Angst, Leahs großen Auftritt zu verpassen.

Logan hielt mir einen Umschlag hin. »Hey, Mann, Leah hat kurz, bevor sie herausgekommen ist, gesagt, ich soll dir das hier geben. Es ist ein Hochzeitsgeschenk.«

»Soll ich das etwa jetzt aufmachen?«, fragte ich.

Er zuckte nur mit den Schultern und lächelte.

Ich tat wie geheißen und klappte den Umschlag auf, um die Karte herauszuziehen.

Declan,
mir ist kein besseres Hochzeitsgeschenk eingefallen als das, das gerade in meinem Bauch heranwächst. Herzlichen Glückwunsch, Daddy. Leah

Ich riss die Augen auf, als ich das Foto herausholte, das sich außerdem im Umschlag befand. Es war die Nahaufnahme eines kleinen weißen Schwangerschaftstests. Ein Test, auf dessen Display in fetten Buchstaben »schwanger« stand. Gerade rechtzeitig blickte ich auf, um zu sehen, wie Leah in den von Rosen bedeckten Gang trat, und mir blieb die Luft weg.

Sie sah absolut überwältigend aus in ihrem cremefarbenen Kleid, das ihre Kurven umspielte und sie wie eine fleischgewordene Göttin aussehen ließ.

Sie trat neben mich, und ich nahm ihre Hand in meine.

»Du bist …«, begann ich.

Sie lächelte nur und antwortete mit einem schlichten »Ja«.

Als wir unser Ehegelübde ablegten und damit unsere Seelen und unsere Leben aneinanderknüpften, schaute ich über die Schulter hinweg zu meinem Sohn. Dann sah ich auf das Kind hinunter, das in Leahs Bauch heranwuchs, und schließlich blickte ich in das Gesicht, das dies alles erst möglich gemacht hatte. Sie war mein Ein und Alles, mein Anfang und mein Ende, und sie hatte mir all das gezeigt, von dem ich gar nicht gedacht hätte, dass ich es wollte.

Es sollte nur eine Nacht werden, doch mit Leah in meinen Armen wäre nur ein »Für immer« genug.

Playlist zu *Keine Nacht mehr ohne dich*

Poison & Wine – The Civil Wars
Addicted – Saving Abel
In My Veins (Featuring Erin McCarley) – Andrew Belle
Love Somebody – Maroon 5
Holding a Heart – Girl Named Toby
Awake My Soul – Mumford & Sons
Someone Like You – SafetySuit
Together – The Kin
Demons – Imagine Dragons
Call Me when You're Sober – Evanescence
Bloodstream – Stateless
Sex on Fire – Kings of Leon
Tell Mama – The Civil Wars
Fire in the Water – Feist
Welcome to the Jungle – Guns N' Roses
Your Guardian Angel – The Red Jumpsuit Apparatus
Everlong – The Foo Fighters
Wicked Game – Chris Isaak
SexyBack (Featuring Timbaland) – Justin Timberlake
Stay The Night (Featuring Hayley Williams) – Zedd
Please Don't Leave Me – P!nk

DANKSAGUNG

Ich muss sagen, dass es sehr viel einfacher war, als ich diesen Abschnitt zum ersten Mal schrieb. Es gab weit weniger Menschen, denen ich zu danken hatte. Daher Achtung: Das wird etwas Längeres.

Zuerst und vor allem möchte ich meinem Mann danken. Chris, du bist meine größte Stütze, und ich wäre nie so weit gekommen, wenn es dich nicht gäbe. Von Beginn dieser Reise an hast du mich und meinen Traum jeden einzelnen Tag unterstützt … hast mich angetrieben, wenn ich es brauchte, und es mir ermöglicht, meinen Job zu kündigen!! Kurz und gut … du bist großartig.

Zweitens muss ich meinen Kindern danken, den süßesten kleinen Cheerleadern der Welt. Auch wenn ich für sie niemals so cool sein werde wie J.K. Rowling, sondern nur die zweitcoolste Autorin der Welt; ihre Liebe inspiriert mich jeden Tag.

Meine ganze Familie ist wunderbar. Dank gilt auch meinen Eltern, vor allem meinem Vater möchte ich dafür danken, dass er meine Bücher NICHT gelesen hat. Das weiß ich sehr zu schätzen. Mom – danke, dass du bist, wie du bist. Jason – danke, dass du die Liebesromane deiner kleinen Schwester liest, auch wenn das irgendwie unheimlich ist.

Leslie, meine beste Freundin … wenn du nicht wärst, hätte es keine Leah gegeben. Frischgebackene Autoren schreiben oft über das, was sie kennen, und als ich angefangen hatte, Clares Reise zu schreiben, gab ich ihr eine beste Freundin an die Seite … dich. Jetzt hat Leah ihre eigene Geschichte bekommen, aber sie ist der dicksten Freundschaft entsprungen, die es je gab – nämlich unserer.

Carey Haywood … danke, dass du so blitzgescheit bist. Im Ernst jetzt. Ich bin so froh, dass wir so nah beieinander wohnen und so viel gemeinsam haben. Es wäre nervig gewesen, wenn du langweilig wärst. Danke für die Tratsch- und Strategiesitzungen.

An meine Probeleser – ihr seid toll. Und echt hart. Evette Ashby, Michelle Kannan, Christy Towzen, Carey Heywood, Dixie Daniels und Whitney Baer.

Blogs … oh mein Gott, davon gibt es so viele, denen ich viel verdanke. TotallyBooked – Jenny und Gitte, ihr habt mir Flügel verliehen, Tyhada Reads, Sassy Girls Books, Sinfully Sexy Book Review, Reader's Candy, All Romance Review, The Rockstars of Romance, Anna's Attic, Three Chicks and their Books, Jessica's Book Review und My Daily Romance. Und noch ungefähr tausend mehr.

Ein Buch zu schreiben ist nur die halbe Miete. Ein riesiges Dankeschön an meine Lektorinnen – Jovana Shirley und Ami Deason, die beide hart daran gearbeitet haben, die bestmögliche Version von *Keine Nacht mehr ohne dich* herauszubringen. Das war wirklich Teamwork.

Ein Buch wäre ohne Cover nicht vollständig, und hinter meinem Cover steckt ein absolut großartiges Team. Vielen Dank an meine Models Zach McClease und Jaclyn Rutland, die in der Kälte ausgeharrt haben, um Declan und Leah zum Leben zu erwecken, und an meinen Fotografen Kelsey Keeton, der sich wieder mal als unglaublich talentiert erwiesen hat.

Sarah Hansen – danke, dass du bist, wie du bist. Im Ernst, das Cover ist toll geworden. Ein großes Dankeschön an Self Publishing Editing Service and Formatting, wo man dafür gesorgt hat, dass das Buch innen genauso hübsch geworden ist wie außen.

Außerdem danke ich meiner Agentin Jill Marsal für die zahllosen Beratungsstunden und die Hilfe dabei, meinen »Aufhänger« zu finden. Du bringst mich dazu, das Beste aus mir herauszuholen, und dafür kann ich dir gar nicht genug danken.

Zu guter Letzt danke ich meinen Lesern. Ohne euch wäre ich nicht auf dieser wilden, verrückten Reise und würde nicht jeden einzelnen Tag meinen Traum leben. Glaubt weiterhin an die Liebe, dann werde ich auch nicht aufhören, darüber zu schreiben!

Verstörend und bewegend –
eine absolut einzigartige Liebesgeschichte

Leylah Attar
PAPER SWAN -
ICH WILL DICH
NICHT LIEBEN
Aus dem Englischen
von Patricia Woitynek
400 Seiten
ISBN 978-3-7363-0289-1

Skye Sedgewick wird entführt und verliert bald alle Hoffnung, befreit und gerettet zu werden. Sie kann an nichts anderes mehr denken als den Tod – bis sie erkennt, dass ihr Entführer sie nicht zufällig ausgewählt hat, sondern der Mann ist, den sie seit vielen Jahren schmerzlich vermisst ...

»Ein absolutes Muss für alle, die nach etwas ganz Besonderem suchen!« AESTAS BOOK BLOG

LYX

Gute Mädchen kommen bis ins Vorzimmer, böse überall hin!

Camille Perri
DIE ASSISTENTINNEN
Übersetzt von
Stefanie Zeller
320 Seiten
ISBN 978-3-86396-095-7

Tina Fontana, Assistentin eines mächtigen CEOs, hat immer nach den Regeln gespielt. Doch was hat es ihr gebracht? Nichts! Als ein Fehler bei der Spesenabrechnung ihr die Chance eröffnet, ihren Studienkredit auf einen Schlag zu tilgen, steht sie vor der Wahl: weiter ein braves Mädchen sein oder sich endlich auch ein Stückchen vom Kuchen nehmen? Ihre Entscheidung setzt eine Kette von Ereignissen in Gang, die das Leben der vielen gut ausgebildeten und unterbezahlten jungen Frauen in New York verändern wird ...

»Alle aufgepasst, die ihren Job satt haben: einfach morgen krankmelden und dieses geistreiche Debüt lesen!« KIRKUS REVIEWS

INK

Die Liebesgeschichte, über die die ganze Welt spricht!

Meredith Wild
HARDWIRED - VERFÜHRT
Aus dem amerikanischen
Englisch von
Freya Gehrke
352 Seiten
ISBN 978-3-7363-0124-5

Erica Hathaway musste früh lernen, was es bedeutet, auf eigenen Beinen zu stehen. Als sie für ihr Internet-Startup einen Investor sucht, trifft sie auf Blake Landon. Blake ist sexy, mächtig und geheimnisvoll und er schmettert ihre aufwändig vorbereitete Präsentation, ohne mit der Wimper zu zucken, als uninteressant ab. Trotzdem fühlt sich Erica auf magische Weise zu Blake hingezogen. Je mehr sie über den Milliardär erfährt, desto deutlicher wird, dass er gute Gründe für seine Entscheidung hatte. Und obwohl sie spürt, dass sie besser die Finger von Blake lassen sollte, gibt sie sich ihrem Verlangen hin

LYX